LUZIFER
VERLAG

ANDREAS
GRUBER

Ghost Writer

*Dieses Werk wurde vermittelt durch die
AVA international GmbH Autoren- und Verlagsagentur, München*

Umschlaggestaltung: Michael Schubert | Luzifer-Verlag

ISBN: 978-3-95835-309-1

Printed in Germany

Bibliografische Information der Deutschen Nationalbibliothek:
Die Deutsche Nationalbibliothek verzeichnet diese Publikation in der Deutschen Nationalbibliografie; detaillierte bibliografische Daten sind im Internet über http://dnb.d-nb.de abrufbar.

Für Günter Suda,

ich weiß, es ist immer viel zu tun,
darum danke für deine jahrelange verlässliche Unterstützung.

»Gerade wenn man so weit ist,
anfangen zu können, muss man sterben.«

Immanuel Kant

INHALT

Vorwort

Am 31. Dezember 1999 ist die Welt nicht untergegangen. Ich weiß es ganz genau, denn im Sommer 2000 habe ich mit meiner Frau einen Phantastik-Kongress in Passau besucht. Veranstalter war der EDFC, der erste Deutsche Fantasy Club. Meine Frau und ich mischten uns unters Publikum und lauschten den diversen Vorträgen der üblichen Verdächtigen. Unter anderem referierten Franz Rottensteiner, Hermann Urbanek und Karlheinz Steinmüller über Fantasy-Filme und Science-Fiction-Literatur, aber auch über die Verlags- und Fandom-Szene in der Phantastik.

Als meine Frau sah, wie viele berühmte Autoren sich dort tummelten, die Lesungen hielten und Autogramme gaben, beugte sie sich plötzlich zu mir und flüsterte mir ins Ohr: »Schatz, das hat doch keinen Sinn, was du tust. Hör endlich auf, Kurzgeschichten zu schreiben. Das bringt nichts. Du musst auch an Romanen arbeiten. So wie der dort!«

Sie meinte Herbert Rosendorfer, den Autor des genialen Zeitreise-Episodenromans *Briefe in die chinesische Vergangenheit.*

Einige andere wie Wolfgang Jeschke, der Herausgeber der Science-Fiction-Reihe bei Heyne, oder Klaus N. Frick, der Chefredakteur bei Perry Rhodan, gaben mir ebenfalls den symbolischen Tritt in den Hintern, endlich einen Roman zu schreiben. Sogar meine Testleser und guten Freunde lagen mir damit in den Ohren, Storys bleiben zu lassen und auf Romane umzusatteln. Es wäre übertrieben zu behaupten, Leser hätten mich mit ähnlichen Aufforderungen bombardiert ... aber immerhin bekam ich zweimal im Jahr einen Brief mit einer derartigen Bitte.

Schließlich beugte ich mich, wie immer, dem Drängen meiner Frau und begann damit, Romane zu schreiben. Für den Blitz-, den Festa- und später für den Goldmann-Verlag. Somit gab es seit dem Phantastik-Kongress in Passau lange Zeit keinen weiteren Erzählband mehr von mir. Und meine Kurzgeschichten, die ich trotzdem ab und zu heimlich in meinem Arbeitszimmer schrieb – natürlich ohne meiner Frau großartig davon zu erzählen, denn ich bin ja nicht lebensmüde – kursierten in Magazinen und Anthologien verschiedenster Phantastik-Kleinverlage. Übrigens war es gar nicht so einfach, die Pakete mit den Belegexemplaren, die ich von den Verlagen bekam, ungesehen vom Briefkasten in mein Arbeitszimmer zu schaffen, ohne dass es meiner Frau auffiel. Sie ist nämlich eine Füchsin und bemerkt alles.

»Schatz, ist das etwa schon wieder ein Belegexemplar hinter deinem Rücken?«, rief sie vom Balkon herunter, als ich mich mit einem Paket ins Haus schleichen wollte.

»Nein, bloß *Clever-und-Smart*-Hefte.«

»Aber die hattest du doch schon gestern bekommen.«

»Nein, das gestern waren *MAD*-Hefte.«

»Aber die hast du doch schon alle«, erinnerte sie mich. »Du hast sie dir extra teuer aus einem Antiquariat schicken lassen, wegen der Gimmicks.«

»Das verwechselst du mit meinen *YPS*-Heften.«

»Mein Gott, du hast schon so viel Schrott in deinem Zimmer.«

Ja, richtig. Die Regale in meinem Schreibbüro platzen aus allen Nähten. Einmal musste ich sogar behaupten, ich hätte mir Busen-Magazine aus Berlin, Bravo-Hefte aus Frankfurt oder einen Beate-Uhse-Katalog aus München schicken lassen, nur damit sie nicht stutzig wurde. Es ist schon sehr grenzwertig, was man als Schriftsteller alles auf sich nimmt, nur um ein paar Storys zu veröffentlichen!

Mittlerweile sind aber die meisten dieser Magazine und Anthologien vergriffen und die Rechte an den Geschichten wieder an mich zurückgefallen. Daher möchte ich Steffen Janssen danken, der mir die Möglichkeit gab, meine Kurzgeschichten im Luzifer Verlag neu aufzulegen und in dieser Sammlung zu präsentieren. Für diese Ausgabe wurden sämtliche Texte überarbeitet, erweitert und teilweise umgeschrieben, sofern es der Handlung diente. Lediglich *Welt aus den Fugen* und *Der Puppenmacher von Leipzig* sind die einzigen bisher unveröffentlichten Geschichten in diesem Band. Letztere musste ich mir nach einem Besuch in Leipzig einfach von der Seele schreiben. Sie trägt autobiografische Züge, aber damit das niemand merkt, habe ich die Handlung ins Jahr 1840 verlegt.

An dieser Stelle bedanke ich mich recht herzlich bei den Österreichischen Bundesbahnen, die vor Jahren in den zweistöckigen Wiesel-Zügen nach Wien einen herunterklappbaren Tisch in die Vordersitze einbauen ließen. Die eignen sich hervorragend, um Manuskripte zu überarbeiten, wenn ich nach Wien fahre oder manchmal quer durch Österreich auf Lesereisen unterwegs bin … *sofern man in dem Gedränge zwischen Schülern und Pendlern einen Sitzplatz findet!*

»Entschuldigen Sie bitte, dürfte ich mich setzen? Ich bin Schriftsteller und müsste dringend …«

»Hau ab, du alter Knacker!«

»Aber ich möchte gern …«

»He, Künstler! Hättest besser einen anständigen Beruf lernen sollen.«

»Hab ich ja, aber ich wollte …«

»Das hättest du dir früher überlegen müssen!«

Ja, so ist sie, die heutige Jugend. Aber die Rentner sind um keinen Deut besser.

»Entschuldigen Sie bitte, ich bin Autor und arbeite an einem Manuskript. Dürfte ich mich hierhin setzen? Sie müssten bitte nur Ihren Dackel und Ihren Stock etwas zur Seite ...«

»Hau ab, Sozialschmarotzer! Waldi, fass!«

»Aber ich müsste ... aua ... ich müsste wirklich dringend im Zug arbeiten und ...«

»Verzieh dich, Stipendienschnorrer!«

Seitdem habe ich mir angewöhnt, morgens eine Stunde früher wegzufahren, bevor das Gedränge im Zug losgeht.

»Schatz, warum stehst du in letzter Zeit immer so zeitig auf, wenn du zu Lesungen fährst?«

»Äh ... ich muss dort noch was erledigen.«

»Was ist denn so verdammt wichtig?«

»Bücher in den Buchhandlungen signieren, Presseinterviews geben, ein Interview im Landesstudio fürs Radio aufzeichnen und im Veranstaltungsraum Mikrofon, Tisch und Lautsprecher aufbauen.«

»Das musst du selbst machen?«

»Äh ... ja, leider.«

Die Buchhändler, Bibliothekare, Techniker und Veranstalter der Literaturfestivals waren natürlich von Beginn an in das Kurzgeschichten-Buchprojekt eingeweiht und gaben mir Rückendeckung – sonst wäre meine Frau noch auf die Idee gekommen, ich hätte irgendwo ein Verhältnis. Wie gesagt, es ist schon kurios, was man als Schriftsteller nicht alles auf sich nimmt!

Trotz aller Widrigkeiten wurden die Storys also heimlich geschrieben und ebenso heimlich überarbeitet. Ich hoffe, Sie werden sich beim Lesen gleichermaßen amüsieren und gruseln. Die Themen sind breit gestreut, und ich hoffe, mir ist über die Jahre ein abwechslungsreicher Mix gelungen.

An dieser Stelle vielleicht noch ein Geständnis: Ich liebe Vorwörter, Danksagungen und autobiografische Vignetten, die Kurzgeschichten vorangestellt werden. Manchmal kaufe ich allein deshalb einen Storyband, weil die Einführungen zu einigen Geschichten länger sind als die Storys selbst. Darum habe ich mir erlaubt, schon seit Jahren den Storys meiner Erzählbände eine persönliche Einleitung voranzustellen. Falls Sie die nicht interessiert, sehen Sie bitte großzügig darüber hinweg. Ich bin Zwangsneurotiker – ich muss es tun!

Ach ja, eine Sache noch: Hin und wieder werde ich gefragt, woher ich meine Ideen nehme. Wie bei fast allen Autoren, die ich kenne, habe auch ich das meiste selbst erlebt – Tatsache! Aber dieser unmerklich kleine Rest, der der Fantasie entspringt – woher kommt der?

Nun, wenn ich antworte, ich wäre mir nicht sicher, ist das schon gelogen. Ich weiß es nämlich tatsächlich nicht! Die Ideen sind einfach da und verschwinden erst wieder, nachdem die Story niedergeschrieben wurde.

Mein Psychiater, Doktor Fink in Wien, zu dem ich regelmäßig mit dem Zug fahre, meinte, ich solle endlich aufhören, Bücher von Stephen King, Richard Laymon, Jack Ketchum, Clive Barker, Dean Koontz und Tim Curran zu lesen. Habe ich getan! Ich bin auf Comics umgestiegen und lese *Hellboy*, *Dylan Dog* und *The Walking Dead*. Ohne Erfolg!

Schließlich meinte Doktor Fink, ich solle generell aufs Lesen verzichten und lieber fernsehen. Auch das habe ich getan! Mittlerweile schaue ich nur noch Filme von David Cronenberg, John

Carpenter, Sam Raimi, die alten Klassiker von Dario Argento und Serien wie *Hannibal, Bates Motel* oder *American Horror Story …* aber ich sage Ihnen, das hat auch nichts genutzt!

Die Albträume sind trotzdem da! Und solange sie da sind, werde ich sie mir weiterhin von der Seele schreiben … also schicken Sie mir bloß keinen Brief mit der Bitte, ich solle endlich einen Liebesroman schreiben! Ich bin ein Zwangsneurotiker – ich muss diesen kranken Mist schreiben, ob ich will oder nicht.

Und nun wünsche ich Ihnen viel Vergnügen mit den vorliegenden neunzehn Geschichten … und unter uns … *erzählen Sie meiner Frau nicht, dass es dieses Buch gibt! Sonst ergeht es mir wie Norman Bates.*

ALL-INCLUSIVE-TOURS

Diese Story ist eine meiner ältesten und wurde für eine Ausgabe des österreichischen Literatur-Magazins DUM *zum Thema »Fleisch« geschrieben. Österreichische Literatur-Magazine tendieren ja in eine intellektuelle, experimentelle und literarisch anspruchsvolle Richtung, die sich mir bisher immer verschlossen hat. Umso mehr war es mir ein Bedürfnis, etwas un-literarisch Satirisches zu schreiben.*

Von der intellektuellen Crème de la Crème der österreichischen Literaten gab es wie üblich keine Reaktion darauf – doch bei meinen Lesungen ist All Inclusive-Tours *immer ein Renner, vor allem zu Beginn, wenn das Publikum etwas zum Schmunzeln braucht, bevor es später ans Eingemachte geht.*

Klaus stand bis zum Nabel im trüben Wasser. Er rümpfte die Nase, es roch nach Zwiebel und Paprika. Mit den Handflächen kreiste er über den Wellen und schaukelte die Flüssigkeit auf, sodass sie über den Rand des Kessels schwappte. Er schielte zu dem Schwarzen, der barfuß, mit einem Baströckchen bekleidet, zum Kessel trottete und einige Scheite Holz nachlegte. Das Feuer prasselte, die ausgedorrten Äste knisterten und knackten.

Klaus bemerkte die leuchtenden Augen des Farbigen und tänzelte von einem Zehenballen auf den anderen. Allmählich wurde der Kesselboden heiß. »Ich möchte raus!«

»*Mugu basala!*« Der Schwarze deutete mit der Hand in den Kessel. An seinen Unterarmen schepperten goldene Armreifen. Er lächelte verschmitzt und rieb sich die Hände über der Glut des Feuers.

»Ich möchte mit dem Reiseleiter sprechen!«, maulte Klaus.

Der Schwarze beachtete ihn kaum, fingerte aus dem Baströckchen zwei winzige Behälter, die verdächtig nach Salz- und Pfefferstreuer aussahen. Von beiden schüttete er eine Prise in den Kessel.

»*Mhmmmmm!*« Der Eingeborene grinste in voller Breite über das ebenholzschwarze Gesicht.

»Ich möchte den Reiseleiter sprechen!« Klaus warf die Arme trotzig in die Luft, sodass die dunkle Brühe überschwappte.

»*Mugu!*«, rief der Schwarze zornig, als die Suppe im staubigen Sand versickerte. Behäbig trottete er davon.

Klaus hockte im Kessel und blickte dem Schwarzen hinterher, bis er in einer Bambushütte verschwunden war. Hinter Klaus stampften die Schwarzen mit nackten Füßen auf der Stelle und wirbelten ihre Speere durch die aufsteigende Sandwolke. Blinzelnd starrte Klaus in die Sonne, die wie ein gleißender Ball über dem Horizont hing und sich gemächlich in den Zenit schob. Die Vormittagsstrahlen prickelten ihm auf der Haut. Da kletterte ein Mann in brauner Kakihose und geblümtem Hawaiihemd aus einer Strohhütte. *Endlich!* Klaus schirmte die Augen mit der Handfläche ab.

»Hallo!«, rief er quer durchs Dorf, als er den Reiseleiter erkannte. Hektisch begann er zu winken.

»*Schscht!*« Der Fremdenführer legte den Zeigefinger auf die Lippen. Er schlenderte unauffällig in die Nähe des Kessels. »Seien Sie still! Wenn Sie während der Essenszeremonie solchen Lärm machen, ziehen Sie den Zorn des Stammes auf sich.« Er nickte den tanzenden Schwarzen freundlich zu.

»Den Zorn des Stammes?«, brüllte Klaus. »Die wollen mich bei lebendigem Leib braten! Und *Sie* geben mir Ratschläge, wie ich mir nicht den Zorn dieser Horde zuziehe?«

»*Kochen* ... nicht braten!«, wisperte der Reiseführer und legte erneut den Zeigefinger auf die Lippen. Unter dem Hawaiihemd spannte sich der braungebrannte, sehnige Bizeps. Vom Haaransatz lief ihm der Schweiß übers Gesicht. Er wischte sich über die Wange und glotzte auf Klaus' schmächtige, knallrote Schultern. »Sie sollten sich vor einem Sonnenbrand in Acht nehmen.«

Klaus blickte ratlos an sich hinunter. Vom Boden des Kessels brodelten winzige Luftblasen an die Oberfläche, er trat von einem Bein aufs andere. »Holen Sie mich raus«, flüsterte er und streckte dem Fremdenführer die Arme entgegen.

Der Reiseleiter zuckte mit den Achseln. »Kann ich nicht!«

»*Waaas?*« Klaus' Augen wurden groß.

»Schauen Sie.« Der Mann zog die Schultern hoch und breitete die Arme aus. »Ich habe Sie gewarnt, doch *Sie* wollten keine Rückreise-Versicherung abschließen.«

Klaus verdrehte die Augen.

»Sie wollten Afrika *so* kennenlernen, wie es ist«, argumentierte der Fremdenführer.

Klaus stöhnte auf.

»Eine All-Inclusive-Safari mitten ins Herz des Landes, mit den Stammesriten der Eingeborenen auf das Intimste vertraut«, zitierte der Mann den Slogan aus dem Werbeprospekt. »Außerdem haben Sie Gebrauch von unserem Frühbucherbonus gemacht. Deshalb wurden *Sie* für den Kessel ausgewählt und kein anderer.« Erneut zuckte er mit den Achseln.

»Ich will raus!«, brüllte Klaus.

»Ja, ja«, beschwichtigte ihn der Mann. »Es geht ungeheuer schnell, Sie spüren das kaum. In zwanzig Minuten ist alles vorüber.« Er bückte sich und legte einige Scheite Holz nach.

»Was machen Sie da?« Klaus versuchte über den Rand des Kessels zu spähen. »Ich will hier raus!«

»Ja, ja.« Der Reiseleiter zog ein Tuch aus der Brusttasche des Hawaiihemds. Er wischte sich den Schweiß aus dem muskulösen Nacken. »Verdammt heiß hier, nicht?«

»Ich will nach Hause!«, jammerte Klaus.

Die Augen des Reiseleiters erhellten sich. »Apropos nach Hause ...« Er fingerte einen Packen Karten samt Kugelschreiber aus der Gesäßtasche. »Die müssen Sie unbedingt noch unterschreiben, bevor ...« Er verstummte und reichte Klaus den Stapel.

»Bevor *was?*« Perplex griff Klaus danach.

»Vorsicht!«, zischte der Reiseleiter. »Passen Sie doch auf, Sie machen die Ansichtskarten nass und verwischen die Schrift.«

»Schöne Urlaubsgrüße aus Kenia. Hier gefällt es mir, hier bleibe ich«, las Klaus verdattert vor. »*Das* soll ich unterschreiben?«

»Ja.« Der Touristenführer zuckte wie beiläufig mit den Achseln. »Das ist gut für unsere Werbung. *Public Relations* von unseren zufriedenen Kunden, das verstehen Sie doch sicher, nicht wahr?«

»Natürlich.« Hoffnung keimte in Klaus auf. Er nickte und griff nach dem Stift. Während er unterschrieb hopste er von einem Bein aufs andere. »Holen Sie mich jetzt raus?«, fragte er leise.

»Seien Sie nicht trotzig!«, antwortete der Reiseleiter ärgerlich. Er blinzelte in die Sonne. Unauffällig zückte er ein winziges Fläschchen aus der Hosentasche und streute eine Prise in den Kessel.

»Was machen Sie da?«, kreischte Klaus.

»Oregano«, erklärte der Reiseleiter beiläufig und ließ den Streuer in der Tasche verschwinden.

HIER IST DEIN GESCHENK

Im Prinzip ist Hier ist dein Geschenk *eine nette kleine Kindergeschichte, die für eine Horror-Anthologie entstanden ist. Nur habe ich sie meinem eigenen Sohn bisher noch nie vorgelesen.*

Zu dem Zeitpunkt als ich sie geschrieben habe, war er erst elf – und ich weiß nicht, ob er eine solche Story schon vertragen hätte.

Karmann kniff die Augen zusammen und blickte zur Hausmauer empor. Von dem Schriftzug aus verrotteten Leuchtstoffröhren waren einige Buchstaben abgefallen, dennoch konnte er den Text lesen. *Heimkino: Mechanik und Montage jeder Art.*

Der Wind trieb Karmann die Tränen in die Augen. Rasch blickte er hinunter. Der Altbau hatte nur einen Eingang: eine schmale Treppe in den Keller.

Karmann zog den Kopf ein, trat in die Nische und stieg die Treppe hinunter. Schlagartig verstummte das Pfeifen des Windes. Es roch nach Abwasser und feuchtem Mauerwerk. Die genagelten Sohlen der Lackschuhe klapperten über die Stufen. Wie konnte jemand in diesem verfallenen Stadtteil ein Geschäft führen? Mit Ausnahme von Pennern und arbeitsscheuem Gesindel wohnte hier niemand. Karmann hatte sie vom Auto aus gesehen, als er im Schritttempo durch die Gassen gefahren war. Sie hockten in den Hauseinfahrten oder starrten aus den vergitterten Fenstern der alten Fabrik. Kaum jemand würde sich in den Mechanikerladen verirren. Dennoch hatte Karmann ihn gefunden. Es hatte ihm widerstrebt, diesen Stadtteil zu besuchen, aber nirgendwo sonst hätte man seinen Auftrag ausgeführt.

Karmann war vom Geschäftsinhaber auf den heutigen Tag vertröstet worden. Wie jeden Freitagabend hätte Karmann auch an diesem Tag länger im Büro bleiben müssen, doch nach den wichtigsten Telefonaten hatte er die Firma am späten Nachmittag verlassen und war gleich hierher gefahren. Wenn alles geklappt hatte, würde die Montage fertig sein. Er würde bezahlen, alles mitnehmen und diese Gasse niemals wieder betreten.

Karmann wusste nicht einmal, wie der Inhaber des Ladens hieß. Bei Aufträgen dieser Art wurden keine Namen genannt.

Also sprach er den Mann schlicht *Mechaniker* an. Der Alte war ein Sonderling, ein schrulliger Kauz – einer, der für Geld alles machte.

Am Ende der Treppe pochte Karmann an die schwere Brandschutztür.

»Herein!«

Er schob die Tür auf, und wie bei seinen beiden vorherigen Besuchen knirschte das Tor in den Angeln. Das Geräusch schnitt ihm schmerzvoll durchs Gehirn. Karmann trat in das Dunkel und sah sich in der Werkstatt um. Im Schein der nackten Glühlampe erkannte er nur Regale mit schattenförmigen Gebilden. Drähte und Rohre hingen von den Wänden, Kabeltrommeln standen auf dem Boden. So unordentlich sah es nicht einmal in seiner eigenen Garage aus.

Plötzlich stand der Mechaniker vor ihm. Die wenigen Haare grau und wirr. An diesen Anblick würde er sich nie gewöhnen. Der Alte reichte ihm bis zur Schulter. Vermutlich war er genauso groß wie Karmann, doch durch das krumme Rückgrat und die dürren, o-förmig gebogenen Beine wirkte er einen Kopf kleiner. Mit fahrigen Fingern schob er sich das Drahtgestell der Brille zurecht. Zwei winzige Lämpchen waren an den Bügeln befestigt.

Karmann blinzelte. »Guten Abend.« Er versuchte zu lächeln. »Haben Sie ihn fertig?«

Der Mechaniker nickte. Er kratzte über seine grauen Bartstoppeln. »Bin fertig, die Nacht durchgearbeitet.« Er nestelte mit den Fingern am Overall, der vor langer Zeit sicher einmal blau gewesen war. Jetzt bestand er nur noch aus Ölflecken, Rissen und zusammengeflickten Stoffresten. Karmann bemerkte die Finger des Mechanikers. Sie waren dunkelrot, als hätte er in einem Farbeimer gerührt. Seine Stirn war ebenso verschmiert. Aber Karmann wusste, dass es keine Farbe war.

»Kommen Sie!« Der Alte wandte sich um und ging davon. Mit ihm wanderte und hüpfte der müde Schein der Brille durch die Werkstatt wie das Grubenlicht in einem Stollen.

Karmann starrte auf die Füße des Mechanikers. Er trug keine Schuhe. In fusseligen Wollsocken schlurfte er davon. Karmann folgte ihm. Er stieg über einen Kabelsalat aus Drähten, Leitungen und Verteilersteckdosen. Vor einer Kommode machten sie halt.

»Übrig geblieben.« Der Mechaniker leuchtete in die geöffnete Lade. Dioden, Spulen, Lötzinn und Elektromagnete lagen durcheinander, darüber ein merkwürdig schmutziggraues Etwas.

»Braunsche Röhre, Mistding! Musste den Kram ersetzen.« Er schüttelte den Kopf. »Farbe ging nicht.« Er ließ die Schultern sinken. »Kann nur schwarz-weiß. Zu wenig Zeit, um zu experimentieren.«

»Oh.« Karmann ließ die Mundwinkel hängen. »Nur schwarz-weiß? Ich dachte …«

»Wegen der Übertragung«, erklärte der Mechaniker. Er fuchtelte mit den Fingern um seinen Kopf herum, als wäre er irre geworden. »Die Übertragung, die Elektroden, sie sprengen einem den Kopf.« Er hielt die Luft an, blähte die Wangen und riss die Augen auf.

»Verstehe.« Karmann wandte den Blick ab. Er verstand nichts, doch wollte er nicht mit dem Mann diskutieren. Außerdem war es egal, schwarz-weiß würde reichen. Er wollte nur bezahlen und von hier verschwinden. Sein Wagen stand in einer Seitengasse. Es dunkelte bereits, und wenn er lange trödelte, würden ihm die Penner die Radkappen abmontieren.

Karmann griff zur Brieftasche und zog einige Geldscheine hervor.

»Heizspannung war ein Problem. Scheißspannung! Elektronen brechen aus dem Wehneltzylinder. Riesensauerei! Mehrere Versuche.« Zum Beweis zeigte er Karmann die dunkelroten Finger. Sie glänzten im Schein der beiden Lämpchen.

Was für ein plumper Versuch! Der Mann wollte den Preis in die Höhe treiben. Sollte er! Karmann spielte mit der Krawattennadel. »In Ordnung.« Er legte einen Schein dazu und drückte dem Mechaniker das Bündel in die Hand. Spannung hin oder her! Wenn er mit dem Ergebnis zufrieden war, würde er gern mehr bezahlen. Er war ohnehin überrascht, wie billig er alles hatte kaufen können.

Der Mechaniker trat von einem Bein aufs andere. »Krempel mitnehmen?« Er deutete in die Schublade mit den Ersatzteilen.

»Nein, nein.« Karmann winkte ab. »Behalten Sie die Teile. Kann ich ihn sehen?«

Der Alte nickte. »Möchte nicht wissen, wofür Sie *den* brauchen, he, he … sind krank, hä?« Er kicherte und tippte sich an die Stirn.

»Da bin ich aber nicht der Einzige!«

Der Mechaniker schmunzelte. »Hätte den Auftrag sonst kaum erledigt.«

»Kann ich ihn *jetzt* sehen?«, drängte Karmann.

Der Mechaniker grinste. Für einen Moment richtete er sich auf. Karmann verzog schmerzhaft das Gesicht. Er glaubte, die Rückenwirbel des Alten knacken zu hören, als breche die Wirbelsäule auseinander.

Der Mechaniker wischte sich die Hände am Overall ab. »Hier ist er.« Schwungvoll zog er den Vorhang zurück. »Ta-daaa!«

Ein Schwall von Antiseptika drang aus der Nische, es roch nach Eiter und Wundinfektion. Im Schatten der Ecke lag eine

Gestalt auf einem Tisch. Beim Anblick der monströsen Umrisse hielt Karmann den Atem an.

»Steh auf!«, befahl der Alte.

Das Bett knarrte. Die Gestalt hob den Oberkörper. Behäbig schwang sie die Beine über die Tischkante. Die Füße berührten den Boden. Ohne Probleme hätte der Mann das Eisengestell des Bettes auseinandernehmen können. Der Kopf saß auf einem breiten Nacken, die Schultern lagen enorm weit auseinander.

Karmann musterte den Riesen. Er war nicht alt, leicht hätte er der Sohn des Mechanikers sein können. Die Arme hingen ihm kraftlos an den Seiten herab. Sein Gesicht war bleich. Oder lag es an der matten Beleuchtung? Die Pupillen waren nur schwer unter den niedergefallenen Augenlidern zu erkennen. Der Junge blickte ins Nichts, als hätte sich jahrelang Agonie in seine Seele gegraben.

»Na, gefällt Ihnen?«

Karmann zog die Augenbrauen hoch. Der Mechaniker hatte es tatsächlich geschafft. Wo zum Teufel hatte er den Burschen aufgetrieben? Ein Student vom Campus etwa? Oder ein Sportler aus der Fitnesshalle? Für einen Moment regte sich in Karmann ein schlechtes Gewissen. Ob der Bursche wohl Familie hatte? Aber schließlich ging es ja genau darum. Jedenfalls war er gut gebaut, das war wichtig. Bestimmt hatte er den Eingriff gut überstanden.

»Komm her!«

Der Junge erhob sich. In einen bodenlangen, schmierigen Ledermantel gehüllt stand er da, sein Oberkörper wankte leicht nach vorn. Der ausladende Kragen zeigte den muskulösen Nacken. Die Haut war weiß, die Brustbehaarung rasiert. Nacktes Fleisch war auch zwischen den Knöpfen des Ledermantels zu erkennen. Offensichtlich trug er nichts darunter. Der Junge erinnerte Karmann an die armselige, zu Tode gequälte Kreatur eines Snuff-Videos. Mit einer Ausnahme: Das Gesicht des Mannes zeigte keine Narben, keine Nähte, keine Wunden, keine Verletzungen. Sein Gesicht war makellos, weiß wie die Wand einer Intensivstation, als wäre es mit einem Pulver bestreut worden. Was sich unter dem Mantel verbarg, konnte Karmann nur vermuten. Einzig ein Kabel ließ erahnen, was sich darunter befand. Es lugte unter dem Lederkragen hervor, verlief den Nacken entlang und verschwand in der borstigen Stoppelfrisur des Jungen.

»Wie soll ich ihn nennen?«

»Das habe ich mich auch schon gefragt.« Der Alte kicherte. »Mattscheibe, würde ich sagen. Nennen Sie ihn Mattscheibe!« Er schlug dem Jungen mit der flachen Hand auf die Stirn.

Mattscheibe taumelte einen Schritt zurück und ruderte mit den Armen. Dabei schob er das Bett über den Boden.

»Vorsicht!«

Der Mechaniker sprang hin und stützte den Koloss. Ihm beschlug die Brille. »Kann noch nicht Gleichgewicht halten«, schnaubte er.

Mattscheibe schwankte. Der Mechaniker stützte ihn an der Schulter.

»Ist ja gut!« Als Mattscheibe wieder stand, wischte sich der Mechaniker den Schweiß von der Stirn.

»Kann er allein gehen?«

»Ja sicher.« Der Mechaniker schlug dem Riesen auf den Hinterkopf. Mattscheibe wankte einen Schritt nach vorn.

Karmann starrte auf die schweren Stiefel des Giganten. Sie hinterließen feuchte Abdrücke auf dem Boden, das Leder glänzte im Licht.

Dem Mechaniker war Karmanns Blick aufgefallen. »Keine Sorge. Es heilt«, beeilte er sich zu sagen. »Bald sauber, es heilt. Nähte sind frisch, müssen den Verband ein-, zweimal wechseln.«

Karmann blickte den Inhaber des Ladens skeptisch an. Konnte er dem Mann trauen? Karmann deutete auf den Jungen. »Funktioniert er?«

Der Mechaniker kicherte.

»Ich möchte nicht, dass er mir unter den Fingern wegstirbt«, erklärte Karmann.

»Klar, klar! Denken wohl, ich mach Schrott, was?« Der Mechaniker fuchtelte mit den Fingern um den Kopf. »Empfang passt! Heilt aber noch zwei, drei Wochen. Funktioniert! Aber nicht länger als eine Stunde am Tag. Muss sich erholen, sonst …« Wieder blähte er die Backen und riss die Augen auf.

»Gut.« Karmann packte den Riesen am Arm und führte ihn zur schweren Feuertür. Langsam trottete Mattscheibe hinter ihm her und stapfte schwerfällig mit den Stiefeln über den Boden.

»Dauert! Kann nicht schneller. Ziemlich schwer.« Der Mechaniker grinste. Er zählte die Scheine. Dann rieb er sich die Hände und verschwand hinter dem Vorhang.

Karmann geleitete Mattscheibe über die Treppe, hinaus auf die Straße. Mittlerweile war es dunkel geworden, es nieselte. Er blickte zum Himmel. Die schmutzigen Leuchtstoffröhren mit den fehlenden Buchstaben surrten merkwürdig. *Heimkino: Mechanik …* war zu lesen, der Rest blieb vom Nebel verdeckt.

Karmann zog den Schlüssel aus dem Schloss und stieß die Tür auf. In der Wohnung war es still. Nur in einem Raum brannte Licht. Er ging durch die Diele und betrat das Kinderzimmer.

Von der Deckenlampe baumelten bunte Glasfische, Puppen lagen auf dem Boden verstreut, auf Regalen saßen Teddybären und blickten ins Leere. Inmitten der Spielsachen saß ein Mädchen im Schneidersitz. Karmann lächelte sie an. Seit ihre Mutter und ihre Schwester bei einem Autounfall gestorben waren, hatte die Kleine niemanden mehr, keine Freundin, keine Spielgefährtin. Es gab zwar einige Nachbarskinder in ihrem Alter, drüben bei den Altbauten, doch die würde er bestimmt nicht in ihre Nähe lassen. Immerhin war die Kleine nach dem Unfall sein Ein und Alles.

Das Mädchen sah auf. »Hallo Papi.« Es nahm die Stofffiguren aus dem Schoß.

»Hast du schön gespielt, meine Kleine?«

»Sag *Hallo* Laa Laa, sag *Hallo* Tinky Winky«, gluckste sie und hielt die Figuren in die Höhe. Sie sahen aus wie Teddybären in Raumanzügen. Einer der Teletubbys war rot, einer blau, der andere grün. Allesamt hatten sie eine Antenne auf dem Kopf und eine glänzende Folie auf dem Bauch.

»Hast du mir was mitgebracht, Papi?«

Karmann lächelte. »Hier ist dein Geschenk, meine Kleine.« Er trat einen Schritt zur Seite.

Das Mädchen blickte auf und verzog den Mund. Mattscheibe stand hinter Karmann in der Tür und füllte den Rahmen vollständig aus. Sein Oberkörper wippte vor und zurück, als versuche er das Gleichgewicht zu halten. Die Flüssigkeit tropfte ihm unter dem Mantel hervor und patschte auf den Stiefel.

»Aber Papi, das ist doch gar kein Teletubby!«

»Oh doch!«

Wie auf Befehl knöpfte sich Mattscheibe den Ledermantel auf.

SOUVENIRS VOM SENSENMANN

Souvenirs vom Sensenmann *ist eine meiner Lieblingsstorys in diesem Buch. Und zwar deshalb, weil es mir Spaß machte, nach verrückten Ideen und Vorkommnissen zu suchen, sie umzudichten und zu einer verworrenen Story zusammenzureimen.*

Angeblich sind all diese Geschichten tatsächlich passiert – vielleicht nicht gerade in dieser haarsträubenden Form, aber zumindest so ähnlich …

Mein Name ist Freddy Beagle. Ich bin nicht einmal einen Meter sechzig groß und leicht übergewichtig – das ist meine persönliche Art des Understatements, falls Sie verstehen, was ich meine. Ich sage immer, es kommt nicht auf das Äußere an, sondern auf den Grips, den ich zum Glück habe.

Ich arbeite für *Bagger, Lloyd & Crown*, die größte Rechtsanwaltskanzlei der Westküste. Mit Ausnahme weniger Stunden im Monat, in denen ich in meinem Büro Berichte für Mr. Lloyd tippe, bin ich unterwegs – von einem Unfallort zum nächsten. Meine Aufgabe ist es, Schwindler, Versicherungsbetrüger oder Urkundenfälscher auffliegen zu lassen. Deshalb liebe ich diesen Job. Mittlerweile bin ich über dreißig Jahre in der Branche. Sie glauben nicht, was mir alles unterkommt!

Die Woche beginnt stets mit dem gleichen Ritual: Mein Boss ruft mich an, Sir Arthur Lloyd, die graue Eminenz höchstpersönlich. Er klickt nervös mit dem Kugelschreiber, während er die Details eines neuen Auftrags in den Hörer knarrt.

»Freddy, hören Sie zu! Kurz vor Sacramento rasten zwei Jugendliche mit einem Sportwagen über die Interstate. Der Junge auf dem Beifahrersitz wurde durch einen aktivierten Airbag erstickt. Seine Mutter verklagt die Herstellerfirma der Airbags auf achtzig Millionen Dollar. Kümmern Sie sich darum!«

Alles klar! Ich fahre in die Werkstatt, die den Wagen abgeschleppt hat. Ein dunkelgrüner Pick-up mit Allradantrieb, breiten Geländereifen, jeder Menge Antennen und Zusatzscheinwerfern auf dem Überrollbügel. Der Wagen ist nagelneu, kein einziger Kratzer im Lack, folglich kein Unfall. Frage: *Wodurch wurde der Airbag ausgelöst?* Im Fußraum des Beifahrersitzes liegt eine wuchtige Soundmaschine. Frage: *Warum klebt Blut auf dem Kassettendeck?*

Ich rase in die Rechtsmedizin, sehe mir den gekühlten Jungen an und merke gleich, dass etwas faul ist. Warum? Jahrelanger Instinkt! Das ist ein Fall, wie ich ihn liebe. Ich habe bis 17 Uhr Zeit, spätestens dann muss Mr. Lloyd dem Airbag-Hersteller mitteilen, ob wir in dem Fall eine reelle Chance sehen oder er einen Vergleich anstreben sollte.

Ich lege los und umgarne die Medizinstudentin, die gerade ihr Praktikum in der Rechtsmedizin absolviert. So erfahre ich, dass der Archivar aus der Dokumentation ein Fan der *Green Bay Packers* ist und gern Tequila trinkt. Ich gehe ins Archiv und finde den Mann. Mit etwas Überredungskunst verspreche ich ihm zwei Eintrittskarten für ein Football-Match sowie eine Kiste vom feinsten mexikanischen Tequila, bezahlt von meinem Spesenkonto, woraufhin er mir den Bericht des Rechtsmediziners beschafft. So läuft die Sache! Und siehe da, der Rechtsmediziner ist ein guter Freund der Mutter des toten Jungen, und es gibt tatsächlich *zwei* Berichte: einen offiziellen und einen inoffiziellen. Natürlich interessiert mich die inoffizielle Variante. Darin steht, dass der Junge an seinem Nasenbein gestorben ist, das sich in sein Gehirn geschoben hat. Frage: *Wie kann der Airbag eine solche Verletzung herbeiführen?*

Es ist bereits halb fünf, meine Zeit wird knapp. Ich knöpfe mir also den Schulfreund des Toten vor, der den Pick-up gefahren hat, einen pickelgesichtigen Rotschopf mit Schweißflecken auf dem T-Shirt, so groß wie der Bundesstaat Louisiana. Ich bearbeite ihn, erzähle ihm etwas von einer gerichtlichen Vorladung, Untersuchungshaft und Beihilfe zum Mord. Zum Glück ist der Vater nicht zu Hause, die Mutter wird nervös, und der Bursche packt endlich aus. Danach ist die Geschichte rasch rekonstruiert: Es ist Sonntagabend, die beiden Jungs rasen über die Interstate

Richtung Sacramento. Da das Autoradio kein Kassettendeck hat, stellen die beiden einen batteriebetriebenen Gettoblaster auf die Armaturenablage und ziehen sich mit voller Lautstärke ein Tape rein. In einer Linkskurve schlittert das Radio über die Armaturenfläche. Der Wagen holpert über eine Bodenschwelle, und das Radio knallt mit voller Wucht auf die Konsole, in welcher der Beifahrer-Airbag versenkt ist. Der schießt raus, wodurch dem Jungen das Radio ins Gesicht geschmettert wird – Klage an die Airbag-Firma abgewiesen, Fall erledigt!

Aber nicht für mich. Ich fahre noch einmal in die Werkstatt. Ironischerweise befindet sich auf der Seitenwand des Gefährts ein gut lesbarer Aufkleber: *Wie finden Sie meinen Fahrstil?* Beschissen! Mich interessiert aber mehr der Musikgeschmack des Jungen. Ich sehe mir das Radio an. Im Kassettendeck liegt ein Tape von Janis Joplin: *Kozmic Blues* aus dem Jahr '69. Ich lasse es in meiner Sakkotasche verschwinden. Jetzt gehört es mir, der tote Junge hat keine Verwendung mehr dafür. Dort wo er jetzt ist, hört er Janis Joplin live und kann ihr höchstpersönlich den Schweiß von der Stirn wischen – ich hingegen habe ein weiteres Souvenir für meine Sammlung.

Eine Woche später schickt mich Mr. Lloyd wegen eines ähnlich bizarren Autounfalls sogar nach Los Angeles, und das, obwohl mir meine alte, schwerhörige Mutter ständig in den Ohren liegt, keine weiten Strecken mit dem Auto zu fahren. Sie wissen ja, wie Mütter sind. Meine alte Dame ist über siebzig und wird von Jahr zu Jahr unausstehlicher. Natürlich fahre ich trotzdem, schließlich ist es mein Job.

Diesmal geht es um die Filmschauspielerin Sybille Dawn, die in einigen lausigen Seifenopern mitgewirkt hat, damit aber nicht sehr berühmt wurde – egal, Sie werden ohnehin nie wieder etwas von ihr zu sehen bekommen. Weshalb? Während einer Probefahrt in einem gelben Zweisitzer-Sportcabriolet mit 300 PS und einer Beschleunigung von 0 auf 100 Meilen in 6,2 Sekunden rast sie auf der Küstenstraße mit neunzig Sachen in eine riesige Palme. Der Wagen ist eingedrückt wie eine alte Ziehharmonika, und sie selbst landet mit Genickbruch im Leichenschauhaus. Ihr Manager sowie ihre Verwandten verklagen die Firma, die die Nackenstützen herstellt. Unser Fall!

Mr. Lloyd lehnt einen Vergleich ab und sichert unserem Klienten eine reelle Chance zu, ohne dass ich mir zuvor ein Bild von der Sache machen kann. *Typisch!* Aber zum Glück entdecke ich bei der Inspektion des Wagens, dass sich der Rest eines Seidenschals um die Hinterradachse gewickelt hat. In der Handtasche der Toten befindet sich noch die Rechnung einer Boutique. Rekonstruiert ergibt die Geschichte folgendes Bild: An jenem Tag ist es kühl, Sybille Dawn stoppt vor ihrer Stammboutique, kauft sich einen elendslangen gelben Seidenschal, passend zur Farbe des Wagens, schlingt sich das Ding um den Hals, setzt sich die Sonnenbrille auf und fährt los. Der Schal flattert hinter ihr her und verfängt sich im Rad. Den Rest können Sie sich denken! Genickbruch! Sie ist bereits tot, bevor der Wagen in die Palme rast – aber nicht wegen der Nackenstütze, und nur *darauf* kommt es an.

Natürlich habe ich ein Stück des gelben Seidenschals mitgenommen. Es ziert das Wandbord über dem Kamin meines Wohnzimmers, direkt neben der Kassette von Janis Joplin und dem verformten Projektil aus dem Lauf einer 38er Smith & Wesson. Wie ich zu diesem Prachtstück gekommen bin?

Der Fall beginnt wie immer. Mr. Lloyd telefoniert herum, sagt seine Unterstützung zu und schickt mich zu einem Unfallort.

Diesmal in eine weiße Sandsteinvilla am Strand von Santa Barbara. Im Bett liegt ein Toter im Hawaiihemd, der sich mit einer Smith & Wesson das Gesicht weggeschossen hat. Hässliche Sache! Die Waffe ist noch in seiner Hand, Blut, Knochen und Hirnmasse kleben überall, und an den Fingern des Toten finden sich außerdem Spuren von Kordit. Ebenso finden sich in seiner Kleidung Rückstände des Anzündsatzes und der Treibladung der Munitionspatrone.

Die Witwe hat uns kontaktiert, weil sich die Versicherung im Falle eines Selbstmords weigert, die Prämie der Lebensversicherung auszubezahlen, und nun soll ich beweisen, dass es *kein* Selbstmord war. *Witzig!* Ich versuchte es trotzdem.

Als ich von der Telefongesellschaft die Liste der letzten Verbindungen mit der vom Rechtsmediziner ermittelten Todeszeit vergleiche, finde ich den entscheidenden Hinweis, was sich in jener Nacht tatsächlich zugetragen hat: Die Ehefrau des Toten steht mitten in der Nacht stinksauer am Bahnhof und ruft zu Hause an, weil sie den letzten Zug verpasst hat. Als ihr Mann, durch den nächtlichen Anruf geweckt, statt nach dem Telefon zur Waffe greift, die auf dem Nachttisch liegt, schießt er sich beim »Abheben« versehentlich in den Kopf. Blöder Zufall, kommt sicher nur einmal im Leben vor. Jedenfalls ist es ein Unfall und kein Selbstmord gewesen – Klage gewonnen, die Versicherung muss zahlen, und unsere Klientin erhält ihre Prämie.

Aber auch mich hat es eine schöne Stange Geld gekostet, um über den Rechtsmediziner, der die Autopsie durchgeführt hat, an das verformte Projektil zu kommen, das jetzt neben zahlreichen anderen Kleinodien mein Wandregal ziert.

Meine alte Mutter, diese Nervensäge, meckert zwar ständig herum, wie ich nur solch grausige Exemplare sammeln kann, die sie am liebsten in den Müll werfen möchte, aber ich habe meinen Grund dafür. Und zwar einen richtig guten. Meiner Mutter gegenüber habe ich ihn stets verheimlicht – sie muss nicht alles wissen –, aber Ihnen kann ich es verraten. Ein Aberglaube besagt, dass ein Gegenstand, der schon einmal den Tod gebracht hat, den nächsten Besitzer davor bewahrt. Das ist das ganze Geheimnis. *Deswegen* sammle ich solche Dinge – nicht, weil es sich um makabre Raritäten handelt.

Ein ebenso kurioser Fall ergibt sich, als Mr. Lloyd mich nach San Diego schickt.

»Freddy, finden Sie raus, was passiert ist!«

Ich komme hin, und die Typen von der Behörde erzählen mir folgende Geschichte: Ein älterer Mann läuft den Bordstein entlang zu seinem Auto und stürzt über die Straßenabsperrung, die die Bauarbeiter errichtet haben, um einen offenen Gullyschacht zu sichern. Der Mann fällt kopfüber in den Gully und stirbt. Aber nicht an Genick- oder Schädelbasisbruch, sondern er ertrinkt. Tatsächlich! Denn als ihn die Feuerwehrleute mit einer Seilwinde rausziehen, ist seine Lunge randvoll mit dreckigem Abwasser gefüllt, obwohl der Schacht nur etwa dreißig Zentimeter tief unter Wasser steht. Aber durch den Sturz steckt der Mann so fest mit den Schultern im Schacht, dass er hilflos ertrinkt. Das Bauunternehmen wurde wegen fahrlässig aufgestellter Absperrung verklagt – und wir vertreten die Firma! *Scheiße!*

Natürlich muss ich zuerst den Tatort besichtigen, und so stehe ich wadentief, mit einer Taschenlampe bewaffnet, in der Kloake. Unter der Wasseroberfläche glänzt ein silberner Gegenstand im Licht, der sich als Schlüsselbund entpuppt. Davon passt einer ins Schloss des alten, klapprigen Buicks, der am Straßenrand parkt und dem Toten gehört. Danach ist mir alles klar: Ungeschickt, wie der Mann ist, fällt ihm der Schlüssel aus der Tasche, mitten in den Gully. Er beugt sich kopfüber in den Schacht, verliert das Gleichgewicht, stürzt hinunter, bleibt stecken und ertrinkt. Tod durch eigenes Verschulden – Klage abgewiesen! Die Witwe bekommt den Bund mit dem Reserveschlüssel, aber der Original-Autoschlüssel gehört wem? Richtig, mir!

Leider wohnt meine Mutter im selben Wohnblock wie ich, denn nach Vaters Tod ist sie in eine frei gewordene Wohnung umgezogen, *um in meiner Nähe zu sein,* wie sie ständig betont. Jedes Mal, wenn ich auf einer längeren Dienstreise bin, schleicht sie sich mit dem Generalschlüssel des Hausmeisters heimlich in meine Wohnung, um zu putzen oder alle Möbel umzustellen. Einmal hätte sie mit dem Staubsauger in ihrem Sauberkeitsfimmel beinahe den Autoschlüssel des Buicks verschwinden lassen, dabei habe ich ihr schon tausendmal gesagt, sie soll die Finger von den Regalen mit meiner Sammlung lassen. Aber nicht nur das, mit ihrer herrischen Art vertreibt sie alle Frauen aus meinem Leben.

»Freeed, mach dir nichts draus, Junge«, pflegt sie dann zu sagen. »Wegen deines kranken Hobbys hätten diese Frauen dich ohnehin bald verlassen.«

Ja, ich gebe zu, in gewisser Weise bin ich ein Junkie, ein Todestourist, der makabre Souvenirs sammelt, um sich durch das Unglück anderer Vorteile zu verschaffen. Aber jedes dieser Stücke hat eine faszinierende Geschichte zu erzählen, wie auch jenes einfache blaue Benzinfeuerzeug. Sie würden nie erraten, was dieses harmlose Ding angerichtet hat.

Vor einigen Jahren um die Weihnachtszeit kauft sich ein Farmer aus Clearlake Oaks im Norden einen zwanzig Jahre alten, beinahe zu Schrott gefahrenen Trans Am. Der Mann heißt Joe Burner. Ich erinnere mich deshalb noch genau an den Namen, weil es einfach zu komisch ist. Jedenfalls möchte dieser Joe Burner Geld sparen und verdünnt das Benzin im Autotank des Trans Am mit Wasser. Anscheinend weiß er nicht, dass sich Benzin nicht mit Wasser vermischt, da Benzin obenauf schwimmt. Da der Ansaugstutzen im Tank eines Wagens unten ist, wird natürlich zuerst das Wasser in den Motor gesogen, worauf der Motor absäuft. Es ist Winter, über Nacht treten Minusgrade auf, und das Wasser gefriert, woraufhin der komplette Motor verreckt.

Uns leuchtet das natürlich ein, aber als ein Mechaniker dem Farmer erklärt, was geschehen ist, schiebt dieser seinen altersschwachen Trans Am in die Garage, rollt einen tragbaren Elektroheizkörper unter das Auto, um das Eis im Motor schneller aufzutauen. Als er schließlich mit dem Feuerzeug in den Tank leuchtet, um zu sehen, wie weit der Auftauprozess vorangeschritten ist, können Sie sich vorstellen, was passiert. Genau, das Gasgemisch im Tank entzündet sich. Die Explosion sprengt nicht nur das Auto mitsamt der Garage in die Luft, sondern das halbe Haus und tötet ihn und seine Frau ... und der Mann heißt Joe Burner, welch Ironie! Merkwürdigerweise übersteht das blaue Benzinfeuerzeug die Katastrophe ohne Schaden, weshalb es unter all den Todesandenken mein Lieblingsstück ist. Falls der Aberglaube stimmt, dass ein Gegenstand, der schon einmal den Sensenmann gerufen hat, im Weiteren vor ihm schützt, muss dieses Feuerzeug ein wahrer Schutzengel sein.

Mittlerweile sind meine Wandregale ziemlich voll. Sie würden nicht glauben, was sich darauf alles befindet: Ein Tennisball, eine Krawattennadel, ein Fläschchen Nagellack, ein kaputter

Fenstergriff, Essstäbchen aus dem Chinarestaurant, eine kindersichere Steckdose oder das rostige Kettenglied einer Motorsäge. Wenn ich mehr Zeit hätte, könnte ich Ihnen zu jedem Utensil eine köstliche Geschichte erzählen, wie beispielsweise die über meine jüngste Errungenschaft.

Eine junge Frau aus Palm Springs versucht auf dem Balkon den Käfig ihres Kanarienvogels mit Staubwedel und Putztüchern zu reinigen. Dabei steht sie auf einem Drehstuhl mit feststellbaren Rollen. Als der Vogel anfängt zu kreischen, beginnt der Stuhl zu rollen, obwohl die kleinen Kunststoffräder festgestellt sind. Die Frau stürzt aus dem elften Stock ihres Wohnhauses über die Brüstung und reißt den Käfig samt dem armen Vogel mit sich in den Tod.

In der Bedienungsanleitung des Sessels wird vor keiner derartigen Aktion gewarnt, und ich kann beweisen, dass eine der Rollen defekt ist – woran ein winziger Produktionsfehler in der kompletten Serie schuld ist. Kurios ist, dass nicht der Witwer, sondern der Verein für Kanarienvögel unser Auftraggeber ist. Wir gewinnen den Fall, die Sesselfirma muss zahlen – die volle Summe! Leider wird der Stuhl mit der defekten Rolle vom Gericht sofort eingezogen, aber immerhin besitze ich den verbeulten Vogelkäfig.

Ich bin ein Freak und kaufe mir ein Exemplar des gleichen Drehstuhls. Erstaunlicherweise sind die leichter zu finden, als ich dachte, denn nach der gewonnenen Klage gegen die Firma kann man die Stühle günstig aus der Konkursmasse erwerben. Ich finde heraus, wie einfach die Rollen zu manipulieren sind. Man muss nur einen Plastikstift abbrechen, schon lässt sich die Rolle nicht mehr fixieren und … Ach, von dem vielen Erzählen habe ich völlig die Zeit vergessen. Meine Mutter kommt soeben schwer beladen mit Papiertüten von ihrem Einkauf heim.

»Freeed! Was machst du hier Junge?«, kreischt sie.

O Gott! Es ist ihre übliche Begrüßung, wenn wir uns freitagabends sehen, um eine Partie Rommé zu spielen, bei der sie mir jedes Mal zehn Dollar abknöpft. Für meine Mutter ist das die schönste Zeit der Woche, da sie eine volle Stunde lang über mich lästern und mich herrlich demütigen kann … außerdem mogelt sie beim Kartenspiel und glaubt, ich merke es nicht.

»Ich habe im Treppenhaus deinen Nachbarn von oben getroffen!«, schreie ich, damit sie mich besser hört. »Er hat gemeint, du sollst den Efeu, der auf deinen Balkon herunterhängt, selbst abschneiden. Ich habe dir einen nagelneuen Stuhl gekauft …«

Zwar schaut mich meine Mutter skeptisch und verbissen an, wie sie es immer tut, aber wenn alles klappt, habe ich bald ein weiteres Souvenir in meiner Sammlung.

NACHTS IN DER BOURBON STREET

Nachts in der Bourbon Street *ist eine von insgesamt drei Vampir-Geschichten, die Sie in diesem Buch finden werden. In typischer Anne-Rice-Tradition habe ich New Orleans als Schauplatz ausgewählt. Ich habe die Stadt tatsächlich besucht, lange vor der schrecklichen Hochwasser-Katastrophe, und der St. Louis Cemetary No. 1 und der Mississippi-Raddampfer sind mir von der gesamten USA-Reise am lebhaftesten in Erinnerung geblieben.*

New Orleans ist schwer zu beschreiben. Die Stadt ist feucht, sie atmet, pulsiert und schwitzt richtiggehend. In manchen Straßen des French Quarter fühlt man sich als Weißer unter all den Schwarzen wie ein Fremdkörper, der nicht dazugehört. Ein Gefühl, das man einmal erlebt haben sollte.

Ob mir die Idee zu dieser Story tatsächlich auf dem St. Louis Cemetary gekommen ist, lässt sich natürlich nicht mehr genau sagen, aber unmöglich ist es nicht ...

Der Nigger keuchte schwer und starrte mich an. Er stank wie ein Tier, nach Urin und Schweiß. Er war genauso fett wie alle anderen Nigger, die ich kannte. Seine Ausdünstung hing wie ein angepisstes Tuch in dem Büro. Auf der Stirn des Mannes glänzten Schweißtropfen, wie Glasmurmeln auf ebenholzschwarzer Haut, in denen sich das Licht der Gaslampe spiegelte.

»Sie wollen also morgen Abend tatsächlich sterben?«, stellte er fest.

Ich nickte und schob einen braunen Umschlag über den Tisch. Der Nigger warf einen kurzen Blick darauf. Er stützte sich auf die Ellenbogen, presste die Handflächen aneinander, wie zum Gebet gefaltet, und strich sich mit den Fingerkuppen über den breiten Nasenrücken. Dann griff er nach dem brüchigen Papier, löste den Bindfaden vom Umschlag und öffnete das Kuvert. Zuerst betrachtete er den Druck des Ölgemäldes, das noch aus der französischen Kolonialzeit der Stadt stammte. Das Bild war vergilbt, an den Rändern eingerissen und von der Luftfeuchtigkeit gewellt. Für mein Vorhaben würde es genügen. Er sah auf und betrachtete mich.

»Erstaunlich. Das Bild sieht Ihnen ähnlich, Baron von Wörderschlöff …«, murmelte er, einem Gurgeln gleich. Mit einer feuchten Aussprache, als wären seine Backen mit Kautabak gefüllt, der ihm jeden Augenblick zwischen den dicken Lippen hervorsprudeln könnte, verunstaltete er meinen Namen. *Von Wörderhoff!*

Zögernd entnahm er dem Kuvert das Schriftstück mit den Details. Das Pergament knackte, als er es auseinanderfaltete. Er las das Dokument und verharrte in der Bewegung. Seine Hände verschmolzen mit dem Mahagoniholz der Tischplatte, nur seine weißen Fingernägel leuchteten wie Münzen, in denen sich das Mondlicht spiegelte.

Am Ende des Schreibtisches glänzte eine Messingtafel mit eingraviertem Schriftzug: *Wahoo Samuel Jacob – Solicitor.* Das Licht der Lampe spiegelte sich darin. Ein ähnliches Schild prangte am Eingang des Büros über der Türglocke an der vom Meersalz zerfressenen Holzfassade. Das Fehlen der Louisiana-Registrierungsnummer und des Notariatsemblems von 1908 verriet die Zweitklassigkeit seiner Kanzlei.

»Um 23 Uhr, im *Chattanooga,* in der Bourbon Street.« Er nickte, flog mit den Augen über die geschwungene Handschrift, und wischte sich mit einem Taschentuch über die Stirn, doch schon im nächsten Moment schoss ihm wieder der Schweiß aus den Poren. Am Rand des schmierigen Stoffs waren die Initialen *WSJ* mit rotem Bindfaden eingestickt. Wahoo Samuel Jacob, der sein Büro schon wegen seines Namens nur in *dieser* Stadt führen konnte, knüllte das Tuch zusammen, um es anschließend in der Seitentasche des Anzugs verschwinden zu lassen.

Er blickte kurz auf. »Ist *Ihnen* nicht heiß?«

Ich schüttelte den Kopf. Für ein fettes Schwein wie ihn mussten die Nächte in New Orleans unerträglich sein. Sicher presste die Hitze seinen Brustkorb zusammen, die Luftfeuchtigkeit durchtränkte seine Kleidung, und tagsüber sprengte ihm der Druck die Schädeldecke. Ich wusste, wie er sich fühlte. Das Büro verfügte über keine Belüftung. Das Fenster war zwar geöffnet, die Jalousie klapperte aber nur müde im Luftzug, und gemächlich zogen die Rotorblätter des Ventilators ihre Kreise unter der Holzdecke. Draußen tuckerte der Viertaktmotor eines Automobils. Das Signalhorn des Wagens röhrte, und mit dem Knallen der elektrischen Zündung erstarb das Tuckern in einer Seitengasse.

Der Nigger legte die Stirn in Falten. »Sind Sie sicher, dass ...?« Er rang nach Atem.

»Zweifel sind nicht angebracht!« Ich umklammerte den Knauf des Gehstocks. »Sie veranlassen alles, wie ich es niedergeschrieben habe, dann gibt es keine Zwischenfälle.«

Er murrte etwas Unverständliches und hob die fleischigen Hände. »Einen Holzpfahl durchs Herz, sieben Silbernägel durch Schultern, Hände und Knie und einen durch den Hals ... ein wenig, mhm ... *makaber!*« Er verzog das Gesicht und lockerte den Krawattenknoten, doch immer noch wölbten sich Hautfalten über dem steifen Hemdkragen.

»Es *ist* notwendig«, antwortete ich. »Und vergessen Sie nicht, den Körper anschließend zu verbrennen. Der Hinterausgang des Lokals führt in einen ...«

»Kein Problem ...«

»Führt in einen Hof!« Ich pochte mit dem Stock auf die Holzdielen. Es war eine Plage. Seit dem Bürgerkrieg hatten die Nigger keinen Respekt mehr vor den Weißen. »Dahinter liegt ein Park mit Bäumen und Sträuchern. Dort vergraben Sie die Überreste! Haben Sie verstanden?«

Der Nigger betrachtete mich mit eng zusammengekniffenen Augen. »Ich habe fünf gute Männer für diesen Job. Wie wäre es mit Weihwasser oder einem Kruzifix?« Er zuckte mit den Achseln. »Nur um sicherzugehen!«

»Schweigen Sie!« Er zuckte zusammen.

»Sie machen alles so, wie es *hier* steht!« Ich beugte mich vor und pochte mit dem Finger auf das Papier. »Die Silbernägel reichen vollkommen aus, der Rest ist Unsinn. Doch es muss *echtes* Silber sein, keine Legierung!« Ich fixierte die Pupillen des Mistkerls. »Haben Sie das verstanden?«

Ein Rinnsal aus Schweiß lief ihm über die Wange. »Hey, ich wollte doch nur einen Scherz ma...«

»Ich möchte Sie nicht beleidigen, Mister Samuel Jacob, aber sparen Sie sich die Scherze für Ihre Nigger!«

Unter seiner Haut pochte das Blut sichtbar gegen die Schläfen, die Unterlippe zuckte, doch er sagte nichts.

»Sie finden in dem Umschlag eine Adressenliste, ein Testament, eine Vollmachtserklärung, eine Vermögensaufstellung und einige Briefe, die Sie morgen abschicken werden.«

Ich griff in die Manteltasche und zog einen verschnürten Lederbeutel hervor, den ich auf den Tisch legte. »Sie besorgen sich ein Alibi für morgen Abend. Hier ist Ihr Honorar, dreitausend Dollar in Goldmünzen, und sehen Sie zu, dass Sie gute Männer dafür bekommen … keine Nigger!«

Seine Augen funkelten böse.

Ich schlug ein Bein über das andere. »Im Augenblick meines Todes möchte ich kein schwarzes Affengesicht vor mir sehen.«

Seine Hände verkrampften sich zu Fäusten. Er wollte mir nicht zeigen, dass sie vibrierten, doch sie zitterten wie Kinderhände, die jeden Moment vor Zorn die Beherrschung verloren.

»Wenn alles klappt, sehen wir uns nicht wieder. Aber falls etwas schiefgeht, *sehen* wir uns wieder«, erklärte ich ihm. »Und zwar morgen Nacht!«

Für einen Moment wurden seine Augäpfel weiß, als die Pupillen zu dem Brieföffner schielten, der auf dem Schreibtischende im Schein der Gaslampe glänzte.

»Dann benötigen Sie mehr als diese *lächerliche* Klinge!«

Er zuckte zusammen.

»Es wird nichts schiefgehen, dafür sorge ich«, presste er hervor und griff nach dem Beutel.

Am Ausdruck seiner Augen bemerkte ich, dass ihm einiges auf der Zunge lag, das er – Gott war ihm gnädig – für sich behielt. Zweifelsohne war es der Geldbetrag, der ihn schweigen ließ. Es war mir zuwider, mit einem Nigger Geschäfte zu machen, doch diese Stadt ließ mir keine andere Wahl.

Ich erhob mich, nahm Stock und Zylinder, und schlug den Mantelkragen hoch.

»Leben Sie wohl.«

Ich wartete keine Antwort ab und verließ das Büro durch den knarrenden Holzkorridor.

Auf der Straße inhalierte ich die schwüle Luft, schmeckte die Melange aus dem Salzwasser des Mississippi-Deltas, dem Urin aus den Latrinen, dem in die Ritzen des Kopfsteinpflasters gepressten Hundekot, dem Bratfett der Küchen und dem in der Hitze faulenden Obst und Gemüse der Läden.

Im Schein der Gaslaternen schimmerten die Metallstreben und schmiedeeisernen Gitter der Dächer und Balkone wie nasse Gerippe, behangen mit Efeu- und Farngewächsen. An der Straßenecke steppte ein Junge mit Metallsohlen, irgendwo erklang ein Saxofon.

Wie ich diese Stadt hasste! Wie ich es hasste, seit Jahrhunderten durch die Nacht zu wandeln, auf der Suche nach Tierkadavern und menschlichen Überresten.

In der darauffolgenden Nacht stützte ich den Ellenbogen auf den speckigen Holztresen des *Chattanooga*. Vor mir stand ein Glas mit einer farblosen Flüssigkeit, das ich nicht anrührte. Das gestampfte Eis war zerflossen und hatte sich mit dem Bourbon zu einem ekelhaften Gebräu vermischt. Mein Stock lehnte am Barhocker, der Zylinder lag auf dem Tresen, und der Mantel hing über meinem Arm. Zuvor hatte ich durch die Hintertür den Hof des Lokals betreten. Im Schatten des Dachgiebels lehnte ein Spaten an der Holzfassade, daneben standen zwei Ölfässer, darauf lag ein Stapel Decken.

Ich ließ den Deckel der Taschenuhr aufschnappen. 22.45 Uhr. Noch eine Viertelstunde. Der Saxofonspieler nahm das Mundstück vom Instrument, der Pianist klimperte die letzten Takte eines Niggerblues, und die schwarze Sängerin verstummte soeben. Sie saß auf dem Piano, hatte die Beine überkreuzt, die Arme auf dem Flügel abgestützt und den Kopf in den Nacken geworfen. Zwischen der Wölbung des vollen Busens verlief ein glänzender Schweißbach, der in der Bauchhöhle verschwand und als nasser Fleck durchs Kleid schimmerte. Sie ließ ihr Haar in die Stirn fallen und blickte sich im Lokal um. Niemand klatschte. Bis auf einige alte, Zigarre rauchende Nigger, die rund um einen Tisch hockten und mit abgegriffenen Karten Draw Poker spielten, gab es keine weiteren Gäste. Das *Chattanooga* würde in einer Viertelstunde schließen.

Auf der Straße war nicht viel los, hinter dem schmierigen Glas der Fenster liefen nur noch wenige Menschen an dem Lokal vorbei, meist schwarze Nutten auf dem Weg in ihre Absteigen. Aus den anderen Lokalen drangen die Töne ersterbender Musik, ein dumpfes Gemisch aus Ragtime, Blues und Jazz, die ewig gleiche Leier von Bass, Piano, Kornett und Posaune; selten, dass sich ein Banjo dazwischen drängte, um die Monotonie ein wenig aufzulockern.

Die schwarze Hure glitt von der Kante des Pianos, zog das hautenge Kleid über den Ansatz der Oberschenkel und klapperte in ihren hochhackigen Schuhen über den Parkettboden zur Bar. Mit den Unterarmen stützte sie sich auf den Tresen, bog den Rücken durch und reckte den Hintern hoch – diese Schlampe!

»Einen Bourbon!«, befahl sie dem Barmann – natürlich ebenfalls ein Nigger. Ihre Stimme klang rau, vom Singen ausgetrocknet.

Sie stand eine Armlänge von mir entfernt. Ihr Alter war schwer zu schätzen, wie bei fast allen Schwarzen, doch sie hatte einen perfekten Körper. Ich blickte auf das Zifferblatt der Taschenuhr, während Gedankenbilder in meinem Kopf entstanden ...

Hätte ich mehr Zeit, würde ich die Gäste der Bar töten, der Schlampe den Stoff vom Leib fetzen, sie an der Haarmähne in den Hinterhof zerren, ihr dort die Kehle aus dem Hals reißen, ihren Körper über den Mauersockel werfen und sie in den schwarzen Arsch ficken, während ihre Titten zwischen meinen Fingern erschlafften.

... etwas, das ich seit Jahrzehnten nicht mehr getan hatte, seit ich zum letzten Mal die richtige Frau dafür gefunden hatte, doch die gemeinsamen Nächte mit Jannoine waren mir nicht lange vergönnt gewesen.

Ich blickte auf. *Sie* wäre ideal, doch hatte sie einen Fehler: Sie war genauso schwarz wie der Abschaum der Stadt, schwarz wie der Kot in den Straßen und schwarz wie der Schlamm auf den Plantagen.

»Woran denken Sie?«, fragte sie plötzlich mit einem Lächeln.

Ich zuckte mit den Achseln. »Der Abend ist leider so schnell vergangen.« Ich lächelte ebenfalls. »Sie haben eine angenehme Stimme, verführerisch, erotisch.«

»Vielen Dank.«

»Sie erinnern mich an jemanden, den ich vor langer Zeit einmal gekannt habe.«

Sie lächelte wieder, wandte mir ihren Körper zu. Ein Träger war ihr über die Schulter gerutscht, auf dem Busen glänzte noch immer der Schweißbach. Die Nippel der Brüste waren hart und drückten sich wie winzige Korken durch den Stoff des Kleides.

Sie deutete auf mein Glas. »Wollen Sie Ihren Bourbon nicht trinken?«

Ich schüttelte den Kopf, während ich den Glanz ihrer dunklen Pupillen betrachtete, die aufgebogenen Wimpern, den schlanken Nasenrücken, die vollen Lippen und das lange Haar, das ihr über die Schulter fiel. In der Beleuchtung der Bar glänzte es in einem dunklen Violett, tatsächlich musste es jedoch so schwarz wie die Nacht sein.

Der Barmann stellte ein Glas Bourbon mit gestampftem Eis auf den Tresen.

»Einen Bourbon in der *Bourbon Street.*« Sie lachte, doch ihre Stimme klang sarkastisch. Sie kippte das Getränk in einem Zug hinunter, sodass nur noch Eissplitter im Glas zurückblieben.

»Ich habe Sie während meines Auftritts beobachtet.« Sie lächelte wieder. »Sie erinnern mich an meinen Vater.«

»Oh, vielen Dank«, murrte ich.

Sie lachte auf – es klang erfrischend, herzlich. »Nein!« Sie hielt sich die Hand vor den Mund, als wollte sie die soeben gesprochenen Worte ungeschehen machen. »Er war genauso groß und schlank wie Sie, wollte ich sagen.« Sie fuhr mit den Fingern durch die Luft und zeichnete ein imaginäres Profil. Dabei klimperten die goldenen Armreifen an ihren Handgelenken. »Die feinen Gesichtszüge, das dichte, gewellte Haar, die grau melierten Schläfen, die langen Koteletten, die schlanken Finger, die gepflegten Nägel. Wow!«

Nur, dass er ein Nigger war und ich nicht, fügte ich in Gedanken hinzu.

»Sie wirken interessant.« Sie machte einen Schritt auf mich zu. »Ich könnte vieles von Ihnen lernen, ich sehe es in Ihren Augen.«

Ihre Bauchmuskeln vibrierten, zeichneten sich unter dem eng anliegenden Stoff des Kleides ab, hüpften und zuckten bei jedem Luftzug, den sie einsog. Ich roch den Schweiß ihrer Haut, ihr Haar und ihren Atem. Das Kleid knisterte, als sie sich einen weiteren Schritt näherte. Mein Glied schwoll an.

»Ich hätte Sie liebend gern näher kennengelernt, doch bin ich nicht mehr lange in dieser Stadt.« Ich blickte auf das Zifferblatt der Uhr. Fünf vor elf. Genau genommen nur noch ein paar Minuten. Es wurde Zeit, dass die Schlampe das Lokal verließ.

»Sie reisen ab?« Ihre linke Augenbraue zuckte hoch, ein enttäuschter Tonfall erklang in ihrer Stimme. *»Allein?«*, fügte sie gedehnt hinzu. Ich nickte.

»Wohin geht die Reise?«

Mit einem Kopfnicken deutete ich zum Hinterausgang, in den Hof. »Nach Norden.«

Sie schmunzelte, einen lasziven Ausdruck auf den Lippen. »Heute war mein letzter Auftritt mit der Band«, flüsterte sie. Die harten Nippel berührten den Stoff meines Anzugs. Ich roch den Speichel auf ihren Lippen. Sie neigte den Kopf, zog einen Schmollmund und blickte mich von unten herauf an.

Diese Hexe! Die Kleine hatte keine Ahnung, auf welches Spiel sie sich gerade einließ. Mit einem Biss ihre Halsschlagader zu zerfetzen hätte genügt, sie sterben zu lassen ... und ein weiterer Biss, um sie zu verwandeln. Doch waren nicht alle Menschen stark genug, die Verformung bis zum Ende durchzustehen. Manche verfaulten, zerfielen zu dampfenden Kadavern, ohne sich jemals wieder zu erheben.

»Woran denken Sie?«, fragte sie. »Was verbirgt sich dahinter?« Ihr Zeigefinger fuhr über meine Schläfe, ihr Fingernagel strich über meine Haut.

Ich zuckte mit dem Kopf zur Seite, als wollte ich die Gedanken abschütteln. Seit Jahrzehnten rang ich um eine Entscheidung, und gestern Abend im Büro des Niggers hatte ich sie getroffen. Endgültig! Ich hatte mit diesem Leben abgeschlossen, und kurz bevor meine Seele Erlösung finden sollte, lief mir diese Hexe über den Weg.

Wäre die Kleine bereits untot, hätte ich mich vielleicht anders entschieden. Noch hätte die Zeit gereicht, mit ihr aus dem Lokal zu fliehen. Und danach? Der Nigger hatte die Briefe bereits verschickt und damit begonnen, als Bevollmächtigter mein Vermögen zu verwalten, doch wäre es nicht unmöglich, es wieder in meinen Besitz zu bringen und gemeinsam mit der Kleinen nach Mexiko zu flüchten. Nach *Río Lagartos* oder *El Cuyo.* Ich mit einer schwarzen Nutte an der Seite? Ich musste schmunzeln. Eine Weile hätte sie meine Gedanken zerstreut, meinen Kummer zerschlagen, vielleicht rasch gelernt und sich sogar zu einer angenehmen Schattenbegleiterin entwickelt … *vielleicht!*

»Woran denken Sie?«

Ich schüttelte den Kopf. *Ich werde es nie erfahren.*

»Nehmen Sie mich mit!«, drängte sie.

»Nein.«

»Aber ich …«

»Sie kommen einen Tag zu spät.« Ich bemerkte, wie ein enttäuschter Ausdruck über ihr Gesicht huschte. Sie war ohnehin nur ein Mensch; ich würde nichts an diesen Zustand ändern können. Das Risiko war zu hoch, sie zu verlieren.

»Hören Sie auf, mit Ihren Nägeln zu spielen! Ihre Hände sind viel zu hübsch.« Sie nahm meine Hände in die ihren und führte sie an ihre Lippen. Sie waren voll, schimmerten feucht, und ich spürte ihre Zunge wie die eines Reptils über die Fingerkuppen tasten. Sie schloss die Augen, ihr Busen hob und senkte sich, ein Anblick, der einem Mann den Verstand rauben konnte, und genau das schien die Kleine zu wissen.

»Wie alt sind Sie?« Ich entzog mich ihrer Berührung und blinzelte auf das Zifferblatt der Uhr. 23.01 Uhr.

Sie blickte auf. »Siebzehn!«

»Siebzehn?« Ich zog die Augenbrauen hoch.

Sie lachte laut auf und hielt sich wieder die Hand vor den Mund. »Entschuldigen Sie! Nein, ich wollte Sie nicht ärgern.« Sie lachte wieder. »Ich bin dreiundzwanzig.«

Diese Hexe! Sie wäre die perfekte Schattenbegleiterin gewesen und hätte meinen einsamen Nächten wieder einen Sinn gegeben. Wie damals, als ich mit Jannoine über die Felder der Plantagen gehetzt war.

Wir hatten uns in der nassen Erde geliebt. Später stiegen wir in die Herrenhäuser ein, rissen im Blutrausch die Angestellten, schlugen die Schafe in den Ställen, stillten unseren Hunger und flohen anschließend aus den lodernden Flammen der Schuppen in die Nacht. Jannoine war einzigartig: frech, verführerisch und wissbegierig. Sie liebte das Spiel und trieb uns in die irrwitzigsten Situationen, bis es eines Nachts vorüber war und sie mit dem Fuß in eines der Fangeisen geriet, die die Nigger vor einer Plantage aufgestellt hatten. Beim Klang ihres Schreies erstarrte ich, jagte zurück und sah sie im Schein der Fackeln, über ihr Bein gebeugt, bereits die Sehnen des Gelenks durchgebissen, und dann waren sie am Rand der Felder. Die Nigger. Heulend und jubelnd, mit Pfählen, Harken, Mistgabeln, Reisig und Petroleumbehältern. Umringt von einer Horde Sklaven, mit Forken niedergehalten, von Petroleum übergossen, riss sie sogar noch zwei von dieser schwarzen Niggerbrut, die ihr zu nahe kamen, und dann qualmte die Rauchwolke und verdunkelte den Mond. In dieser Nacht roch es nach verbranntem Fleisch. Sie nahmen Rache, Vergeltung für alles, was ihnen die Weißen in den vergangenen Jahrzehnten angetan hatten. 1812 war ich noch jung gewesen, kräftig, roh und voller Hass, doch ein Jahrhundert später war davon nur Ermüdung, Einsamkeit und Schwäche übrig geblieben. Manchmal höre ich sogar noch Jannoines Heulen in der Nacht …

Tack!

Mein Blick fiel auf die Uhr, der Zeiger war auf die nächste Minute gesprungen. »Sie sollten jetzt gehen!«

Ein überraschter Blick. »Und Sie?«

»Leben Sie wohl!«

Im selben Augenblick wurde die Tür von der Straße aufgestoßen. Fünf Männer betraten das Lokal. Es waren Weiße, sie trugen Stiefel und Ledermäntel, die bis zum Boden reichten.

»Gehen Sie!«, befahl ich. »Sofort!«

Die Männer verteilten sich im Lokal. Ich löste mich von der Bar und ging einige Schritte auf sie zu, bis ich in ihrer Mitte stand.

»Raus aus der Bar!«, brüllte einer von ihnen.

Auf den ersten Blick wirkten sie unerschrocken, doch in ihren Augen erkannte ich Furcht. Sie waren jung, und ich bemerkte ihr Zögern in der Stimme, roch ihre Angst und fühlte das Zucken ihrer Nervenenden.

»Ich bin bereit.« Ich schloss die Augen und breitete die Arme aus. Neben mir rückten Stühle, und ich hörte Gemurmel und schnelle Schritte. Der Barmann, die Kartenspieler und die Musiker stürzten aus der Bar.

Sekunden später schlug die Tür wieder zu. Es war still, nur der Atem der Männer war zu hören, das aufgeregte Pochen ihrer Herzen und der Schweiß, der ihnen in dicken Tropfen aus den Poren quoll.

»Ich bin bereit«, wiederholte ich. Nur noch wenige Sekunden. Wenn sie ihre Arbeit verstanden, würde der Schmerz schnell vorüber sein.

»*Diese Männer* ...«, flüsterte eine Stimme an meiner Seite.

Mein Kopf zuckte herum. Neben mir sah ich das schwarze Gesicht der Sängerin. Ihr Lächeln war einem angstvollen Ausdruck gewichen.

»Was tun Sie hier?«, brüllte ich. »Raus!«

Sie starrte mich an. »... es sind Vampirjäger!«, hauchte sie.

Erst jetzt klafften die Mäntel der Männer auf. An den Innenseiten baumelten schwere Hämmer und Holzpfähle an Lederschlaufen.

»Woher wussten Sie das?«, fuhr ich sie an.

Sie antwortete nicht, sondern schmunzelte plötzlich wieder, mit den gleichen lasziven Zügen wie zuvor.

Diese Hexe! Ihre langen, weißen Eckzähne hoben sich blitzend von der dunklen Haut ab.

»Warum hast du das nicht eher ...?«, rief ich.

Gleichzeitig kam der erste Todesbote mit erhobenem Pfahl und wollte ihn mir durchs Herz stoßen. Ich tanzte zur Seite, brach ihm mit einem Handgriff den Arm und schlug ihm das Nasenbein in die Stirn. Noch bevor sein Holzpfahl zu Boden polterte, waren die anderen herbei.

Blut spritzte, als ich einem die Gurgel aus dem Hals riss, unter einem Stoß hinwegtauchte, den Schwung umleitete, dem nächsten den Pfahl in den Leib rammte, den Kopf des vierten wie ein Streichholz in den Nacken knickte und den letzten Kerl mit beiden Armen packte, hochschwang und ihm über der Kante des Bartresens die Wirbelsäule brach. Sein Mantel flatterte hoch, und zwölf Zoll lange Silbernägel fielen klimpernd aus der Manteltasche. Sieben Stück!

Die Schwarze stand während des Kampfes, der kaum einen Atemzug gedauert hatte, stumm neben mir.

Ich richtete mich auf, wischte mir das Blut aus dem Gesicht und starrte sie an. »Weshalb hast du mir das nicht eher gesagt?«

»Du bist schnell.« Sie blickte sich mit geweiteten Augen um. »Viel schneller als alle anderen, die ich bisher gesehen habe.«

»Dann hast du bisher noch nicht viel gesehen.« Ich ging zum Tresen, nahm meinen Mantel, griff nach Stock und Zylinder. In wenigen Minuten würde ein halbes Dutzend Constables hier sein. Wir durften nicht viel Zeit damit vergeuden, den fetten Nigger zu besuchen. Wir mussten uns mein Vermögen zurückholen und aus der Stadt fliehen.

»Komm mit mir!« Ich drehte mich um. »Wir können ...«

Wie durch Butter drang der Holzpfahl in meinen Körper. Ich hörte die Rippen des Brustkorbs brechen und das Fleisch am Rücken reißen. Meine Beine sackten unter mir weg. Ich spürte, wie sich der Pfahl durch die Tresenwand bohrte, wo er stecken blieb.

»Was ...?«, brachte ich noch heraus. Ich schwebte zur Zimmerdecke, überblickte die gesamte Bar – fünf leblose Körper im Raum verstreut – sah mich anschließend selbst, kreischend, an den Tresen gepfählt, die Beine zuckend, mit den Händen um mich schlagend.

Sekunden später fuhr meine Seele wieder in den Körper zurück, ich spürte den Schmerz, bemerkte die Nässe im Hosenbein, roch den Urin.

»Du stinkst wie ein Tier!« Das Gesicht der Sängerin war vor mir, ihre Augen funkelten böse.

»Die Silbernägel ...«, keuchte ich. Sie lagen auf dem Boden verstreut. Ich tastete über die Holzdielen, konnte sie aber nicht erreichen. »Schnell!«, presste ich hervor. Ich spürte, wie meine Seele zerriss. »Ich brauchte sie ... alle sieben ... die Erlösung!«

»Scheiß auf die Silbernägel!« Sie wischte mit dem Fuß über den Boden. Weit entfernt klimperten die Nägel gegen die Wand, wo sie für mich unerreichbar liegen blieben.

»Du wolltest doch nur gute Männer, keine Nigger!«, fauchte sie. Ihr schwarzes Gesicht war zu einer Fratze verzerrt, mit gewaltigen, spitzen Eckzähnen. Sie drehte den Pfahl in meinem Herzen, sodass meine Seele endgültig aus dem Körper fuhr.

Von Weitem hörte ich ihre Stimme.

»Fahr zur Hölle, weißer Bastard!«

BRUDERHERZ

Diese Story entstand als Online-Horror-Shortstory des Monats für einen Blog unter der Federführung des Autors Malte S. Sembten. Später vereinte Malte dann die gesammelten Internet-Horror-Geschichten, um die Anthologie Mausetot *im Verlag Robert Richter herauszubringen.*

Durch einen Layoutfehler hatte er aber doppelt so vielen Autoren zugesagt, als die vorgegebene Seitenzahl des Buches umfasste, worauf sich Malte und Robert Richter kurzerhand entschieden, zwei Bücher herauszubringen. So erblickte auch Mausetot 2.0 *das Licht der Welt. Den Buchtitel halte ich für eines der besten Wortspiele der letzten Jahre, denn auf dem Cover prangt eine sezierte Computermaus.*

Die Story ist übrigens in der zweiten Person geschrieben, was für einen Prosatext unüblich ist – ein stilistischer Trick, den ich schamlos von David Morrells großartiger Novelle Das schöne unverschnittene Haar von Gräbern *geklaut habe. Morrells Story ist natürlich besser als diese hier – lesen sie seine Geschichte bei Gelegenheit, Sie werden nicht enttäuscht sein.*

Du verlässt das Zimmer im zwölften Stock. Dein kleiner Bruder schläft. Eigentlich ist er nicht klein, er ist über dreißig, nur zwei Jahre jünger als du, trotzdem wird er für dich immer der *kleine* Bruder bleiben. Er ist schwach und unbeholfen, ständig braucht er dich – wie auch jetzt. *Dilatative Kardiomyopathie* steht auf seinem Krankenblatt. Du kannst diese Worte kaum aussprechen. Die Ärzte sagen, die Krankheit sei auf Auto-Antikörper zurückzuführen, die gegen Beta1-Rezeptoren des Myokards gerichtet sind. Medizinisches Kauderwelsch, das du nicht verstehst. Eine Herztransplantation wäre die einzig mögliche Therapie, sagen sie dir. *Das* verstehst du. Ein Mann von der Herzdiagnostik erklärt dir, dass die Herzleistung deines Bruders rapide abnimmt, Unmengen von Wasser sammeln sich im Gewebe. Sie haben die Druckverhältnisse des Herzens tausendmal gemessen, und sie sehen die Frage in deinen Augen: Dein Bruder hat nur noch drei Tage.

Drei Tage!

Bis ein passendes Spenderorgan gefunden ist, können Jahre vergehen. Falls überhaupt. Du fragst, ob es nicht ausnahmsweise innerhalb von drei Tagen geht. Die Ärzte werfen sich Blicke zu. Du weißt, was das bedeutet. Endlich macht einer von ihnen den Mund auf. Jedes Jahr werden in Deutschland weitere neunhundert Patienten auf die Transplantationsliste gesetzt, nur etwa fünfhundert Herzen werden pro Jahr verpflanzt ... und die Liste ist lang, verdammt lang. Viele sterben, während sie auf der Warteliste stehen.

Die Doktoren zucken mit den Achseln. Scheiß-Bürokratie-Dschungel! Am liebsten würdest du einem der Ärzte das Herz mit einem Skalpell herausschneiden. Aber du gehst schweigend den Gang hinunter und wartest vor dem Fahrstuhl. Ein Student im weißen Kittel geht dir unauffällig nach. Er wirkt noch jung. Vermutlich absolviert er sein Praxisjahr auf der Station. *Versuchen Sie es dort,* flüstert er und steckt dir einen handgeschriebenen Zettel zu. Du siehst eine Kolonne von Zeichen, Zahlen und Strichen ... die Internet-URL ist länger als ein Dutzend Sozialversicherungsnummern.

Zu Hause tippst du die Web-Adresse ein. Du versprichst dir nichts davon, und doch klammerst du dich an jeden Strohhalm, den du zu fassen bekommst. Schließlich liegt dein Bruder im Sterben, und du hast nur noch drei Tage Zeit. Ein schlichtes Firmenlogo erscheint.

Organspenden: Online.

Keine Adresse, keine Namen, keine Telefonnummer. Ein Ticker macht dich darauf aufmerksam, dass die Betreiber von *Organspenden: Online* außergerichtlich gegen dich vorgehen, falls du einen Link zu ihrer Webseite setzt oder nach einem erteilten Auftrag wieder Kontakt zu ihnen aufnimmst. Du glaubst, dass es sich um einen Scherz handelt.

Schließlich klickst du das Eintrittsportal an und scrollst zu einer Eingabemaske hinunter. Was die alles von dir wissen wollen! Du tippst die Antworten: Name, Geburtsdatum, Adresse und derzeitiger Aufenthaltsort deines Bruders. Du listest einige Krankheitssymptome auf, aber du hast dir nicht alle gemerkt. Dem System scheint das zu genügen, es bittet dich um einen Augenblick Geduld. Eine Datenanalyse läuft. Ein Ticker erklärt dir, dass die Datenbank der Blutspendezentrale angezapft wird, um Blutwerte und DNA-Profil deines Bruders abzufragen. Die Daten werden übertragen, nach zehn Minuten ist die Auswertung beendet.

Es sieht schlecht aus, sagt dir das System. *Ha, ha, witzig!* Eine Abstoßungsreaktion ist zu erwarten. Außerdem besteht das Risiko, dass der Patient nach der Transplantation Anti-HLA-Antikörper produziert. Der Grund ist die seltene Blutgruppe deines Bruders. AB negativ hat nur eine Häufigkeit von rund einem Prozent. Bluttransfusionen könnten notwendig werden. Die biochemischen Merkmale von Spender und Patient müssen identisch sein, sonst verklumpen die Blutkörperchen. Das System schlägt dir vor, einen idealen Spender ausfindig zu machen. Andernfalls wird die *Dilatative Kardiomyopathie* deinen Bruder töten – und zwar in zweiundsiebzig Stunden – und da ist wieder dieses Wort, das du nicht aussprechen kannst.

Die Ärzte haben dir gesagt, die Wartezeit auf ein Spenderherz wäre unerträglich lang. Dieses System aber könnte dir innerhalb von fünf Minuten einen Spender beschaffen. Wie soll das funktionieren? Eigentlich erhoffst du dir nichts davon, aber du stimmst zu. Du glaubst, das System möchte Name und Adresse des Auftraggebers erfahren, aber du irrst. Eine Kontonummer samt Bankleitzahl genügt. Am Bildschirm blinkt das Eingabefeld. Du fährst dir mit der Hand übers Gesicht, denkst an deine eigenen Zukunftspläne und die deines Bruders. Den gemeinsamen Urlaub entlang der Fjorde Norwegens im Wohnmobil hast du schon ein dutzend Mal verschoben. Er hat darum gebettelt, doch du hattest nie Zeit. Dein verdammter Job! Jetzt liegt er im Krankenbett, im blauen Flügelhemd, bleich und blutleer. Du schuldest ihm etwas, denn jetzt läuft *ihm* die Zeit davon. Du erteilst den Auftrag.

Als Sicherheitsverantwortlicher einer Großbank warst du während der letzten fünf Jahre nicht im Urlaub. Ein schöner Batzen Geld hat sich auf deinem Konto angesammelt – jetzt ist er weg! Fünfundzwanzigtausend Euro werden binnen Sekunden von deinem Konto abgebucht, der Betrag hätte für einen luxuriösen Wohnwagen mit Küchennische und Heizung gereicht.

Vermutlich wird das Geld auf ein Auslandsdepot transferiert, in Kleinbeträge zerlegt, mehrere Male auf Zwischenkonten umgebucht und über den Handel mit Antiquitäten reingewaschen. Du kennst die Prozedur. Irgendwo werden gerade Dutzende Rechnungen gedruckt, die in unauffälligen Aktenordnern verschwinden. Nach einigen Atemzügen wird dir bestätigt, dass das Geld überwiesen ist. Für einen Moment kommt dir der Gedanke, der Strom könnte ausfallen, und du hättest nichts erreicht, außer dass dein Konto von Trickbetrügern geplündert wurde. Doch der Strom fällt *nicht* aus. Das System sucht einen Spender für deinen Bruder. Du atmest durch.

Eine Statistik hält dich auf dem Laufenden: Das System ist online mit der Blutspendezentrale und dem Netz europäischen Register verbunden. Zusätzlich hat es sich in das Datenarchiv der Deutschen Krankenhausgesellschaft in Berlin eingeloggt. Du runzelst die Stirn. Schließlich bist du kein Arzt, die Begriffe sagen dir nichts. Die Blutgruppe deines Bruders wird durch sämtliche Datenbanken gejagt. Fasziniert starrst du auf den Bildschirm. Achtundzwanzig Millionen Menschen werden durchleuchtet. Ein Leben lang hast du vor der Gefahr des gläsernen Menschen gewarnt! Doch jetzt kommt dir die gläserne Gesellschaft gerade recht. Du weißt, du bist ein schäbiger Mitläufer, deinen eigenen Grundsätzen untreu, aber im Moment hast du keine andere Chance.

Der Zähler tickt, neunundneunzig Prozent scheiden aus: Falsche Blutgruppe! Der Zähler tickt weiter nach unten. Blutgruppe und Rhesus-Faktor wurden geprüft, jetzt wird das Hämoglobin in den Erythrozyten analysiert. Nächster Schritt: Alter und Adressen der Spender. Ein Großteil der Menschen ist zu alt, viele sind zu jung, haben das falsche Geschlecht, ein Teil lebt zu weit entfernt und bleibt innerhalb der nächsten drei Stunden für das System unerreichbar. Es geht wahnsinnig schnell. Einen Atemzug später bleiben zweitausend mögliche Spender übrig. Deine Hände sind schweißgebadet.

Eine DNA-Analyse checkt die Reihenfolge der Nukleotide. Der Zähler läuft gegen Null: Zuerst neunhundert mögliche Spender, dann fünfhundert, einhundert, fünfzig, zwanzig, elf, sieben, drei ... dann stoppt der Countdown. Treffer: eins.

Du hast die Luft angehalten, erst jetzt atmest du aus. Einer ist übrig geblieben. Verdammt! Nur ein Einziger! Wer ist es? Du wirst es nie erfahren. Der Spender bleibt anonym. Es ist dir auch egal. Irgendwo würden sie die herzlose Leiche verschwinden lassen. In einem Müllcontainer, in einem Fluss, im Fertigbeton-Fundament eines Kaufhauses. Egal! Schneidet ihm das Herz raus! Du hast nur noch drei Tage Zeit. Jemand wird sterben müssen, damit ein anderer am Leben bleibt. Schicksal! Immerhin hast du 25.000 Euro dafür bezahlt.

Das System bestätigt dir den Auftrag. Die Klinik erhält die gefälschte Meldung: Über Eurotransplant in Leyden sei ein Spenderherz gefunden worden – es passt perfekt zu deinem Bruder. Du lässt die Schultern sinken und atmest erleichtert auf. Bevor sich das System verabschiedet, bietet es dir eine kostenlose Serviceleistung an. Möchtest du die Organspende online mitverfolgen, bevor du die Internetverbindung unterbrichst? Neugierig schiebst du den Mauszeiger zum Online-Button. Du klickst drauf. Langsam setzt sich ein Bild zusammen – eine Schwarz-Weiß-Aufnahme. Es ist ein Zimmer, verzerrt durch die Linse der Webcam. Eine Lampe, ein Schreibtisch, darauf ein Monitor, dahinter sitzt jemand. Du siehst nur den Haarschopf. Ist er das? Würde er den Kopf heben, könntest du sein Gesicht erkennen. *Treffer: eins!* Du siehst ihn, noch lebt er.

Das Zoom fährt zurück, zeigt den Raum in der Totalen. Dir stockt der Atem. Ein Zimmer wie jedes andere, dennoch kommt es dir vertraut vor. Links unten am Monitor läuft ein Sekunden-Countdown. Verbleibende Zeit bis zur Organentnahme: 58 Sekunden. Gleich ist es so weit. Erstaunlich! Du schüttelst den Kopf, gespannt verfolgst du den Countdown … fünf … vier … drei … zwei … eins!

Es läutet an deiner Tür. *Scheiße!* Ausgerechnet jetzt! Du blickst auf, wendest die Augen zur Eingangstür. Der Monitor zeigt nun das Gesicht des Mannes; er hat den Kopf gehoben und starrt an der Webcam-Linse vorbei. Aber du erkennst ihn nicht, denn du blickst an deiner eigenen Webcam vorbei, direkt auf die Eingangstür. Du kannst unmöglich öffnen. Nicht jetzt!

Du willst den Spender sehen, wie er nach Luft ringt und vor der Webcam zu Boden fällt. Wieder läutet es. *Verflucht!* Du beugst dich vor und schaust aus dem Fenster. Vor dem Haus steht ein Lieferwagen, aber in der Nische zur Eingangstür siehst du niemanden. Wer immer das ist, er muss warten. Denn du willst auf dem Monitor unbedingt das Sterben des Spenders mit ansehen.

Auch der Mann im Monitor erhebt sich. Seine Bewegungen sind zeitverzögert und eckig. Sein Schatten huscht über den Monitor, der leere Sessel dreht sich. Dein Blick kehrt nicht zum Bildschirm zurück, denn der Schließzylinder deiner Wohnungstür springt auf den Teppich und poltert durch den Gang. Du starrst deinen Besuchern mit offenem Mund entgegen. Sie drängen durch die auffliegende Tür auf dich zu. Dann spürst du den Einstich der Nadel.

Dein Blick fällt auf den Monitor: Dein Wunsch geht in Erfüllung.

DARF ES EIN BISSCHEN MEHR SEIN?

Ich gebe es zu, ich bin eine Memme und fürchte mich vor Zahnärzten. Nein, lassen Sie es mich so formulieren: Ich habe eine SCHEISSANGST vor Zahnärzten!

»Zähne fallen meist zur Zufriedenheit der Zahnärzte aus«, sagte einst der Philosoph Kuno Klaboschke nicht ganz unrichtig.

Allein beim schrillen Geräusch eines Bohrers verschließt sich mein Mund, als wäre der Unterkiefer in Beton gegossen. Es bildet sich Unmengen von Speichel in meinem Rachen, ich muss schlucken, schlucken, schlucken … meine Schultern verkrampfen sich, und ich rieche sogar das verbrannte Amalgam.

Zahnärzte sind Sadisten – das steht für mich fest. Aber Fakt ist, dass sie laut Studie von allen akademischen Berufen die kürzeste Lebenserwartung haben. Kein Scherz! Angeblich, weil sie täglich mit den Ängsten ihrer Patienten auf Tuchfühlung sind. Von mir darf man jedenfalls kein Mitleid erwarten! Kümmert sich denn jemand um meine Ängste, wenn sich der Zahnarzt mit Sonde, Mundspiegel, Polierbürste, drei Bohrern, fünf Speichelsaugern und sieben Injektionsnadeln nähert?

Nein!

Ich muss mir die Ängste von der Seele schreiben …

Für gewöhnlich hatte Doktor Knorath zu dieser späten Stunde bereits seine Ordination geschlossen und den Heimweg angetreten. Doch nachdem er seine Assistentin und die Sprechstundenhilfe nach Hause geschickt hatte, war noch eine Patientin ins Wartezimmer gestürzt, um die er sich kümmern musste.

Knorath sperrte die Eingangstür ab, und Minuten später lag die junge Andrea Tenggler neben den blitzenden Apparaturen auf dem Zahnarztstuhl.

Knorath wusste nicht viel über die aufgetakelte Blondine. Sonntags sah er sie in der Kirche, und manchmal erlebte er sie im Dorfrestaurant, wie sie ihren um dreißig Jahre älteren Mann mit zuckersüßer Stimme fragte, ob es vielleicht *noch ein bisschen mehr sein dürfe,* während sie im selben Atemzug Eier, Schinken, Pastete, fettes Fleisch und Mayonnaise zentimeterdick auf seinem Teller anhäufte. Nach dem Essen zündete sie ihm regelmäßig eine Zigarre an und bestellte ihm ein Glas Wein. Der alte Tenggler litt an Herzschwäche, hatte extremes Übergewicht und zu hohes Cholesterin. Jeder in Kecketsbach wusste das, doch niemand unternahm etwas gegen seine Frau, diesen Engel des Todes. Jeden Sonntag das Gleiche. *Darf es ein bisschen mehr sein?* Damit hatte sie vor zwei Jahren schon ihren ersten Mann erfolgreich unter die Erde gebracht – und einige Millionen sowie drei Grundstücke geerbt, die sich teuer verkaufen ließen. Schließlich war Kecketsbach ein angesehener Kurort und ein beliebtes Domizil für Feriengäste.

Andrea Tenggler rückte auf dem Stuhl herum und presste die Krokodillederhandtasche gegen ihren künstlich vergrößerten Busen. »Schön haben Sie es in der neuen Praxis, Herr Doktor.«

Fragend hob er die Augenbrauen. »Wie bitte?«

»Ich meine, seit dieser dummen Sache vor einigen Monaten.«

»Ach ja, *diese* dumme Sache.« Er knipste die Stuhlbeleuchtung an und beugte sich über sie. Mit dem Spiegelbesteck klimperte er in ihrem Mund herum. Ein Blick auf die Backenzähne genügte, und er wusste, dass an diesem Abend wieder einmal seine Gier über den Eid des Hippokrates siegen würde. »Die Versicherung wollte zuerst nicht zahlen, doch ein Sachverständiger war da und hat jede Menge Fotos gemacht ... oh je!«

»'as?«

»Die Einbrecher haben nicht nur die Geräte gestohlen, sondern auch einen richtigen Saustall hinterlassen, die Wände beschmiert und ... mhm ...«

»Au!«

»... ich musste alles neu ausmalen lassen und konnte ... oh je, das sieht nicht gut aus ...«

»'as?«

»... und konnte die Praxis erst vor ein paar Wochen wieder öffnen. Tja, da lässt sich wohl nichts machen, Frau Tenggler.«

Doktor Knorath erklärte ihr etwas über einen zersplitterten Zahnhals, einen Eiterherd, einen angegriffenen Zahnschmelz wegen falschen Putzens, Zurückweichen des Knochens und andere Dinge, von denen er überzeugt war, dass sie es nicht verstand.

»Muss der Zahn wirklich raus, Herr Doktor?« Ihre sonst so jugendliche, zuckersüße Stimme hatte einen leisen Unterton angenommen.

Darf es ein bisschen mehr sein?, dachte er. Knorath nickte mit aufgesetzt trauriger Miene und holte eine Spritze aus der Schublade. Im Wandspiegel beobachtete er ihre angstvoll geweiteten Augen und das Flattern ihrer falschen Wimpern. Natürlich hätte auch eine kleine Füllung gereicht – aber nicht für sein Konto!

»Können Sie mir eine günstige ...?«

Er hing ihr den Absauger in den Mundwinkel.

»... 'rücke einsetzen?«

Günstig? Die hatte Nerven! Bei den Millionen, die sie ihrem ersten Mann abgeknöpft hatte?

Die Klammer in ihrem Mund war eigentlich nicht notwendig. Trotzdem verwendete er sie, damit er besser sehen konnte. Frau Tengglers Mund wirkte nun wie ein Fischmaul. Jetzt könnte sie sich höchstens einen blinden Millionär angeln, dachte Knorath zufrieden und steckte ihr eine weitere Klammer in den gegenüberliegenden Mundwinkel.

»Voilà!« *Sieht aus wie ein fetter Karpfen.*

»Sie sagten Go'd 'äre vortei'ha'ter a's Kera'ik?«

»Selbstverständlich, meine Liebe!« Immerhin war er berühmt für seine Goldarbeiten.

»Wissen Sie«, begann er und zog die Spritze auf. »Natürlich können Sie auch nach Ungarn fahren, und dort einmal eine der Zahnkliniken ausprobieren, das überlasse ich Ihnen. Die Ärzte in Sopron sind nicht die schlechtesten.«

»Tatsäch'ich?«

»Man wird Ihnen erzählen, dass die ungarischen Zahntechniker nichts verdienen und sie deshalb so günstig sind – aber wollen Sie die Wahrheit wissen, Frau Tenggler?«

Sie schüttelte den Kopf.

»Das Material in Ungarn ist schlechter ... *wesentlich schlechter!*«, fuhr er unbeirrt fort. »Ich würde keinen meiner befreundeten Patienten dorthin schicken.«

»Aha!« Sie versuchte zu lächeln.

Er lächelte ebenfalls und warf einen Blick auf das gerahmte Foto, das neben dem Zahnarztdiplom an der Wand hing. Seine beiden Töchter waren mittlerweile dem zarten Mädchenalter entwachsen und hatten bereits mehrmals angekündigt, in eine Wohnung ziehen zu wollen, da sie das Leben im Wiener Studentenheim satthatten. Natürlich jede in eine eigene! Minimum hundert Quadratmeter – die feinen Damen! Seine Exfrau war von der Idee begeistert. Schließlich kostete es sie keinen Cent. Außerdem erzählte sie bei jedem Anlass immer wieder dieselbe langweilige Geschichte von ihren beiden Küken, die jetzt an der Uni Wien studierten. Er selbst hielt das Germanistikstudium seiner Töchter für reine Zeitverschwendung.

Die beiden *Küken* hatten es nämlich faustdick hinter den Ohren. Schon seit Monaten redeten sie auf ihn ein, dass er ihrer Mutter zum runden Geburtstag endlich den lang versprochenen Reitstall am Ortsende von Kecketsbach kaufen solle. Nie hätte er für seine Ex auch nur einen Cent freiwillig herausgerückt, doch dummerweise wusste sie zu viel darüber, wie er sein Geld verdiente. *Doktor Knoraths berühmten Goldarbeiten!* Er musste sich ihr Schweigen nicht nur mit teuren Unterhaltszahlungen erkaufen, sondern auch mit der Erfüllung von Extrawünschen – und das, obwohl er wegen der Renovierung der Praxis und des Rechtsstreits im letzten Jahr tief ins Portemonnaie hatte greifen müssen.

Damals hatte er billiges Amalgam im falschen Mischverhältnis verwendet. Bei Quecksilbervergiftung verstanden die Bankiers, Hoteliers, Kurbetreiber und Gemeinderäte keinen Spaß – und in einem kleinen Kurort wie Kecketsbach sprach sich das rasch herum. Eine Patientin hatte sogar chronische Nieren- und Leberschäden davongetragen. Die Sammelklage über Schadenersatz und Schmerzensgeld in Millionenhöhe von rund zwei Dutzend ehemaligen Patienten hätte ihn finanziell ruiniert, doch zum Glück stand die Ärztekammer auf seiner Seite – zum letzten Mal! Die Prozesskosten waren ziemlich hoch gewesen, aber dank einiger Schmiergelder war er wiedermal mit einem blauen Auge davongekommen. Seitdem hatte er nicht mehr viele Freunde im Ort.

»Mit einigen kleinen Geschäften, du weißt schon, Papa«, hörte er die beiden Küken mit einem Augenzwinkern sagen, »hast du doch das Geld im Handumdrehen wieder beisammen … und denk dran … *Hü-hott, Hü-hott!*«

Dieser verfluchte Reitstall! Dabei war er nahezu pleite.

»Ja, ja«, hatte er gemurmelt und war vor seinen Töchtern geflüchtet, die ab und zu für einen Ausritt nach Kecketsbach kommen wollten, wo er sich dann nach dem Fortschritt ihres Studiums erkundigen durfte … Germanistik! Pah! Keine Ahnung vom Leben, dafür umso mehr vom Abzocken – wie ihre Mutter. So hatten die beiden Gören sich das gedacht! Im Handumdrehen! Doch *so* einfach war das auch wieder nicht.

Den Trick, seine Patienten absichtlich mit minderwertigen Amalgameinlagen abzufertigen, damit sie wiederkamen, um sich von ihm eine Goldplombe verpassen zu lassen, konnte er jetzt vergessen. Seine Patienten waren schließlich nicht blöd, und seit dem Prozess im letzten Jahr achteten sie mit Argusaugen darauf, was er tat und wie viel er ihnen verrechnete. Die einzige Möglichkeit, auf diese Weise rasch an Geld zu kommen, boten nur noch die auswärtigen Kurgäste, die sich zwischen Moorbädern und Schlammpackungen in seine Praxis verirrten. Denen konnte er getrost eine Goldlegierung aufschwatzen, in die er wie üblich minderwertiges Metall mischte. Völlig ungefährlich! Keine Nebenwirkungen und praktisch nicht nachweisbar!

Frau Tenggler bäumte sich unter ihm auf und riss ihn aus den Gedanken.

»Doktor Knoraaaah…!«, schrie sie in einer Tonlage, die keines der Schweine der ortsansässigen Bauern hätte überbieten können.

Er zuckte zusammen. Vorsichtig blickte er in ihren Rachen. Wahrscheinlich war die Nadel zu tief ins Fleisch gedrungen. Er drückte den Kolben ab, und das narkotisierende Gift verteilte sich um den gesunden Zahn. Dann stülpte er sich den Mundschutz über und griff zur Zange.

Die Prozedur dauerte länger als sonst, doch er tröstete sich über den angebrochenen Abend hinweg, indem er sich an ihren aufgerissenen Augen und ihren in den Armlehnen verkrallten Fingern ergötzte.

Darf es ein bisschen mehr sein?

Schließlich war die Operation beendet, und er hatte jeden Knochensplitter entfernt. Er presste noch einen Schwamm in die Wunde, drückte ihr zwei Schmerztabletten in die Hand und gab ihr einen Termin für nächsten Montag. Da würde er ihr die beiden Backenzähne abschleifen und den Abdruck für die Brücke machen. Mit einem sonoren »Angenehmen Abend!« verabschiedete er sich von Frau Tenggler.

Jetzt musste er nur noch die Instrumente desinfizieren, dann begann auch für ihn das Wochenende. Im Fernsehen lief der *Marathon-Mann* mit Dustin Hoffman, und Knorath würde es sich mit einer Schachtel Pralinen auf der Wohnzimmercouch gemütlich machen.

Eine Stunde später eilte Doktor Knorath durch den Ortskern von Kecketsbach nach Hause. Die Gegend wirkte wie ausgestorben. Ende September – die Saison war zu Ende, und kurz vor halb elf schlichen höchstens noch ein paar streunende und schreiende Kater durch Kecketsbach.

Knoraths Schritte verhallten auf dem Kopfsteinpflaster des Marktplatzes. Gewitterwolken brauten sich über ihm zusammen, und die Skulpturen des Dorfbrunnens waren nur noch schemenhaft zu erkennen. Windböen ließen die Äste der Trauerweiden tanzen und fegten Laub über den Platz. Hin und wieder maunzte eine rollige Katze. Knorath lief eine Gasse hinauf und blickte dabei immer wieder über die Schulter. Da war doch jemand? Aber der einzige Verfolger war sein eigener Schatten, der im Mondschein hinter ihm hereilte.

Endlich erreichte er den Waldrand am Ortsende. Als er an dem schmiedeeisernen Tor seines Nachbargrundstücks vorbeihastete, nahm er ein Geräusch wie das Knacken von Ästen wahr. Er starrte zwischen die Gitterstäbe in den Garten der viktorianischen Villa. Die Gemeinde hatte seit dem Tod des alten Bürgermeisters keinen Pächter mehr gefunden. Seitdem stand das Gebäude leer. Es war schon unheimlich, direkt neben diesem alten Kasten und dem verwilderten Garten zu wohnen.

Bis auf das trübe Licht aus den Kellerräumen konnte er nicht das Geringste erkennen. Aber weshalb brannte Licht in der Villa? Da spürte er einen Lufthauch an der Wange. Der beißende Geruch von Chloroform stieg ihm in die Nase. *Chloroform?*

Seine Sinne spielten ihm wohl einen Streich! Er fuhr herum, roch den schlechten Atem ungepflegter Zähne, dann wurde ihm ein Lappen auf die Nase gedrückt. Er hatte nicht einmal Zeit, sich zu wehren.

Begleitet von einem unablässigen Hämmern im Kopf, quälte er sich schweißgebadet aus einem Traum. Vergeblich versuchte er, die Arme zu bewegen, doch die fühlten sich schwer wie Betonblöcke an. Befand er sich in einem Albtraum?

Verschwommen nahm er die Umgebung wahr: Risse im Wandverputz, Wasserflecken an der Decke, vergitterte Fenster, eine nackte Glühlampe und abgestandene Luft, in die sich der Geruch von Chloroform und Amalgam mischte. Einzig die bodenlangen, schweren Brokatvorhänge passten nicht zu der schäbigen Umgebung. In seiner Praxis war er jedenfalls nicht.

Wie in Zeitlupe nahmen die Konturen des Kellerraums Gestalt an. Das Rotieren in seinem Kopf beruhigte sich, sodass er den ersten klaren Gedanken fassen konnte: Seine Arme hingen *nicht* bleiern am Körper, sondern waren mit Lederriemen an einen Stuhl gefesselt. Seine Füße waren nackt und an den Gelenken mit Lederschlaufen festgeschnallt, und selbst um den Kopf lag ein Riemen.

Er wollte schreien, doch Metallklammern sperrten ihm den Mund so schmerzhaft weit auf, dass er nur ein Glucksen hervorbrachte. Als er erkannte, dass das Geräusch nicht von ihm stammte, sondern das Glucksen eines Speichelsaugers war, der tief in seinem Rachen steckte, kam die Panik.

Knorath zerrte an den Riemen und wollte brüllen, da ließ ihn das Hallen von Schritten auf dem Fliesenboden zusammensinken. Er lauschte und wollte den Kopf drehen, doch es ging nicht. Da hörte er das Klappern einer Tastatur und anschließend das Geräusch eines Elektromotors. Er kannte das Summen. Sein alter Dentistenstuhl, der ihm gestohlen worden war, hatte den gleichen Motor gehabt: *einen G-800 von Synthec.* Die Liegefläche senkte sich nach hinten.

Knorath krallte sich in die Armlehnen. Sein Herz raste, während sich der Stuhl in die Waagerechte schob und endlich in einer Position zur Ruhe kam, die ihm das Blut in den Schädel steigen ließ. Die Augen tränten, die Schläfen pochten, und das Sausen im Kopf machte ihn schier verrückt.

Da schob sich ein schmales Gesicht in sein Blickfeld. Dunkler Teint, dichte Augenbrauen, schwarzer Schnauzbart. Knorath hatte den Mann noch nie in seinem Leben gesehen. Fremde Stimmen murmelten hinter ihm. Wie viele waren es? Zwei? Vielleicht sogar drei?

Jemand band ihm ein stinkendes, juckendes Tuch um die Augen.

»'assen Sie 'ich 'os!«, presste er hervor und versuchte den Kopf zu wenden.

Er hörte ein Klicken. *Oh, oh!* Knorath kannte das Geräusch! Und wie er es kannte!

Er zerrte an den Riemen. »'assen Sie 'ich 'os!«

Ein erneutes Klicken. Das Aufstecken der Bohrer pflanzte sich wie ein Echo in seinen Ohren fort. Der Motor summte, das Licht der Glühlampe zuckte, und mit dem Aufheulen der Maschine kamen die Schmerzen. Schmerzen, die ohne Narkotikum den blanken Nerv trafen und sich wie Stahlbohrer in sein Gehirn fraßen. Sein Peiniger hatte keine Ahnung, wie man die Geräte richtig bediente. Knorath bäumte sich auf, bis er nur noch wimmerte und schließlich lauthals schrie. »Ich zah'e jeden Schadenersatz und jedes Sch'erzensge'd und setze den 'atienten In'ays aus echte' Go'd ein.«

Doch niemand antwortete.

Endlich hörte das Martyrium auf. Knoraths Schultern entspannten sich. War es nun vorbei? Da hörte er das Aufstecken neuer Bohrer. *Scheiße!*

»Wo hast du das gelernt, Boss?«

Boss? Knorath spitzte die Ohren. Die Stimme mit dem italienischen Akzent erklang unmittelbar hinter ihm.

»Luigi, ich mache nach Gefühl.«

Luigi? Er kannte keinen Luigi.

»Welche Gefühl, Boss?«

»*Sein* Gefühl!«

Erneut senkte sich der Bohrer in seinen Mund, und Knorath schrie.

Während der Stunden, in denen die Bohrer abwechselnd summten, ratterten, schliffen, quietschten, heulten und rumorten, hielt ihn nur der Gedanke an seine Exfrau und seine beiden Töchter aufrecht. Im Geiste war er ans andere Ortsende von Kecketsbach gereist, betrachtete dort den Reitstall im orangefarbenen Licht des Sonnenuntergangs, sah seine Exfrau auf einem Rappen über die Stoppelfelder galoppieren und rief ihr zu. »Schneller, Ines!«

Er malte sich die Wochenenden aus, an denen Ines auf einen Kaffee vorbeikam und Gabi und Beate ihn mit ihrem Sportcabrio besuchten, sie abends gemeinsam auf der Terrasse saßen, Rotwein tranken und überbackenen Camembert mit Paprikasalat aßen. Seine Töchter erklärten ihm, Germanistik wäre out und total uncool! Dass sie an die medizinische Fakultät gewechselt hätten und bereits im letzten Semester wären. Seine kleinen Küken wollten Zahnärzte werden, wie ihr Vater, und er war so stolz auf sie. Lachend hakte sich Ines bei ihm unter und sah ihn so wie früher mit diesen verführerischen rehbraunen Augen an. Endlich erkannte sie, dass die Scheidung ein Fehler gewesen war. Wie gern würde sie mit ihm noch einmal von vorn beginnen …

Da verstummte der Bohrer, und Knorath war wieder in der Realität. Der Stuhl ruckte in eine aufrechte Position. Das Blut pochte wild gegen seine Schädeldecke, die sich anfühlte, als könnte sie jede Sekunde wie eine prall gefüllte Melone platzen.

Mit der Zunge tastete er über die Zähne und spürte nur noch Krater, Ruinen und scharfe Kanten. *Kein Problem.* Doktor Huber in Wien war zwar nicht gerade billig, aber er war der Beste. Der würde das Chaos in seinem Mund richten können.

Plötzlich begann Knoraths Magen gegen die Unmengen Weißgold, Zahnstein und Blut zu rebellieren, die er geschluckt hatte. Unkontrolliert würgte er Splitter und Magensäure hervor.

Da kreischte der Bohrer erneut auf.

»'aru' fo'tern Sie 'ich?«, rief Knorath. »Ich zah'e Ihnen jeden 'etrag, den Sie 'ünschen! Irgend'ie treibe ich das Ge'd schon au'. Ge'en Sie 'ir nur ein 'enig Zeit!«

»Geld … Zeit!«

Knorath spürte, wie jemand an seine Seite trat. Die Augenbinde wurde ihm vom Kopf gerissen. Lichtringe tanzten vor seinen Pupillen. Er blinzelte.

»Kennst du diese junge Frau, Dottore?«

Der Mann mit dem italienischen Akzent hielt ihm ein Foto vors Gesicht. Knorath brauchte einen Moment, bis sich sein Blick scharf stellte. Dann sah er eine rassige Südländerin im blauen Spaghettiträgerkleid. Der Ansatz ihrer Brüste war …

Der Mann zog das Foto wieder weg und versetzte ihm eine Ohrfeige.

»Das ist für deine lüsterne Blick!«, erklärte der Italiener. »Erinnerst du dich an sie?«

Knorath schüttelte den Kopf.

»Werde dir auf die Sprünge helfen, Dottore.«

Knorath hörte das schrille Surren des Bohrers.

»Ja!«, rief er. Allerdings war er verwirrt. Vielleicht war alles bloß eine Verwechslung. Die rassige Italienerin war keine Klägerin gewesen und hatte nichts mit dem Prozess zu tun gehabt.

»Gut.« Der Italiener tätschelte seine Wange. »Das ist Maria Luisa, meine Tochter. War bei dir, vor halbem Jahr. Hat Brücke bekommen, mit *echte* Gold.« Der Mann rieb Daumen und Zeigefinger aneinander, zum Zeichen dafür, wie teuer die Behandlung gewesen war. »War aber nur billige Metall, mit Gold überzogen.«

Jetzt erinnerte sich Knorath an die affektierte kleine Italienerin, die die Geldscheine lustlos hingeblättert hatte, als setzte sie beim Roulette auf eine x-beliebige Zahl. Natürlich hatte er sie voll ausgenommen, wie er es mit reichen, privaten Kurgästen immer machte, besonders wenn sie aus dem Ausland kamen. Wie hatten diese nach Knoblauch stinkenden Spaghettifresser nur herausgefunden, dass er eine billige Metalllegierung verwendet hatte? Er bezog sie aus der Ukraine – ohne Rechnung. Aber irgendwie *waren* die schmierigen Mafiosi dahintergekommen. Doch Knorath konnte es ja wieder hinbiegen, dann würden sie ihn gehen lassen. Kein Problem! Er atmete aus.

»Ich kann Ihrer Tochter kosten'os eine echte go'dene 'rücke einsetzen ... aus 'este' 'ateria'.«

Der Italiener kam ganz nah heran. »Zu spät, Dottore!«

Zu spät? Warum?

»Ich kann Ihrer Tochter ...«

»Silenzio!« Danach sprach der Mann ganz leise. »Was hat der Dottore noch zu bieten?«

Noch? Er hatte immerhin angeboten, der kleinen Italienerin kostenlos eine echte Goldbrücke einzusetzen, doch die Spaghettifresser hatten abgelehnt. *Was noch?* Knoraths Gedanken überschlugen sich.

»Ich 'ehand'e Ihre ganze 'a'i'ie!«

»Ganze Familia? No! Was noch?«

Was wollte der verdammte Italiener denn noch von ihm? Knorath dachte fieberhaft nach. »Ich ge'e Ihnen 'eine Wert'a'iere!« Von den Aktien wusste nicht einmal seine Exfrau.

Der Mann schüttelte den Kopf. »Non capisce un cazzo!«

»Was jetzt Boss?«

»Luigi, frag du den Dottore!«

Der Mann namens Luigi trat näher. Knorath sah nur die dichten Augenbrauen und den schwarzen Schnauzbart.

»He, Dottore! Was hast du zu sagen?«

Nichts mehr! Er war mit seinem Latein am Ende. Was wollten sie ihm jetzt noch antun? Nahezu alle Nerven in seinen Zähnen waren bereits abgestorben. Wollten sie ihm die Finger brechen oder eine Kugel in den Kopf jagen?

»'ecken Sie 'ich a' Arsch«, flüsterte Knorath.

Luigi zuckte zusammen und warf seinem Boss einen unsicheren Blick zu.

Dieser schüttelte bedauernd den Kopf. »Oi, oi, oi, nix gelernt, unser Dottore!« Er tätschelte Knoraths Wange. »Meine kleine Maria Luisa ist nicht sehr gesund. Billiges Metall macht Schmerzen.«

Schwachsinn, dachte Knorath. Die mit Gold überzogene Metalllegierung konnte keine Schmerzen verursachen. Den Spaghettifressern ging es nur ums Prinzip. Aber er hatte die Unterlagen der Italienerin in seiner Kartei und würde die ganze Bagage anzeigen.

»'eck 'ich a' Arsch!«, wiederholte Knorath.

»Si, si.« Der Mann lächelte milde. »Woher komme die billige Metall? Aus Polonia? Romania? Bulgaria?«

»Ukraine!«

»Ah, Ukraine!« Der Italiener beugte sich tiefer. »Meine kleine Maria Luisa ist nicht sehr gesund ...« Er schüttelte den Kopf.

»... nicht sehr gesund, weißt du? Die Metall ist radioaktiv, und der Tumor wächst und wächst, wegen deine Plombe.«

Knorath bekam große Augen. *Radioaktiv? Scheiße!*

»Es tut 'ir 'eid!«, kreischte er. »Es tut 'ir 'eid!«

»Ah, si, si.« Der Mann lächelte traurig. »Siehst du, Luigi, der Dottore hätte von die Anfang an Reue zeigen solle. Aber jetzt zu spät. Hat er keine Ehre. Ich wollte ihm das ersparen, aber ...« Er wandte sich an Knorath. »Jetzt beginne deine seelische Schmerze, Dottore.«

Wie in Trance nahm Knorath wahr, dass das Licht der Glühlampe erneut flackerte, als würde der Strom jeden Moment ausfallen.

»Merda!« Luigi blickte zur Decke. »Boss, warum diese alte Haus?«

»Luigi!« Es klang wie ein Tadel. »Sind hier ungestört, keiner hört Schreie von diese Cretino. Kann vielleicht Tage dauern. Wochen. Wer weiß?«

»Es tut 'ir 'eid!«, kreischte Knorath.

»Si, si.« Der Mann ging zum Brokatvorhang. Die Metallringe rasselten über die Gardinenstange, als er den schweren Stoff zur Seite zog. Hinter dem Vorhang saßen drei gefesselte und geknebelte Personen.

»'eate, Ga'i, Ines!«, schrie Knorath.

»Silenzio!« Der Italiener winkte seinen Gehilfen herbei. »Luigi, jetzt teste *dein* Gefühl!«

Bevor Knorath ohnmächtig wurde, vernahm er das Aufstecken seiner alten Bohrer ...

WELT AUS DEN FUGEN

Mit elf Jahren, als ich nach der Volksschule in die erste Klasse Gymnasium kam, entdeckte ich mein Interesse für Astronomie. Um mein sauer erspartes Taschengeld kaufte ich mir meine ersten Sachbücher über die Sterne: die WAS-IST-WAS-Bände über Mond, Sonne, Planeten und Sterne, sowie Bruno Bürgels Himmelskunde. *Ich war so fasziniert, weil ich endlich verstand, warum es Jahreszeiten gab, die Erde im Sommer, obwohl es warm war, weiter von der Sonne entfernt war als im Winter, warum der Mond ab- und zunahm, warum die Sonne am Himmel gelb, aber am Horizont rot leuchtete und warum man in die Vergangenheit blickte, wenn man das Licht der Sterne betrachtete. Es war eine faszinierende Welt, die sich mir da erschloss.*

Ich besaß sogar ein kleines Teleskop, mit dem ich die Mondkrater und Sonnenflecken betrachten konnte. Allerdings war es mir nie vergönnt gewesen, eine Sonneneruption oder die Ringe des Saturn zu sehen.

Aus dieser Liebe und zugleich aus meiner Faszination für die letzten Tage des Zweiten Weltkriegs, als die Alliierten Österreich befreiten, entstand diese Kurzgeschichte.

Ich hoffe, Sie finden sie genauso interessant wie ich.

Der dreizehnte April dieses Jahres fiel auf einen Freitag. Sechs Tage zuvor hatte die vierte sowjetische Gardearmee die Stadtgrenze erreicht. Das erfuhren wir natürlich nur über den englischen Radiosender, den wir heimlich im Keller hörten, mit einer Antenne, die unter einem Wellblech auf dem Hausdach montiert war. Wenn es stimmte, würde der Krieg bald enden. Möglicherweise sogar an jenem Freitag, dem 13. April 1945. Doch nicht für Hitler. Er gab nicht auf. Wie ein bissiger Terrier, den die Wölfe in den dunkelsten Winkel des Waldes getrieben hatten, stand er da und verteidigte sich mit letzter Kraft. Auf der einen Seite von Wien standen die Russen, auf der anderen die Amerikaner, und er wollte zurückschlagen. Doch womit? Soldaten und Rohstoffe gab es längst nicht mehr. Das Dritte Reich war in einer blutig zerfetzten Uniform bis auf ein zähes Skelett abgemagert.

Ein Zimmermann, einige Schweißer und ich wurden von Männern der SS im Laufschritt zum Wiener Stephansdom abkommandiert, wo die Pummerin im Glockenturm hing. Dreiundzwanzig Tonnen Stahl. Sie würde nicht mehr läuten, zumindest nicht mehr für diese Stadt. Hitler brauchte den Stahl um in Berlin Patronen und Gehäuse für Raketen zu gießen.

Während inmitten der Stadt, nur wenige hundert Meter von uns entfernt an den Ufern der Donau, der Krieg tobte, deutsche und sowjetische Truppen sich ein letztes Gefecht lieferten, Bomben fielen und die Stalinorgeln unermüdlich im Minutentakt grell pfiffen, dass es einem die Seele zerriss, kletterten wir in das Gebälk des Glockenturms, um die Seilwinden anzubringen.

Es war ein grauer Tag. Durch die Fenster sahen wir, wie die Stadt brannte und die Granaten im Dunst aufblitzten. Die Feuer und Rußwolken erstreckten sich bis zum Horizont. An Löscharbeiten war nicht zu denken. Wenn es stimmte, was wir gehört hatten, gab es in Wien nur noch ein einziges einsatzfähiges Löschfahrzeug.

Kerner stieß mich an. Er deutete nach Norden, wo russische Soldaten den Kanal überquerten. Dann spuckte er auf das Mauersims. »Verdammte Bolschewikenbrut.« Er zielte mit dem ausgestreckten Finger auf die Männer. *Ta-ta-ta-ta-ta!* Auffordernd sah er mich an.

»Verdammte Bolschewikenbrut«, wiederholte ich.

Dann kletterten wir weiter hinauf.

Die Pummerin war von vollendeter Schönheit und glänzte im Abendrot. Sie hing wie eine Königin im Südturm und trotzte den Wirren des Krieges. Mein Vater hatte sie einmal *Josephinische Glocke* genannt. Dreieinhalb Meter im Durchmesser mit einem Klöppel so groß wie ein Kanonenrohr. Nach der zweiten Belagerung Wiens im siebzehnten Jahrhundert war sie aus zurückgelassenen Kanonen der Türken gegossen worden.

Um sie zu läuten, brauchte es nicht weniger als sechzehn Mann, die zusammen am Glockenstrang zogen. Und selbst dann dauerte es noch eine Viertelstunde, bis der Klöppel das erste Mal anschlug. Von einem Priester wusste ich, dass sie nicht öfter als zehnmal im Jahr geläutet worden war, weil der schlanke, hohe Glockenstuhl die Schwingungen der Pummerin nicht dämpfen konnte. Gerade deswegen faszinierte mich dieser reine, vollkommene Klang. *Tonlage H.* Dass der Stahl einstiger türkischer Kanonen nun wieder für deutsches Kriegsmaterial verwendet werden sollte, grenzte an Ironie. Vielleicht war ich einer der letzten Menschen, der sie so sehen würde. Obwohl ich kein Katholik war, raubte mir der Anblick ihrer Schönheit den Atem.

An jenem Tag brachten wir die Seilwinden an, strafften die Taue und stützten das Gewicht der Glocke. Wegen ihrer vielen

Tonnen ruhte sie auf zwei mächtigen Eichenbalken. Danach schlugen wir, begleitet vom Pfeifen der Bomben, die ersten Bolzen aus dem Holz. Die Männer der SS trieben uns an, doch kurz vor Sonnenuntergang brauchten wir neues Material und so kletterten wir hinunter.

Einige von uns packten ihre Brotjause aus, und so saßen wir auf dem Steinboden der Kirche, aßen und tranken wie bei einem letzten Abendmahl, darauf wartend, dass die erste Granate den Turm treffen würde. Bei dem ständigen Pfeifen und den folgenden Detonationen zuckte niemand mehr zusammen. Wir waren abgestumpft, innerlich tot – ebenso ausgebrannt wie die Häuserruinen, die uns umgaben.

Nachdem ich mein Brot gegessen hatte, vertrat ich mir die Beine. Das ständige Hocken im Gebälk hatte meine Sehnen verkürzt. Ein SS-Mann behielt mich im Auge. Ich würde nicht abhauen. Wenn ich in dieser Nacht sterben sollte; wo wäre ich besser aufgehoben als hier? Ich ging zum Altar und betrachtete das Antlitz Jesu. Die Dornenkrone saß tief in seinem Fleisch. Messias oder falscher Prophet? Wie konnte ich drüber richten, was er getan hatte? Immerhin war er Jude gewesen – genauso wie ich.

Da kam der Pater in schwarzer Soutane aus der Sakristei. Rasch wandte ich mich ab.

»Güter Himmel!« Seine Stimme wurde leise. »Simon Rosenblatt? Sie sind es!«

Der SS-Mann blickte herüber.

Meine Stimme klang fest. »Sie müssen sich irren.«

Der Pater nickte. »Tut mir leid, ja, ich habe mich wohl geirrt.« Er senkte den Kopf. »Ich hätte Sie beinahe nicht erkannt«, flüsterte er dann. »Sie haben eine Glatze.«

»Wegen der Läuse«, antwortete ich ebenso leise.

»Und wo ist Ihre Brille?«

»Die trage ich nur abends, beim Schein der Kerzen. Man würde mich für einen Buchhalter und nicht für einen Schweißer halten.«

Er betrachtete die Brandblasen und Schwielen an meinen Händen. »Gütiger Gott.« Dann bedeutete er mir, ihm zu folgen, und wir entfernten uns ein paar Meter von dem SS-Mann. Der Pater sah mir in die Augen. »Lesen Sie immer noch Kafka, Mann und Tucholsky?«

»Zumindest die wenigen Bücher, die ich verstecken konnte.«

Er blickte zu dem SS-Mann und den anderen Arbeitern, die immer noch aßen. Mit kräftiger Stimme fragte er: »Werden Sie die Glocke noch heute herunterlassen?«

»In ein bis zwei Stunden.«

Pater Grohner wusste, dass ich mehr als ein gewöhnlicher Buchhalter gewesen war. Sogar mehr als ein gewöhnlicher Mathematiker. Ich konnte blitzschnell die kompliziertesten Berechnungen in meinem Gehirn anstellen. Dafür musste ich nichts Besonderes tun; es ging automatisch. Hitler hätte sich den linken kleinen Finger abgeschnitten, um jemanden wie mich in seiner Arbeitsgruppe für physikalische Berechnungen zu haben. Als Schweißer jedoch war ich harmlos und konnte nicht viel zum Ruhm des Dritten Reiches beitragen. Hin und wieder sorgte ich sogar für eine brüchige Schweißnaht an der Achse eines LKWs, doch das war ein Hasardspiel und konnte jeden Tag meinen Tod bedeuten.

Obwohl Pater Grohner und ich von so unterschiedlicher Herkunft waren – er ein Mann der Kirche, ich ein Mathematiker – und wir einen unterschiedlichen Glauben besaßen, verband und doch eine Gemeinsamkeit.

»Wie konnten Sie so lange Zeit den Schergen der SS entkommen?«, flüsterte er.

»Meine Frau und die Kinder starben vor drei Jahren. Sie widersetzten sich der Deportation und ...«

»Ich hörte davon, es tut mir leid. Aber warum sind *Sie* nicht geflohen?«

»Ich habe in den Taschen eines Toten Papiere gefunden und seine Identität angenommen. Er hatte keine Angehörigen.«

»Gütiger Gott, Simon! Sie hätten fliehen sollen, solange es noch ging. Gerade ein so brillanter Kopf wie Sie! Einstein ist schon Anfang '33 in die Vereinigten Staaten geflohen und Edward Teller ein Jahr später.«

Zwei Jahre später! Ich stand immer noch mit Teller in Kontakt. Er lehrte als Dozent an der George Washington Universität.

»Ich weiß, Pater. Diese Liste ließe sich endlos fortsetzen. Schrödinger ging '38 nach Dublin, und Gödel setzte sich '40 mit der Transsibirischen Eisenbahn in die Sowjetunion ab.«

»Aber warum um Himmels willen sind *Sie* noch hier?«, zischte der Pater. »Sie sind verrückt! Wollen Sie, dass es Ihnen so ergeht wie Planck?«

Mein Herz zog sich zusammen. Der Sohn von Max Planck war im Sommer letzten Jahres verhaftet und ins Hauptquartier der Gestapo gebracht, dort zum Tode verurteilt und im Januar dieses Jahres in Plötzensee hingerichtet worden. Hitler ging nicht gerade zimperlich mit seinen Physikern um.

Ebenso wie Werner Heisenberg hatte auch ich ein Angebot von Oppenheimer ausgeschlagen, in die USA zu emigrieren, um am Manhattan-Projekt mitzuarbeiten. Ich war zuversichtlich, dass sie es auch ohne mich schaffen würden, die Bombe noch vor Hitlers Wissenschaftlern fertigzustellen. Ich erzählte dem Pater in knappen Worten davon.

»Gott allein mag begreifen, warum Sie es nicht getan haben.«

»Meine Frau und unsere Kinder sind hier gestorben ... ich kann sie nicht zurücklassen.«

Er nickte, als verstünde er meine Beweggründe. Plötzlich blitzten seine Augen auf. »Oder sind Sie etwa *deswegen* hiergeblieben?« Er schielte zur Tür der Sakristei.

Ich verstand nicht.

»Die Nazis haben es in dieser Kirche entdeckt und hüten es«, erklärte er.

»Das Bernsteinzimmer des russischen Zaren?«, fragte ich amüsiert.

»Ach was!« Der Pater lächelte abfällig. »Ein gewaltiges Geheimnis von unvorstellbarem Ausmaß. Aber nur wenige Menschen verstehen, worum es sich dabei handelt. Ein blitzgescheiter Kopf wie Sie würde das natürlich begreifen.«

Mir wurde kalt. »Wovon sprechen Sie?«

Er schüttelte den Kopf. »Möglicherweise habe ich bereits zu viel erzählt.«

»Weitermachen!«, brüllte der SS-Mann. »Die Pause ist zu Ende.« Er winkte mich zu sich.

In diesem Moment flog eine weitere Bombe mit einem sirrenden Ton vom Himmel herab. Das Pfeifen wurde lauter. Die Männer verstummten und hoben die Köpfe. Auch ich starrte zum Deckengewölbe der Kirche.

Das Pfeifen rückte in unerbittliche Nähe. Keine Detonation war zu hören. Das klang gar nicht gut.

Das Pfeifen nahm zu. Immer noch kein Aufschlag.

»Jesus, Maria ...«, flüsterte der Pater und schlug das Kreuzzeichen.

Im nächsten Moment bebte die Erde. Eine Granate schlug in den Turm ein. Eine zweite folgte wenige Sekunden später. Sogleich fegte eine Hitzewelle durch die Kirche. Die Druckwelle schob Holzsplitter und Mauerreste wie ein gewaltiger Panzer vor sich her. Für wenige Sekunden fehlte mir die Luft zum Atmen. Einige Männer warfen sich zu Boden, andere rannten zum Ausgang. Ich wurde zu Boden gerissen. Staub und Ruß hingen wie ein dichter Teppich in der Luft. Um mich herum prasselte das Feuer.

»Folgen Sie mir Pater, wir müssen ...« Ich verstummte.

Ein scharfkantiges Spenglerblech hatte den Pfarrer in der Mitte zerteilt. Sein Körper klaffte wie eine Wassermelone auseinander, die ihren Saft über den Boden verspritzt hatte. Die Flüssigkeit hörte nicht auf zu fließen. Seine Augen blickten ängstlich zur Tür der Sakristei, dann erstarrten sie. Ich musste würgen.

Da war inmitten des prasselnden Feuers ein anderes Geräusch zu hören. Das Brechen von Holzbalken. Die Mauer stürzte ein, das Gebälk gab unter dem Gewicht der Glocke nach und knickte wie dürre Äste zusammen. *Die Pummerin stürzt runter!* Ihr Aufprall wäre schlimmer als jeder Granatentreffer.

»Raus hier!«, brüllte der SS-Mann, rappelte sich auf und deutete mit dem Gewehrlauf zur Tür.

Ich riss mich von dem Anblick Pater Grohmers los und lief instinktiv in die andere Richtung. Die Sakristei war meine Chance, um in dem Chaos zu verschwinden.

»Verdammter Hurensohn!«, fluchte der SS-Mann.

Ich hörte, wie er mir nachlief.

Nach wenigen Metern erreichte ich die Tür und riss sie auf. Die Sakristei lag im Dunkel. Bloß ein mickriger Kerzenschein erhellte den Raum. Die Fenster waren mit Brettern vernagelt worden. Es war eiskalt und roch nach Kalk.

Ich hoffte, einen Schlüssel zu finden, doch die Tür hatte nicht einmal ein Schloss. Allerdings gab es einen massiven Holzbalken, den ich in letzter Sekunde vor die Tür legte.

Draußen rüttelte der SS-Mann an der Klinke. Dann hörte ich, wie er sein Gewehr durchlud. Im nächsten Moment bebte die Erde. Die Pummerin war aufgeschlagen. Durch den Fliesenboden sprang ein gewaltiger Riss, der die Sakristei in zwei Hälften teilte. Eine Staubwolke wurde durch den Türspalt gedrückt. Ich stand auf einer Falltür aus Holz, die augenblicklich nachgab, fiel rücklings in die Dunkelheit und stürzte einige Meter tief eine steile Steintreppe hinunter. Auf einem Plateau von gerade mal einem Quadratmeter blieb ich liegen.

Wegen meiner Achtlosigkeit hätte ich mich ohrfeigen können. Mein Körper schmerzte von zahlreichen Prellungen und das Becken fühlte sich an, als wäre es entzweigerissen worden. Qualvoll rappelte ich mich auf. Ich blickte nach oben. Holzbohlen, Fliesen und die Falltür über mir waren weggerissen worden, und darunter befand sich eine freigelegte Steintreppe. Neben mir lag die Falltür mit gesplittertem Holz und verbogenen Scharnieren. Ich tastete mit den Fingern über meine Stirn. Blut. Im Dämmerlicht, das von der Sakristei herunterfiel, konnte ich bloß erkennen, dass die Steintreppe von dem Plateau aus, auf dem ich stand, weiter in die Tiefe führte. Wie die Windungen eines Korkenziehers schraubten sich die engen Stufen nach unten – einer Wendeltreppe gleich, nur ohne Geländer. Hatte Pater Grohner etwa von dieser Treppe als dem gewaltigen Geheimnis gesprochen?

Ich lauschte. Das Rütteln an der Tür zwei Meter über mir hatte aufgehört. Auch fielen keine Schüsse mehr. Womöglich war der SS-Mann erschlagen worden. Jedoch wagte ich nicht, nach oben zu gehen, um nachzusehen. Auf dem Boden fand ich eine Packung Streichhölzer und eine Petroleumlampe. Ich schwenkte die Lampe. Sie war schwer, und im Behälter schwappte reichlich Öl. Ich entzündete sie und leuchtete am Rand der Marmorstufen in die Tiefe. Nichts als Dunkelheit umgab mich, als würde die frei schwebende Wendeltreppe inmitten eines gigantischen Gewölbes einsam in die Tiefe führen. Hatten das die Nazis etwa entdeckt? *Ein gewaltiges Geheimnis von unvorstellbarem Ausmaß!* Aber wer hatte die Treppe direkt unter dem Stephansdom errichtet?

Mein Instinkt warnte mich, nicht weiter hinunter zu gehen, sondern stattdessen nach oben zu laufen, die Tür zu öffnen und ins Freie zu treten, auf der Suche nach russischen Soldaten. Doch neugierig ging ich hinunter. Nach etwa fünfzig Stufen kam ein weiteres Plateau. Ebenfalls ohne Geländer. Von hier führte die nächste Treppe nur noch weiter nach unten. Allerdings lag eine schwere, mannsgroße Bronzeplatte im Boden eingebettet.

Der Schein der Lampe fiel auf die Tafel. Sie zeigte zwei gleich große Kreise. Anhand der vielen kleinen Längenangaben, Radien und Diagonalen erkannte ich, was die Kreise darstellen sollten. Sie zeigten einen Querschnitt der Erde. Aber der Anblick wirkte befremdlich. Nur fein stilisiert waren die Kontinente der nördlichen und südlichen Halbkugel zu erkennen, halbiert am Äquator. Deutlich hingegen war Wien auf dieser bronzenen Landkarte im Herzen Europas zu sehen. Über der Stadt prangte das Symbol der Unendlichkeit, von wo eine strichlierte Linie zum Erdmittelpunkt führte.

Ich riss mich vom Anblick der Bronzetafel los, schwenkte die Lampe über den Rand des Plateaus und blickte in die Tiefe. Ein merkwürdiges Gefühl beschlich mich, als von unten ein kalter

Wind herauf wehte. Neugierig ging ich die Treppe hinunter und folgte der engen Windung, die sich im Uhrzeigersinn nach unten schraubte. Rund um die Steintreppe befand sich nichts weiter als Dunkelheit. Ich wagte keinen Laut von mir zu geben. Bloß die Schritte machten ein Geräusch, als rieb jemand Sandpapier über eine Betonfläche. Das Echo war noch weit in der Dunkelheit zu hören. Was mochte den Schall zurückwerfen? Eine Felswand, die in der Dunkelheit nicht zu sehen war?

Nach einigen Minuten hielt ich inne. Was tat ich bloß? *Das hat doch keinen Sinn!* Schließlich musste ich alles wieder zurück nach oben laufen und würde kostbare Energie vergeuden, die ich bei meiner Flucht vor den Nazis bestimmt noch brauchen würde.

Während ich wider jeden gesunden Menschenverstand wie besessen weiter nach unten lief, ließ mich plötzlich ein Krach zusammenfahren. Ich hielt inne. Das Echo von Stiefelgetrampel drang zu mir hinunter. Ich hielt den Atem an und lauschte. Instinktiv deckte ich den Lichtschein mit der Hand ab.

Mehrere Männer waren in die Sakristei eingedrungen. Das Licht von Lampen fiel von oben in die Dunkelheit hinunter.

Ich hatte immer noch das Donnern der Glocke und das Gebrüll der Soldaten in den Ohren. Trotzdem hörte ich jedes Wort.

»Räumen Sie das beiseite, Oberjunker.«

»Jawohl, Herr Untersturmführer.«

Schritte kamen herunter. Dem Geräusch nach zu folgen, hielten sie auf dem ersten Plateau, wo ich die Lampe gefunden hatte.

»Es ist nichts weiter. Die Erschütterung hat die Falltür weggerissen.«

»So ein Quatsch, Mann! Und wer glauben Sie hat innen den Holzriegel vorgelegt?«

Schweigen!

»Sehen Sie hier, Herr Untersturmführer … Blut!«

Da drang eine weitere Stimme nach unten, diesmal lauter und fordernder. »Was geht hier vor?«

»Vermutlich ein unberechtigter Zutritt, Herr Sturmbannführer!«

»Sichern Sie den Eingangsbereich und schicken Sie zwei Männer hinunter.«

»Jawohl Herr Sturmbannführer!«

Meine Knie wurden weich. Die SS war hier! Innerhalb weniger Minuten würden sie mich geschnappt haben. Ich löschte die Lampe, stellte sie zu Boden, steckte die Streichholzschachtel in die Hosentasche und lief in der Dunkelheit nach unten. Mein Gehirn hatte sich die Spiralform der Treppe eingeprägt. Automatisch folgte ich meinem Instinkt und hastete nach unten. Falls sie mich erwischten, würde die SS meinen Ausweis und meine Angaben einer genauen Überprüfung unterziehen. Bestimmt kamen sie dahinter, dass ich nicht der war, für den ich mich ausgab. Entweder würden sie mich sofort erschießen oder nach Mauthausen transportieren … und das so kurz vor der bevorstehenden Kapitulation Hitlers.

Mein Brustkorb wurde immer enger und drohte mein Herz zu zermalmen. Das Atmen fiel mir schwer. Meine Bewegungen folgten einem gleichbleibenden Rhythmus. Falls die Treppe plötzlich im Nichts enden würde, fiele ich in einen Abgrund und würde … Nein! Ablenkung! *Zwing dich und denk an etwas anderes!* Im nächsten Moment stellte mein Bewusstsein automatisch mathematische Berechnungen an. Das Naheliegendste war natürlich die Treppe, auf der ich nach unten lief. Jede Stufe war etwa zehn Zentimeter hoch. Nach jeweils zehn Stufen war ich also einen Meter tiefer nach unten gelangt. Dafür benötigte ich, bei dem Tempo, mit dem ich vorsichtig nach unten lief, um kein

Geräusch zu verursachen, etwa zehn Sekunden. Zehn Sekunden für einen Meter Tiefe. Das bedeutete, dass ich in einer Minute sechs Meter tiefer hinunter kam. Nach zwei Minuten zwölf Meter, nach drei Minuten achtzehn Meter.

Die Treppe endete nicht. Ich lief beständig weiter und spürte die Veränderung des Luftdrucks und schmeckte den schalen Odem, der mich umgab. Ein lichtloses Nichts, das nur in eine Richtung führte. Während meine Beine unablässig liefen und sich mir langsam alles zu drehen begann, stellte mein Gehirn die absurdesten Berechnungen an, um meine Angst vor der SS zu verdrängen.

Was würde passieren, wenn die Treppe unendlich tief hinunter führte? *Unendlichkeit gibt es nicht!* Aber zumindest bis zum Kern der Erde? Bis dorthin waren es 6.400 Kilometer, also 6,4 Millionen Meter. Das entspräche 64 Millionen Stufen, für die ich, würde ich weiterhin beständig hinunterlaufen, 64 Millionen Sekunden benötigen. Das entsprach knapp 17.800 Stunden. Eine unvorstellbare Zeitspanne. Würde ich vierzehn Stunden am Tag nach unten laufen, und die restlichen 10 Stunden für Rastpausen, Essen, Trinken und Schlaf benötigen, wäre ich ... ich kontrollierte meine Berechnung. Ja, dann wäre ich dreieinhalb Jahre unterwegs.

Mir wurde schwindelig. Jedoch nicht von der Rechnung, sondern von dem ständigen Rechtsdrall der Treppe. Ich blieb einen Moment stehen, schloss die Augen und atmete tief durch. Ich wankte an den Rand der Treppe, spürte die Kante unter der Schuhsohle und trat rasch wieder in die Mitte. Schweiß lief mir in den Nacken. Folgten mir die Männer der SS noch? Ich hielt den Atem an und lauschte. Nichts war zu hören. In einem panischen Moment dachte ich daran, dass ich den gesamten Weg wieder nach oben würde gehen müssen. Wie lange war ich gelaufen? Zehn Minuten? Eine halbe Stunde? Womöglich war ich sogar länger als eine Stunde unterwegs gewesen. Ich wusste es nicht mehr.

Neben all diesem Wahnsinn, der mich umgab, hatte ich völlig darauf vergessen, dass mich während meines Aufstiegs völlige Dunkelheit umgeben würde. Bestimmt hatten die SS-Leute meine Lampe gefunden und an sich genommen. Bestimmt würde mich oben ein bewaffneter Posten erwarten.

Also ging ich weiter nach unten, in der Hoffnung einen anderen Ausgang aus diesem endlosen Abgrund zu finden.

Während meines Abstiegs dachte ich, ich bildete mir das dumpfe Geräusch nur ein, doch je tiefer ich kam, umso deutlicher hörte ich es. Von unten drang ein Dröhnen herauf. Je weiter ich ging, umso lauter wurde es. Es klang wie das Stampfen von Kolben und das schleifende Drehen mächtiger Turbinen. War das ein gigantischer Motor in der Wiener Kanalisation?

Eine geschätzte halbe Stunde später mischte sich etwas wie das Klicken enormer Zahnräder dazu. Bald nahm ich auch einen öligen Geruch wahr. Einbildung? Wohl kaum. Ein leichter Wind kam auf und trug eine eisenhaltige Luft hinauf, deren Geschmack auf meinen Lippen haften blieb. Es roch nach Schmierfett und beißendem Rost. Das dumpfe Rumoren wurde lauter und schließlich so ohrenbetäubend, dass ich mir keine Sorgen mehr machen musste, die SS-Männer könnten meine Schritte hören.

Da endeten die Stufen und ich fiel der Länge nach auf einen Gitterboden. Mein Herz raste. Nur zu leicht hätte ich über den Rand in den Abgrund stürzen können. Erst jetzt merkte ich, wie meine Oberschenkel brannten. Rasch fingerte ich die Streichhölzer aus der Tasche und riss eines an. Ich lag tatsächlich auf einem rostbraunen Gitterboden, der mit genieteten Bolzen zusammengehalten wurde. Im Flackern der winzigen Flamme sah ich wohnhausgroße Zahnräder, die sich vor mir auftürmten und auf Stangen drehten, die so dick waren wie die mächtigsten Baumstämme, die ich je gesehen hatte. Daher stammte der Luftzug. Ich riss mich von dem Anblick los und suchte nach einer Lichtquelle, solange das Streichholz noch brannte. Nachdem ich das dritte Hölzchen angerissen hatte, fand ich zwischen einem Haufen Stahlrohre endlich eine Petroleumlampe. Ich schwenkte sie. Es gluckste nur noch wenig Öl darin, aber für meine Zwecke würde es reichen.

Der Gitterboden reichte scheinbar unendlich weit in die Dunkelheit. Dem Lärm nach zu schließen mussten um mich herum Dutzende Zahnräder ineinandergreifen. Ein Ende war nicht abzusehen. Unmittelbar neben dieser gewaltigen Maschine entdeckte ich menschenlange Hebel, wuchtige Regler und Tasten, die sich wie bei einer altertümlichen Orgel aneinanderreihten, und mit denen vermutlich Richtung und Geschwindigkeit der Zahnräder gesteuert werden konnten. Das Material wirkte wie schwarz funkelndes Elfenbein. Im Schein der Lampe ließen sich Schriftzüge auf den Hebeln erkennen. Lateinische Begriffe wie *ventus, nimbus, nebula, pluvia, fulgur* und *tonitrus.* Wer mochte das erschaffen haben?

Sobald ich einen der Hebeln bewegte, klickten kleinere Zahnräder ineinander, die über Ketten und Flaschenzüge größere Dinge in Bewegung setzten, die in der Dunkelheit lagen und die ich nicht genau erkennen konnte. *Besser, du lässt die Finger davon!* Ich betrachtete die Regler, die sich einem Magneten gleich über eine Kupferplatte schieben ließen. Auch damit konnte man etwas steuern. Doch was? Die Gravur der Platte erinnerte an die Kontinente der Erde. Dienten die Regler dazu, entsprechend den lateinischen Begriffen, Wind, Wolken, Nebel, Regen, Blitz und Donner zu steuern oder gar zu erzeugen? Was für ein verrückter Gedanke.

Auf einer Legion anderer Hebel standen die Wörter *decessus, aestus, terrae motus, volcanius* und *pumiceus* und noch Hunderte andere Begriffe, die ich allerdings nur teilweise übersetzen konnte.

Was zum Teufel ging hier vor? Ließen sich hier Taifune, Wirbelstürme und Flutwellen steuern? Erdbeben erzeugen? Vulkanausbrüche regulieren?

Kopfschmerzen machten sich bemerkbar. Nicht nur vom Anblick dieser unermesslich gigantischen Apparatur, sondern auch von Lärm und Gestank dieser Höllenmaschine.

Ungläubig schritt ich an diesen mächtigen Hebeln vorbei, die wie nach innen gebogene Rippen eines riesenhaften Walskeletts wirkten. Wie Apparaturen, errichtet von einer düsteren, vormenschlichen Gottheit.

Was bezweckten die Nazis bloß damit? Hatten sie das überhaupt selbst errichtet – oder hatten sie es bloß entdeckt? Nutzten sie es – oder waren sie noch mit der Entschlüsselung beschäftigt?

Diese Fragen, und die Qual, keine Antworten darauf finden zu können, schürten meine Kopfschmerzen. Einer inneren Stimme folgend, nannte ich diesen Bereich, den ich durch dic Sakristei betreten hatte, *Limbus* ... wie jenen Ort am Rande der Hölle, den Aufenthaltsraum der Seelen, die Gott vom Himmel ausgeschlossen hatte.

Nach einem Fußmarsch von etwa zweihundert Metern, während dem ich bestimmt Tausend Hebel passiert hatte, gelangte ich zu einem Käfig aus Metall, der an einer Kette über dem Abgrund hing. An jeder Ecke des Käfigs führte eine Stange in die Tiefe, was wie ein Schienensystem wirkte, an dem der Käfig nach unten fahren konnte.

Ich schob ein Sicherheitsgitter beiseite und öffnete die Tür. Der stabile Käfig war für eine etwa drei Meter große Kreatur errichtet worden, wie ich aufgrund der Kabinenhöhe vermutete. An der Rückwand der Gondel stand eine Eisentruhe. Sie war zweifelsohne von Menschenhand erschaffen worden, denn ein herkömmliches Schloss versperrte den Deckel. Ich stellte die Lampe auf den Kabinenboden und griff im Lichtschein nach einer Eisenstange, die auf dem Boden lag. Unablässig schlug ich auf das Schloss der Truhe. Das Metall vibrierte in meiner Hand, dennoch hämmerte ich ohne Unterlass auf das Schloss ein. Um den Lärm brauchte ich mich nicht zu kümmern, da die Maschinen jegliches Geräusch übertönten. Wie im Fieberwahn arbeitete ich weiter. Schon bald schmerzte mein Handgelenk. Kurz darauf entstanden Blutblasen an den Handballen, aber nach einer Weile brach das Zylinderschloss, und der Deckel sprang auf.

Im trüben Licht sah ich eine dicke Wolldecke, Zwieback, getrocknete und gedörrte Lebensmittel und Flaschen, die bei jeder meiner Bewegungen in der Kabine klirrend aneinanderschlugen. Wasser, Dörräpfel und Pökelfleisch, einen Schwamm und eine Bettpfanne. Darunter befanden sich Trichter und ein Eimer Petroleum. Ich musste vorsichtig mit dem offenen Feuer hantieren, also schloss ich die Proviantruhe und setzte mich drauf. Diente der Inhalt der Truhe etwa einem Reisenden wie mir? Wozu? Die Bettpfanne und die Lebensmittel ließen darauf schließen, dass eine Fahrt in der Kabine mehrere Stunden, ja Tage dauern konnte.

Immer intensiver beschäftigte mich die Frage, wohin die Reise in dieser Kabine führen könnte. Welches Geheimnis hatten die Nazis hier entdeckt? Würden sie es nutzen, um dem Krieg eine entscheidende Wendung zu geben? Es gab nur einen Weg, eine Antwort darauf zu finden. Ein Hebel in der Kabine ließ nur zwei Stellungen zu: *subducere* oder *submittere.*

Hinaufziehen oder hinunterlassen!

Ich entschloss mich für das »Hinunterlassen« und legte den Hebel um. Knirschend rastete er in einer Kerbe ein. Eine Sekunde lang tat sich nichts. Ich wollte die Kabine bereits wieder verlassen, als sich plötzlich die Verankerung an der Decke neigte. Ein Kettenglied glitt aus dem Haken, die Kabine ruckte ein Stück nach unten, wurde aber von vier Bolzen an den Schienensträngen gebremst. Kurz darauf lösten sich die Bolzen knarrend an den Ecken der Kabine, Rollen rasteten im Schienenstrang ein … und es ging nach unten.

Die Kabine stürzte im freien Fall in die Tiefe. Im selben Moment hob sich mir der Magen. Ich stolperte zur Seite und krallte mich am Gitter fest. Der Fahrtwind trieb mir Tränen in die Augen. Doch nach einigen Atemzügen gewöhnte ich mich daran.

Fall, Luftwiderstand und das Schleifen an den Schienensträngen pendelten sich nach wenigen Sekunden zu einer konstanten Geschwindigkeit ein. Beim Gedanken daran, dass die Kabine jeden Augenblick am Boden aufschlagen und mich zerquetschen könnte, drehte sich mir der Magen um.

Wie konnte ich den Fall bremsen? Wie ließ sich die Fahrt rückgängig machen? Ich versuchte, den Hebel umzulegen, aber er blockierte. Panik erfasste mich. Automatisch schaltete mein Gehirn wieder einmal auf die absurdesten Berechnungen um. Wie hypnotisiert betrachtete ich im Schein der Lampe eine

Steintreppe, neben der die Gondel in die Tiefe sauste. Die Stufen flogen an mir vorbei und drehten sich wie eine Spirale um die Gondel. Ich schätzte, dass ich trotz der Reibung des Schienenstrangs etwa zehn Meter pro Sekunde fiel. Das entsprach immerhin einer Geschwindigkeit von 36 Stundenkilometern, oder etwa einem Fünftel des freien Falls. Je tiefer die Gondel dem Erdmittelpunkt kam, desto geringer würde die Schwerkraft werden. Das bedeutete, dass sie ab einer gewissen Entfernung langsamer werden musste, weil die Gravitation abnahm. Aber würde diese Kabine – rein theoretisch – unaufhörlich immer weiter und weiter in den Abgrund rasen, so würde sie den in etwa 6.400 Kilometern entfernten Erdmittelpunkt in ungefähr 178 Stunden erreichen. Die Fahrt würde knapp siebeneinhalb Tage dauern.

Ich starrte auf den Inhalt der Kiste. Mit den Wasservorräten, Nahrungsmitteln und der Bettpfanne würde ich wohl eine Woche lang auskommen. War der Proviant vielleicht genau dafür berechnet worden? Ein verrückter und geradezu absurder Gedanke! Wie würden Herz und Kreislauf auf die Beschleunigung reagieren? Wahrscheinlich gar nicht. Wenn ich mir die Ergebnisse des Kollegen Einstein in Erinnerung rief, befand ich mich in einem abgeschlossenen System. Ich konnte beispielsweise in jede Richtung spucken, und es würde so sein, als spuckte ich in ruhigem Zustand auf den Boden, ohne dass die Spucke davon gerissen wurde. Allerdings war ich zu verängstigt, um es auszuprobieren.

Endlos lang flog die Steintreppe neben der Gondel nach oben und drehte sich unaufhörlich wie eine Spirale, in deren Mitte die Kabine in die Tiefe raste. Der Anblick machte mich schwindelig. Trotzdem saß ich aber minutenlang da und stellte immer wieder die gleichen Berechnungen im Kopf an. Schließlich drosselte ich das Licht der Lampe, um Petroleum zu sparen und meine Augen zur Ruhe kommen zu lassen. Möglicherweise saß ich tatsächlich sieben Tage lang hier fest.

Irgendwann musste ich eingeschlafen sein, auf der Truhe sitzend, den Kopf ans Gitter gelehnt und vom Rütteln der Fahrt sanft in den Schlaf gewiegt …

Als ich erwachte, lag ich zusammengerollt auf dem Boden. Die Petroleumlampe flackerte mit kleiner Flamme neben mir, und die Steintreppe sauste immer noch neben dem Gitter und dem Schienenstrang vorbei. Dieses Schienensystem und auch die Steintreppe waren ein absolutes Ding der Unmöglichkeit. Ein physikalisches Paradoxon. Worauf stand die Treppe? Wer hatte sie erbaut? Wohin führten die Schienen? Merkwürdigerweise stieg die Temperatur nicht, obwohl sie sich mit zunehmender Tiefe erhöhen müsste. Fragen über Fragen quälten mich.

Ich erleichterte mich in die Bettpfanne, trank einen Schluck des abgestandenen Wassers und kaute einen Dörrapfel. Danach löschte ich das Licht, um Petroleum zu sparen. Leider besaß ich keine Uhr, denn Armbanduhren waren nur etwas für SS-Leute, Gestapo-Schergen oder die betuchte Bevölkerung; nichts für Schweißer. Doch an zwei Dingen würde sich die Zeit abschätzen lassen. An meinem Hungergefühl, das sich regelmäßig meldete … an meinem Bartwuchs … und sollte die Reise tatsächlich eine Woche dauern, an der Länge meiner Haarstoppel und Fingernägel.

Am ersten Tag meiner Reise füllte ich das Petroleum aus dem Eimer mit dem Trichter in die Lampe. Ich rationierte Öl und die Anzahl der Streichhölzer, und gönnte mir in festgelegten Abständen jeweils eine gefühlte Viertelstunde Licht, wobei ich aufpassen musste, dass der Luftstrom mir das Feuer des Streichholzes nicht ausblies. Mit dieser Methode würde ich sieben Tage lang auskommen. Mehr war nicht nötig, denn meine wiederholten Berechnungen hatten ergeben, dass im extremsten Fall die Reise am siebten Tag zu Ende sein musste.

Am zweiten Tag rationierte ich Wasser und Nahrungsmittel mit Mindestportionen für zehn Tage. Ich wusste nicht, was mich am Ende der Reise erwartete, aber nach zehn Tagen würde ein aussichtsloser Überlebenskampf gegen Hunger und Durst beginnen.

Etwa am dritten Tag begann ich meinen Urin in der Bettpfanne zu sammeln. In verzweifelten Situationen neigt man bekanntlich zu drastischen Maßnahmen. Womöglich würde der Plan, den Urin zu trinken, mein Leben um einen Tag verlängern.

Am vierten Tag wurde es gegen jede Logik deutlich kälter und ich hüllte mich in die Decke ein. Mein Bart hatte bereits ein Stadium erreicht, sodass ich den weiteren Wuchs nicht mehr genau abschätzen konnte. Am gleichen Tag befriedigte ich mich das erste Mal selbst. Zunächst aus Wollust, danach nur noch, um mir die Zeit zu vertreiben. Zu meiner Schande dachte ich dabei nicht an meine verstorbene Frau Sara, sondern an ein junges Mädchen, das im Parterre jenes Hauses lebte, in dem ich zuletzt gewohnt hatte. Sie hieß Elisabeth, hatte zwei lange blonde Zöpfe und zwei für ihr Alter feste große Brüste. Anschließend schämte ich mich so sehr, dass ich in ein langes Gebet verfiel und Gott und seinen Propheten um Verzeihung bat.

Den Übergang vom fünften auf den sechsten Tag konnte ich nicht mehr genau abschätzen. Durch die Reibung am Schienenstrang begannen die erhitzten Rollen gelb zu glühen. Mein Bartwuchs geriet außer Kontrolle, ebenso wie mein Geist, und ich verbrachte die Zeit abwechselnd zwischen gelbem Dämmerlicht und dem Schein der Petroleumlampe, zwischen Essen, Trinken und Schlafen, zwischen Selbstbefriedigung und Gebet.

Am wahrscheinlich siebten Tag glich ich einem Tier, geistig verwildert, abgestumpft, verängstigt, paranoid und klaustrophobisch zugleich. Der Gestank meines eigenen Urins, den ich nicht mehr aus der Nase bekam, trieb mich in den Wahnsinn. Meine Sehnen waren verkürzt, die Fingernägel lang, die Haare auf dem Kopf stoppelig, meine Kopfhaut war fettig, mein Rückgrat schmerzte, und in meiner Hose klebte der Samen zahlreicher Ergüsse.

Immer noch raste die Gondel mit einer Geschwindigkeit von sechsunddreißig Stundenkilometern an der nicht enden wollenden Steintreppe entlang. Wie konnte das sein? Ein Ding der Unmöglichkeit. Keine Spur von Gesteinskrusten, von Magmaströmen oder Kristallhöhlen. Wo war der heiße Erdkern? Stattdessen nichts außer dem Rattern der Eisenkabine und dem leichten Glühen der Rollen in der Dunkelheit.

Ich bat Gott um Verzeihung für meine wollüstigen Gedanken in diesen Tagen, die mir Ablenkung verschaffen und mich nicht wahnsinnig werden lassen sollten. Doch genau die trieben mich in den Wahnsinn. Ich dachte an meine verstorbene Frau und unsere Kinder. An den Tod meiner Verwandten und Freunde. An die Gräueltaten, die mir aus dem Konzentrationslager in Mauthausen, den Außenlagern in Melk und Hirtenberg und dem Frauenlager in Amstetten berichtet worden waren. An die Qualen, die die Gestapo täglich säte, an die Denunzierung durch Nachbarn und so genannte Freunde, an die Angst der Menschen … und irgendwann war ich an dem Punkt angelangt, da ich nicht wusste, ob *ich* jemals Gott das alles verzeihen konnte, was in jenen Tagen auf dem Antlitz der Erde passierte.

Am siebten oder achten Tag schreckte ich aus meinem Delirium hoch. Mitten in der Dunkelheit spürte ich, wie die Gondel langsamer wurde. Sofort fingerte ich ein Streichholz aus der Schachtel. Das letzte! Ich riss es mit zittrigen Fingern an und erhöhte die Leuchtkraft der Lampe. Sie würde nur noch zwei oder drei Stunden lang Licht spenden – eventuell fünf Stunden, sofern ich sparsam damit umging.

Ich spürte, wie meine Beine zusammengestaucht wurden. Die Gondel wurde gebremst. Die Schienenstränge wurden enger, die Reibung größer. Ich hörte das Quietschen des Gestänges. *Ach Sara, wärst du doch bei mir. Gemeinsam würden wir Gott die Bettpfanne mit unseren Fäkalien ins Antlitz schütten, um uns so für die Fahrt ins Herz der Hölle zu revanchieren.*

Mein Puls raste. Ich wischte mir den Schweiß von der Stirn. Meine Gedanken spielten verrückt, meine Schläfen glühten. Verlor ich soeben meinen Glauben, oder hatte ich nur Fieber? Mir drehte sich alles. Ich musste im Delirium sein.

Die Gondel bremste mit einem rasselnden Geräusch jäh ab und ich wurde zu Boden geschleudert. Der Deckel der Kiste schlug zu, die Petroleumlampe rollte scheppernd über den Boden. Ich fing sie rechtzeitig auf, bevor das Licht verlöschen konnte, schüttete mir jedoch unabsichtlich meinen eigenen Urin auf das Hemd. Mittlerweile war ich nichts anderes als ein verwildertes und verwahrlostes Tier, das sich im eigenen Kot und Dreck suhlte. Eine erbärmliche, armselige und bedauernswerte Kreatur. *Gott, vergib mir!*

Mit fiebrig zitternden Fingern öffnete ich die Gittertür und stolperte aus der rostbraunen Konstruktion mit den fetten Schweißnähten. Die Gondel stand still. Der Boden unter meinen Füßen war fest. Reglos und starr. Sogleich fiel ich um. Es war ein Gefühl, als flöge mir der Magen durch Mund und Ohren davon. Mir drehte sich alles, als würde ich nach einer tagelangen Schifffahrt auf bewegter See endlich wieder auf einer Mole zum Stehen kommen.

Sogleich erbrach ich mich. Dörräpfel, Zwieback, Magensäure und Gallensaft liefen mir aus dem Mundwinkel. Warum nur? *Was zum Teufel habe ich verbrochen?*

Mir drehte sich alles immer schneller, wie bei einem Karussell. Ich krümmte mich wie ein Fötus zusammen und versuchte regelmäßig zu atmen. Irgendwann beruhigte sich alles und ich hatte nur noch unsägliche Kopfschmerzen.

Falls meine Berechnungen stimmten, musste ich bis zum Beginn jenes achten Tages eine Strecke von über sechstausend Kilometern zurückgelegt und den Erdkern erreicht haben. Dennoch hielt mich eine unerklärliche Schwerkraft auf dem Boden. Außerdem gab es atembare Luft und eine Temperatur, die zumindest knapp über dem Nullpunkt lag. Hauch stieg vor meinem Gesicht auf und färbte sich im Licht der Lampe gelb und orange.

Irgendwann erwachte ich aus der Erstarrung. Ich erhob mich, nahm die Lampe und taumelte von der Kabine weg. Die gewundene Steintreppe endete ebenfalls hier. Dahinter lag Dunkelheit, in die ich vordrang. Ein schreckliches Fieber musste durch meinen Körper rasen. Ich konnte es mir nicht anders erklären. Eigentlich müsste mich der Luftdruck zerquetschen. Trotzdem lebte ich. Hatte ich eine Art Tiefenkoller oder befand ich mich in einem seltsamen Rauschzustand?

Vor mir erhob sich eine mächtige Maschine, deren überdimensionierten Zahnräder, Kettenglieder, Kolben und Gelenke von meiner Lampe nur zum Teil aus der Dunkelheit gerissen wurden. Es roch nach Schmierfett. Kälte umgab mich, ebenso monströses Stampfen. Diese Maschine musste die Gravitation des gesamten Planeten erzeugen und gleichmäßig an die Oberfläche verteilen. Ich konnte es mir nur so erklären. Riesige Elektroden, an deren Ende Blitze zuckten, waren in zwei gegenüberliegende Himmelsrichtungen ausgerichtet. Gewiss litt ich unter Wahnvorstellungen, aber mein Verstand wollte mir weismachen, dass hier der Magnetismus der beiden Erdpole erzeugt wurde.

Ich lief weiter.

Hier ein haushoher Apparat, dessen komplexer Mechanismus den Mond in der Umlaufbahn um die Erde hielt. Dort ein feines Instrument, das einer Waage mit zahlreichen Schwenkarmen und Gewichten glich, das die Neigung der Erdachse austarierte und so für die Entstehung der Jahreszeiten sorgte.

Ich musste halluzinieren.

Wenige Minuten später erreichte ich das Ende des Plateaus. Eine kleine Treppe führte eine Etage tiefer. Darunter befand sich ein Dutzend Zahnräder, das wie in einem feinen mechanischem Uhrwerk im Sekundentakt vor sich hin klickte. Unmittelbar daneben raste eine gewaltige Eisenstange in einem Höllentempo vorbei, wie ein unterirdischer Fluss aus Magma. Mit dem Unterschied, dass die Geschwindigkeit atemberaubend schnell war, sodass es mich zerfetzt hätte, würde ich auch nur mit der Fingerkuppe die Oberfläche berühren. Ein Ende der vorbeirasenden Eisenstange war nicht abzusehen. Ohne Unterlass zog sie vorüber. Dieses Ding rasselte, nein *raste* mit einem unvorstellbaren Tempo durch den Erdkern.

Ich montierte den Griff von der Lampe ab und warf ihn einige Meter von mir entfernt auf die Stange. Sogleich wurde das

Metallteil von der vermutlich grobkörnigen und vernarbten Oberfläche davon geschleudert und verschwand irgendwo in der Dunkelheit.

Ich erinnerte mich wieder an Einstein. Das geschlossene System! Stand die Erde fix im Weltraum und rasselte die Stange durch die sie hindurch? Oder fuhr die Erde entlang dieser fest montierten Stange durch den Raum? Eine Frage, die sich von meinem Standpunkt aus nicht beantworten ließ.

Ich wiederholte das Experiment zwei weitere Male mit meinem linken, danach mit meinem rechten Schuh. Beide wurden mit unglaublichem Tempo davon gerissen. Ich beobachtete die Flugbahn, den Drall und schätzte die Entfernung, die meine Schuhe davon geschleudert wurden. Auf Grund dieser Variablen und dem Geräusch, das der vorbeirasende Metallstrom verursachte, weil sich die Wellenlänge entsprechend des Doppler-Effekts veränderte, berechnete ich die sagenhafte Geschwindigkeit der Eisenstange.

Ich kam auf mindestens dreißig Kilometer pro Sekunde. Weniger konnte es nicht sein. Mit diesem Tempo würde man in einem Jahr 940 Millionen Kilometer zurücklegen. Das entsprach der Länge der elliptischen Umlaufbahn der Erde um die Sonne. Mir wurde schwindelig. Aber wie konnte sich der Planet mit diesem Gestänge in seinem Herzen verdammt noch mal um die eigene Achse drehen? Womöglich diente jenes feine Uhrwerk mit seinen zarten vor sich hintickenden Zahnrädern der Eigenrotation.

Mein Geist wurde wahnsinnig bei dem Versuch, dieses Rätsel zu lösen. Ich saß auf der letzten Stufe und starrte auf das vor meinen Augen dahin rasende endlos lange Gestänge und das klickende Räderwerk. Die Umlaufbahn der Erde war nichts anderes als eine gewaltige, gebogene Eisenstange, die durch den Erdkern verlief. Offensichtlich befand ich mich im mechanischen Mittelpunkt des Planeten. Wenn sich hier nur ein winziges Rädchen verselbstständigte und plötzlich anders lief, geriet die Welt aus den Fugen.

Aber war sie das nicht längst?

Politisch, menschlich und moralisch?

Ich konnte Gott nicht verzeihen, was er der Menschheit angetan hatte.

Ach Sara, meine liebe Frau, wärst du doch nur bei mir.

Das Leben lief an mir vorüber.

Meine Gedanken überschlugen sich im Fieberwahn.

Meine Augen flimmerten. Ich kippte nach vorne, fiel und mein Körper wurde vom Stahl entzweigerissen.

»Er bewegt sich!«

»So haltet ihn doch fest!«

Fremde Stimmen! Woher kamen die plötzlich? Ich wollte mich aufrappeln, weg von diesem Metallstrom, der durch das Innerste raste. Aber ich konnte mich nicht bewegen. Meine Arme wurden zu Boden gepresst.

»Das Fieber nimmt zu.«

»Aber er ist bei Bewusstsein!«

Jemand beugte sich über mich.

Sara!

»Können Sie mich hören?«

Nein, es war nicht Sara. Die Stimme gehörte einem Mann.

»Wo ...?«, presste ich hervor.

»Hören Sie mir zu«, bat der Mann mit sanftem Ton. »Sie dürfen sich nicht bewegen. Sie hatten einen Unfall.«

Ich beruhigte mich. Meine Schultern sackten zurück auf den Boden. Der Druck auf meine Arme ließ nach. Warum konnte ich meine Beine nicht spüren? Um mich standen einige Männer und musterten mich mit besorgtem Blick.

»Ihr werdet es nicht glauben, aber er ist bei Bewusstsein!«, rief jemand.

Daraufhin liefen einige andere herbei. Ich sah weiße Mützen von Sanitätern, Helme russischer Soldaten. *Keine Nazis!* Wo war ich? Statt eines Himmels sah ich das Gebälk einer Kirche über mir. Der Stephansdom?

»Sie hatten einen Unfall«, wiederholte der Mann. »Sie waren sieben Stunden lang bewusstlos, aber wir wussten, sie würden wieder zu sich kommen.«

»Wussten wir nicht«, brummte eine andere Stimme im Hintergrund. »Nur weil er ständig irgendwelche Zahlen vor sich hinge...«

»Sei still!« Das Gesicht des Mannes kam näher. »Die Pummerin im Glockenturm ist durch die Decke der Sakristei gestürzt und hat Sie getroffen ...«

»Getroffen? Mich?«, brachte ich hervor. Panik schnürte meine Kehle zu.

Der Mann nickte. »Der Stahl der Glocke hat Sie knapp über der Hüfte zweigeteilt. Die Pummerin und der Mauersockel halten Ihren Oberkörper zusammen. Wir können Sie nicht von hier fortschaffen. Die kleinste Bewegung würde Sie töten.«

»So kurz vor Kriegsende!«, murmelte jemand.

Ich roch Kot, Blut, Schweiß, Erbrochenes, Magensäure und den süßen Duft von Samenerguss.

»Dreißig Kilometer in der Sekunde«, hauchte ich.

»Hörst du, er spricht schon wieder im Fieber.«

»Sei doch endlich still!«

Die Stimmen entfernten sich. Alles wurde leiser und dunkler, als legte sich ein Federkissen auf die Welt.

»Vergiss ihn. Er ist nicht mehr bei Sinnen«, sagte jemand in weiter Ferne.

Sara, es geht zu Ende.

»Sein Herz hört auf zu Schlagen … er stirbt.«

Sara, ich komme zu dir.

»Ein Jude! Vergiss ihn. Der hat uns ohnehin zu viel Zeit gekostet.«

Offensichtlich musste ich im Wahn hebräische Worte gemurmelt haben.

»Was sollte dieses ganze Gefasel von dem Schacht? Ist doch alles nur Blödsinn.«

»Und woher weiß er dann von dem Riss im Boden der Sakristei?«

Sara, ich komme schon bald zu dir …

WWW.SPIDER.COM

Diese Story entstand anlässlich des zehnjährigen Jubiläums des Wiener Aarachne Verlags von Ernst Petz. Offensichtlich handelt sie von Spinnen. Als ich die Geschichte vor mehr als fünfzehn Jahren schrieb, war sie auf dem neuesten Stand der Computertechnik – mittlerweile ist die Story natürlich längst überholt. Doch aus nostalgischen Gründen habe ich die technischen Details so belassen. Denken Sie also an den entsprechenden Stellen daran, dass sie vor fünfzehn Jahren geschrieben wurde.

Übrigens gab es die titelgebende URL damals noch nicht. Unlängst habe ich sie gegoogelt – und überraschenderweise gibt es sie immer noch nicht. Vielleicht ist das auch besser so …

Alfred scrollte bis ans Ende des Newsletters, den er einmal im Monat vom Rentnerverein erhielt. Mehr gab es da unten nicht zu lesen, nur jenen unauffällig blau hinterlegten Link: *www.spider.com.*

Sein Zeigefinger schwebte über der linken Maustaste. *Ja* oder *nein*, grübelte er unschlüssig. Lange genug war er bereits durchs Internet gesurft, immerhin schon fünfzehn Minuten an diesem späten Abend. Übertreiben wollte er es nicht, die Telefonkosten waren ohnehin horrend hoch, außerdem war es bereits Schlafenszeit. Er blickte zur Wanduhr. Kurz nach zehn. Diesen einen Link sollte er aber vielleicht noch besuchen. So viel Zeit musste sein! Er war zu neugierig, worum es sich dabei handeln könnte. *Klick!*

Sein PC begann zu rattern, der Browser öffnete eine neue Site, und in Windeseile wurden vier Objekte auf den Bildschirm geladen: Ein Firmenlogo mit blauem, schwungvollem Schriftzug – *Willkommen auf der Spider-Homepage* –, eine fette Spinne mit Glotzaugen und zwei Download-Buttons: *Spider* und *Snake.* Mehr gab es nicht zu sehen.

Alfred beugte sich nach vorn, rückte seine Hornbrille mit ungelenken Fingern über den Nasenrücken und starrte auf den Monitor. Die animierte üppige Spinne rollte bloß mit ihren Glupschaugen, so groß wie Klodeckel, und gaffte zurück. Sonst passierte nichts auf dieser Site. Zum Runterscrollen gab es keine Bildlaufleiste, über keiner der Grafiken verwandelte sich der Cursor zu einer Hand. Nur über diese zwei schlichten Download-Buttons schien es weiterzugehen.

Spider oder *Snake?* Vor Schlangen ekelte es ihn, also würde er sich für das Spider-Programm entscheiden. Sollte er es, was auch immer das war, tatsächlich runterladen? Genug Arbeitsspeicher zum Starten des Programms hatte er: 256 MB waren immerhin das Vierfache des PCs, auf dem er den *Computerkurs für Pensio-*

nisten an der Volkshochschule absolviert hatte. Damals in seinem Büro, bevor er in Frühpension geschickt worden war, hatte er die Anträge auf eine Pendlerpauschale sogar noch mit einem Tischrechner ermittelt und anschließend auf einer Schreibmaschine mit ausgetrocknetem Farbband getippt. Die 256 Megabyte, die er *jetzt* besaß, wirkten im Vergleich dazu wie eine dreistufige Saturn-V-Trägerrakete zu einem ADEG-Einkaufswagen, bei dem die Münze im Schlitz klemmte. Die 750 Megahertz und 10 Gigabyte auf der Festplatte waren angeblich auch keine Kleinigkeit, wie ihm der Media-Markt-Verkäufer erklärt hatte. Doch selbst ein Pentium III/750 konnte über sein Anti-Talent, was das Arbeiten mit dem Computer betraf, nicht hinwegtäuschen.

Trotz des Kurses waren die elfjährigen Kids heutzutage besser drauf als er, wurde er noch dazu von ihnen als *uncooler, alter Scheißer* bezeichnet, weil er sich seinen PC nicht selbst konfigurieren konnte, sich nicht regelmäßig die aktuellsten Treiber downloadete und nicht ständig die brandneuen Internet-Gimmicks installierte. Den kleinen Ratten aus der Nachbarwohnung würde er es zeigen. Alfred ignorierte das Snake-Icon und bewegte den Mauszeiger in die Nähe des Spider-Buttons.

Na? Habt ihr euch schon die neuesten Spider-Files runtergeladen, ihr Banditen?, hörte er sich selbst in Gedanken den Bengels im Hinterhof nachbrüllen, und sah sich dabei süffisant lächeln, während er einen von ihnen, der vor ihm flüchten wollte, an den Hosenträgern festhielt. Alfred grinste. Lieber wagemutig die Software mit nagelneuen Programmen aufrüsten und damit angeben, als ewig ein *72 Jahre alter uncooler Scheißer* bleiben! Jawohl! *Klick!* Und schon war der Download-Button aktiviert.

Sein Herz pumpte wie wild, fasziniert betrachtete er den Bildschirm. *Installation* stand dort zu lesen, darunter *Setup 3.2. – select type of installation,* daneben zwei leere Optionsfelder: *full installation* und *custom install.*

Aha, begriff er und tastete zögernd nach der Maus, doch noch bevor er sie mit den Fingern berührt hatte, ratterte der PC weiter. Blitzschnell huschte etwas über den Bildschirm, und er glaubte, das schwarze Kästchen mit der *full-installation*-Variante angeklickt gesehen zu haben.

War ich das?, dachte er, als auf dem Monitor bereits das nächste Fenster erschien. *Install to: c:\spider.* Darunter prangte die Feststellung *This directory does not exist!*

»Klugscheißer!«, krächzte Alfred und schob die Brille über den Nasenrücken. Eine Zeile weiter las er die übliche Frage *Should setup create it for you?* Darunter bemerkte er die beiden unvermeidlichen *Yes*- und *No*-Buttons. Wieder zuckte Alfreds Hand vorwärts, und wiederum war sein PC schneller. Der *Yes*-Button war plötzlich grau hinterlegt.

Teufel noch mal! Alfreds Gaumen trocknete aus, und dann ging die Post ab, wie bei einer hyperbeschleunigten Magnetschwebebahn, die einen in den Sitz presste und einem die Luft aus der Lunge quetschte.

Hardware-Komponenten werden geprüft: 1,2 GB free disk space required schrieb der PC und ratterte hurtig vor sich hin. Ein schmales, längliches Fenster öffnete sich links unten über der Task-Leiste. *Download: Dateien werden übertragen* stand dort winzig klein zu lesen. Alfreds Brille beschlug, und er beobachtete, wie sich die quadratischen, blauen Kästchen aneinanderreihten, bis die Zeile vollständig ausgefüllt war.

Decompressing files – und die blauen Kästchen schossen im Sekundentakt über die graue Zeile. Alfreds wässrige Augen huschten entsetzt hin und her.

Dateien werden entpackt – und blitzschnell war die graue Zeile wieder blau.

Editing files und zack!

Creating driving diskspace components und zack!

Dateien werden installiert und konfiguriert und zack!

Erstellen und Ändern der Indizes und zack!

Einmal Englisch, einmal Deutsch! Seinem Herzen versetzte es jedes Mal einen Stich. Welchen Dreck hatte er sich da wieder heruntergeladen? Vielleicht wäre das Snake-Programm doch besser gewesen! Alfred japste nach Luft. Dann blinzelte er zu dem Fenster, das sich soeben geöffnet hatte. *Would you like to restart Windows now?* Kaum hatte Alfred die Frage zu Ende gelesen, verwandelte sich der Monitor in eine schwarze Mattscheibe, es knackte im 256-k-Modem, und der Computer fuhr erneut krächzend und schnaubend hoch.

»Das war's?« Alfred starrte ungläubig auf das blaue Windows-Logo. Seine Handflächen waren schweißnass und seine Lippen so spröde wie die der achtzigjährigen Kloppeck, die über ihm wohnte und ihn jedes Mal lüstern angrinste, wenn er ihr im Treppenhaus begegnete. Nach und nach luden sich die unterschiedlichsten Treiber aus dem Autostart. Schließlich betrachtete er wieder das Bitmap von Pamela Anderson im hautengen, nassen *Baywatch*-Dress, das er als Hintergrundbild auf dem Desktop installiert hatte. Eilig suchte er den Bildschirm nach neuen Icons ab, doch dort war nichts Ungewöhnliches zu erkennen, bis auf folgende Nachricht, die als blauer Banner von rechts nach links über den Monitor rollte:

Wir bedanken uns im Namen von www.spider.com, dass Sie sich für eines unserer Produkte entschieden haben. Viel Vergnügen mit dem nun folgenden Programm Ihrer Wahl!

»Welches Programm meiner Wahl?« Alfred legte die Stirn in Falten. Als schließlich der Banner am linken Bildschirmrand verschwand, passierte nichts weiter.

»Aha! Gleich geht's los!« Alfred rieb sich die Hände. Aufgeregt betrachtete er den Bildschirm, aber nichts passierte. Er spähte von einem Icon zum anderen, nahm die Brille ab, studierte den Monitor mit zusammengekniffenen Augen, setzte die Brille wieder auf und wartete geduldig. Womöglich war das neue Programm ein Bildschirmschoner? Mit Sicherheit sogar!

Gelassen wartete er und ließ die Zeit verstreichen. Träge kroch die Uhrzeit der PC-Anzeige von 22.42 Uhr auf 22.43 Uhr, bis sein Geduldsfaden um 22.48 Uhr endgültig riss. War das neue Programm etwa eines dieser Mauscursor-Gimmicks, die angeblich auf diversen Webseiten herumschwirrten? Dann könnte er lange auf etwas Neues warten! Mit dem Zeigefinger stupste er die Maus an, doch der weiße Pfeil rutschte nur fünf Zentimeter über den Bildschirm. Keine 3-D-Leuchtspur, kein Fadenkreuz, keine Verwandlung des Cursors in eine grinsende, fette Spinne ... nichts! Zornig raufte er sich die wenigen grauen Haare.

»Ah!«, rief Alfred plötzlich erregt und fuhr mit dem Arm nach vorn, um die Lautsprecher einzuschalten. Vielleicht spielte der PC schon seit mehreren Minuten ein Midi-File nach dem anderen, mit Stereo-Sound-Effekten im kristallklaren Klang, und er selbst hockte untätig da und hörte nichts. Bequem lehnte er sich im Sessel zurück und lauschte, doch bis auf ein hohles Knistern drang kein Geräusch aus den Boxen.

»So ein Dreck!«, zischte Alfred.

Wahrscheinlich hatte sich irgendwo auf dem PC ein Computerspiel runtergeladen und installiert, mit grellbunten Hintergrundbildern oder animierten 3-D-Cartoon-Sequenzen, die er sich bequem über den Real Player hätte ansehen können, doch war er verflucht noch einmal zu blöd, es zu finden! Verzweifelt suchte er den Explorer von oben bis unten durch, konstruierte nach unzähligen misslungenen Experimenten endlich einen brauchbaren Suchbefehl nach allen EXE-Dateien und verzagte, als sich vor ihm schließlich 796 Dateien im Suchfenster aneinanderreihten.

Alfred knallte die Maus auf das Pad, sodass sie wie ein Gummiball über den Schreibtisch hüpfte. »Eine volle Stunde mit dem Dreck verschissen!«, schimpfte er.

Das würde ihm eine Lehre sein! Lieber blieb er ewig ein *72 Jahre alter uncooler Scheißer,* als wagemutig die Software mit nagelneuen Programmen aufrüsten und damit angeben zu wollen! Um 23.40 Uhr fuhr er den PC herunter, knipste das Licht im Kabinett aus, schlurfte mit den Filzpantoffeln ins Schlafzimmer und ging frustriert zu Bett.

Was er nicht bemerkte, war die kleine rote Lampe, die neben dem Disketten-Laufwerk leuchtete …

Um sieben Uhr früh knallten die Türen im Treppenhaus, und die frechen Rotzbengels von nebenan trampelten mit ihren metallbeschlagenen Schuhsohlen über die Stufen, schlugen mit ihren Schultaschen gegen das Treppengeländer und rammten die Haustür mit voller Wucht ins Schloss, dass Alfred mit rasendem Herzen aufrecht im Bett saß.

»Rotznasen!« Er strampelte die verschwitzte Decke von den Beinen, ließ sich zurückplumpsen, wälzte sich im Bett herum und vergrub den Kopf unter dem Kissen. Schlaf würde er keinen mehr finden, das wusste er! Zornig schleuderte er das Kissen gegen die Kommode am anderen Ende des Zimmers, dann rappelte er sich auf, schnappte seine Brille vom Nachtschränkchen, schlüpfte in den Morgenrock und schlurfte in die Küche. Dort schaltete er das Radio an.

»*Hitradio Ö3*«, sang ein Damenchor. »Mit Harry Raithofer und dem Weckerteam«, fügte eine Männerstimme hinzu. »*Rentner aufgepasst! Immer mehr Senioren verschwinden spurlos im Internet – sie haben auf* alt *und* entfernen *gedrückt.*« Im Hintergrund wurden Lacher eingespielt.

»Idioten!«, schimpfte Alfred und schaltete das Radio wieder aus.

Er hockte sich auf die Eckbank und braute eine Tasse heißen Kaffee, den er ohne Milch aber mit viel Zucker anrührte. Dann schlurfte er weiter durch die Wohnung und spähte aus dem Fenster. Draußen wurde es hell, er hörte das Knattern des Schulbusses und dachte nach. Sollte er *jetzt* schon zum ADEG an der Ecke einkaufen gehen oder erst später, wenn es Abend war? Seine Frau, die gute Lotti, *Gott hab sie selig,* hätte ihn bereits im Morgengrauen mit einer seitenlangen Einkaufsliste aus dem Haus gejagt, doch diese Zeiten waren vorbei. Nein, später war es besser. Wenn sich die Berufstätigen mit ihren Einkaufswägelchen hektisch zwischen den Regalen hindurch drängten, war es viel lustiger, da gab es mehr zu beobachten.

Bis es so weit war, würde er sein E-Mail-Postfach öffnen und dem Rentnerverein eine gepfefferte Antwort auf deren gestrigen Newsletter schicken, wegen des Links zu diesem Spinnendreck. Erst nach dieser Großtat würde er erleichtert ein wenig fernsehen können.

Er fuhr den PC hoch. Nach dem blauen Windows-Logo erschien Pamela Anderson auf dem Bildschirm, und insgeheim hatte sich Alfred darauf gefreut, auf ihrem Körper eine fette krabbelnde spider.com-Spinne mit Glupschaugen vorzufinden, doch nichts dergleichen passierte ... das *Baywatch*-Mädel trug wie gewöhnlich sein enges, nasses Badetrikot und reckte ihm die prallen Möpse entgegen. Allerdings machte ihn eine winzige Sache stutzig. Links unten über der Task-Leiste reihten sich wieder die rasch über den Monitor hüpfenden, kleinen blauen Quadrate aneinander. Alfred nippte an seinem Kaffee, beugte sich vor und entzifferte, was dort stand.

Drohnen werden an den Glasfaserbündeln installiert.

»Was?«, krächzte er und zack! – war die Zeile wieder verschwunden. Die nächste erschien.

Biotronik der Siliziumleiter wird konfiguriert.

»Hä?«, entfuhr es Alfred heiser. Rasch griff er nach der Maus und schüttelte sie, doch ohne Erfolg. In Windeseile folgten zwei weitere Nachrichten, begleitet vom nervösen Rattern des PCs.

Rescreening der Datenstruktur, Updates werden geladen.

Pause.

Motherboard an das Neuronennetz gekoppelt.

Danach beruhigte sich der PC.

»Wenn ich diesen Mist jetzt jedes Mal habe, sobald ich ...« Plötzlich zuckte Alfred zurück, der Kaffee schwappte über die Tasse, und er schüttete sich die schwarze Brühe auf den Morgenrock. *Scheiße!* Mitten auf dem Monitor öffnete sich ein Fenster, in dem folgende Nachricht zu lesen war: *Bionetware wird impliziert. Achtung: Dieser Vorgang kann einige Minuten dauern.*

»Na bravo! Da habe ich mir einen schönen Dreck installiert!«, keifte Alfred.

Der Kaffee sickerte indessen in das Frottee seines Schlafmantels. Alfred bemerkte es kaum. Gebannt kauerte er auf dem Stuhl und glotzte auf den Bildschirm. 2% zeigte die Statusleiste des PCs nach einer Weile an. Einen Abbruch-Button gab es nirgendwo. Er schielte zur Escape-Taste, blieb aber reglos sitzen.

»Großartig!«, murrte Alfred. Erst jetzt bemerkte er, dass seine Tasse leer war. Angewidert erhob er sich und schlurfte zurück in die Küche, wo er sich neuen Kaffee eingoss und damit begann, die Zeitung vom letzten Sonntag zu lesen, die er sich aus der Zeitungstasche an der Bushaltestelle geborgt hatte. Nächsten Sonntag würde er sie dort wieder gegen eine aktuelle Ausgabe tauschen. So konnte ihm niemand Diebstahl vorwerfen.

Als er gegen 9 Uhr wieder skeptisch um den Türstock ins Kabinett spähte, war der PC bei 46% angelangt. Sollte er den Mist ausschalten? Was würde das bringen? Beim nächsten Hochstarten würde der Computer vermutlich wieder bei lausigen 2% beginnen.

»Dieser Vorgang kann einige Minuten dauern«, äffte Alfred seinen PC nach. »Kackprogramm!«, fügte er mürrisch hinzu und schlurfte ins Wohnzimmer.

Vor dem Beginn des Vormittagsfilms, einem alten Schwarz-Weiß-Schinken aus den 50er Jahren, hatte der PC gerade mal 79% geschafft. Als Alfred um 12.10 Uhr das TV-Gerät mit der Fernbedienung ausschaltete, hatte er nicht mehr die Kraft, sich aus dem Fernsehsessel zu erheben und in das Kabinett zu schauen, sondern schlief auf dem Rücken liegend ein, laut schnarchend und vom Sunset Boulevard träumend …

… die alte Villa am Stadtrand Hollywoods, der große Salon, der Swimming-Pool, der Filmvorführraum … und plötzlich kippte der Traum. Billy Wilder höchstpersönlich hatte ihn an den Stuhl gefesselt, ihm seinen Hut aufgestülpt und ihm die Hände brutal mit seinen Hosenträgern an die Armlehnen geknotet, sodass seine Finger blau anliefen und er sich keinen Millimeter rühren konnte. Aber im

nächsten Moment sah er, dass seine Finger nicht mehr blau waren, sondern grau. Er befand sich in einem Schwarz-Weiß-Film! Eine achtzigjährige Gloria Swanson, mit zahnlosem Mund und die weiße Mähne zu einem Turm hochgesteckt, kam mit hochhackigen Stöckelschuhen und einem verrückten Blick in bester Bette-Davis-Manier auf ihn zu gewackelt und herrschte ihn an: »Na? Hast du dir schon die Spider-Files runtergeladen, du alter Scheißer?« Sie hob ihren Rock und darunter waren Millionen krabbelnder schwarzer Spinnen zu sehen …

Entsetzt fuhr er aus dem Albtraum hoch und rang nach Atem. Sein Herz pochte wild, sein Rücken war schweißgebadet.

»Um Gottes willen.« Alfred wischte sich mit einer fahrigen Bewegung übers Gesicht und massierte seine Augen. Er blickte zur Uhr. Später Nachmittag! Musste er ausgerechnet von dieser alten Schreckschraube fantasieren, konnte er denn nicht von einer klitschnassen Pamela Anderson träumen?

Erschöpft stemmte er sich aus dem Stuhl. Mit zittrigen Knien stand er mitten im Wohnzimmer, legte den Kopf schief und lauschte. Mucksmäuschenstill war es innerhalb seiner vier Wände, nur sein Magen knurrte erbärmlich. Draußen wurde es bereits dunkel. Er musste noch einkaufen. Da vernahm er ein Rascheln. Es drang aus dem Kabinett und klang nach einem Vogel, der sich durch das gekippte Fenster ins Zimmer verirrt hatte und in der Ecke in einem Stapel Altpapier wühlte.

Zögernd schlurfte Alfred über den Parkettboden des Wohnzimmers und spähte um den Türstock herum. Pamela Anderson reckte ihm ihren Busen entgegen, *Bionetware abgeschlossen* zeigte die Statusleiste des PCs. Sonst erkannte Alfred nichts Auffälliges. Kein Vogel! Außerdem sammelte er kein Altpapier in der Wohnung! Die Postwurfsendungen an seiner Tür steckte er immer an die Klinken der Nachbarwohnungen. Das war praktischer, als hinunter zum Altpapiercontainer zu gehen.

Da war es wieder! Unter dem Schreibtisch raschelte es. Alfred ging in die Hocke, seine Kniegelenke knirschten. Er starrte unter die Tischplatte, doch außer dem PC, dem Modem, einer 6er-Verteilersteckdose mit kilometerlangem Kabelsalat für Drucker, Monitor und Lautsprecher war nichts zu erkennen. Kein Vogel! Woher sollte das Vieh auch kommen?

Da war es wieder! Alfred ließ sich auf die Knie nieder und schob sich unter den Schreibtisch. Keuchend presste er das Ohr ans PC-Gehäuse. War er denn vollkommen irre geworden? *In dem PC raschelt es doch!* Es knisterte und wetzte in dem Gehäuse, als hätte sich darin ein Tier verfangen. Eine Fliege vielleicht, oder ein Nachtfalter! Alfred presste das Ohr fester an die PC-Wand. Irgendetwas krabbelte innen daran empor, deutlich hörte er das Trippeln kleiner Füße, das Schaben eines Körpers.

»So ein Dreck!« Er klappte mit dem Finger den Schnappverschluss des Diskettenlaufwerks nach innen. Hatte sich tatsächlich so ein kleiner Mistkäfer da hinein verkrochen? Alfred nahm die Hornbrille ab und spähte durch den Schlitz. Drinnen war es dunkel, zu erkennen war so gut wie nichts, irgendwo bewegte sich aber etwas in dem Gehäuse. Kreischend schoss ihm etwas entgegen! Entsetzt fuhr Alfred zurück und stieß sich den Schädel an der Tischplatte. Versehentlich hatte er dabei mit der Nase das CD-ROM-Laufwerk aktiviert, das sich vor seinem Gesicht öffnete.

»Um Himmels willen«, murmelte er, nachdem sich sein Herz beruhigt hatte. Dann führte er sein Auge dichter an die Öffnung des CD-ROM-Laufwerks heran und lugte hinein. Hier war deutlich mehr zu erkennen, allerdings war das Schaben und

Rumoren verstummt. Mit dem Zeigefinger pochte er gegen das Gehäuse, wie er es ständig neben den *Bitte-nicht-ans-Glas-klopfen*-Schildern bei den Aquarien des Tiergartens tat, um die Fische zu erschrecken. Doch es rührte sich nichts. Plötzlich knallte etwas von innen gegen den PC, sodass das Gerät mit einem Satz über den Parkettboden rutschte. Alfred fuhr entsetzt hoch. Etwas krachte. Schon wieder! Über seinem Kopf hüpften Maus und Tastatur über die Tischplatte. Er rieb sich den Hinterkopf.

»Ah! Scheiße!«

Verdattert starrte er auf die verbogene Schiene des CD-ROM-Laufwerks, die er mit der Schulter aus der Verankerung gerissen hatte.

»So ein Dreck!« Alfred hielt das beschädigte Kunststoffteil in der Hand. Jetzt konnte er sich seine CD-ROMs auf die Schiene legen und in den Arsch schieben. Wieder rumorte es im PC.

»Na warte!« Alfred kroch unter dem Schreibtisch hervor, rappelte sich auf und stapfte in die Küche, wo er eine Schere und eine Rolle Klebeband aus der Schublade kramte.

Wieder im Kabinett, zusammengekauert unter dem Tisch, riss er die Rolle auseinander und verklebte damit zuerst den Schnappverschluss des Diskettenlaufwerks, die kaputte Öffnung des CD-ROM-Laufwerks und anschließend die Belüftungsschlitze an der Rückseite.

»Du bleibst schön *drinnen!* Und morgen räuchere ich dich mit einem Insektenspray aus!«

Zufrieden kroch er unter dem Tisch hervor und warf sich keuchend in den Stuhl. Das durfte er der Bande kleiner Rotzbengel von nebenan *nicht* auf die Nase binden. Die würden ihn für verrückt halten. Wahrscheinlich war das zuvor noch nie jemandem passiert. Er sollte sich beim Media Markt beschweren!

Direkt beim Geschäftsführer! Konnten die das Gehäuse denn nicht abdichten? Nächstens verkroch sich gar ein Regenwurm in seinem PC, der beim Hochstarten wie ein Würstchen gegrillt werden und bestialisch zu stinken beginnen würde.

Was war *das*, verflucht? Aus dem Augenwinkel glaubte er die Bewegung des Kabels gesehen zu haben, das hinter dem Schreibtisch vom PC zum Monitor verlief. Er tastete den dicken, schwarzen Strang ab. Das Kabel rollte sich wie von Geisterhand zwischen seinen Fingern, als wollte es sich aus seiner Umklammerung befreien. Deutlich sah er die Bewegung im Kabel, als krabbelte eine Horde Ameisen durch die Leitung in Richtung Monitor.

Einen Augenblick später setzte sein Herzschlag aus. Im Röhrenmonitor begann es zu rascheln. Etwas schlug von innen gegen die Kunststoffverkleidung, krabbelte zwischen den Birnen, Kathoden, Dioden und Zylindern hindurch und drehte sich verzweifelt um die eigene Achse. Hinter den Belüftungsschlitzen bewegten sich Schatten auf und ab. Instinktiv schaltete Alfred den Monitor aus. Zuerst verwandelte sich das Bild in ein grünes Flackern, dann erstarb es zu einer schwarzen Mattscheibe.

Erst jetzt bemerkte er, wie dunkel es draußen bereits geworden war. Zum ADEG an der Ecke konnte er auch noch morgen gehen. Eilig knipste er im Kabinett die Deckenlampe an. Dann starrte er auf den ausgeschalteten Monitor. Das Rumoren drang weiterhin aus dem Gehäuse, als stünde vor ihm auf dem Schreibtisch ein Karton, in dem sich Meerschweinchen wild durch Stroh und Sägespäne wühlten.

»Ho, ho, ho!« Alfred griff unwillkürlich nach dem Brieföffner. Vorsichtig stocherte er damit in die Belüftungsschlitze an der Seite der Monitorwand, doch nichts passierte, außer dass sich das Kriechen und Krabbeln auf die andere Seite verlagerte.

Als Alfred den Monitor schließlich wieder einschaltete, sprang ein greller Funke durchs Innere des Gehäuses. Die Bildschirmröhre platzte mit einem fetten *Poff* und der Bildschirm implodierte, wie es Alfred seinerzeit bei seinem Fernsehapparat miterlebt hatte.

»Verfluchter Dreck!« Alfred trieb den Brieföffner in die Schreibtischplatte, sodass er wie ein Wurfmesser im Holz stecken blieb und hin und her wippte. Eine pechschwarze, nach verschmortem Kabel und verkohlten Dioden stinkende Wolke waberte durch die Schlitze und ringelte sich in feinen Schwaden zur Zimmerdecke. Dazu mischte sich der penetrante Gestank versengter Haare.

Haare?

Das war zu viel! Alfred ging in die Hocke, um den PC vom Strom zu nehmen. Er starrte auf das Modem, das mit wilden Zuckungen am PC-Kabel zerrte. Auf allen vieren kroch Alfred näher. Vom Modem aus wand sich das Telefonkabel wie ein schwarzer Wurm über den Boden.

»Vermaledeite Brut!« Alfred robbte über den Boden und beobachtete das Telefonkabel, das um den Türstock herum aus seinem Blickfeld verschwand. Eilig rutschte er vom Kabinett ins Wohnzimmer. Hinter der Fußbodenleiste entwischte ihm das Kabel, wo es an der Wand entlang bis zum Telefonapparat auf der Kommode verlief, so wie er es seinerzeit mühsam verlegt hatte.

»Diese elenden Halunken haben mir ein verflixtes Computervirus auf den PC gespielt!«, fluchte er und zuckte plötzlich zusammen. Mit einem Krachen splitterte die Fußbodenleiste, die Teile zischten haarscharf an seiner Schläfe vorbei.

Atemlos starrte Alfred auf die verbleibenden Fußbodenleisten an der Wand. Wie Querschläger schossen die Schrauben samt Dübeln aus dem Verputz der Wand und schlugen auf der anderen Seite des Zimmers gegen die Glasvitrinen des Wandverbaus. Alfred knipste die Stehlampe an und lief zum Telefon. Unter der Couch klimperten die Schrauben wie Trommelfeuer hinter feindlichen Linien. Eilig riss er den Telefonhörer von der Gabel und tippte die 123. Wenn ihm jetzt noch jemand helfen konnte, dann nur die Polizei.

»ARBÖ Pannenhilfe Wien Meidling …«, meldete sich eine Stimme. Dann war die Leitung tot.

»Verflixtes Gesindel!« Er starrte auf den Telefonapparat. Das Kabel verdickte sich unten zu einem schwarzen Schlauch, als würde eine zähe Flüssigkeit wie durch eine Pipeline hinauf gepumpt werden. Augenblicke später kam Leben in die Telefonanlage. Geräusche tönten aus dem Gehäuse, als klickten Zahnräder ineinander, als steckten sich Kabel, Dioden, Computerchips und Hydraulikpumpen zu mikroskopischen Gebilden zusammen, denen elektronisches Leben eingehaucht wurde. *Der Gott aus der Maschine,* kam Alfred in den Sinn. In dem Gerät wuselte, drängelte und zirpte es wie in einem Bienenstock.

Noch immer presste Alfred den Hörer ans Ohr und stand wie zur Salzsäule erstarrt neben dem Telefon. Ein bestialischer Gestank entstieg dem Gerät, eine Mischung aus Kabelbrand und seit Wochen in der prallen Sonne schimmelndem Käse. Aus der Muschel drang ein Knirschen, als wimmelte es in dem Apparat von Tausenden Krabbeltieren. Als etwas von innen gegen die löchrige Sprechmuschel pochte, ließ Alfred den Hörer fallen, sodass er auf dem Boden knallte und am geringelten Telefonkabel hin und her wippte.

Erst jetzt, als er entsetzt zu Boden starrte, fiel Alfred auf, dass auch das Kabel, das in der Telefonsteckbuchse klemmte, zu einem dicken Schlauch aufgequollen war. Was immer es war – es gelangte von seinem PC direkt in die Wand. Alfred taumelte einen Schritt zurück, vor ihm blätterte der Verputz von der Wand. Risse wanderten quer über die Mauer. Wie eine Straßenkarte verteilte sich das Muster über dem ausgemalten Weiß der Zimmerwände.

Hilfe! Was für ein Albtraum!

Liebend gern hätte er stattdessen einen Abend mit der achtzigjährigen, zahnlosen Gloria Swanson verbracht.

Es dauerte nicht lange, da hörte er krabbelnde Beinchen in der Zimmerdecke, als huschten Mäuse über den Dachboden. Doch über seiner Wohnung lag kein Speicher. Darüber befanden sich nur die Räume der alten Frau Kloppeck.

Von Alfreds Wänden rieselte der Verputz. Stellenweise brachen faustgroße Brocken aus dem Mauerwerk, die auf dem Boden zu gewaltigen Kalkwolken zerstoben.

»Scheiße, Scheiße, Scheiße!«, fluchte Alfred. Was hatte er nur angerichtet? Wie sollte er das bloß der Hausverwaltung erklären? Und das gerade *jetzt*, wo er mit einem saftigen Beschwerdebrief aus dem Mieterschutzverband ausgetreten war!

Unschlüssig taumelte er ins Kabinett. Angewurzelt blieb er vor dem Schreibtisch stehen. Irgendetwas hatte sich von innen durch die Belüftungsschlitze des Monitors gefressen. Zerrissene Ränder umgaben die Ausbruchstelle, als hätte sich etwas durch die Kunststoffverkleidung gebissen. Auch hier roch es nach Kabelbrand und altem Käse. Aus dem Augenwinkel bemerkte er etwas Dunkles über den Boden huschen und hinter dem Vorhang verschwinden. Ein eiskalter Schauer rieselte ihm über den Rücken. Gehetzt blickte er sich um und trat mit den Filzpantoffeln auf der Stelle.

Jenseits der Zimmerdecke vernahm er das Splittern und Krachen von Mauerteilen. Danach das hysterische Kreischen der alten Kloppeck. Wahrscheinlich wurde sie gerade im Schlaf überrascht. Plötzlich dröhnte eine mechanisch verzerrte Stimme aus den PC-Lautsprechern.

»Wir bedanken uns im Namen von www.spider.com, in Zusammenarbeit mit Bionetware, dass Sie sich für unser Produkt entschieden haben. Viel Vergnügen mit dem nun folgenden Programm Ihrer Wahl!«

Die Glühlampen im Kabinett und im Wohnzimmer zerplatzten gleichzeitig mit einem hohlen Knall. Schlagartig wurde es dunkel. Alfred hörte, wie das PC-Gehäuse scheppernd auseinanderflog. Das Monitorglas splitterte von innen nach außen, die Scherben prasselten zu Boden, und hinter Alfred brach die Mauer auf.

Alfred starrte geradeaus durchs Fenster in die Dämmerung. Schweiß bildete sich auf seiner Stirn. Seine Brille beschlug, er wagte sich nicht zu bewegen, denn unter ihm wimmelte, drängelte und krabbelte es wie in einem Sammelbecken hässlicher Tiere.

Gott sei Dank waren es nur Spinnen! Zum Glück hatte sich das Snake-Programm nicht auch noch selbstständig heruntergeladen und war ebenso außer Kontrolle geraten.

Da hörte er hinter sich ein zischelndes Geräusch, das ihn erstarren ließ. Im nächsten Augenblick schlängelte sich etwas Langes, Kaltes in seinem Hosenbein hinauf.

IM AUFTRAG DES KARDINALS

Im Auftrag des Kardinals *ist die zweite Vampir-Geschichte in diesem Band. Die dritte müssen Sie selbst finden, dazu gibt es von mir keinen Hinweis, vor allem, weil bei ihr das Vampirthema so gut versteckt ist, dass man schon ein ziemlich erfahrener Vampirjäger sein muss, um es überhaupt zu finden – jedenfalls nicht so wie hier, wo die untoten Kreaturen förmlich an jeder Häuserecke lauern.*

Aber so war Wien nun mal, damals im siebzehnten Jahrhundert, während der großen Pestseuche … ich erinnere mich, als wäre es gestern gewesen.

San Michele, die kleine Kirche in Odretto bei Venedig, stand wie ein düsteres Gemälde inmitten der kargen Olivenhaine. Im Sommer musste es ein idyllischer Anblick sein, doch jetzt waren die Sandwege vom Frost aufgesprungen, und der kalte Wind trieb das Laub um die Kirchenmauern. Soeben verstummten die Glocken, und die in schwarze Hüte und Mäntel gehüllten Dorfbewohner strömten nach Hause.

Indessen betrat der Kardinal die Sakristei. Dort wartete sein merkwürdiger Gast bereits seit einer Stunde auf ihn, ohne der Messe beigewohnt zu haben. Gabriel Corvinus, in schwere Stiefel und Mantel gekleidet, erhob sich von der Holzbank.

»Verzeihen Sie, dass ich Sie so lange warten ließ.« Der Kardinal drückte seinem Besucher die Hand. Er zog einen mit rotem Wachs versiegelten Brief aus dem Umhang und reichte Corvinus das Dokument. »Ihr Auftrag, sofern Sie ihn annehmen.«

Gabriel Corvinus wog das Dokument in den Händen. »Wo?«, fragte er nur.

»Nördlich von Wien, im Wienerwald, genauer gesagt im Donautal zwischen dem Kahlenberg und dem Bisamberg. Der Rest steht im Brief.«

»Ich kenne die Gegend.« Corvinus verzog das Gesicht. »Österreich-Ungarn, dort verstecken sie sich also ... gut, nichts anderes war zu erwarten gewesen.«

»Sollten Sie den Auftrag annehmen, bekommen Sie jegliche Unterstützung von Rom.«

»Unternehmen, die zu groß aufgezogen sind und von langer Hand vorbereitet werden, gehen meistens schief.« Corvinus lächelte und fuhr sich mit dem Finger über die Narben im Gesicht. Eine Hälfte seines Antlitzes war entstellt. Der struppige, graue Bart konnte das nicht kaschieren. »Wenn zu viele Leute davon wissen, ist immer irgendjemand dabei, der nicht schweigen kann.«

»Wie Sie meinen!« Der Kardinal nickte. »Was empfehlen Sie?«

»Rom sollte nicht wissen, wann wir losschlagen.«

»Und *wann* schlagen Sie los?«

»Morgen vor Sonnenaufgang.«

»So rasch?« Der Kardinal schluckte und deutete auf den Brief. »Aber Sie haben noch nicht einmal ...«

»Ein Auftrag ist wie der andere. Ich brauche Folgendes.« Corvinus zählte die Punkte an der Hand auf. »Zwei Kutschen und acht Pferde für meine Männer. Verpflegung für zwei Wochen: Trockenfleisch, Salz, Dörrpflaumen, gesäuertes Brot und vierhundert Liter Wasser. Futter für die Tiere. Zwei Zelte, Öllampen und Fackeln. Kreuze, Pfähle, Stahlbolzen und Armbrüste für acht Männer. Ein Fass Schwarzpulver und einen furchtlosen Pater, der es versteht, mit der Bibel umzugehen ... und Verbandszeug und Mullbinden, man weiß ja nie. Bjork Heygard, mein isländischer Gefährte, ist mit mir nach Odretto gereist. Erschrecken Sie nicht, wenn Sie ihn sehen. Er ist kräftig und groß wie ein Riese. Er wird Kontakt zu Ihnen aufnehmen und sich um die Details kümmern.«

»Aber ...«, keuchte der Kardinal.

»Ich bin noch nicht fertig«, fiel Corvinus ihm ins Wort. »Festes Schuhwerk für meine Männer, Decken und Wintermäntel. Bedenken Sie, es ist November, und wir gehen für zwei Wochen in die Berge. Mit etwas Pech werden wir eingeschneit. In der Zwischenzeit werde ich das hier lesen.« Er hielt den Brief hoch.

»Ja.« Der Kardinal nickte und ließ die Schultern sinken. »Ich werde sehen, ob ich das alles noch heute organisieren kann.« Schließlich richtete er sich auf. »Jetzt weiß ich, warum Sie mir empfohlen wurden.«

Gabriel Corvinus steckte den versiegelten Brief ein. Auf der drei- bis viertägigen Reise nach Wien würde er genug Zeit finden, die Details des Auftrags zu studieren. Schnelligkeit war im Moment alles, was zählte. Außerdem beschäftigte ihn eine andere Frage. Warum hatte man ausgerechnet ihn für diesen Auftrag ausgewählt? Heikenfast, der norwegische Jäger, war der Beste, wenn es darum ging, die Brut in den Bergen zur Strecke zu bringen. Für Geld übernahm er die kniffligsten Aufträge. Zwar hatte Heikenfast schon viele Männer verloren, doch hatte er noch bei keinem Auftrag versagt. Der Norweger war zuverlässiger als das Amen in der Kirche.

Ansonsten fiel ihm noch Gandorff ein, sein einstiger Lehrer, der sich zwar schon zur Ruhe gesetzt hatte, aber immer noch die besten Truppen ausbildete und in die Schlacht gegen die dunklen Mächte schickte. Doch der Kardinal würde seine Gründe haben, weshalb er sich nicht an sie gewandt hatte. Außer diesen beiden konnte er niemand Besseren finden, so viel war klar. Kein Wunder, dass er schließlich bei Corvinus und Bjork gelandet war.

»Gut.« Der Kardinal wandte sich ab. »Ich treffe die Vorbereitungen.«

»Eine Frage noch. Warum wollten Sie ausgerechnet mich?«

Der Kardinal hielt inne und blickte zu Boden. »Um ehrlich zu sein: Sie sind nicht der Erste, den wir gefragt haben. Die letzten beiden Männer sind von dem Auftrag nicht lebend zurückgekehrt. Außer Ihnen, Corvinus, wüssten wir niemanden, der das Zeug dazu hat, den Auftrag auszuführen. Es war nur eine Frage der Zeit, bis …«

»Wer waren die beiden?«

»Heikenfast und Gandorff …« Das Wispern des Kardinals verstummte.

Corvinus schluckte. Er hatte es geahnt. Von Gandorff hatte er schon lange nichts mehr gehört. Eines Tages hatte der Moment kommen müssen, da sich Heikenfast übernehmen würde. Das Glück konnte einem nicht ewig wohlgesinnt sein. Vor allem, wenn man es so wie Heikenfast ständig herausforderte. »Wusste Rom davon?«, fragte Corvinus.

»Natürlich. Sie meinen doch nicht etwa, dass …?«

»Kardinal!« Corvinus blickte zum Kruzifix über dem Türstock. »Langsam sollten Sie sich fragen, wem Sie vertrauen.«

Der Ritt war beschwerlich. Es ging über den Pass der Venezianischen Alpen, entlang der Karawanken auf österreichisch-ungarischen Boden. Nach dem Grazer Bergland wurde die Landschaft allmählich flacher, und die ersten Felder breiteten sich aus. Corvinus sah weit bis zum Horizont. Nach langen Streifzügen durch Osteuropa kam er endlich wieder in seine Heimat.

Am Abend des vierten Tages standen sie müde, ausgelaugt und erfroren eine knappe Marschstunde vor der Wiener Stadtgrenze. Corvinus und Bjork, eingehüllt in schwere Mäntel, führten den Trupp von acht Männern an. Bjork ritt auf dem größten Ross, das Corvinus je gesehen hatte. Ein anderes Tier wäre nicht in der Lage gewesen, den Riesen länger als einen halben Tag zu tragen. Bjork saß wie ein Bulle im Sattel. Er führte die Truppe das Donauufer entlang. Eisschollen trieben auf dem Wasser, die Fähren hatten den Dienst eingestellt, und die Boote waren bereits an Land auf Baumstämmen aufgebockt. Stellenweise trat der Fluss über die Kaimauer, ganze Wiesen waren überschwemmt.

»Ho, ho!« Bjork dirigierte die Kutschen um. Sie durften nicht im Schlamm versinken.

Corvinus blickte auf. Er roch die kalte Luft, die von den Hügeln herabwehte. Die Sonne versank rasch hinter den Bergen. Dies war die letzte Nacht in Sicherheit. Im Morgengrauen des nächsten Tages würden sie durch das Donautal in den Wienerwald reiten. Dann wären sie tief ins Feindgebiet eingedrungen und auf sich allein gestellt. Von den Bewohnern der Stadt durften sie keine Hilfe erwarten.

Die ersten Tierställe und kargen Lehmhütten tauchten auf. Ein zerzauster Köter kläffte. Andere streunende Hunde fielen mit ein.

»Da fühlt man sich gleich wie zu Hause.« Bjork spuckte auf den Boden. Er gab dem Ross die Sporen und preschte über einen Mauerstumpf. Bjork blickte sich um, für die Kutschen musste ein befahrbarer Weg in die Stadt gefunden werden.

Pater Medino rutschte an die Kante des Kutschbocks. »Schneller!« Er knallte mit der Peitsche und lenkte das Gespann an einer niedergebrannten Scheune vorbei.

Wie Corvinus wusste, hatte der Pater zeit seines Lebens in einer Kirche bei Lucian San Andretto die Glocken geläutet, Messen gelesen und nie mehr als die dreißig Einwohner zu Gesicht bekommen. Angeblich war er der beste Geistliche, den ihm der Kardinal für diese Mission mitgeben konnte. Einen erbärmlicheren Mann Gottes hatte Corvinus nie gesehen.

»Man könnte meinen, hier herrscht noch die Schwarze Pest von 1681«, rief Bjork.

»In den letzten dreißig Jahren hat sich wahrlich nichts verändert.« Corvinus hatte Wien zuletzt bei der Türkenbelagerung von 1683 gesehen. Er hatte unter Graf von Starhemberg gedient. Damals waren die Vorstädte beim Kahlenberg bis auf die Grundmauern niedergebrannt worden. Kaum eine Hütte hatte noch gestanden, aber die Türken waren in die Flucht geschlagen worden. In den Trümmern hatte er Gandorff kennengelernt. Schon damals war er ein Jäger gewesen – der beste, wie man sich erzählte. Gandorff hatte ihm eine andere Sicht der Dinge gezeigt, eine dunkle und seelenlose, düsterer, als die Türkenkriege je hätten sein können. Gemeinsam waren sie durch die Scherben und Ruinen der Stadt gestreift.

Hier und jetzt sah es ähnlich aus: trostlos und verlassen – je weiter sie ritten. Die Ratten drängten sich in den Mauernischen zusammen. So nahe rückten sie nur dann an die Menschen heran, wenn mehrere Hungerjahre aufeinanderfolgten. Wahrlich viel zu beißen hatten die Einwohner nicht. Mit Sicherheit standen die Kornspeicher und Dachkammern leer.

Sie gelangten durch das Tor der Stadtmauer in die Innenstadt. Die Gassen schienen wie ausgestorben, als wäre Wien ein Opfer der Quarantäne geworden. Die Fenster waren verriegelt, nur aus wenigen Kaminen drang Rauch. Es stank bestialisch nach ausgeräucherten Stuben. Kreuze waren an die Türen genagelt, die Pfosten waren mit weißer Lauge eingerieben worden. *Kein gutes Zeichen!* Corvinus warf Bjork einen stummen Blick zu.

Bjork nickte. »Knoblauch«, stellte er fest und deutete zu den Türpfosten. »Hier sind wir richtig.«

»Werden acht Männer genügen?«

»Bestimmt.« Bjork lächelte. »Sie wissen nicht, dass wir kommen.«

Da war sich Corvinus trotz aller Vorsichtsmaßnahmen nicht so sicher.

Die Kutschen holperten über das Kopfsteinpflaster. Das Hufeklappern hallte an den Lehmwänden wider. Bjork hatte recht.

Wien wirkte, als herrschte hier noch die Lungen- und Beulenpest des vorherigen Jahrhunderts. Doch Corvinus wusste, dass hier eine Pest ganz anderer Art wütete. Das ließ sich nicht länger leugnen. Bestimmt wurde in den Straßen bereits gemunkelt, dass merkwürdige Dinge vor sich gingen. Corvinus wusste, nachts kamen die Untoten aus den Bergen in die Stadt und schwächten das Volk. Er betrachtete die Kreuze. Offensichtlich strömten die Menschen wie nie zuvor in die Kirchen. Es war wie in den Städten Osteuropas. Budapest, Zagreb, Belgrad, Bukarest. Sogar im bulgarischen Varna und in der rumänischen Hafenstadt Giurgiu. Am schlimmsten war es jedoch in der osmanischen Hauptstadt Konstantinopel gewesen. Ein böser Albtraum!

In solchen Zeiten waren die Gebetshäuser voll. Eigentlich konnte das der Kirche nur recht sein. Corvinus wunderte sich, weshalb der Kardinal etwas dagegen unternehmen wollte. Angst schürte das Gebet. Aber anscheinend war der Druck des Volkes so gewaltig, dass Rom nicht länger wegsehen konnte, wenn die Bevölkerung ausgeblutet wurde.

Es war bereits dunkel, als sie die Pferde vor einer Gaststube in der Innenstadt anhielten. Die Schenke glich einer windschiefen Hütte, die sich in die Häuserzeile duckte, als wollte sie sich dort verstecken. Eine Petroleumlampe schaukelte im Wind. Im Licht der Laterne schimmerte das Kopfsteinpflaster. Über dem Eingang hing ein Schild: *Schwarze Pest*.

Corvinus verzog das Gesicht. »Hübscher Name.«

Bjork grunzte. »Und so passend!«

In Wien ließ sich nichts Besseres finden, worauf Corvinus vertrauen konnte. Das Wirtshaus war ihm vom Kardinal in dem versiegelten Brief empfohlen worden. Es war ein sicherer Platz, und der Wirt war ein Vertrauter des Kardinals. Der hinkende Almerich, wie der Kardinal den Besitzer genannt hatte, führte bereits seit Jahren mit seinen beiden Töchtern den Gasthof. Corinna und Dora waren so hässlich und abscheulich wie die Nacht finster, wenn er der Aussage des Kardinals trauen durfte. Doch Corvinus stand außer schlafen ohnehin nichts anderes im Sinn. Ächzend kletterte er vom Pferd. Ihm schmerzten alle Knochen. Heute Nacht würde er wie ein Toter ruhen. Bjork schwang sich aus dem Sattel und landete neben ihm. Er schien so munter, als hätte er vierundzwanzig Stunden durchgeschlafen.

»Los, los!« Er klatschte in die Hände. »Die Tiere brauchen Futter und Wasser. Wir frischen die Lebensmittel auf. Morgen ist unser großer Tag.«

Durch einen Torbogen führte ein Weg in den Hinterhof. Pater Medino raffte seine Kutte hoch und kletterte vom Kutschbock. Er packte die Gäule am Geschirr und führte die Kutschen in den Hof. Bjork dirigierte die Reiter durch den Torbogen und half den Männern beim Ausladen.

Währenddessen betrat Corvinus den Gasthof.

»Begrüße Sie, gnädiger Herr!« Der hinkende Almerich wischte sich mit einem Fetzen über den Mund. In der anderen Hand hielt er einen Becher Wein. Er grinste, als Corvinus die Stube betrat. Weintropfen glänzten in seinem Bart. Anscheinend war er selbst sein bester Kunde. »Was kann ich für Sie tun?«

Corvinus sah sich um und verzog das Gesicht. Er hatte in den schäbigsten Absteigen übernachtet, aber die hier … er rümpfte die Nase. Gelüftet hatte man den Schankraum bestimmt seit Jahren nicht mehr. Dementsprechend muffig roch es nach Alkoholdunst, kaltem Tabakrauch und ranzigem Speck.

»Der Kardinal von San Michele hat mir Ihre Dienste versichert.« Corvinus nickte nach draußen in den Hof. Ohne Umschweife kam er zum Punkt. »Wir brauchen Hafer und Wasser für die Pferde, Betten für die Nacht und warmes Essen für acht Männer, den Pater, meinen isländischen Begleiter und mich. Im Morgengrauen verlassen wir die Stadt. Ich wünsche keine Störung während der Nacht.«

Corvinus knallte die Satteltaschen auf den Tresen. »Ich brauche ein Bad. Gebt mir ein Zimmer.«

»Ich begleite Euch hinauf«, ertönte eine weibliche Stimme.

Corvinus' Kopf zuckte herum. Im Türrahmen stand eine hochgewachsene Frau mit schwarzen Locken, die ihr ins Gesicht fielen. Sie schürzte die Lippen und lächelte kokett.

»Corinna! Rauf mit dir!«, bellte der Wirt.

»Vater, du bist zu betrunken, um dem Herrn das richtige Zimmer zu zeigen. Er möchte sicher nicht im Schweinestall übernachten.« Das Mädchen verschränkte die Arme vor der Brust. »Ich werde mich um unseren Gast kümmern.« Sie atmete tief ein. Ihr Busen hob sich. Die Wölbung schimmerte im Licht der Öllampe weiß wie das Mondlicht. Schlagartig war Corvinus' Mund ausgetrocknet. Er spürte, wie sein Glied anschwoll. Seit Jahren hatte er keine Frau wie diese gesehen. Das war es also, was der Kardinal *hässlich wie die Nacht finster* genannt hatte. Der Geistliche hatte eine ironisch witzige Art, seine Begeisterung auszudrücken.

Corvinus schulterte die Satteltaschen und folgte Corinna in den ersten Stock. Sie führte ihn zu seinem Zimmer und stieß die Tür auf.

»Oh, der hübsche Fremde ist da.« Eine hochgewachsene, üppige junge Frau in eng geschnürtem Kleid mit einer roten

Mähne, die ihr bis zu den Hüften reichte, blickte auf. Sie schüttelte die Kissen, stellte sie ans Kopfende des Betts und strich über die Daunendecke. »Frisch überzogen, mein Herr.« Sie stelzte auf Corvinus zu und schmiegte ihren Busen an seine Brust. »Wenn Ihr etwas wünscht, bin ich gern bereit …«

»Verschwinde, Dora.« Corinna packte das Mädchen an der Schulter und zog es aus dem Zimmer.

»Aua!«, kreischte sie.

»Meine Schwester.« Corinna sah Corvinus an und verdrehte die Augen. »Seht zu, gnädiger Herr, dass Ihr der Schlange nicht in die Arme lauft. Die lässt nichts von Euch übrig.«

Beide Mädchen stiegen die Treppe hinunter.

»Hast du seine süßen Augen gesehen?«, flüsterte Dora.

»Sei still!«

Dann waren sie verschwunden. Corvinus war sicher, dass keine der beiden etwas von ihm übrig lassen würde. Schmunzelnd schüttelte er den Kopf und schloss die Tür. Der Kardinal hatte eine merkwürdige Art von Humor.

Bei Kerzenschein saß Corvinus am Pult vor dem Fenster. Der Mond leuchtete durch das schmierige Glas und warf sein Licht auf die Pergamentrolle und das Kruzifix daneben. Corvinus schrieb einen Brief an die Kirche San Michele in Odretto bei Venedig, an den Kardinal persönlich. Heute Nacht war vielleicht die letzte Gelegenheit, eine Depesche nach Italien zu schicken, die letzte Möglichkeit, die Kirche über die bisherigen Geschehnisse zu informieren. Bisher war alles ohne Zwischenfälle verlaufen. Morgen Abend war in den Bergen vor Wien vermutlich die Hölle los. Er beendete den Brief und legte die Feder beiseite.

Mit zwiespältigen Gefühlen dachte er an Corinna, ihre pechschwarzen Locken, die ihr ins Gesicht fielen, an den Schmollmund und die scharfen Worte, mit denen sie ihren Vater und ihre Schwester abgefertigt hatte. Sie war ein Teufelsweib, voller Lust und Charme. Ihre Schwester, das rothaarige Luder, war auch nicht zu verachten. Das Mädel würde Bjork gefallen. Vergnügten sich die beiden etwa schon? Corvinus grinste. Nur zu gern hätte er sich in Corinnas Arme begeben. Doch er musste einen klaren Kopf bewahren. Gerade heute! Wenn er von seinem Auftrag zurück in die Stadt kam, trieb ihn nichts so eilig nach Venedig. Er würde für ein paar Nächte in die *Schwarze Pest* einkehren. Dann hatte er Zeit, sich um Corinna zu kümmern.

Corvinus schloss das Tintenfass. Da hörte er die Türklinke. Ein Windhauch streifte ihn an der Schulter. Hinter ihm knarrte der Holzboden. Er fuhr herum. Vor ihm stand Corinna. Sie trug ein hauchdünnes Nachthemd, das ihr bis zum Ansatz der Oberschenkel reichte. Darunter zeichnete sich ihre straffe Figur ab. Ihr Bauch war flach. Die Brustwarzen drückten sich fest durch den Stoff. Durch das Nachthemd sah er das dunkle Dreieck ihrer Scham.

»Ich …«, krächzte Corvinus.

»Ruhig!«

Sie spreizte die Beine und setzte sich auf Corvinus Schoß. »Ich weiß nicht, weshalb Ihr hier seid«, hauchte sie. »Vater erzählt uns nichts. Jedenfalls sehen Eure Männer und die Ausrüstung im Stall nicht so aus, als wolltet Ihr Felder bestellen. Wer weiß, wann Ihr wiederkommt – und ob Ihr je wiederkommt.«

Sie packte ihn am Haarschopf und drückte sein Gesicht in ihren Busen. Fest umklammerte sie ihn mit den Beinen.

»Ich …«

»*Schsch* …« Sie beugte sich zu ihm hinunter und flüsterte ihm ins Ohr: »Ich will dich heute Nacht.«

Bjork hatte noch nicht einmal sein Zimmer gesehen. Das hatte Zeit. Gut gelaunt stapfte er durch die Gaststube auf der Suche nach dem Weinkeller. Er riss mehrere Türen auf und spähte hinein: Abstellraum, Vorratskammer, Küche, Waschnische.

»Oha!«

Hinter einer Tür führte eine schmale Treppe ins Dunkel. Bjork schnupperte. Er sah die Weinfässer förmlich vor sich aufgereiht. Bewaffnet mit einer Öllampe und einem Zinnbecher stapfte er die Treppe hinunter. Das Licht wurde von den feuchten Ziegelsteinen reflektiert. Am Ende der Treppe war ein winziger Durchgang. Bjork bückte sich und kroch in den Keller. Er schwenkte die Lampe. In den Nischen der Wand stapelten sich tatsächlich Weinfässer. Das versprach ein amüsanter Abend zu werden.

Da blieb Bjorks Herz stehen. Vor ihm bewegte sich etwas. Schatten huschten über den Boden. An der Wand kauerten drei Menschen. Ihre Gesichter waren von Ruß verschmiert, die Haare fettig. Sie schlossen die Augen, als er ihnen mit der Lampe ins Gesicht leuchtete. Bjork ging in die Hocke. Die Menschen hatten schmutzige Stoffknebel im Mund.

Bjork packte einen von ihnen an der Schulter und rollte ihn zur Seite. Seine Hände waren hinter dem Rücken mit einem Strick gefesselt.

Der Mann war fett, die beiden Mädchen hässlich wie die Nacht schwarz. Bjork riss einer von ihnen den Knebel aus dem Mund. Sie japste nach Luft. »Wir hatten keine andere Wahl«, keuchte sie. »Nur so lassen sie uns am Leben …«

Schlagartig wusste Bjork, wen er vor sich hatte. »Verdammte Brut!«, fluchte er und sprang hoch.

Der Zinnbecher fiel zu Boden. Bjork machte kehrt, zwängte sich durch die Öffnung und stürmte die Treppe hinauf.

»Corvinus!«, brüllte er. »Corvinus! Eine Falle!« Er polterte über die Stufen.

Da stand ein Mädchen mit roter Mähne im Türrahmen des Treppenabgangs.

»Wohin so eilig?«

»Aus dem Weg!«, keuchte Bjork.

Dora holte aus und schlug Bjork die Faust ins Gesicht. Kopfüber stürzte er die Treppe hinunter.

Corinna schlug Corvinus die Zähne in die Halsschlagader. Corvinus stöhnte vor Lust. Sein Rücken versteifte sich, mit den Händen packte er Corinnas Hüften. Sein Samen ergoss sich in ihren Schoß, während ihr Becken ekstatisch auf und ab zuckte. Erst jetzt spürte er den Schmerz. Da wusste er, dass er verdammt war.

Er brüllte auf, keuchte und strampelte. Seine Hand wischte über das Pult, fegte das Tintenfass beiseite. Seine Finger streckten sich nach dem Kruzifix aus, das neben der Pergamentrolle lag.

Aber er erwischte das Kreuz nicht, Corinnas Griff war zu fest. Sie drückte ihn auf den Stuhl, umklammerte ihn mit den Beinen und packte sein Genick wie mit einer Zange. Wieder und wieder schlug sie die Zähne in seinen Hals. Ihr Nachthemd war besudelt. Corvinus spürte, wie ihm das Blut warm über Nacken, Schulter und Brust hinunter lief.

Er versuchte sie abzuschütteln, aber seine Hände wurden taub, seine Augenlider flatterten. Um ihn drehte sich alles. Er spürte Corinnas Lippen an seinem Hals, ihre Zunge in seiner Wunde. Er hörte ihre Zähne sein Fleisch zerreißen. Schließlich erschlafften seine Arme. Sein Blick verlor sich in weiter Ferne.

Sie stieg von ihm herunter.

»Du Hure!«, keuchte er kraftlos.

Sie wischte sich mit dem Handrücken über den Mund. Ihre Zunge leckte über die Lippen. »Die Jäger sind am besten.« Plötzlich grinste sie, beugte sich vor und hauchte in sein Ohr: »Du schmeckst wie Gandorff und Heikenfast. Aber im Bett waren sie besser als du.«

»Du Hure ...«

»Dein Wortschatz ist einsilbig«, kommentierte sie, während sie das Pult durchsuchte. Schließlich fand sie, wonach sie suchte: den Brief mit dem gebrochenen Siegel der Kirche von San Michele bei Venedig und Corvinus' Antwort an den Kardinal.

»Dein Auftrag endet hier.« Sie hielt beide Schriftstücke an die Kerze. Die Flammen züngelten über das Papier, das Pergament knackte.

»Gute Nacht.«

Corvinus Blick brach, sein Kopf kippte nach hinten.

Bjork lag rücklings auf der Treppe. Er wollte sich aufstemmen, doch es ging nicht. Er konnte weder sein Becken noch die Beine bewegen. Seine Wirbelsäule war gebrochen.

Langsam beugte sich Dora über ihn. Bjorks Blick fiel auf ihr eng geschnürtes Mieder. Ihr gewaltiger Busen schimmerte hell.

»Ich will alles, ich lasse nichts von dir übrig.« Sie strich sich die roten Locken hinters Ohr, dann sauste ihr Kopf herunter.

Ihre Zähne fuhren in seinen Hals. Brüllend boxte er um sich. Er schlug sich die Fäuste an der Kellerwand blutig. Doch Dora packte Bjorks Haarschopf und zerrte seinen Kopf nach hinten. Wieder und wieder grub sie die Zähne in sein Fleisch, bis sein Widerstand unter ihr erstarb.

Pater Medino stolperte zu den Ställen. Er löste das Zaumzeug der Pferde und gab ihnen einen Klaps auf das Hinterteil. »Ho, ho.« Nacheinander galoppierten die Gäule aus dem Stall, durch den Torbogen auf die Straße. Ihr Hufschlag verlor sich in den Gassen.

Plötzlich stand der hinkende Almerich neben der Scheune. Er richtete sich auf und reckte das Kreuz durch, sodass das Rückgrat krachte. Mit einem Mal wirkte er nicht mehr gramgebeugt und buckelig, sondern groß wie ein Hüne. Er öffnete den Zopf, langes Haar fiel ihm in die Stirn und ergoss sich über seine Schultern.

»Wo sind Corvinus und Bjork?«, keuchte der Pater.

Der Mann, der sich für den hinkenden Almerich ausgegeben hatte, lächelte. »Tot.«

Pater Medino nickte. »Was passiert mit den anderen Männern?«

Der Hüne blickte zu den Fenstern hinauf. Hinter einigen brannten noch Öllampen, die anderen Zimmer lagen bereits im Dunkeln. Hinter einem Fensterkreuz waren für einen Augenblick die Umrisse einer Frau mit lockiger Mähne zu erkennen gewesen.

»Keine Sorge, die Männer sind so gut wie tot. Meine Mädchen sind ausgehungert. Keiner von ihnen wird es schaffen.« Er langte in sein Wams und zog einen Beutel hervor. Münzen klimperten darin. Er reichte dem Pater den Geldsack. »Gute Arbeit, Medino. Kehrt nach San Michele zurück und sagt, ihr seid im Wald überfallen worden.«

Der Geistliche nahm den Beutel rasch an sich und langte seinerseits in die Kutte. Er händigte dem Mann ein mit Wachsstempel verschlossenes Schriftstück aus. »Das soll ich Euch übergeben.«

Der Mann lächelte und brach das päpstliche Siegel. »Rom versteht es, uns mit Nachschub zu versorgen.«

GEFALLENER ENGEL

Sobald meine Frau und ich neue Freunde kennenlernen – sei es im Urlaub oder auf Geburtstagsfeiern von Bekannten – und zur Sprache kommt, dass ich Autor bin und vom Schreiben von Romanen und Kurzgeschichten lebe, taucht unweigerlich die gleiche Frage auf: »Woher nimmst du eigentlich deine Ideen? Wie kommt man auf so was?«

»Keine Ahnung.«

»Aber die Ideen müssen doch von irgendwoher sein!«

»Ja schon, aber ich weiß es nicht.«

»Warum nicht?«

Mittlerweile kann ich diese Frage nicht mehr hören und spule inzwischen automatisch die gleiche Antwort runter – eine Floskel, die man sich im Laufe der Zeit einfach angewöhnt: »Ich schreibe meist über Leute, die ich gerade kennengelernt habe!« Danach hören die Fragen schlagartig auf.

Bei Gefallener Engel *ist es jedoch anders. Bei dieser Story weiß ich noch haargenau, was mich dazu inspiriert hat, sie zu schreiben. Wenn ich mit meinem Auto unterwegs bin, meinem feuerroten Metal-Mobil, wie ich es liebevoll nenne, liegen meist Alben von* Anvil, Exodus, Overkill, Annihilator, Fu Manchu, Death Angel *oder* Judas Priest *in der CD-Kiste auf dem Beifahrersitz. Und da gibt es diese Textzeile eines* Judas-Priest-*Songs, die immer wieder im Repeat-Modus gelaufen ist und mich schließlich zu dieser Story inspiriert hat:*

I am your darkest hour
I am your fall from power
I am the voice you dread and
I'm screaming out inside your head

Ich bin kein Engel des Lichts, bin nicht von dieser Seite. Ich komme von der anderen Seite, ich *bin* die andere Seite. Mein Geburtsort war die Brutstätte des Tieres, der Ursprung aller Qualen. Ausgespien aus dem pulsierenden, überdimensionalen Uterus, der Gebärmutter aller unheiligen Gebilde und verwachsenen Jungtiere, die nicht in diese Welt gehören.

Mein Schöpfer warf mich in die Finsternis. Dürre, Pest und Hungersnot nährten mich, Bluthagel, Rauch und Schwefel tränkten mich. Ich wurde zum Engel der Vergeltung, zur dunkelsten Stunde, zur Bluttträne im Antlitz Christi, unsterblich, bis in alle Ewigkeit.

Ich bin das Meer der ewigen Schmerzen, der quälende Stachel im Fleisch Jesu. Ich habe ihn ans Kreuz geschlagen, ihm die Dornenkrone ins Haupt getrieben. Er ist am dritten Tage auferstanden, aufgefahren in den Himmel und sitzt zur Rechten Gottes. Doch ich bin Sammael, das Gift Gottes, die Niedertracht, der Verleumder und Widersacher des Lichts. In mir habt ihr euren Verderber gefunden, den Schädling, der euch befleckt, euer Werk entzweit, auf dass es zerfällt zu Asche und Staub.

Ich bin der schreckliche Schmerz, der Hass in eurem Geist, das pochende Geschwür in eurem Kopf. Das Namenlose, Unsagbare, Unerträgliche, die Fleischwerdung der Verdammnis. Ich bin das Unbeschreibliche, das dennoch so viele Namen hat: Die Faust Baals, das Horn Belials, die Kralle Mordoks, das Maul Satans, die Zunge Luzifers, die Pranke Molochs und die Reißzähne Baphomets. Ich bin die fleischliche Lust Astarots, der üble Pesthauch Behemots, der stinkende Atem Beelzebubs und die kranke, verseuchte Unfruchtbarkeit Ishtars. Ich bin Leviathan, die Schlange aus der Tiefe, Abaddon, der Zerstörer und Fürst dunkler Heerscharen. Ich bin der Antichrist, der Gehörnte, der

Fürst der Dämonen und schwarze Gott der Hölle. Meine Namen sind Legion, sodass die Zeit eines Menschenlebens nicht reicht, sie auszusprechen. Versuch es – du wirst scheitern.

Mein Sitz ist der Knochen-Thron, meine Regentschaft der Tod. Ich komme, wenn die Finsternis naht, tauche auf, wenn das Licht am Horizont schwindet. Ich falle vom nachtschwarzen Himmel und bin bei euch, wenn es dunkel wird. In euren Träumen, in euren Gedanken. Wenn der Mond scheint, schwebt mein Gesicht vor dem Fenster, wandert mein Schatten durch eure Zimmer. Mein Atem berührt euer Fleisch, lässt es faulen, schwarz werden und abfallen.

Ich führe euch nicht in Versuchung, ich *bin* die Versuchung. Ich fahre in euch, ergreife Besitz, und ihr könnt nicht widerstehen. Unterwerft euch, kriechend und hündisch! Wie ich werdet ihr durch die Sünde fallen.

Dann schneide ich euch das Malzeichen in die Stirn, bringe euer Fleisch zum Schmelzen, mit Säure und Blut. Ich schenke euch Wahnsinn, Schmerz und Tod, zerbeiße eure Zungen, schäle eure Haut und verdampfe eure Augen. Ich mache euch mir untertan. Ihr könnt nicht fliehen, denn ich schlafe niemals, bin immer da, auch wenn ihr nicht an mich denkt.

»Herr Lhota, Ihre Medizin! Sie müssen endlich schlafen, sonst bekommen Sie wieder einen dieser Anfälle. Ihr Doktor kommt in einer Stunde … Sie haben sich ja schon wieder verletzt! O Gott, Ihre Stirn! Schwester … rasch!«

Ich sehe dich an, durchdringe dich mit meinem Blick, der durch unzählige Äonen gewandert ist, schaue tief hinein in deine Seele, durchleuchte sie, kehre ihr Innerstes nach außen, öffne dein

Fleisch, deine Sehnen, breche deine Knochen, sauge dir das Mark aus dem Körper und tauche meinen Finger in dein Blut, doch du erkennst mich nicht.

Du siehst die Wahrheit nicht. Du elendes Häuflein Mensch, kaum geboren, um bereits wieder zu verfaulen, wie ein Lamm auf der Schlachtbank, wie ein Fisch im Sand, der nichts über Himmel und Hölle weiß. Du siehst nur deine kleine Welt, kümmerlich und bedauernswert.

Selig sind die geistig Armen.

»Herr Lhota, Sie haben schon wieder diesen Blick, es wird Zeit für Ihre Medizin!«

Wie recht du hast. Es wird Zeit. Zeit, um mich aufzuschwingen und weiterzuwandern. Über die Dächer, in die Häuser der Menschen, in ihre Seelen, um meine Saat zu streuen, ihren Geist zu verpesten, Zwietracht zu säen und Verderben zu bringen.

»Ja, Herr Doktor. Plötzlich klappte er zusammen. Herzstillstand! Und dieses schrecklich entstellte Gesicht. Plötzlich war da auch dieser schwarze Fußabdruck auf den Fliesen. Herr Doktor – weshalb sehen Sie mich so merkwürdig an …?«

DIE LEBENDEN BÜCHER VON ARKHAM

Selten hat ein Buch im Vorfeld für so viel Aufregung gesorgt wie Arkham - ein Reiseführer *des Herausgebers Patrick Grieser im Basilisk Verlag.*

Soweit ich mich erinnere, wurde die Anthologie zunächst auf 300 Exemplare limitiert. Dank einer lesenswerten Autorenrunde mit den üblichen Verdächtigen wie Uwe Voehl, Michael Siefener, Markus K. Korb, Nicole Rensmann, Rainer Innreiter, Günter Suda, Christian von Aster und Marc-Alastor E.-E., einer Gaststory von H. P. Lovecraft und einer abendfüllenden Novelle von Michael Marrak, einem Cover von Mark Freier und 14 Innenillustrationen von Timo Kümmel war das Buch schon vergriffen, bevor ich meine Story für die Anthologie zu Ende geschrieben hatte.

Kurzerhand wurde die »limitierte« Auflage auf 900 Exemplare aufgestockt, ein Autorenkollege wurde unsanft aus der Anthologie gekickt, weil er nicht einsah, dass manche Autoren bezahlt wurden und andere nicht – und schon ging der Streit im Fandom los. Zu Recht? Zu Unrecht? Ich kann und will es nicht beurteilen.

Jedenfalls läutete dieses Buch den mittlerweile gängig gewordenen Verkaufstrend bei Kleinverlagen ein, Bücher »nummeriert und limi-

tiert« auf den Markt zu bringen, und wohin man blickt, springen die Kleinverlage auf diesen Zug auf, mit Miniauflagen von fünfzig bis neunundneunzig Stück. Eine Entwicklung, die ich für bedenklich halte … denn Bücher können zurückschlagen und sich wehren.

Wirklich!

Lesen Sie selbst!

Mein Name ist Jeremias Kovalski, aber meine Freunde nennen mich Jeremiah oder einfach nur den *rollenden Jerry,* denn seit drei Jahren sitze ich im Rollstuhl. Möglicherweise hätte mich das Unglück verschont, aber ich war nun mal nicht so religiös wie meine Mutter. Obwohl mich der alte Drache nach dem biblischen Jeremia benannt hatte, habe ich sonst nichts mit dem Propheten gemein. Ich wohne in einem Mietshaus in der Nähe des Hafens, habe Pech mit Frauen, ernähre mich zu fett, bin zu klein für mein Gewicht und bekomme eine kreisrunde Glatze auf dem Hinterkopf – möglicherweise angeboren. Meine Vorfahren, die Kovalskis, stammen aus Europa, irgendwo aus Polen, aber ich lebe seit meiner Geburt in Boston, und die ist immerhin schon achtunddreißig Jahre her.

Mein Unfall passierte im Herbst 1933. Damals befand sich Amerika in einer Wirtschaftskrise, die das Land wie nie zuvor lähmte. Im Winter hungerten und froren die Menschen, und es gab fast so viele Arbeitslose wie erwachsene Männer. Viele sahen in Roosevelts Sanierungsprogramm die Rettung, aber um Politik habe ich mich nie geschert. Damals, als ich noch mit zwei gesunden Beinen aufrecht gehen konnte, war ich Privatdetektiv. Ich hatte mit meinem Partner Zacharias Malloy eine Detektei geleitet: *Malloy & Kovalski.* Malkov, wie wir genannt wurden, war ein Begriff in Boston. Doch Zacharias setzte sich Anfang '33 zur Ruhe, immerhin war er schon einundsiebzig. Obwohl der alte Fuchs mir alles beigebracht hatte, was man in der Branche wissen musste, durfte ich den Namen nicht weiterführen. Also machte ich mich als *Privatdetektiv Jerry Kovalski* selbstständig. Doch seitdem lief das Geschäft nicht mehr so gut wie früher.

Umso überraschter war ich, als ich im Herbst '33, ein paar Tage nach Thanksgiving, von Vincent Crane einen Anruf erhielt.

Bestimmt können Sie sich noch an Vincent Crane erinnern! Er besaß das größte Versteigerungshaus an der Ostküste, das *Crane-Auktionshaus*, mit dem er jährlich über drei Millionen Dollar einnahm, wie man so hörte, hauptsächlich aus dem Verkauf von Büchern, Gemälden, Antiquitäten und Waffensammlungen, die er nach London oder Antwerpen verschiffte. Und *dieser* Vincent Crane lud mich zum Dinner in sein Haus, Delmar Lane 7, ein.

An jenem Abend war ich in Eile. Eben noch hatte ich auf dem Postamt einen eingeschriebenen Brief von Zacharias Malloy abgeholt, der mir normalerweise erst im Dezember die übliche Weihnachtskarte schickte, und anschließend nahm ich ein Taxi in die Delmar Lane.

Das Haus war eine jener Prunkvillen, die ich bisher nur von außen gesehen hatte. Ein Diener führte mich in den Salon, wo mich Vincent Crane empfing, an einer Zigarre paffend und im dunkelblauen Hausmantel aus besticktem Samt. Bis dahin hatte ich den Mann nur aus der Zeitung gekannt – von den typischen Pressefotos im maßgeschneiderten Anzug –, weshalb ich überrascht war, dass er sich abends in seinem Haus so leger zeigte. In Wahrheit sah er älter aus als auf den Bildern. Falten, Altersflecken und Ringe unter den Augen zeigten überdeutlich seine fünfundsechzig Jahre.

Crane führte mich zum Kamin, wo er mich zwei weiteren Herren vorstellte. Edgar Slane war ein dürrer Mann um die dreißig in einem etwas zu locker sitzenden Anzug. Wie ich erfuhr, verdiente er sich soeben die ersten Sporen als Konzipient in einer Anwaltskanzlei. Rupert Biggles hingegen war ein kleiner, übergewichtiger Kerl, der den Mund nicht aufbekam. Mit verschlissenem Sakko und enorm großer Hornbrille wirkte er wie ein Bücherwurm. Crane bezeichnete ihn als Sachverständigen für klassische Literatur; er war sozusagen eine Bibliothek auf zwei Beinen.

»Wir sind vollzählig, meine Herren«, eröffnete Crane uns. »Meine Zeit ist knapp – ich möchte mich nicht lange mit Vorreden aufhalten, deshalb gleich zu den Fakten: Vor drei Wochen verstarb Sir Anthony Cavenor plötzlich und unerwartet im Alter von einundachtzig Jahren. Er besaß einen kleinen, aber umso bedeutenderen Verlag an der Ostküste: die *Cavenor Press*, ein Familienbetrieb, der seit über 150 Jahren existiert. Verlagshaus, Druckerei und Warenlager befinden sich in der nach der Familie benannten Cavenor Street in Arkham. Die in diesem Haus gedruckten Buchreihen sind von unermesslichem Wert.«

»*Wie* wertvoll?«, fragte ich.

Crane maß mich mit einem vernichtenden Blick, da ich mir erlaubt hatte, ihn zu unterbrechen. »Kostbarer als zwei Exemplare der Gutenberg-Bibel!«

Ich musste ziemlich verdutzt dreingesehen haben, denn Crane lächelte zufrieden. Doch trotz dieser angeblichen Berühmtheit hatte ich noch nie von einem Knaben namens Cavenor gehört. Während ich mein Hirn nach Informationen durchforstete, griff Crane in dem Regal nach einem kleinen, schmalen Buch, das er mir reichte.

»Damit Sie einen Eindruck erhalten, was ich unter *bedeutend* verstehe, werfen Sie bitte einen Blick in diesen Band, den die Cavenor Press herausgegeben hat. Josh Gurdwaiths *The Church of Arkham* von 1803 wurde lediglich in einer Auflage von sechs Exemplaren gedruckt. Zwei davon sind bekannt, die anderen vier gelten als verschollen. Dieses ist eines davon. Ich muss Sie daher bitten, die Information für sich zu behalten, da es Menschen gibt, die töten würden, um dieses Buch in ihren Besitz zu bekommen.« Crane machte eine Pause. »Damit möchte ich zum Ausdruck bringen: Der Begriff *Cavenor Press* bürgt für Raritäten von unschätzbarem Wert.«

Ich konnte mit diesem Buch nicht viel anfangen und hätte dafür bestimmt niemanden um die Ecke gebracht. Das Buch hatte einen merkwürdigen lehmfarbenen Ledereinband, die Seiten fühlten sich verrottet an und verströmten einen eigenartigen Geruch. Normalerweise mieften alte Bücher wie staubige Akten, nach Karton und Pappe, doch dieses hier roch anders. Unvorstellbar, dass jemand dafür große Summen ausgab. Während Crane weitersprach, blätterte ich durch die Seiten. Der Text war in schwer verständlichen Worten verfasst, mit merkwürdigen Andeutungen, teilweise in altertümlichem Englisch und in Reimen, die von Wesen erzählten, die aus einer anderen Realität in unsere Welt gelangten. Nachdem Crane aufgehört hatte, von dem Buch zu schwärmen, klappte ich den Band zu, um ihm weiter zuzuhören.

»Aber zu meinem Bedauern vermachte Cavenor sein Sortiment einem gewissen Dr. Lawrence Hudsucker, der den Lehrstuhl für Anglistik an der Miskatonic-Universität in Arkham innehat. Um es kurz zu machen, meine Herren: Ich möchte diese Bücher in *meinen* Besitz bringen. Deswegen sind Sie hier!« Crane legte eine Pause ein, in der er an seiner Zigarre paffte und uns auf eine Landkarte über dem Kamin aufmerksam machte. Während sich alle um die Karte von Massachusetts drängten, tat ich so, als stellte ich das schmale Buch ins Regal zurück, ließ es stattdessen aber unbemerkt in meine Anzugtasche verschwinden.

»Arkham befindet sich einige Stunden Fahrtzeit von Boston entfernt«, erklärte Crane. »Ich möchte, dass Sie sich schon morgen dorthin begeben – auch Sie, Mister Kovalski!« Er winkte mich näher heran.

»Sie nächtigen im *Golden Belly.* Ihre Ankunft wurde bereits angekündigt und alles weitere arrangiert. Dr. Slane wird sich mit Sir Anthonys Nachlassverwalter und dem Vorstand der Universität in Verbindung setzen, um die rechtlichen Schritte des Ankaufs zu klären, während Mister Biggles als Sachverständiger den Wert der Bücher im Warenlager ermittelt. Immerhin muss festgestellt werden, ob es sich dabei tatsächlich um Originale handelt, bevor ich auch nur einen Cent dafür bezahle.«

»Selbstverständlich, Sir.« Biggles nickte eifrig. Es war das erste Mal, dass er den Mund aufmachte. Dabei überraschte mich gar nicht, dass seine Stimme wie die eines Eunuchen klang.

Ich räusperte mich. »Bei allem Respekt, Sir. Sie haben einen Anwalt und einen Schätzmeister auf das Erbe angesetzt. Ich bin zuversichtlich, dass Sie die Bücher erwerben können. Doch wozu benötigen Sie mich ...?«

Crane stoppte mich mit einer Handbewegung, als wisse er bereits, worauf ich hinauswollte. »Dies ist nun schon der zweite Anlauf. Beim ersten Versuch, Kontakt mit der Universität aufzunehmen, sind bedauerlicherweise ein Privatdetektiv und der Ihnen allseits bekannte Notar Dr. Barnaby Bricks spurlos verschwunden.«

Edgar Slanes Mund klappte auf. Auch Biggles verschlug es den Atem.

»Die Polizei ermittelt bereits, doch ...« Crane rieb sich den Nasenrücken. »... ich fürchte, sie haben sich vom Lehrkörper der Universität bestechen lassen. Daher liegt es nun bei Ihnen ...« Er wandte sich an Slane und Biggles. »... den Fall zu meiner Zufriedenheit abzuschließen, und Sie, Mister Kovalski, sind dafür verantwortlich, dass Ihr Besuch in Arkham ohne Zwischenfälle verläuft und die Verhandlungen mit einer gewissen Nachdrücklichkeit geführt werden.«

»Ich soll also den Babysitter für Dr. Hudsucker und unsere beiden Akademiker spielen«, stellte ich fest.

Crane machte eine großzügige Geste. »Es bleibt Ihnen überlassen, wie Sie es ausdrücken wollen.«

Damit war der Grund meiner Anwesenheit geklärt, und ich machte mich auf eine Reihe von Problemen gefasst.

Als ich nach diesem Gespräch in der Delmar Lane stand, mir eine Zigarette anzündete und dem Automobil des Rechtsanwalts hinterher sah, wie es in der Nacht verschwand, zog ich Zacharias Malloys Brief hervor. Eine unerklärliche Kälte erfasste mich, als ich das Schreiben in den Händen hielt. Das Kuvert war vor fünf Tagen aufgegeben worden und trug den Poststempel einer Stadt, deren Namen ich erst kürzlich gehört hatte: *Arkham.*

Hastig öffnete ich den Brief und las ihn noch an Ort und Stelle.

Lieber Jeremias,

unerklärliche Dinge sind geschehen. Leider fehlt mir im Moment die Zeit, Dir alles ausführlich zu berichten, weshalb ich Dich bitte, mir einfach zu vertrauen. Falls Dich Vincent Crane wegen einer Nachforschung engagieren möchte, lehne den Auftrag ab, gleichgültig wie viel er dir dafür bezahlt. Ich weiß, Du bist ein Sturkopf, der keinen Cent auf den Ratschlag eines alten Freundes gibt, aber diesmal solltest Du ihn befolgen. Und eines noch: Fahre unter keinen Umständen nach Arkham. Bleib der Stadt fern, so weit du kannst.

In aufrichtiger Freundschaft,
Zacharias Malloy
PS: Sie fürchten das Feuer!

Die Zeilen klangen nicht nach der üblichen Weihnachtskarte, die ich erwartet hatte. Ich faltete den Brief zusammen und steckte ihn weg. Damit lag auf der Hand, um welchen Detektiv es sich handelte, der wie vom Erdboden verschluckt worden war. Mein Mentor hatte in seinen alten Tagen noch einen Job angenommen – auf eigene Faust. Keine gute Idee, mein Freund! Doch eines wusste ich: Wenn der gute Zacharias Malloy einmal einen Fall übernommen hatte, ließ er sich von nichts und niemandem kaufen und schon gar nicht von einer Universität. Es musste einen anderen Grund für sein Verschwinden geben.

Möglicherweise wäre das Kommende nie geschehen und mir wäre ein Schicksal im Rollstuhl erspart geblieben, hätte ich Malloys Rat befolgt. Doch wie er gesagt hatte: Ich war ein Dickkopf.

Noch am selben Abend brachte ich das kleine, in rotes Leder gebundene Buch, das ich mir von Crane *geborgt* hatte, zu Pawell Klopek. Pawell war ein polnischer Einwanderer. Ich kannte ihn von früher, als er am Fischhafen gearbeitet hatte. Er war mir noch einen Gefallen schuldig, und ich wollte wissen, worum es sich bei diesem seltsamen Buch handelte.

Da Pawell mittlerweile als Nachtportier im Bostoner Krankenhaus arbeitete, hatte er Kontakt zu den Medizinern, die in ihrem Labor einen genaueren Blick auf das Buch werfen konnten. Möglicherweise verfolgte ich eine Spur, die nichts brachte, doch ließ mich das merkwürdige Gefühl nicht los, dass mit diesem schmalen Band etwas nicht stimmte.

Später in der Nacht öffnete ich in meiner Wohnung eine Flasche Bourbon, während ich begann, meinen Koffer zu packen. Mir fielen Malloys Worte ein. *Bleib der Stadt fern.* In Ordnung,

Junge, dachte ich, das kann ich dir zwar nicht versprechen, doch ich nehme einen guten Freund mit.

Ich legte meinen sechsschüssigen Revolver zwischen die Hemden, denn wie mir mein neuer Boss aufgetragen hatte, sollte mein Besuch in Arkham ohne Zwischenfälle verlaufen, und Mr. Remington würde mir dabei helfen.

Am nächsten Morgen trug ich meinen Koffer zu einer unchristlichen Zeit auf die Straße und wollte im Lokal an der Straßenecke noch in Ruhe einen Kaffee trinken, doch Edgar Slane und Rupert Biggles erwarteten mich bereits. Die Limousine stand tuckernd vor meiner Mietwohnung. Biggles steuerte den noblen Mercedes-Benz, den uns gewiss Vincent Crane zur Verfügung gestellt hatte, während sich der Anwalt auf dem Rücksitz bereits durch einen Stapel Dokumente wühlte und ich auf dem breiten, mit Leder gepolsterten Beifahrersitz Platz nahm.

Trotz Straßenkarte verfuhren wir uns zweimal, weshalb die Fahrt eine knappe Stunde länger als geplant dauerte, während der sich das Wetter unaufhörlich verschlechterte. Es nieselte, als wir die Hälfte hinter uns hatten, und es schüttete, als wir ankamen. Über eine schmale Brücke erreichten wir Arkham. Zwischen den buckligen Häusern, die sich aus dem Grau der Stadt erhoben, und den zahlreichen, eng bergauf und bergab führenden Gassen, die sich ohne erkennbaren Plan kreuz und quer wanden, irrten wir wie Gespenster umher. Um die Mittagsstunde wurde der Himmel so schwarz wie ein Tintenfass. Dutzende flackernde oder kaputte Straßenlaternen erschwerten unser Vorhaben, den richtigen Weg zu finden. Außerdem befand sich das *Golden Belly* nicht dort, wo es in der Karte eingezeichnet war.

Die Stadt wurde durch einen Fluss in zwei Hälften zerrissen, und wir setzten mehrmals über den schwarzen Miskatonic River, der sich zäh ins Meer ergoss. Ein holpriger Weg führte entlang der Küste an unzähligen Klippen vorbei, doch ständig verloren wir die Orientierung und wussten nicht mehr, ob wir uns nun im nördlichen oder südlichen Teil Arkhams befanden.

Wir kamen mindestens dreimal an jenem Platz vorbei, auf dem sich das hässlichste Gebäude der Stadt befand, die Miskatonic-Universität mit ihrer Bibliothek. Einerseits wirkte das Bauwerk wie eine schwerfällige Kathedrale, bei näherer Betrachtung der Ornamente an den Erkern und Mauervorsprüngen allerdings wie ein düsteres Gerippe ... und jedes Mal, wenn wir daran vorbeifuhren, glaubte ich, neue Details in der kompliziert verspielten, violett-schwarz funkelnden Fassade zu entdecken. Schließlich bekam ich von dem Anblick Kopfschmerzen und sah wieder durch die vom Regen verschmierte Windschutzscheibe auf die Straße. Zumindest hatte ich sie gesehen, jene Universität, die für ihre Sammlung antiker und okkulter Werke berühmt war. Während ich den Schmerz aus meinem Kopf zu vertreiben suchte, fragte ich mich, was wohl alles hinter diesen Mauern verborgen lag?

Schließlich führte unser Weg an einem Schlachthof und einigen Läden mit scheußlichen Auslagen vorbei, in deren Nähe wir endlich das *Golden Belly* erblickten. Merkwürdigerweise befand es sich genau dort, wo es auf der Karte eingezeichnet war. Aber ich hätte schwören können, dass es eine Stunde zuvor noch nicht an diesem Platz gestanden hatte.

Biggles parkte die Limousine in einer Seitengasse. Als kurz darauf ein Wolkenbruch einsetzte, liefen wir mit unserem Gepäck direkt zum Hintereingang des Gasthauses. Ich trug meinen Koffer selbst in mein Zimmer. Indessen kümmerte sich der alte Otis, ein tattriger Ire, der mit einem verkrümmten Rückgrat gestraft am Stock ging, um das Gepäck meiner Reisebegleiter.

Da uns Vincent Crane nur ein bescheidenes Spesenkonto zur Verfügung gestellt hatte, war ich nicht überrascht, dass uns im *Golden Belly* ein schmuddeliger Empfang erwartete. Von *golden* konnte keine Rede sein. Die Teppiche waren verfilzt, die Tapeten ausgeblichen, die Bilderrahmen und Lampenschirme verstaubt ... und erst die Zimmer! Ich wagte nicht einmal den Vorhang zu schließen, aus Angst, die Stange könnte herunterfallen, oder etwa den Schrank zu öffnen, um nicht zu riskieren, dass er vor meinen Augen zusammenbrach. Im Vergleich dazu war Pawell Klopeks Portierhütte im Bostoner Krankenhaus ein schickes Apartment. Aber die Übernachtung kostete nur drei Dollar, halb so viel wie in einem Motel an der Ostküste.

Zunächst nahm ich ein lauwarmes Bad, wobei die Rohre des Hauses unheimlich ächzten und knarrten. Als ich meinen Revolver unter der Matratze versteckte, erinnerte ich mich wieder an Malloys Brief, der mir nicht aus dem Kopf gehen wollte. Möglicherweise würde ich in dieser Stadt auf meinen ehemaligen Partner stoßen.

Nachdem ich mit Rupert Biggles und dem jungen Rechtsanwalt Slane etwas später als geplant zu Mittag gegessen hatte, kümmerten wir uns um Vincent Cranes Auftrag. Edgar Slane stattete Dr. Lawrence Hudsucker einen Besuch an der Universität ab, um ihm Vincent Cranes Angebot zu unterbreiten. Da ich das Ergebnis dieser Besprechung nicht abwarten wollte, machte ich Biggles den Vorschlag, in der Cavenor Street mit der Sichtung der Bücher zu beginnen.

Diese Gasse war fürchterlich eng, wie auch alle anderen in Arkham. Die *Cavenor Press* bestand aus einem einstöckigen, langgezogenen Gebäude. Neben den Büros befanden sich die winzige Druckerei und das noch kleinere Warenlager des Verlags.

Biggles, der neben mir im Regen stand, starrte zweifelnd auf das mit einer Kette und zwei Vorhängeschlössern versperrte Tor. »Wollen wir nicht erst die Zustimmung des Nachlassverwalters abwarten?«

»Gute Idee«, antwortete ich. »Wir kommen in einem Monat wieder.«

Biggles sah mich sauer an. »Sie wollen doch nicht etwa die Tür aufbrechen!«

»Wer sagt denn etwas von Aufbrechen?« Ich zog zwei Drähte aus der Tasche, bog sie zurecht und stocherte damit in dem Sicherheitsschloss herum. Das erste sprang sofort auf, doch das zweite war wuchtiger und völlig neu.

»Machen Sie schon!« Biggles sah sich nervös in der Gasse um.

»Ja, ja.« Endlich bekam ich es auf. Nachdem ich die Kette durch den Türgriff gezogen hatte, ließ sich das Tor problemlos aufschieben. Ich trat einen Schritt zur Seite, um Biggles hineinzulassen.

Das Warenlager war noch kleiner, als es von außen wirkte, da das Gebäude nicht weit nach hinten reichte. Der sogenannte Warenvorrat bestand lediglich aus einigen Bücherregalen, in denen nie mehr als vier oder fünf Exemplare ein und desselben Buches standen. Und deswegen waren wir von Boston hierhergekommen? Zumindest würden wir die Arbeit rasch erledigt haben.

Während Biggles Tisch und Stuhl zu den Regalen schob, eine Petroleumlampe entzündete und sein Notizbuch aufschlug, um eine Inventarliste zu erstellen, sah ich mich im Raum um. Durch eine Verbindungstür gelangte ich in die Buchdruckerei, zumindest dachte ich, dass es sich dabei um die Druckerei und Setzerei handeln musste, da ein außen angebrachtes Schild darauf hinwies. Doch in der Halle fand ich weder Druckplatten noch Holz- oder Linoleumschnitte, wie es in anderen Betrieben üblich war. Hier stapelten sich keine Papierrollen, es gab keine Druck- oder Setzmaschinen und nichts, womit man Bücher hätte binden können. Es stank auch nicht nach Leim, Papier oder Farbstoffen. Der Raum war einfach nur kahl; eine winzige, leer stehende Halle mit staubbedecktem Boden, schmierigen Fenstern und tief hängenden, verrosteten Lampen. Ich zündete mir eine Zigarette an und schlenderte zurück zu Biggles, der eifrig in sein Notizbuch schrieb.

Als er mich bemerkte, sah er kurz auf. Seine Hornbrille war beschlagen. »Sie rauchen? Hier drin?«

Ich beantwortete seine Frage nicht. »Wie geht es voran?«

Er nahm die Brille ab, um sich den Nasenrücken zu massieren. »Mister Kovalski, Sie werden es nicht glauben, aber in diesem Gebäude verbergen sich unglaublich kostbare Bände. Ich weiß gar nicht, wo ich beginnen soll. Hier zum Beispiel ...« Er hielt mir einen neuwertigen Lederband vor die Nase – *Die Reinkarnation des Tieres* von Rudolf Steiner. »Passen Sie mit der Zigarette auf!«

»Keine Ahnung, was das ist.« Ich warf das Buch auf den Tisch, worauf Biggles zusammenzuckte. Dann trat ich den Glimmstängel auf dem Boden aus.

»Das sind Mitschriften von geheimen Vorträgen, die Steiner angeblich in den Jahren 1895 bis 1897 vor theosophischen Gesellschaften in Wien, Prag und Venedig gehalten hat«, ereiferte sich Biggles. »Es ist eines der jüngsten Bücher der *Cavenor Press* und wurde drei Jahre nach Steiners Tod gedruckt.«

»Aber sicher nicht hier.« Ich deutete zu dem leer stehenden Nebenraum. »Kennt diese Schriften überhaupt jemand?«

»Deswegen sind sie ja so kostbar. *Niemand* weiß, dass sie existieren.«

Ich hob die Augenbrauen. Erst jetzt verstand ich, worauf Biggles hinauswollte. »Es sind Fälschungen", vermutete ich.

»Sind es nicht!«, beharrte Biggles.

»Von mir aus.« Ich zuckte mit den Achseln und sah mich im Lager um.

Eine Treppe führte in den Keller. Ich borgte mir Biggles Petroleumlampe, der mir zornig hinterher fluchte, und marschierte in das Untergeschoss. Wie die Windung eines Korkenziehers schraubte sich die enge Steintreppe hinunter. Zwar erwartete ich dort nicht viel, höchstens eine Rumpelkammer, ein paar ausrangierte Werkzeuge vielleicht, doch nach einigen Biegungen stand ich vor einem unterirdischen Bücherreservoir. Ähnlich wie Fässer in einem Weinkeller reihten sich in dem Gewölbe Dutzende Bücherregale aneinander. Zwar stank es fürchterlich nach gärenden, faulen Trauben, dennoch ging ich weiter und zog willkürlich ein Buch aus dem Regal. Es hatte den gleichen roten, grobkörnigen Ledereinband wie jenes Exemplar aus Vincent Cranes Bibliothek.

»Biggles! Vergessen Sie Rudolf Steiner!«, rief ich nach oben. »Kommen Sie runter!«

»Was haben Sie gefunden?" Biggles tastete sich in der Dunkelheit über die Treppe.

»Hier liegen allerhand handschriftliche Manuskripte herum", rief ich. »Beispielsweise *Die 120 Tage von Sodom* von Marquis de Sade.«

»Dieses Buch *kann* nicht hier sein!«, unterbrach er mich. »Es liegt in der *Bibliothèque de la Science in Paris!*« Als er mich erreicht hatte, warf ich ihm einen der dünnen Bände zu. Er fing das Manuskript auf, öffnete es behutsam und überflog die ersten Seiten. Kurz darauf riss er ungläubig die Augen auf und schnappte nach Luft.

»Hier sind noch mehr davon«, sagte ich.

»Unglaublich – unglaublich!« Schweißperlen bildeten sich auf seiner Oberlippe. »Dieses Werk ist eine unglaubliche Entdeckung.«

»Ich dachte, es befände sich in Paris.«

»*Die 120 Tage von Sodom* sind ein unvollendeter Episodenroman, den der Marquis während seiner Haft in der Pariser Bastille geschrieben hat. Anfang und Ende fehlen. Doch diese Ausgabe …« Er zählte die Bände. »… hat wahrscheinlich über viertausend Seiten.« Biggles klappte das Buch zu, öffnete ein anderes und starrte lange auf den Einband und das brüchige Papier. »Es war nie bekannt, dass dieses Werk so … so umfangreich ist!«

»Wie es scheint, hat sich Sir Anthony Cavenor darauf spezialisiert, Bücher zu fälschen!«, beharrte ich.

Biggles schüttelte den Kopf. »Während seiner Haft skizzierte der Marquis in seinen Werken eine unglaubliche Gewaltorgie. Wegen dieser Anstößigkeit schrieb er überwiegend heimlich und in winziger Schrift, um nicht durch übermäßigen Papierverbrauch aufzufallen. Sehen Sie! Es sind zweifellos die Originale.«

Während ich die eng beschriebenen Blätter überflog, nahm mir Biggles die Petroleumlampe aus der Hand und schwenkte sie über die anderen Buchrücken wie ein Matrose, der Leuchtsignale gab. Ehrfurchtsvoll berührte er mit den Fingern die Einbände.

»Hier!«, rief er schrill und zerrte einen schweren Band aus dem Regal. »Madame Blavatsky studierte in Kairo und pflegte Kontakt zu den Drusen und anderen Mystikern aus dem Libanon ...«

»Leiser!", zischte ich. »Sie vergessen sich.«

»Aber sie wurde von Mitgliedern der *Society for Psychical Research* der Fälschung von Briefen bezichtigt. Es hieß, sie habe paranormale Phänomene vorgespiegelt.« Biggles war außer sich. »Aber *hier* ...« Biggles hielt das Buch hoch. »... hier sind Madame Blavatskys *Gesammelte Briefe 1879–1883* – die Originale! In gebundener Form.« Biggles gluckste vor Freude. »Verstehen Sie denn nicht? Das bedeutet, die Society hatte unrecht!«

»Beruhigen Sie sich!« Ich hielt nichts von überstürzter Euphorie. Zu oft schon hatten sich die Gründe für verfrühten Freudentaumel als raffinierter Versicherungsschwindel herausgestellt.

Biggles zog eine Lupe aus der Tasche und betrachtete die einzelnen Blätter, die aus demselben Papier bestanden wie jenes Buch aus Cranes Bibliothek. »Es kann keine Fälschung sein, sie wäre zu perfekt! Wie hat Cavenor diese Bände hierher gebracht? Woher hat er sie? Warum weiß niemand davon? Diese Bibliothek ist ungeheuerlich! Ein Jammer, dass diese Schätze in so einem Loch verrotten.«

»Seien Sie leiser, um Himmels willen!«, flüsterte ich.

Biggles' aufgebrachte Stimme hallte in dem Gewölbe wider, bis das Echo am Ende des Raumes in der Dunkelheit erstarb.

»Kommen Sie mit!« Ich ging durch den Keller, bis ich vor einer Metalltür hielt. Biggles stand neugierig hinter mir und leuchtete mit der Petroleumlampe auf das mächtige Vorhängeschloss.

»Können Sie die Tür öffnen?« Seine Stimme überschlug sich vor Aufregung.

»Mit dem Draht – unmöglich!« Ich inspizierte das Schloss. »Ich könnte es mit dem Revolver aufschießen«, flüsterte ich, »doch der liegt im *Golden Belly.*«

»Warum zum Teufel haben Sie die Waffe nicht mitgenommen?«

»Herrgott, konnte ich ahnen, dass wir auf Höhlenforschung gehen würden?« Das dämpfte Biggles' Abenteuerlust, als sei ihm soeben bewusst geworden, dass wir die Grenze zur Illegalität längst überschritten hatten. Daher gab er sich mit den Büchern in dem Gewölbe zufrieden. Er verlegte sein Arbeitsgebiet in den Keller, um hier seine Inventarliste fortzusetzen.

Als Biggles seine Notizen gegen sechs Uhr beendet hatte, trafen wir uns mit Rechtsanwalt Edgar Slane zum Abendessen im *Golden Belly.* Der alte Otis kochte ein vorzügliches Menü, und anschließend tranken wir Kaffee und rauchten Zigarren.

Biggles war immer noch außer sich und kaum zu bremsen. »Wie man so hört, soll es in Sankt Petersburg ein Pendant zu diesem Verlagshaus geben, die *Biblioteka Akademija*«, flüsterte er. »Seit Jahrhunderten werden der Öffentlichkeit gänzlich unbekannte okkulte Werke von Tolstoi und Dostojewski vorenthalten, genauso wie die Schriften des russischen Mönchs und Wanderpropheten Grigori Rasputin.«

»Wie erklären Sie sich das Vorhandensein solcher Exemplare?«, fragte Slane, der bereits den gesamten Abend einen niedergeschlagenen Eindruck machte.

Biggles zuckte mit den Achseln. »Genau das unterscheidet eben eine Rarität von einem gewöhnlichen Buch.«

»Eine dünne Antwort«, meinte Slane.

»Mit einem Wort, Sie wissen es nicht!«, sagte ich. Dann wandte ich mich an Slane. »Wie ist Ihr Gespräch in der Miskatonic-Universität verlaufen?«

Slane atmete tief aus. Dabei wurde sein Gesicht noch länger.

»Ach ja, Ihr Gespräch!« Biggles wedelte erwartungsvoll mit den Händen herum. »Es wird ein hohes Sümmchen werden, das Mister Crane zu zahlen hat, das kann ich Ihnen versichern. Allein, wenn ich daran denke, wie …«

»Seien Sie still!«, unterbrach ich ihn.

Plötzlich verstummte er. Ich starrte Slane an, der nach den richtigen Worten suchte.

»Nun, ich wurde zunächst von einem Sekretär empfangen. Man führte mich in mehrere Besprechungsräume, ich hatte Dutzende Formulare auszufüllen, in weiteren Büros endlose Fragen zu beantworten, vor allem, woher ich überhaupt wisse, dass Sir Anthony Cavenor verstorben sei. Übrigens ist er gar nicht gestorben, sondern wurde für tot erklärt, da er vor zwei Jahren spurlos verschwunden ist. Normalerweise dauert diese Prozedur zehn Jahre, doch das Gericht in Arkham stellte die Todeserklärung aus, nachdem die Ermittlungen des Staatsanwalts abgeschlossen waren – was ziemlich unüblich ist.« Slane seufzte. »Jedenfalls war es eine Irrfahrt durch die universitäre Bürokratie, bis ich schließlich über zwei weitere Büros zu Dr. Lawrence Hudsucker gelangte. Ein schrecklicher Mann, wenn ich mir diesen Kommentar erlauben darf. Er wirkte sterbenskrank, vertrat aber eine umso unnachgiebigere Haltung. Ständig wurde ich vertröstet und hingehalten. Er machte nicht einmal den Eindruck, als wolle er sich meine Argumente bezüglich Mister Cranes Angebot anhören.«

»Und?«, drängte ich.

»Aus dem Geschäft wird nichts.« Slane faltete die Hände zusammen.

Biggles' Mund klappte auf. Enttäuscht hingen seine Schultern hinunter.

»Ich möchte sogar so weit gehen, zu behaupten«, fuhr Slane fort, »dass wir in diesem Ort nicht willkommen sind.«

»Ich kann hier nicht weg!«, widersprach Biggles. »Ich muss noch einmal in dieses Warenlager. Ich muss wissen, was sich hinter der Metalltür verbirgt. Ich muss einen Blick darauf ...«

»Vergessen Sie es!«, unterbrach ich ihn. »Es ist gelaufen. Morgen früh fahren wir zurück nach Boston.«

Unter dem Vorwand, mir die Beine zu vertreten, schlenderte ich nach dem Essen allein die Straße hinunter, bis ich zu einer Telefonzelle gelangte. Nach dem dritten Versuch hatte ich eine Verbindung nach Boston. Es dauerte eine weitere Minute, bis Pawell Klopek an den Apparat ging. Noch bevor ich ihn fragen konnte, was er über das Buch herausgefunden hatte, zischte er in den Hörer. »Du hast Nerven, hier anzurufen!«

Ich war zu perplex, um etwas darauf zu antworten.

»Die Mediziner haben dieses Buch, das du mir im Krankenhaus untergejubelt hast, im Labor untersucht. Das gab einen Riesenwirbel. Die Polizei ist hier und ermittelt deswegen. Die haben mich ins Verhör genommen, doch ich sagte, ich hätte das Buch auf dem Trödelmarkt erworben. Ich glaube zwar nicht, dass die mir das abgenommen haben, aber sie mussten mich trotzdem gehen lassen.«

»Was ist mit dem Buch?«, drängte ich, da mir die Münzen ausgingen.

»Sie haben mir nichts verraten, doch ich konnte zwei Ärzte belauschen. So viel ich gehört habe, finden sich auf dem Buchrücken Spuren menschlichen Blutes. Sie haben die Seiten unter dem Mikroskop auseinandergenommen und Haare und Hautfragmente entdeckt ... *im* Papier! Ich muss jetzt Schluss machen. Besser, du lässt dich hier in den nächsten Tagen nicht blicken.«

Die Verbindung war tot. Mir wurde übel. Da ich nicht mehr an das Buch herankommen konnte, hatte ich Vincent Crane gegenüber einen ziemlichen Erklärungsbedarf. Mir musste etwas einfallen, woher ich rasch einen Ersatz bekam. Es gab nur eine Möglichkeit.

Ich eilte zurück ins *Golden Belly.* Als ich mein Zimmer betrat, stellte ich fest, dass es gründlich durchsucht worden war. Mein Koffer war aufgebrochen, die einzige Schublade entleert worden, und der Schrank stand offen. Unter der Matratze lag immer noch mein Revolver, den ich mir nun in den Hosenbund steckte. Wieder musste ich an meinen alten Partner Zacharias Malloy denken. Hatten sie auch sein Zimmer durchsucht? Und wo hielt er sich versteckt? Ich eilte in den Gang und klopfte an Biggles' und Slanes Tür. Auch ihre Zimmer waren durchwühlt worden.

»Wir sollten so schnell wie möglich von hier verschwinden«, schlug der Rechtsanwalt vor.

»Im Gegenteil – wir dürfen nicht voreilig kalte Füße bekommen, sondern sollten rausfinden, was die Leute in diesem Ort zu verbergen haben.« Ich dachte an Cranes Buch. Dann wandte ich mich an Biggles. »Wollen Sie dem Warenlager immer noch einen nächtlichen Besuch abstatten?«

Er nickte.

»Ich bin dabei!«

Es war bereits 23 Uhr, als wir unsere Koffer gepackt, die Zimmer geräumt und bei Otis die offene Rechnung beglichen hatten. Er wunderte sich nicht einmal, dass wir früher als geplant abreisen wollten. Jedoch kostete es mich meine gesamte Überredungskunst, den ängstlichen Edgar Slane so weit zu bekommen, dass er in der Limousine vor dem Lagerhaus wartete, während Biggles und ich uns neuerlich Zutritt zum Warenlager der *Cavenor Press* verschafften. Allerdings gewährte uns der Rechtsanwalt nur dreißig Minuten, danach würde er mit dem Wagen Arkham verlassen – mit oder ohne uns, wie er uns deutlich erklärte.

Biggles und ich gingen in das Kellergewölbe. Er hielt zwei Petroleumlampen, während ich das Vorhängeschloss der Metalltür in eine Decke wickelte, die wir im Fond des Wagens gefunden hatten. Als ich den Revolver zweimal abfeuerte, schluckte die Decke den Knall. Schließlich rasselte die Kette durch den Stahlgriff. Mit einem Holzbalken gelang es uns, die Tür aufzuschieben. Der Rost brach förmlich aus den Angeln. Wir zwängten uns durch einen schmalen Spalt. Hinter der Tür starrte ich enttäuscht in einen langen, abschüssigen Tunnel mit schroffen Felswänden. Weit und breit keine Bücher! Nur ein morscher Holzsteg, der über das Gestein ins Erdreich führte.

»Sehen wir uns das an.« Biggles ging mit seiner Lampe voraus.

Ich folgte ihm. Das Holz knarrte verdächtig unter unserem Gewicht. Der Weg wirkte nicht gerade vertrauenerweckend. Außerdem ruinierten wir uns die Schuhe, da die Feuchtigkeit das Holz aufgeschwemmt hatte. Nach zehn Minuten konnte ich nicht einmal mehr schätzen, wie tief wir uns unter der Erdoberfläche befanden. Möglicherweise bewegten wir uns auch auf das Meer zu, denn der penetrante Geruch nach brackigem Salzwasser wurde intensiver. Möglicherweise hatten Schmuggler diesen Weg früher benutzt. Außerdem wurde es verdammt kalt, sodass mich entsetzlich fror.

»Das führt nirgendwohin, wir sollten umkehren«, sagte ich, da der Gang immer tiefer ins Nichts führte. Ich wollte bereits wenden, doch Biggles marschierte weiter. Ich sah ihm nach, bis er das Ende des Stegs erreichte und das Licht seiner Lampe in einer Höhle verschwand.

»Schnell, kommen Sie!«, rief er. »Hier sind Bücher.«

Ich folgte ihm. Der Tunnel mündete in ein niedriges Felsgewölbe. Hier endeten die morschen Holzdielen, um in natürliches Granitgestein überzugehen. Obwohl der Boden über ein leichtes Gefälle bergab führte, lief uns das Wasser entgegen – zumindest wirkte es im Lampenschein so. An den Wänden befanden sich tatsächlich verwitterte Schränke, zum Bersten gefüllt mit Büchern. Nie im Leben hätte ich erwartet, dass sich unter der Stadt am Meer ein derartiges Labyrinth aus Höhlen und Nischen befand.

Während Biggles mit seiner Lampe an einer Seite entlanglief und sich immer weiter von mir entfernte, sah ich mir die andere Seite an. Mir fiel auf, dass die obskuren Bücher in den verrotteten Holzregalen allesamt einen ähnlichen lehmfarbenen, brüchigen Einband aufwiesen.

»Diese Schriften sind das Wertvollste, das je hervorgebracht wurde. Die meisten davon dürfte es gar nicht geben. Heilige Maria und Jesus!«, hörte ich Biggles' Selbstgespräche vom anderen Ende der Höhle. »Wüsste der Vatikan von diesen Büchern, wären sie gewiss im Römischen Index der verbotenen Bücher gelistet.«

Ich ahnte, worauf Biggles hinauswollte, denn selbst mir, einem Unwissenden, jagten die Titel dieser Bücher einen Schauer über den Rücken. Aber es war auch der Ort, an dem sie aufbewahrt wurden, und ihr Aussehen. Teils wirkten sie verkrüppelt. Einige davon betrachtete ich genauer. Augustino Damoiseauls *Yog-Sothoth – Wächter des Tores* aus dem Jahr 1811 und Joseph Berthold Hausers *Das kriechende Chaos Nyarlathoteps* von 1864 enthielten Sprüche in den Zeichen einer merkwürdigen fremden Sprache. Crescentia Wolffs *Verbotene Kulte gespaltener Körper* von 1856 wies schauderhafte Abbildungen auf, ebenso Gustav Bayles *Opera Daemonica der Shoggothen* von 1832. Schließlich erfasste mich endgültig das Grauen, als ich Juliette Huyszens *Unautorisierte Rituale der Erlösung* und Marie-Jean Conriginius' *Die dunklen Gebete Nigguraths,* beide aus dem Jahre 1666, in den Händen hielt. Schreckliche gotteslästerliche Skizzen, die nie ein Mensch je zu Gesicht bekommen sollte, sprangen förmlich aus den Seiten, verschwammen ineinander und schienen sich zu verändern, je länger ich darauf starrte.

Nachdem ich die Bücher in das Regal gestellt hatte, wischte ich meine Hände an der Hose ab. Dabei bemerkte ich ein schmales Büchlein auf dem Boden, das Ähnlichkeit mit Vincent Cranes Lektüre aufwies, die ich entwendet hatte. Magdalena Ginzels *Blutende Leiber* aus dem späten siebzehnten Jahrhundert. Es wäre nur ein geringer Ersatz für Cranes Verlust, dennoch steckte ich es in die Tasche, da ich nach diesem Reinfall nicht mit völlig leeren Händen nach Boston zurückkehren wollte.

Angeekelt schritt ich weiter an den Regalen entlang, die schließlich irgendwann einmal endeten. Allerdings führte der Tunnel weiter in die Dunkelheit. Je tiefer ich in die Höhle vordrang, desto kälter wurde es. Fauliges Wasser tropfte durch die Spalten der Felsdecke. Mein Sakko war bereits völlig ruiniert. Ich stockte, als ich die antiken Zeichen sah, die jemand mit stumpfen Werkzeugen in die Wand gekratzt hatte. Sie wirkten wie Runen einer fremden Kultur.

Daneben ragten rostige Handfesseln aus dem schwarzen, kantigen Gestein, die bestimmt schon jahrhundertealt waren. Mir stockte der Atem, als ich im trüben Schein der Petroleumlampe vor mir einen ausgemergelten Körper in den Fesseln hängen sah. Die Kleider des Mannes waren verschlissen. Schatten lagen in seinen eingefallenen Wangen, die Haut war fahl, das Gesicht ausgezehrt. Ich kannte den Mann. Es war der Bostoner Notar Barnaby Bricks.

»Biggles! Kommen Sie her!«, rief ich.

Ich berührte Mister Bricks' Wange. Sie war eiskalt. Sein Kopf gab meiner Bewegung nach und fiel zur Seite. Mein Herz klopfte bis zum Hals. Eilig presste ich meinen Finger auf seine Halsschlagader. Wie durch ein Wunder lebte er! Sein Puls war schwach, aber noch nicht gänzlich erloschen.

Panisch untersuchte ich die Fesseln, um Bricks so rasch wie möglich zu befreien, doch stellte ich fest, dass sein gesamter Körper von dicken, zähen Strängen umschlungen war, die aus der Wand wucherten, ihn eisern festhielten und den Blutfluss in seinen Gliedern absperrten.

»Welcher Mistkerl hat das getan?«, fragte ich, doch Bricks war zu schwach, um zu antworten.

Man konnte ihn nur losschneiden. Verzweifelt sah ich mich nach einem scharfen Werkzeug um. Ich hob die Lampe und leuchtete in das Gewölbe. Was ich sah, raubte mir den Atem. In der Felsnische daneben hing ein zweiter Mann, dessen Körper ebenfalls von aalglatten Gebilden umschlungen war, die ihn an das Gestein fesselten. Wie bei Dr. Bricks glänzte und pulsierte die Oberfläche auch hier wie der Panzer eines Insekts.

Je näher ich mit der Lampe kam, desto enger zog sich das lebende Wurzelwerk zusammen. Zum Glück konnte ich auch bei diesem Mann einen Puls ausmachen. Doch wie sollte ich die beiden befreien? Ich musste dringend Hilfe holen! Da hob der Mann den Kopf. Von seinem Gesicht war nicht mehr viel übrig, doch was ich sah, reichte aus, um ihn zu erkennen. Es war Zacharias Malloy! Mein ehemaliger Partner!

»Zach ...!«, rief ich. Panik erfasste mich. Wie lange vegetierte mein alter Freund in diesem dunklen Loch schon vor sich hin? Sein Brillenglas war gesplittert, ein Bügel verbogen. Seine Lider zitterten. Das schüttere, graue Haar klebte in seiner Stirn. Ich wollte nicht glauben, dass auch er ein Opfer dieser vermaledeiten Höhle geworden war. Meine Angst schlug in Zorn um. *Diese verfluchten Hundesöhne!*

Plötzlich stand Biggles neben mir. »Mein Gott!«, murmelte er, nachdem er erkannt hatte, um wen es sich hier handelte. Als er sich von dem Anblick erholt hatte, packte er mich am Arm. »Kommen Sie, ich muss Ihnen etwas zeigen!«

»Ich kann nicht. Ich muss den beiden helfen.«

»Kommen Sie!«

Er zerrte mich in eine Felsnische tiefer in die Dunkelheit hinein. Widerwillig folgte ich ihm zu einem mannsgroßen Loch in der Wand, aus dem uns ein entsetzlicher Gestank nach faulen Eiern entgegenschlug. Wir mussten uns bücken, um in das dahinterliegende Gewölbe zu sehen. Biggles hielt mich fest, damit ich nicht über den schlackigen Rand hinunterstürzte. Das Ausmaß der schmalen, aber tiefen Höhle ließ sich nicht erahnen, da die Dunkelheit das Licht aus unseren Lampen bereits nach wenigen Metern schluckte. Dennoch bemerkten wir, dass sich etwas in der Finsternis bewegte. Bei jeder neuerlichen Regung schien sich das Dunkel zu verändern. Ich kniff die Augen zusammen, um überhaupt etwas erkennen zu können. Biggles musste es ähnlich ergangen sein, denn plötzlich löschte er meine Petroleumlampe, damit sich unsere Augen besser an die Dunkelheit gewöhnen konnten. Und dann sahen wir es.

Binnen Sekunden bekam ich entsetzliche Kopfschmerzen, die sich wie Nägel durch meinen Schädel bohrten. Ich wollte endgültig von hier verschwinden, konnte den Blick aber nicht von der Höhle abwenden. Sie war triefend nass. Ich spürte richtiggehend die ekelhafte Flüssigkeit, die von der Decke tropfte und nach brackigem Meerwasser stank. In diesem feuchten Loch musste sich ein unbeschreibliches Lebewesen befinden. Seine Form und Größe ließen sich nicht erahnen, aber ich konnte die Enden der verwachsenen Gliedmaßen erkennen. Sie ragten teilweise aus der Dunkelheit, krochen über den Boden und verschwanden wieder. Es kam mir vor, als schrieben diese nässenden Extremitäten am Rande des Lichtkegels etwas in den Boden. Ich konnte aber nicht erkennen, was es war. Sobald eine Bewegung vollendet war, verschwand das Ding in der Dunkelheit, sodass ein anderer Teil nach vorn kriechen konnte, um erneut etwas in den Fels zu schreiben.

Ich musste mich zwingen, den Blick abzuwenden. Panik ergriff mich, da ich nicht wusste, wie viel Zeit mittlerweile vergangen war.

Biggles hockte reglos neben mir. Ich packte ihn an der Schulter und schüttelte ihn. »Wir müssen rauf zu Slane!«, drängte ich.

Biggles sah mich verdutzt an. »Aber Bricks und Malloy …«

»Darum kümmere ich mich später.« Ich nahm Biggles' Lampe, packte ihn mit der anderen Hand und zog ihn hinter mir her. Eilig erreichten wir wieder die beiden Männer, die in den Felsnischen hingen. Obwohl ich mir vorgenommen hatte, Slane so schnell wie möglich über all das hier zu informieren, blieb ich stehen. Sollte ich Zacharias Malloy tatsächlich einfach so zurücklassen? Falls ich keine Möglichkeit mehr finden würde, zu ihm zurückzukehren, würde ich mir das niemals verzeihen können. Wer weiß, wie lange er noch am Leben war. Biggles' Stimme riss mich aus den Gedanken.

»Kommen Sie!«

Er hatte ja recht. Zwar brach es mir das Herz, aber ich setzte mich wieder in Bewegung. Doch bevor wir loslaufen konnten, schlang sich etwas um unsere Beine. Nebeneinander fielen wir zu Boden.

»Das Licht!«, rief ich, und da zerbrach Biggles' Lampe auch schon auf dem Granitgestein.

Für einige Sekunden waberte das Feuer über der Petroleumlache, doch dann versiegten die Flammen, und es wurde stockdunkel. Im nächsten Augenblick hörte ich, wie Biggles von mir fortgezerrt wurde. Schreiend schlug er um sich, als er über den Boden geschleift und an die Felswand geworfen wurde. Die Wurzeln mussten sich von der Wand gelöst haben. Sie schlangen sich auch um meine Beine, erfassten meine Arme, die Brust und den Hals, sodass es mir den Atem raubte. Ich wurde herumgewirbelt und verlor in der Dunkelheit völlig die Orientierung.

»Hallo?«, hörte ich plötzlich Slanes Stimme.

Mein Herz machte einen Satz. Über den Steg tanzte ein fernes Licht zu uns hinunter, das in die Höhle schimmerte.

»Slane! Hilfe!« Biggles schrie sich die Seele aus dem Leib. »Wir sind hier unten. Helfen Sie uns!«

»Nein! Laufen Sie weg und holen Sie Hilfe!«, brüllte ich.

Doch das schwankende Licht kam näher. Slane erreichte das Gewölbe. Ich sah seine Silhouette. Als würde er von einer unsichtbaren Macht angetrieben, wankte er mit eckigen Bewegungen in den Raum. »Sind Sie das, Mister Kovalski?«

»Laufen Sie, Sie verdammter Idiot!«, rief ich.

»Ich ... ich ... kann nicht«, stammelte Slane.

»Rein mit Ihnen!«, schnappte eine fremde Stimme.

Slane wurde nach vorn gestoßen. Er stolperte über den Steinboden und fiel einige Meter vor mir auf die Knie. Hinter ihm stand der alte Otis, vornübergebeugt auf seinen Stock gestützt.

»Otis, Sie mieser Verräter!« Ich wollte mich losreißen, mich auf ihn stürzen, um ihm den Hals umzudrehen, doch das Gewächs hielt mich auf dem Boden fest.

Für einen Augenblick erkannte ich hinter Otis die Umrisse einer fremden Gestalt mit Mantel und Zylinder.

»Mister Kovalski.« Die Stimme klang dumpfer als die von Otis und so distinguiert wie die eines Gentlemans. »Ich wünsche Ihnen einen schönen Aufenthalt in Arkham.«

»Mister Hudsucker, ich bitte Sie!«, flehte Slane.

Der große Fremde nickte Otis zu. Dieser prügelte mit seinem Gehstock auf Slane ein, danach verpasste er ihm einen Tritt, sodass Slane tiefer in den Raum stolperte.

»Slane, laufen Sie fort«, brüllte ich. Doch es war bereits zu spät. Ich wusste, das Wesen aus der Höhle würde bei ihm keine Ausnahme machen. Da schoss auch schon etwas Längliches an mir vorbei, wickelte sich in Windeseile um Slanes Körper, riss ihn zu Boden und zog ihn in die Dunkelheit, wo er verschwand. Nur noch seine Schreie klangen aus der Tiefe des Schachts. Otis und Hudsucker wandten sich um und verschwanden über den Steg nach oben. Diese Mistkerle! Ich hörte nur noch das leiser werdende Knarren ihrer Schritte auf den Holzbrettern.

»Bleibt hier!«

Das Licht ihrer Lampe tanzte über die Felswände und wurde immer schwächer, je weiter sie sich entfernten. Vorläufig reichte der müde Schein noch aus, um zu sehen, was um mich herum geschah. Leben geriet in die gefesselten Leiber in den Felsnischen neben uns. Bricks' und Malloys Körper zuckten, gebärdeten sich und bäumten sich auf, als wollten sie einen letzten verzweifelten Befreiungsversuch unternehmen. Ihre eckigen Bewegungen tauchten die Höhle in ein Panoptikum wirrer Schatten. Schreckliche Geräusche erklangen, als sich das Wurzelwerk enger um ihre Körper zog. Und dann geschah das Unfassbare.

Zacharias Malloys Augenlider hoben sich. Das matte Licht spiegelte sich in den Höhlen, aber ich konnte weder Iris noch Pupillen erkennen. Wie zur Warnung öffnete sich sein Mund. Im gleichen Moment brach sein Körper auseinander. Mehrere rechteckige Gegenstände schoben sich daraus hervor. In der Dunkelheit glaubte ich glänzende Buchrücken zu erkennen. Auch Bricks' Körper öffnete sich an unzähligen Stellen, um jene furchterregenden Dinge zu gebären. Dann war Otis mit seiner Lampe endgültig außer Reichweite, und es wurde stockdunkel. Aber in der Finsternis klangen die Geräusche schrecklicher als zuvor.

Hysterisch griff ich nach meinem Revolver und feuerte in die Bestie, die mich umschlungen hielt, doch ohne Erfolg. Im Gegenteil, sie verstärkte den Griff. Im Blitz des Mündungsfeuers sah ich, wie sie sich zusammenzog. Absurderweise fiel mir ausgerechnet in diesem Moment Malloys Warnung ein, nicht nach Arkham zu kommen. Allerdings hatte er seinem Schreiben ein Postskriptum hinzugefügt. Während ich von Malloy fortgezerrt und meterweit über den Boden davon geschleift wurde, sah ich sein Schreiben plötzlich vor Augen.

Sie fürchten das Feuer!

Das war es! Es gelang mir, das Feuerzeug aus der Tasche zu ziehen. Ich rieb das geriffelte Rädchen am Zündstein. Beim zweiten Versuch schlug ein Funken daraus hervor, und der Docht fing Feuer. Für einen Moment ließ der Druck um meine Beine nach, doch die mickrige Flamme genügte nicht, um mich endgültig zu befreien. Meine Petroleumlampe stand zu weit entfernt. Hastig kramte ich das Buch aus der Tasche, das eigentlich für Vincent Crane bestimmt gewesen wäre: Magdalena Ginzels *Blutende Leiber.* Ich hielt es gefährlich nahe an die Flamme, drohte es zu verbrennen – und diesmal versagte die Wirkung nicht. Mit horrender Geschwindigkeit gab mich das Untier frei, schnellte dabei aber so rasch um meine Beine, dass sich die Reibungshitze wie Säure in meine Oberschenkel brannte. Ich schrie auf.

Trotz der Schmerzen kroch ich über den Boden, ständig die Buchkante über die Flamme haltend. Eine blickdichte Wand aus schwarzem Gewürm versperrte mir den Rückweg. Also blieb mir nur die Flucht nach vorn, tiefer in die Höhle, und da war plötzlich wieder dieses Loch in der Wand, aus dem der schreckliche Gestank drang. Kurzerhand kletterte ich durch die Öffnung, trat dabei aber versehentlich auf meine Lampe. Diese ging zu Bruch, und ich stolperte kopfüber in die Kammer, in der das schreckliche Vieh hauste. *Verdammt!* Seine Gliedmaßen schlugen um sich. Panisch presste ich mich an die Wand. Das Zischeln wurde immer lauter, die Schmerzen in meinem Kopf unerträglich. Diese missgebildete Kreatur würde mich nicht erwischen!

Da stieß ich mit dem Fuß gegen etwas Weiches. Sogleich zuckte ich zurück. In der Nische neben mir kauerte der mumifizierte Körper eines Menschen. Die Hände waren eingefallen, das Gesicht lag tief im Schädel eingesunken. Umso spitzer ragten Unterkiefer und Kinn hervor. Bei diesem Anblick fielen mir Slanes Worte ein: *Cavenor war für tot erklärt worden, da er vor zwei Jahren spurlos verschwunden ist.* Wie es aussah, hatte ich Sir Anthony Cavenor gefunden, und bestimmt wusste Hudsucker, der verlogene Hund, dass der Mann hier lag.

Ich starrte in das Antlitz des Toten. Die Flamme des Feuerzeugs ließ zahlreiche Schatten über sein ledernes Gesicht tanzen, wodurch es sich für einen Moment zu bewegen schien. Schlagartig musste ich mich übergeben. Als ich wieder aufsah, bemerkte ich weiter hinten in der Höhle mehrere treppenartige Steinquader. In der zerklüfteten Felsdecke darüber befand sich ein Loch. Ich leuchtete hinauf. Die Quader waren der Beginn einer in den Stein gehauenen Wendeltreppe, die durch diese Öffnung kerzengerade nach oben führte. Ich erkannte sogar in den Fels geschlagene Eisensprossen, die eine Art Handlauf darstellten.

Sogleich stopfe ich das Buch zu dem Revolver in den Hosenbund, lief an der Kreatur vorbei und stürzte über die Stufen nach oben. Der Luftzug blies die Flamme des Feuerzeugs aus, doch mit der Hand am Geländer fand ich den Weg auch im Dunkeln. Während aus der Höhle unter mir schreckliche Geräusche drangen, glaubte ich, kriechende Gliedmaßen zu hören, die mir über den Treppenaufgang folgten. Ich stolperte und schürfte mich auf, wobei mir ein entsetzlicher Schmerz durch die Wunden der Oberschenkel fuhr. Mit zusammengebissenen Zähnen rappelte ich mich auf und floh weiter nach oben.

Die furchtbaren Geräusche unter mir trieben mich an. Immer wieder versuchte etwas, meine Beine zu fassen, doch ich humpelte so schnell wie noch nie im Leben und nahm zwei Stufen auf einmal. Schließlich krachte ich in der Dunkelheit gegen eine massive Holztür. Ich spürte Eisenverschläge und tastete panisch nach einer Klinke, doch da war keine. Hastig zündete ich das Feuerzeug an. Die Klinke war auf der linken Seite! Während ich sie niederdrückte, berührte mich etwas am Bein. Panisch stemmte ich mich gegen die Tür, zwängte mich durch den Spalt und drückte sie hinter mir ins Schloss. Ich hörte, wie sich etwas gegen die Tür warf.

Erschöpft sank ich auf den eiskalten Marmorfliesen zu Boden. Wo auch immer ich mich befand, in welcher großen Halle, die das Echo meines keuchenden Atems von Raum zu Raum weiterpflanzte … das Ding kam nicht durch die Tür, es sei denn, es konnte eine Klinke betätigen.

Mir schien, dass ich mehrere Stunden in der Dunkelheit durch Dutzende Räume mit gekacheltem Boden lief, Tür um Tür aufstieß, bis ich endlich ein Fenster erblickte, durch das der Mond schien. Ich schlug die Scheibe ein, um ins Freie zu gelangen. Über mir lag der Nachthimmel. Nieselregen benetzte mein Gesicht. Die Luft roch süß und duftete nach Laub. Endlich frei!

Der Mond tauchte das Gemäuer, aus dem ich geflohen war, in eine hässliche violett-schwarze Farbe. Als ich mich umdrehte, wusste ich, wo ich mich befand. Auf dem Gelände der Miskatonic-Universität. Vor mir ragte die Rückseite des mächtigen Gebäudes wie ein schwerfälliger Koloss in den Himmel. Wie gewaltig mussten die Räume, Gänge und Hallen sein, durch die ich die halbe Nacht geirrt war?

Mit Kopfschmerzen und entsetzlichen Brandwunden an den Beinen humpelte ich durch den Park. Bald erreichte ich den Zaun, kletterte hinüber und schlug mich entlang einer finsteren Allee um das Gelände der Universität herum. Als ich die Treppe des Haupteingangs erreichte, erstarrte ich. Hudsucker und einige andere Männer, die wie er Zylinder trugen und vermutlich ebenfalls zum Lehrkörper gehörten, standen vor dem riesigen, geöffneten Torflügel. Unmittelbar vor dem Treppenaufgang parkte Vincent Cranes Limousine. Hudsucker hatte sich nicht einmal die Mühe gemacht, zu Fuß zur Universität zurückzugehen, sondern hatte gleich Cranes Wagen benutzt. Ich beobachtete die Männer, die eine Weile heftig diskutierten und schließlich in das Gebäude verschwanden.

Im Schatten der Bäume schlich ich zur Limousine. Durch die Scheibe sah ich, dass Hudsucker den Schlüssel im Auto stecken gelassen hatte. *Schwerer Fehler!* Ich kletterte auf den Fahrersitz, startete den Wagen und lenkte ihn vom Gelände herunter. Im Rückspiegel sah ich, dass mein Entkommen unbemerkt geblieben war. Durch die dunklen Gassen Arkhams gelangte ich zur Küstenstraße. Während der Fahrt drohte ich mehrmals ohnmächtig zu werden, doch der unbedingte Wille, diesem gottlosen Ort zu entkommen, hielt mich wach.

Rupert Biggles und den Anwalt Edgar Slane habe ich seit jener Nacht nicht wiedergesehen. In der Zeitung stand, dass sie vermisst wurden, ebenso wie Zacharias Malloy und Dr. Barnaby Bricks.

In den Wochen darauf ging Pawell Klopek mir aus dem Weg. Dennoch habe ich ihn zufällig getroffen, woraufhin er mir kurz angebunden berichtet hat, was nach unserem Telefonat geschehen ist. Die Polizei musste ihn laufen lassen, da man nichts gegen ihn in der Hand hatte. Aber die Beamten waren an einem dickeren Fisch dran. Über den Ex-Libris-Stempel in Josh Gurdwaiths merkwürdigem Buch *The Church of Arkham* gelang es der Polizei, die Spur zu Vincent Crane zurückzuverfolgen. Ich weiß nicht, ob es noch zur Anklage gegen Crane kam, da sich in seiner Bibliothek ein Buch mit Hautresten und Blutspuren befunden hatte. Jedenfalls erfuhr ich am folgenden Tag aus der Zeitung, dass sowohl Vincent Crane als auch Pawell Klopek im Hafen von Boston bei einem tragischen Unfall ums Leben gekommen waren. Als ich in der *Boston Globe* das Foto des zerschmetterten Frachtcontainers sah, der auf die beiden gestürzt war, fiel mir wieder jener Satz ein, den Crane kurz vor seinem Tod ausgesprochen hatte: Es gäbe Menschen, die töten würden, um dieses Buch in ihren Besitz zu bekommen.

Ich schlug die Zeitung zu. Damit waren alle Zeugen beseitigt worden. Ich hatte keine Ahnung, weshalb sie mich als Einzigen am Leben ließen. Zwar hatte ich mein Honorar von Crane nie erhalten, aber immerhin war ich in jener Nacht in Arkham dem Grauen entkommen. Doch die Schrecken, die seitdem in meinem Gedächtnis sitzen, sind schlimmer als der Tod.

In den folgenden Wochen versuchte ich alles Mögliche, doch ich bekam die Bilder nicht aus dem Kopf. Ich schlief unruhig, träumte von unterirdischen Felsschächten, von in Stein geschlagenen Runen und von Sir Anthony Cavenor und seinen Vorfahren, denen es gelungen war, einen Kanal zu einem anderen Bereich zu öffnen, Geschöpfe aus fernen Welten zu beschwören, von denen besser niemand wissen sollte. Ich träumte von Cavenor und Hudsucker, die schattenhafte, augenlose Wesen zum Leben erweckt hatten, um an deren dunkle Geheimnisse zu gelangen. Die beiden hatten einen Weg gefunden, dieses unsagbare Wissen in eine für Menschen verständliche Form zu bringen und in Bücher zu kanalisieren. Dafür hielten sie Menschen in dem Gewölbe unter der Universität gefangen, deren gepeinigte Körper als Brutstätten dienten. Sie waren nichts weiter als elende Gebärmaschinen. Wie Zacharias Malloy fungierten sie als gewaltiger Uterus, als Tor, um Gedankensplitter dieser unheiligen Botschaften in unsere Welt zu tragen. Sobald ich erwachte, hatte ich keine konkrete Erinnerung mehr, sondern wusste nur noch, dass ich schreckliche Dinge gesehen hatte, die sich nicht beschreiben ließen. Ich war schweißgebadet, zitterte am ganzen Leib und brauchte Stunden, um die Magenkrämpfe und den ekelhaften Geschmack im Mund loszuwerden.

In manchen Nächten wälzte ich mich herum, zerknüllte im Traum das Kopfkissen und fantasierte sogar, dass sich ein Schuss aus dem Revolver löste, den ich unter dem Kissen versteckt hielt. Stundenlang sah ich mich im Traum mit einer Kugel im Kopf in einer riesigen Blutlache auf einem getränkten Bettlaken liegen.

Am Morgen stets erleichtert, dass die Nacht vorüber war, saß ich den Rest des Tages in der Küche bei einer Tasse Kaffee. Meist zündete ich mir mit zittrigen Fingern eine Zigarette an, während ich das grässliche Buch auf der Kommode betrachtete, das ich den Abgründen Arkhams entrissen hatte. Magdalena Ginzels *Blutende Leiber.* Hasserfüllt starrte es zurück. Scheinbar erriet es meine Gedanken. Wie konnte man nur so etwas Abscheuliches verfassen?

Ich wandte den Blick ab und betrachtete meine Beine. Unmittelbar nach meinem Besuch in Arkham hatten sich die Wunden an meinen Oberschenkeln infiziert. Der gelbe Ausfluss war so schlimm, dass mir allein der Anblick den Verstand raubte. Ich brachte nicht einmal die Kraft auf, die Bandagen zu wechseln. Als sich die Wunden vergrößerten, schossen mir Dutzende verrückte Gedanken durch den Kopf, bis er zu zerspringen drohte. Wahrscheinlich hatte ich mich in Arkham angesteckt. Eine andere Möglichkeit gab es nicht. Es musste mich dort erwischt haben, denn eines Nachts nach dem Abendessen fing es an.

Die Narben brannten so schlimm, als lebte etwas Fremdes unter meiner Haut, als wuchs etwas heran, das hervorbrechen wollte. Der Keim steckte in mir, und ich war der Wirt. Als ich den Verband herunterriss, öffneten sich die Wunden. Die Haut schob sich zurück, und unter unsäglichen Schmerzen trieben zwei nässende Bücher aus meinen Beinen hervor. Ich verbrannte die Bücher, doch in dieser Nacht passierte es immer und immer wieder – unter schrecklichen Schmerzen – und es hörte nicht auf!

Obwohl meine Beine nur noch kraftlose Anhängsel waren, kroch ich auf allen vieren aus der Küche. Schreiend vor Qualen schaffte ich es ins Schlafzimmer, wo der geladene Revolver unter dem Kissen lag. Ich hätte nicht gedacht, dass ich es fertigbringen würde. Aber ich tat es und jagte mir eine volle Trommel in das rechte Bein, lud den Revolver nach und schoss mir ins andere Bein. *Sie fürchten das Feuer.* Jawohl, das taten sie! Danach brannte ich mir den heißen Lauf in die Wunde und wurde ohnmächtig.

Das alles liegt nun schon Jahre zurück. Seitdem sitze ich im Rollstuhl und führe ein normales Leben. Es geht mir gut. Die Albträume werden weniger. Ich habe sogar wieder Freude daran, mich unter Menschen zu begeben.

Doch vor einer Woche hat es wieder begonnen. Der Schmerz droht meinen Brustkorb und die Wirbelsäule zu sprengen, als stülpte sich mein Körper nach außen. Der Anblick im Spiegel ist entsetzlich. Aus meiner Brust, dem Rücken und der Wirbelsäule brechen unglaublich viele hässliche Bücher hervor.

GHOST WRITER

Ghost Writer *ist jene Story, die ich von all den Geschichten dieses Bandes am meisten umgeschrieben habe. Normalerweise wird eine Erzählung durchs Überarbeiten länger – zumindest bei mir. In diesem Fall wurde die Geschichte jedoch kürzer.*

Da ich keine große Ahnung vom Segeln habe – um ehrlich zu sein, nämlich gar keine – war die Urfassung typisch überrecherchiert, die Sachdetails erstickten die Handlung förmlich, und auf die Pointe folgte eine weitere Pointe und noch eine und noch eine … Außerdem hieß die Story damals auch noch anders.

Bei Ghost Writer *habe ich versucht, den Text durch Zusammendampfen und intensives Streichen lesbarer zu machen. Ich hoffe, es ist mir gelungen, und Sie unterhalten sich gut damit.*

Ach ja, und weil sie meine Lieblingsgeschichte ist, ist sie auch die Titelstory dieses Bandes.

Piggins hämmerte die letzten Sätze in die Tastatur.

Tweeny schmiegte den Kopf an Tom Malloys Schulter. Er nahm sie in den Arm. Tom blinzelte in die ...

»Nein, *shit!*« Er korrigierte den Satz.

Gemeinsam blinzelten sie in die untergehende Sonne. Die Strahlen tauchten die Farm und das Land der Serengeti in orangefarbenes Licht.

»Serengeti, wow! Das ist ein Schluss!« Piggins grinste. Er speicherte die Datei auf das Notebook, zog eine Kopie auf den Stick, lehnte sich im Klappstuhl zurück und legte die Beine auf die Reling. Lässig nippte er an der lauwarmen Tequila-Flasche. Hier saß er am liebsten, am Heck, unter der Plane mit einem Tequila in der Hand. An dieser Stelle war *Die Weiße Rose* beinahe vier Meter breit, und er konnte das gesamte Deck überblicken.

Er reckte sich im Stuhl. Wie sein Abenteurer Tom Malloy blinzelte auch er in die Sonne. Nur, dass sie nicht als blutroter Feuerball über dem Horizont hing, sondern gleißend hell auf Piggins herunterbrannte. Sonst hatte er nichts mit seinem Helden Tom Malloy gemein. Piggins war übergewichtig, hatte mit seinen vierzig Jahren schon fast eine Glatze und roch meist nach Knoblauch und Pizzagewürz. Tanzen konnte er nicht, wusste nicht mit einer Waffe umzugehen und hatte den Charme einer giftsprühenden Kobra, die noch nicht gefrühstückt hatte. Aber er konnte schreiben, Teufel noch mal, er konnte schreiben, und in seiner Fantasie entwarf er die grandiosesten Abenteuer, die sich von Guatemala über Bangkok bis zur Serengeti spannten.

Wenn *er* in die Tastatur griff, konnte Hemingway einpacken!

Das Meer glitzerte, die Wellen klatschten gegen den Rumpf. Die Segeljacht schaukelte auf und ab. Piggins reckte den Hals und blickte ins Wasser. Die Bucht der Grenadinen war noch nicht verdreckt. Der Ankerplatz war hier etwa drei Meter tief. Piggins sah bis zum Grund und betrachtete den Sandboden. Das Wasser schimmerte in den unterschiedlichsten Farbtönen, mal azurblau, mal smaragdgrün. Wie Samantha ihm stets auftrug, hatte er der Leine die dreifache Wassertiefe gegeben, damit sich der Anker in den Sand graben konnte. Irgendwo dort unten lag das Monstrum jetzt, unter einem Berg von Muscheln begraben. Ein Fischschwarm umkreiste die Ankerleine. Wie er von Samantha wusste, hatte das Boot einen Tiefgang von knapp zwei Metern. Die Fische verschwanden unter dem Heck des Schiffs. Piggins blickte auf. Kreischend zogen die Vögel übers Meer. Gott, war die Karibik traumhaft!

Gestern waren sie zwanzig Meilen durch die Tobago Cays gesegelt, durch die Südsee der Karibik. Entlang eines Korallenriffs lagen traumhaft schöne, unbewohnte Inseln. Heute ankerten sie zwischen St. Lucia und Grenada. Über die Backbordreling sah er zum hügeligen Ufer. Der Palmenstrand war nicht weit entfernt, mit dem Schlauchboot in gerade mal zwanzig Minuten zu erreichen. Wenn sie den Motor anließen, waren sie im Nu an der Küste. Von hier aus konnte er sogar den Pier von St. Vincent erkennen. An der Anlegestelle lagen bloß zwei Segelboote.

Unter dem Strohhut lief Piggins ein Schweißbach über die Stirn. Er rieb sich übers Gesicht und wischte sich die Hände an den Shorts ab. Ihm brannten schon wieder die Augen. Wahrscheinlich hatte er sich mindestens einen Liter Sonnenöl unter die Lider massiert.

Die Wellen klatschten gegen die Backbordseite. Ein leichter Luftzug wehte den Geruch von Tang und Salzwasser herüber und brachte das gereffte Segel zum Flattern. Der Mast knarrte erbärmlich. Piggins hatte keine freie Öse gefunden und das Tau einfach an der Reling festgemacht. Da sich ohnedies kein Lüftchen regte, würde das ausreichen. Samantha konnte es ja später fachmännisch festzurren.

Als eine Wolke die Sonne verdeckte, schaute er zum Himmel. *Das ist ein Leben!* Er griff zum Beistelltisch, nippte an dem warmen Tequila. Irgendwie musste er es schaffen, Samantha rumzukriegen – am besten noch heute. Eine andere Chance würde er nicht bekommen. An diesem Abend ging der Segeltörn zu Ende. Der Frischwassertank war sowieso leer, doch ein paar Flaschen Tequila lagerten noch in der Kajüte, eisgekühlt – um *die* wäre es jammerschade. Niemand wusste, ob er nächstes Jahr wieder eine Woche auf Verlagskosten in der Karibik verbringen durfte.

Wie sollte er Samantha bloß verführen? Mit ihr schwimmen zu gehen und ihr dabei zufällig das Bikinioberteil vom Körper zu ziehen war schier unmöglich. Sie liebte es zu segeln, doch ins Wasser brachten sie keine zehn Delfine. Offensichtlich hatte sie in ihrem Leben noch nie tiefer als bis zum Bauchnabel im Wasser gestanden. Trotzdem war sie eine unerhört gute Seglerin, wahrscheinlich die einzige mit Hochseepatent, die nicht schwimmen konnte.

Er schielte zum Notebook. Das letzte Kapitel des neuen Tom-Malloy-Abenteuers war beendet, der neunte Roman der Serie abgeschlossen. Der kleine, unscheinbare Ghost Writer hatte seine Schuldigkeit getan. Würde sich Samantha zu einer kleinen Gegenleistung hinreißen lassen? Immerhin hatte *er* den Abgabetermin gehalten, den *sie* als Lektorin dem Verlag zugesagt hatte. Jedenfalls würde er dem Klugscheißer Winston Cock Smith mit diesem Roman zu einem neuen Knüller verhelfen.

Piggins hasste es, sich im Hintergrund verstecken zu müssen, während ein anderer die Lorbeeren einheimste. Der von den Kritikern gefeierte Bestsellerautor hatte bisher keine einzige brauchbare Romanidee abgeliefert und konnte nicht mal einen fehlerlosen Satz schreiben – aber er war ein Medienphänomen. Winston Cock Smith war fotogen, sah verdammt gut aus, mit braun gebranntem, steinhartem Bizeps, behaarter Brust, ergrauten Schläfen und einer sonoren Stimme wie Sean Connery. Mit der schmalen Lesebrille und den rauchgrauen Augen bekam er jede Frau rum. Für ein Autogramm ließen sich sogar neunzehnjährige Models von ihm flachlegen. Und was Piggins am unfairsten fand: Der Kerl hatte eine Ausstrahlung, von der Sean Connery nur träumen konnte. Allesamt Dinge, womit Piggins nicht auftrumpfen konnte.

Außerdem konnte man mit einem Namen wie Samuel Piggins sowieso keinen Roman publizieren. Das wäre so, als hätte Oscar Wilde seinen *Canterville Ghost* unter seinem echten Namen Fingal O'Flahertie Wills veröffentlichen wollen. Ein Witz! Wer Samuel Piggins hieß, hatte weder eine Daseinsberechtigung noch Aussicht auf Erfolg! Und doch hatte er einen Roman in Eigenregie geschrieben, der fix und fertig in einer Schublade unter Deck lag und darauf wartete, von Samantha lektoriert zu werden. Dann hätte auch er eine Chance wie seinerzeit Oscar Wilde.

Die Kajütentür knarrte. Jemand tapste barfüßig die Treppe vom unteren Deck herauf. Samantha Swayne tauchte im Niedergang auf. Mit nackten Beinen trippelte sie über die Bohlen aus Balsaholz. Graziös wiegte sie den Körper und fing damit die Bewegungen des Schiffs auf. Die unendlich langen, braun gebrannten Beine waren genauso trainiert wie ihr Bauch. Sie trug ein enges weißes Bikinihöschen, und ihre Brüste steckten in einem viel zu kleinen Oberteil. Sie schüttelte die brünette Mähne. Ihr Körper glänzte und roch nach Sonnenöl. Wie er diesen Duft liebte!

»Die Göttin des Lektorats.« Piggins starrte auf den Packen Papier in ihrer Hand. »Und, wie ist es?«

Sie verdrehte die Augen.

»Was?« Er fuhr vom Campingstuhl hoch. »Etwa nicht großartig?«

»Sieh es dir an.«

Sie knallte ihm das vorletzte Kapitel auf den Tisch. Der Packen wurde nur durch einen Bindfaden zusammengehalten. Er blätterte durch die Korrekturen.

»Oh je, fast alles rot«, stöhnte er.

»Du machst noch immer die gleichen Fehler – nach so vielen Jahren.«

»Nenn mir nur ein einziges Beispiel!« Angewidert betrachtete er die Korrekturen. Viele davon waren Ansichtssache.

Samantha nahm die Sonnenbrille aus dem Haar und knabberte am Bügel. »Es heißt nicht *er legte seinen Arm um ihre Schulter* sondern *er legte ihr den Arm um die Schulter.* Schon vergessen?« Sie zwinkerte ihm zu.

»Schon gut, schon gut.« Abwehrend hob er die Hand. »Das ist ein alter Hut. Nenn mir was Neues!«

»Es heißt nicht *doch er konnte nichts dafür*«, sprudelte es aus ihr heraus, »sondern *doch konnte er nichts dafür.* Flüssiger Satzbau war schon immer deine Schwäche. Außerdem kreischt Tweeny andauernd. Ich weiß, das ist eines deiner Lieblingswörter, aber du lässt sie auf jeder Seite mindestens einmal kreischen.

Nach drei Kapiteln nimmt dir das keiner mehr ab.« Sie seufzte. »Ohne mich würden es deine Texte nicht einmal ins Vorzimmer des Lektorats schaffen, sondern geradewegs im Mülleimer des Portiers landen.«

»Warum engagierst du mich dann als Ghost Writer für diesen widerlichen Kerl?«

»Weil der noch lausiger schreibt als du.«

»*Noch lausiger?* Oh, vielen Dank für das Kompliment.«

»Außerdem sind deine Ideen ganz brauchbar.«

»Donnerwetter! Heute sprühst du aber wieder vor Charme.«

Sie machte eine Pause. »Ich will bloß vermeiden, dass du Starallüren bekommst und dir dein Talent zu Kopf steigt.«

»Also darum geht es dir!«

Sie nickte. »*Du* wolltest es wissen.«

Er verzog das Gesicht. »Ich ziehe meine Frage von vorhin zurück, Euer Ehren.«

»Abgelehnt!« Sie griff in den Nacken, fing ihre Mähne ein und streifte sich ein Band vom Handgelenk über die Haare. Dabei streckte sie den Rücken durch. Die vollen Brüste hoben sich. Deutlich drückten sich die Brustwarzen wie Kirschkerne durch den Bikini. Piggins Mund trocknete aus. Er erinnerte sich, wie sie vor zwei Tagen auf dem Deck gelegen hatte und sich ohne Oberteil in der Sonne bräunen ließ. Bei dem Gedanken schwollen seine Shorts zu einem Hügel.

»Was hast du?«

»Mit offenen Haaren siehst du besser aus«, krächzte er.

»Ich bin nicht hier, um *dir* zu gefallen.«

»Wem dann? Außer mir ist niemand an Bord.«

Sie deutete auf das Notebook. »Sag mir lieber, wie weit du bist!«

»Der lausige Stilist mit den einigermaßen brauchbaren Ideen ist fertig.« Er verschränkte die Arme hinter dem Kopf.

»Gott sei Dank.« Sie stöhnte erleichtert auf. »Zieh mir den Text auf den Stick.«

»Schon erledigt.«

»Prima. Ich drucke es unten aus und gebe dir anschließend die Korrekturen rauf. Wenn du dich beeilst, sind wir heute Abend fertig.«

»Und wenn nicht ...« Er schmunzelte. »... verlängern wir unseren Segeltörn um einen Tag. Dann könnten wir heute Abend an Land gehen und am Hafen in der kleinen Bodega einen ...«

»Piggins, deine Fantasie ist beneidenswert.« Sie schnalzte mit der Zunge. »Mach dich an die Arbeit! Die Woche ist zu Ende, ich muss das Boot zurückgeben. Außerdem müssen wir noch die Endfassung ausdrucken. Morgen beginnt der Ernst des Lebens, der Verlag will das Manuskript sehen! Warum grinst du? Beeil dich lieber! Wenn ich den Flug von Caracas nach Miami verpasse, kann ich mir gratulieren.«

»Meine Güte! Sei nicht so gestresst! Ein Tag mehr oder weniger ...«

»Dienstag ist Redaktionssitzung! Auf meinem Schreibtisch stapelt sich ein Dutzend Manuskripte mittelmäßiger Möchtegernautoren.«

Das war sein Stichwort. »Möchtest du *mein* Romanmanuskript mitnehmen?«

»Welches?«

»*Die Quantensprünge des William Hex* von Samuel Piggins.«

Sie kniff die Augen zusammen. »Wozu?«

»Um es zu lesen.«

»Wann?«

»Im Flugzeug, heute Abend«, schlug er vor. »Ich habe dir einen Ausdruck gemacht. Blaue Mappe, gelber Bindfaden. Liegt unten in der Schublade.«

Sie stemmte die Fäuste in die Hüften und runzelte die Stirn. Überlegte sie tatsächlich? Piggins' Herz schlug schneller. Er hielt den Atem an. Bisher hatte sie sich mit Händen und Füßen gewehrt, seinen eigenen Roman zu überarbeiten. Angeblich hatte sie keine Zeit dafür. Andere Dinge waren wichtiger. Seine Bücher als Ghost Writer, dieser Schund! *Pah!* Sein eigenes Buch war um Welten besser! Doch bevor sie es nicht korrigiert hatte, würde er es keinem Verlag anbieten. Das Buch, war es auch noch so gut, brauchte ihre Hand. Unbedingt! Sie war ein Profi, sie besaß das Talent, aus einem durchschnittlichen Text einen einzigartigen zu machen.

»Also?«, hakte er nach.

»Eher sterbe ich, als dass ich dein Manuskript überarbeite.«

Piggins stieß die Luft geräuschvoll aus. »So schlecht ist es auch wieder nicht.«

»Du könntest damit Erfolg haben. Denkst du, ich möchte einen brillanten Ghost Writer verlieren?«

»Aha! Plötzlich bin ich ein *brillanter* Ghost Writer?« Er hob die Augenbrauen.

»Alles ist relativ ...« Sie verstummte und hob den Kopf.

Eine kühle Brise erfasste das Boot. Der Luftzug wurde stärker. Plötzlich füllte sich das Segel. Der Stoff schnalzte im Wind, die Leinen knarrten.

Irritiert blickte sie sich um. »Du hast das Tau doch nicht etwa wieder an der Reling festgezurrt?«

Piggins sagte nichts, aber das war Antwort genug.

»Bist du verrückt! Wie oft soll ich dir das noch sagen?«

»Meine Güte, ich habe nun mal darauf vergessen. Es wird schon nichts …«

Schlagartig nahm der Wind zu. Das Manuskript wurde aufgeblättert, die Seiten rasten über den Tisch.

»Das Tau! Schnell!« Samantha setzte an, um zum seitlich schwenkbaren Mast zu laufen, an dem das Rahsegel angeschlagen war.

Das Segel blähte sich. Es krachte, als das Tau die Reling aus der Verankerung riss. Das Metall wurde quer über das Deck gezerrt. Die Brassen schnalzten ebenfalls und wirbelten lose durch die Luft. Das Segel schwang außer Kontrolle herum.

»Samantha! Pass auf!« Piggins sah den Holzbalken auf sich zurasen und warf sich zu Boden.

Das Segel sauste über ihn hinweg. Dabei wirbelte ihm der Windzug den Strohhut vom Kopf. Dann hörte er das Krachen. Tisch, Stuhl und Notebook landeten im Meer. Mit voller Wucht wurde Samantha an der Hüfte getroffen und von Bord gerissen. Sie hing am äußeren Ende der Rah und zappelte mit den Beinen über dem Wasser. Panisch klammerte sie sich an den Holzbalken.

»Piggins! Piggins!«

Er sprang auf, hetzte zur Reling. Hilflos streckte er ihr die Arme entgegen, doch sie war zu weit entfernt. »Halt aus!«

Verflucht, was sollte er machen?

Ihre Finger glitten vom Mast.

»Piggins!«, kreischte sie.

»Ja, ja!« Er suchte nach einem Seil.

Die Rah hing noch an einem Seil und wurde zurückgerissen. Der Mast vibrierte.

Wieder kam das Segel auf Piggins zu. Er warf sich zu Boden und verschränkte die Arme über dem Kopf.

»Pig…!«

Der Holzspier sauste über ihn hinweg. Er rappelte sich auf. Entsetzt blickte er sich um. Wo war Samantha? Er starrte ins Wasser. Luftblasen sprudelten, und Wellen kräuselten sich, aber er konnte sie nirgends entdecken. Einen Steinwurf davon entfernt trieben Stuhl und Campingtisch. Das Notebook war längst versunken und lag auf dem Meeresgrund im Sand. Die Festplatte war garantiert hinüber, ebenso sein darauf abgespeicherter *William Hex* Roman. Was für ein Idiot er doch war! Er hatte nicht mal eine Sicherheitskopie davon gemacht. Nur *einen* Ausdruck.

Piggins trat von einem Bein aufs andere. Was sollte er tun, verdammt? Samantha konnte nicht schwimmen und höchstens eine Minute lang den Atem unter Wasser anhalten. Mit etwas Glück würde es ihm gelingen, sie an die Oberfläche zu zerren. Aber würde *er* überhaupt bis zum Grund tauchen können? Die Bucht war drei Meter tief.

Piggins rannte übers Deck. Wo war der verdammte Rettungsring? Er lief an der Reling entlang, bis er ihn endlich fand und an jener Stelle über Bord warf, wo er Samantha vermutete.

Bevor er hinterhersprang, musste er sich vergewissern, dass die Leiter zu Wasser gelassen war. Sonst würden sie beide jämmerlich ersaufen. Wo war die verflixte Leiter noch gleich? Er stolperte übers Deck, landete auf dem Bauch und starrte wieder ins Wasser.

Wenn er *jetzt* sprang, würde er Samantha noch erwischen, am Arm oder zumindest an den Fingerspitzen. Doch er müsste sich beeilen. Würde sie so lange durchhalten oder strampelte sie schon in hysterischer Panik und atmete Salzwasser ein?

Piggins ließ die Leiter hinunter, hielt sich die Nase zu und sprang …

Die Wolken schoben sich vor die Sonne. Es kühlte rasch ab und roch nach Regen. Wind kam auf.

Piggins stand an der Ecke Broadway und Wall Street und ließ die Sonnenbrille in der Sakkotasche verschwinden. Hinter den Bäumen verbarg sich die altertümliche Trinity Church. Mittlerweile war es der dritte Wiederaufbau der ursprünglichen Kirche aus dem Jahre 1698. Der Kirchturm war nicht gerade klein, trotzdem verlor er sich zwischen den ringsum stehenden Wolkenkratzern.

Piggins öffnete das schmiedeeiserne Tor, dahinter lag ein malerischer Friedhof, der älteste New Yorks. Er ging den schmalen Kiesweg entlang. Die Kombination von Kirche, Friedhof und modernen Hochhäusern wirkte absonderlich, als beträte er fremdes Refugium. Dennoch kam er gerne hierher.

Piggins klemmte sich sein Manuskript unter den Arm und knöpfte das Sakko zu. Hier war es bedeutend kälter als auf den Grenadinen. Kein Wunder! Der August war meist schrecklich in New York. Die Sommergewitter waren unberechenbar. Er musste darauf achten, dass sein Manuskript nicht nass wurde. In knapp dreißig Minuten war die Mittagspause zu Ende und der Copyshop würde wieder aufsperren. Die Zeit bis dahin wollte er für einen Spaziergang über den Friedhof nutzen.

Vor einem modernen, hellen Grabstein aus Marmor blieb er stehen. Er legte die Mappe mit dem Packen Papier auf die frische Wiese, kramte ein Feuerzeug aus der Tasche und entzündete das Teelicht in dem Glashäuschen. Danach steckte er die langstielige weiße Rose, die er mitgebracht hatte, in die Vase und setzte sich an den Rand des Sockels.

»Die ist für dich«, murmelte er. »Ich weiß, diese Rosen gefallen dir am besten. Ich habe sie aus Pauls Gewächshaus. Eigens für dich, mit vollen, duftenden, weißen Blüten. Sie erinnern mich an unseren letzten Urlaub.«

Er dachte an die Segeljacht, an *Die Weiße Rose*, schüttelte den Gedanken ab und überflog den eingemeißelten Schriftzug:

Samantha Swayne
1986 - 2018

»Armer Schatz.« Er betrachtete ihr in Marmor gefasstes Foto. Das braun gebrannte Gesicht, die wallende Mähne und das strahlende Lächeln.

»Tut mir leid, dass ich versagt habe.« Er blickte zu Boden. »Tom Malloy hätte dich gerettet, nicht wahr? Er wäre gesprungen und hätte dich rausgefischt, an Deck gehievt und wiederbelebt – aber er war nicht da ...« Er seufzte.

Durch ihren Tod hatte sich der Abgabetermin des neunten Tom-Malloy-Bandes verschoben. Ein anderer Lektor war eingesprungen und hatte das letzte Kapitel vom Datenstick überarbeitet. Nicht so genial wie Samantha, die sich auf seinen Schreibstil eingestellt hatte und stets versuchte, das Beste für den Text herauszuholen. Der Neue, ein gewisser Toby, war erst seit Kurzem in der Branche, ein verhinderter Autor, der versuchte, ihm seinen eigenen Stil aufzudrücken.

Piggins wusste, er würde für alle Zeiten ein lausiger Ghost Writer bleiben. Seinen *William-Hex*-Roman konnte er jetzt vergessen. Die Datei lag auf dem Meeresgrund, und das einzige Exemplar, das er besaß, war der Ausdruck in der blauen Mappe mit dem gelben Bildfaden. Ohne Samanthas professionelle Korrekturen würde er das Ding keinem renommierten Verlag anbieten können und ewig darauf hocken bleiben. Und sein neuer Lektor, dieser aufgeblasene, widerliche Tim Toby, würde keinen Finger rühren, um auch nur eine Minute in das Buch zu investieren.

Unwillkürlich kamen ihm Samanthas Worte in den Sinn, die sie ihm kurz vor ihrem Tod an den Kopf geworfen hatte. *Eher sterbe ich, als dass ich dein Manuskript überarbeite!* Du hast Wort gehalten, altes Mädchen.

»Aber so schlecht ist es gar nicht«, murmelte er.

Ein Tropfen patschte auf Piggins' Kopf. In der Ferne grollte Donner. Plötzlich begann der Regen. Binnen Sekunden spannte sich ein gewaltiger Regenbogen über die Hochhäuser.

»Mist!« Piggins sprang auf. »Mach's gut.«

Im Laufen schlug er den Kragen des Sakkos hoch. Er vergrub die Hände in den Taschen und lief Richtung Ausgang. Als er am Tor stand, zog er das schwere Eisengatter auf. Etwas war anders. *Irgendetwas fehlt doch! Was, verdammt?* Er blickte sich um.

Das Manuskript!

Verflucht!

Er machte kehrt und lief zurück. Regen peitschte ihm ins Gesicht. Was für ein Idiot er doch war! Das Manuskript war bestimmt schon nass und die Tinte auf den ersten Seiten verlaufen. Aber er benötigte unbedingt saubere Kopien aus dem Copyshop, um wenigstens die kleinen Verlage abzuklappern, wollte er nicht ewig als Ghost Writer seine Brötchen verdienen.

Keuchend lief er den Schotterweg zurück. Von Weitem schon sah er, dass der Bindfaden gerissen war. Die Mappe lag offen auf der Wiese, der Wind blätterte die Seiten auf. Soeben flatterte das Deckblatt hoch.

Die Quantensprünge des William Hex

von Samuel Piggins

Das Blatt zischte wie ein Papierflieger an Piggins vorbei. Als er das Grab erreichte, schlug er die Mappe rasch zu, bevor noch mehr Seiten davonfliegen konnten. Er wollte sich den Ordner unter das Sakko klemmen, da bemerkte er, dass das Manuskript triefend nass war. Spielten ihm seine Sinne einen Streich? Plötzlich roch er Salzwasser, Tang und Sonnenöl. Unwillkürlich schlug er das Manuskript auf. Sand hatte sich zwischen die Blätter gerieben. Sie rochen nach Algen und Muscheln. Mit gerümpfter Nase hielt er den Packen von sich, als ein winziges Stück Seetang aus den Seiten glitt und ihm auf die Schuhe klatschte.

»Was zum Teu…?«

Da stach ihm ein mit Rotstift gekritzelter Satz ins Auge: *Er legte ihr die Hand um die Taille. Wann merkst du dir das endlich?*

Ihm stockte er Atem, sein Puls raste. Jemand hatte während seiner Abwesenheit den Satz am Rand der Seite hingeschrieben. Aber wer? Und wann? Und noch dazu in Samanthas Handschrift. Dabei war er nicht einmal eine Minute lang weg gewesen. Daneben war sogar ein knapper Kommentar hinzugefügt worden: *Auf Seite fünf, acht, neun und elf wurde auch schon gekreischt. Übertreibe es nicht! Das nimmt dir niemand ab.*

Mit angehaltenem Atem blätterte er durch die Seiten. Überall prangten Korrekturen. Es war in einer typischen Art und Weise lektoriert, die er nur zu gut kannte. Und am Schluss stand: *Es ist gar nicht mal so schlecht, aber du musst an deinem Stil arbeiten. Vermeide Füllwörter!*

Donner grollte, Regen lief ihm übers Gesicht. Piggins blickte auf das in dem Grabstein eingefasste Bild. Sein Blick trübte sich, dennoch glaubte er, Samantha lächeln zu sehen.

»Danke«, hauchte er.

DER PUPPENMACHER VON LEIPZIG

Die folgende Geschichte ist die zweite bisher unveröffentlichte Story in diesem Band. Ursprünglich wollte ich für diese Kollektion nur alte Stories überarbeiten und keine neuen schreiben. Aber diese Geschichte musste einfach aufs Papier. Die Idee war da, krallte sich mit aller Macht in meinen Kopf fest und ließ mich nicht mehr los, bis ich sie mir von der Seele geschrieben hatte. Nun gehört sie Ihnen – was für eine Erleichterung!

Allerdings muss ich zu meiner Entschuldigung sagen, dass ich nicht das alleinige »kranke Gehirn« hinter dieser Idee bin. Die Story wurde zu gleichen Teilen inspiriert durch Edgar Allan Poes Der verlorene Atem *und Florian Stummers Kurzgeschichte* Der Schlüssel, *die im Oktober 2009 unter dem Pseudonym Ian Ulster im Magazin phantastisch! Nr. 36 veröffentlicht wurde. Ich habe während eines Urlaubs beide Stories zufällig hintereinander gelesen, woraus sich – wie ich hoffe – etwas völlig Neues ergeben hat.*

Der Herbst des Jahres 1840 tauchte Leipzig schon tagelang in bleigrauen Nebel. Am frühen Morgen standen die Milchflaschen noch vor den Toren der Häuser, und der matte Schein der Gaslaternen spiegelte sich auf dem feuchten Kopfsteinpflaster. Ebenso im Blut – in *meinem* Blut.

An diesem Tag bin ich gestorben. In der Menschenmenge vor der Thomaskirche wurde ich angerempelt und ausgerechnet vor die Kutsche des Leichenbestatters gestoßen. Absichtlich? Oder zufällig? Ich weiß es nicht. Ich weiß nur, die Pferde gingen durch, und ich kam unter die Räder. Dabei zermalmte das schwere Fuhrwerk mein Rückgrat.

Welch Ironie!

Kein weißes Licht, kein Tunnel, keine wohlige Wärme … und vor allem kein Glücksgefühl. Wer das behauptet hatte, wusste nicht, wovon er sprach. Vermutlich wollte er sich nur wichtigmachen.

Ich muss es wissen, denn erst nach einer Stunde transportierten sie meinen Leichnam ab.

Wo auch immer ich mich befand – ich konnte mich keinen Millimeter bewegen. Meine Lider lagen wie Bleiplatten auf den Augen. Völlige Dunkelheit umgab mich. Aber ich konnte denken und *hören*. Die schweren Schritte eines Mannes! Das zufriedene Grummeln aus seiner Kehle. Das Reiben seiner Handflächen. Er kam näher. Ich roch seinen Atem und das penetrante Rasierwasser, das seine Ausdünstung zu überdecken versuchte. Zuletzt hatte er Hammelkeule mit Zwiebeln gegessen.

Irgendwann spürte ich seine Hand auf meinem Gesicht. Er zog meine Lider hoch und befestigte sie mit Klebestreifen an den Augenbrauen. Sogleich blendete mich grelles Licht. Ich starrte direkt in eine Gaslampe an der Decke. Graue Kacheln befanden sich daneben, der Kitt dazwischen brüchig und voller Schmutz.

Der Mann beugte sich über mich. Ich hatte ihn nie zuvor gesehen. Vermutlich war er um die sechzig und gewiss von kräftiger Statur. Er hatte dichte Koteletten, einen sauber gestutzten grauen Kinnbart, keinen Oberlippenbart – wie die Amischen – und eine schmale Lesebrille. Zudem trug er einen weißen Kittel, aus dessen Brusttasche ein Stethoskop ragte. Damit sah er genauso kühl und steril aus wie die Umgebung, in der ich aufgebahrt lag.

Für einen Moment trafen sich unsere Blicke.

»Keine Pupillenreaktion – sehr gut«, murmelte er mit dumpfer Stimme und verschwand wieder.

Mein Körper mochte von den Rädern zermalmt worden sein, aber ich war nicht tot. *Verflucht noch mal! Ich kann dich hören!* Ich hatte keinerlei Schmerzen. Ihr dürft mich nicht begraben!

Offensichtlich lag ich auf einem Tisch. Nackt! Denn als Nächstes spürte ich die kalten Hände des Mannes auf meiner Brust. Er trug keine Handschuhe. Aus dem Augenwinkel sah ich, wie sich das Deckenlicht in einem blitzenden Skalpell spiegelte. Das stieß er kräftig in meine Brust und zog es bis zum Bauchnabel hinunter.

Im gleichen Moment kamen die Schmerzen. *Es brennt!* Gott, wie sich die Qualen durch mein Fleisch fraßen! *Hör auf, ich bin nicht tot – noch nicht!*

Doch dann setzte er mir eine Injektion, die sogleich wirkte. Die Pein ließ nach. Bloß ein leises Kribbeln – irgendwo –, als wäre mein Gehirn betäubt, mein Geist in nebulöse Sphären getaucht.

Warum hatte er das getan?

Wusste er, dass ich bei Bewusstsein war?

Erst als der Mann seine Finger in meine Brust schob, wurde mir klar, dass ich keinem normalen Leichenrestaurator in die Hände gefallen war. Mit der Geschmeidigkeit eines Chirurgen öffnete er meinen Brustkorb wie eine Pappschachtel.

Das Brechen der Rippen und die glitschigen Geräusche, die seine Hände verursachten, waren schrecklicher als der ziehende Schmerz in meinem Körper. Es roch nach Fäulnis. Ach, wäre ich doch nur taub und könnte die Augen schließen!

Mit sicheren Griffen führte er das Skalpell, trennte Leber, Milz, Lunge, Galle und Nieren aus meinem Körper und legte die Innereien jeweils in eine Schale auf dem Beistelltisch. Einzig das Herz ließ er mir. War sein letzter Schlag nicht bereits vor Stunden verklungen? Trotzdem bekam ich alles mit. Spürte, wie dieser Metzger am Blutkreislauf hantierte, mit seinen dicken Fingern in mir herumfuhrwerkte und eine Reihe mechanischer Instrumente in meinen Körper zwängte. Die kleinen, merkwürdigen Apparate aus Holz, Glas und dünnem Blech fügten sich mit den Klammern und Drähten nur sperrig in meinen Rumpf. Ich spürte, wie ich schwerer und breiter wurde und sich mein Körper zu beiden Seiten dehnte. Es zog fürchterlich in alle Richtungen.

Zärtlich strich mir der Chirurg über die Wange. »Nun, mein Freund, wird sich zeigen, ob das Experiment gelingt.«

Er drehte sich zu einer Apparatur neben der Bahre und legte einen Schalter um. Das Licht an der Decke zuckte. Es stank nach Gas. Schlagartig erfüllte das Dampfen und Fauchen eines automatischen Blasebalgs den Raum. Ich spürte eine fremde Bewegung in mir. Stahlfedern zogen sich quietschend auf, Zahnräder klickten ineinander, feine Drähte spannten sich. Es blubberte. Die mechanischen Apparate begannen zu arbeiten.

»Der Blasebalg versorgt den Körper mit dem nötigen Venendruck.« Die dumpfe und distanzierte Stimme des Chirurgen klang, als wäre sie an jemand Bestimmten gerichtet.

»Das zuvor verdünnte Blut zirkuliert wieder in den Bahnen. Zudem ist der Körper an ein galvanisches Kupfersulfatbad angeschlossen, das die Nervenenden am Leben erhält.«

Wie zur Demonstration schlug er mir mit einem spitzen Gegenstand auf das Knie. Unmittelbar darauf hörte ich den plumpen Aufprall meines Beins.

»Die Pumpen, Kolben und Ventile durchspülen den Körper mit den nötigen Flüssigkeiten, allerdings müssen die Inhalte der Tanks einmal pro Woche erneuert werden, die Ventilklappen einmal im Monat.«

Einmal im Monat!

»Die magnetischen Spulen bewegen die inneren Organe.«

Mit wem zum Teufel redete er? Ich wollte schreien und mich aufsetzen, doch ich war ebenso starr wie vor Stunden, nachdem mich die Kutsche vor der Thomaskirche überrollt hatte.

»Einzig Herz und Gehirn bleiben original erhalten.« Der Chirurg wischte sich die blutigen Hände an einem Tuch ab. »Wie Sie sehen, wird der Scheintote mechanisch am Leben erhalten – wie eine künstliche Puppe.«

Er packte meinen Kopf und drehte ihn zur Seite. Gleichzeitig zog er mir zwei Pfropfen aus den Ohren. Plötzlich hörte ich Gemurmel und klares Räuspern … und sah, an wen er all seine Erklärungen gerichtet hatte. Die Reihen des Hörsaals waren voll mit Menschen, die eifrig in ihren Skripten kritzelten. Unter den Studenten befand sich sogar prominentes Publikum. Ich erkannte die Leipziger Stadträte, den Bürgermeister, den Polizeipräsidenten und die Professoren der Universität, ebenso wie zahlreiche geladene Gäste, wie man unschwer an der noblen Kleidung feststellen konnte. Es mussten an die zweihundert Besucher sein. Die Ausgänge des Saals wurden von Polizeibeamten bewacht. Über dem Haupteingang prangte das Wappen der Leipziger Universitätsklinik.

Der Chirurg stolzierte vor den Zuschauern auf und ab und hob selbstgefällig den Arm. »Fragen?«

Sogleich schossen zahlreiche Hände in die Höhe.

Der Chirurg nickte einer jungen, rothaarigen Dame in der ersten Reihe zu.

Sie blickte scheu in meine Augen. »Herr Professor, sieht er uns? Und kann er hören, worüber wir sprechen?«

Der Chirurg lächelte. »Natürlich kann er das.«

Ein verhaltenes Raunen ging durch den Saal. Sie wussten es! Diese verdammten Leichenschänder wussten, dass ich lebte und jedes Wort verstand!

»Doktor Meisner, hat er Empfindungen und Schmerzen?«, lautete die nächste Frage.

Und ob ich die habe!

Der Professor schüttelte den Kopf. »Nein, während des Eingriffs bekam er reichlich schmerzstillende Mittel. Seine Nerven sind betäubt. Sobald die Dosis jedoch abklingt, muss er sich an seinen neuen Körper gewöhnen.«

»Werden ihn die Schmerzen nicht in den Wahnsinn treiben?«

Das haben sie bereits!

Der Professor schmunzelte. »Möglich, aber auf eine gewisse Weise ist er bereits tot. Eine bizarre Existenz – und völlig bewegungslos. Wir halten ihn nur künstlich bei Bewusstsein.«

Ich wollte schreien. Warum tut ihr das ausgerechnet *mir* an?

Der Professor ging zum nächsten Fragenden über.

»Weiß er, warum er hier ist?«

Schlagartig wurde es still im Hörsaal. Doktor Meisner – wie sich der Kerl wohl nannte – warf einen knappen Blick zum Polizeipräsidenten, der sich augenblicklich mit dem Bürgermeister beriet. Schließlich nickte der Präsident kaum merklich.

»Nun ...« Der Professor verschränkte die Arme hinter dem Rücken. »Morgen werden Sie es ohnehin in der Zeitung lesen, also kann ich es Ihnen ruhig verraten. Wie Sie sehen, ist unser Proband etwa dreißig Jahre alt und gut gebaut. Sein Name ist Bastian Hartmann, ein einfacher Mann, aber handwerklich begabt, von Beruf Kürschner, Uhrmacher und Mechaniker. Seine Werkstatt liegt im Barfußgässchen in der Nähe des Rathauses. Ein schäbiger kleiner Laden, der in letzter Zeit kaum noch Kunden angezogen hat. Um Ihre Frage von vorhin zu beantworten ... er weiß natürlich nicht, weshalb er hier ist – *noch nicht!*«

»Wollen Sie damit zum Ausdruck bringen ...« Der Student räusperte sich. »... Herr Hartmann hätte in seinem Testament *nicht* verfügt, dass sein Körper nach dem Tod wissenschaftlichen Experimenten zur Verfügung stehen darf?«

»Tod?« Der Blick des Professors schweifte erneut zum Polizeipräsidenten, der abermals nickte. »So ist es. Sein *Leichnam*, wenn Sie so wollen, wurde uns von der hiesigen Polizei zur Verfügung gestellt.«

Ein Raunen ging durch den Saal.

Diese vermaledeiten Bastarde!

Der Professor hob die Arme. »Lassen Sie es mich so erklären.« Er wartete, bis Ruhe eingekehrt war. »Nach dem tragischen und beinahe tödlichen Unfall vor etwa einer Woche, der für die Bürger der Stadt zweifelsohne ein glücklicher Zufall war, fand die

Polizei in Herrn Hartmanns Jacke seinen Ausweis mit seiner Adresse.«

Vor einer Woche! So lange hielten sie mich hier schon fest?

»In Beisein eines Rechtsanwaltes öffneten die Beamten Herrn Hartmanns Laden im Barfußgässchen«, fuhr Meisner fort, »und entdeckten eine unter dem Teppich verborgene Kellerluke.«

Was zum Teufel? Meine Werkstatt hat keinen Keller.

Und ob!

Ihr habt den Falschen erwischt!

Haben Sie nicht.

Ich hielt inne. Woher kam diese verdammte Stimme in meinem Kopf?

Diese Mistkerle wissen also von unserem Keller!

Unserem Keller? Ich habe keinen …

Halt die Klappe! Sie haben unsere Geräte entdeckt.

Der Professor hielt inne und blickte mit erhobener Augenbraue zum Blasebalg, der deutlich schneller arbeitete.

»Oh, eine interessante Reaktion. Wie Sie sehen, versteht er jedes Wort.«

Diese Schweine hatten in unserem Keller nichts zu suchen!

Wurde ich verrückt? Die Stimme in meinem Kopf ließ sich nicht abschalten.

»Im Lehmkeller, tief unter der Erde, haben die Beamten eine schreckliche Entdeckung gemacht. Sie fanden heraus, was Bastian Hartmann drei Jahre lang dort unten getrieben hat.«

Ich habe nichts …

Vier Jahre! Es waren vier Jahre – diese ahnungslosen Stümper!

Augenblicklich wurde es im Saal so ruhig, dass ich ein Rascheln aus der letzten Reihe hören konnte.

Ein Arm reckte sich in die Höhe.

Der Professor nickte.

»Handelt es sich bei Bastian Hartmann um den Puppenmacher von Leipzig?«

Der Mediziner nickte.

Plötzlich ging ein Raunen durch den Saal, und Dutzende Hände schossen in die Höhe.

»Einen Augenblick!« Mit erhobenen Armen versuchte Professor Meisner Ruhe in den Hörsaal zu bringen. »Ich kann Ihnen nur die von der Polizei freigegebene offizielle Bekanntmachung mitteilen, die Sie auch morgen in der Leipziger Zeitung lesen werden.«

Er streckte den Daumen aus. »Punkt eins: Bastian Hartmann ist definitiv der gesuchte Verbrecher, auf dessen Konto eine Reihe schrecklicher Morde geht.«

Ich bin kein Verbrecher! Erfolglos versuchte ich mich aufzubäumen.

Vergiss es! Sie haben uns betäubt. Hör lieber zu.

»Über einen Zeitraum von mehreren Jahren hielt er Dutzende Kinder in seinem Keller gefangen, in deren *lebende* Körper er seine eigenwilligen Uhrwerke und mechanischen Konstruktionen einbaute. Er schminkte ihre Gesichter zu weißen Puppenfratzen – was ihm wohl den zweifelhaften Namen einbrachte, den die Presse ihm gab – und platzierte die armseligen Kreaturen im Morgengrauen in der Leipziger Innenstadt vor den Stufen der Thomaskirche.«

Das war ich nicht! Ihr habt den Falschen!

Sei endlich still! Und hör auf zu lügen!

Eine schwergewichtige Frau in der dritten Reihe fiel in Ohnmacht. Sogleich stürzten zwei Uniformierte herbei, um sie hinauszubringen.

»Die Opfer, von denen keines älter als sieben Jahre war, lebten nur noch wenige Stunden«, fuhr der Professor fort. »Jedes von ihnen ist beim Versuch, es in der Universitätsklinik zu retten, jämmerlich an seinen inneren Verletzungen gestorben.«

Schweigen senkte sich über die Reihen. Keine Hand regte sich mehr.

Die Stimme des Professors wurde leiser. »Selbst die besten Gelehrten aus Dresden, Prag und Budapest wussten lange Zeit nicht, wer hinter diesen Abscheulichkeiten steckte und *wie* der Mörder es anstellte, die Kinder mit diesen teuflischen Mechanismen für mehrere Stunden am Leben zu erhalten ... doch ein Rundgang in Hartmanns Lehmkeller hat das Geheimnis gelüftet.«

Ich habe keinen Lehmkeller! Jemand muss das Zeug unbemerkt ins Haus geschafft haben.

Richtig, und zwar wir beide!

Meisner schritt durch den Raum. »Hätte ihn die Kutsche des Leichenbestatters nicht zufällig zu Boden gestoßen, wären wir vielleicht nie auf die Identität des Puppenmachers gestoßen, und er hätte womöglich noch jahrelang weiter gemordet.«

Gemordet? Ich habe niemanden umgebracht!

Natürlich nicht, sie haben die Kinder getötet! Wir haben ihre Körper bloß transformiert und mechanisch am Leben erhalten. Unsere Arbeit war die eines Genies!

»Wurden wir soeben Zeugen seiner Arbeit?«, fragte ein Mann mit einem Monokel, an dessen Revers ein Presseausweis steckte.

»So ist es – und damit sind wir bei Punkt zwei.« Der Professor wandte sich um und zeigte mit beiden Armen auf mich. »Hier sehen Sie das Werk Bastian Hartmanns, des Puppenmachers von Leipzig. Die Stadtverwaltung hat für den Mörder eine gerechte Strafe angeordnet. Es geht nicht darum, Gleiches mit

Gleichem zu vergelten. Oh, nein! Vielmehr wollte der Stadtrat ihn, zum Schutz der Bevölkerung, mit seinem eigenen Verfahren unschädlich machen.«

Sogleich tönten die ersten verhaltenen Buhrufe von den Reihen herunter.

»Tötet das Monster!«

»Lasst es bluten!«

Im nächsten Moment strömten die Polizisten aus, um den Mob zu beruhigen.

Der Professor hob die Stimme. »Bastian Hartmanns Körper soll als Ausstellungsstück in einer Vitrine des Leipziger Kriminalmuseums als abschreckendes Beispiel dienen.«

Nach diesen Worten nahm der Professor ein blutbesudeltes Tuch und warf es mir über den Kopf.

Die Stimme in meinem Kopf war verschwunden. Tagelang hörte ich nur das Pumpen der Maschine in völliger Dunkelheit, das Schnaufen des Blasebalgs, das Surren der Magnetspulen, und spürte das Klicken, Ziehen und Tackern in meinem Körper, der mit jeder Faser gegen den unmenschlichen Eingriff rebellierte.

Wie der Professor gesagt hatte, ließ die Wirkung des Betäubungsmittels nach, und die Reinheit des süßen Schmerzes gewann die Oberhand.

Der Eingriff an uns war dilettantisch!

O Gott! Diese Stimme! Sie war wieder da. Und mit ihr der Wahnsinn.

Die Jungen und Mädchen, die wir nachts aus den Waisenhäusern am Stadtrand entführt und in unseren Keller gezerrt haben, sind von uns nie mit Schmerzmittel betäubt worden, sondern durften die

Umwandlung bei vollem Bewusstsein miterleben. Natürlich könnten wir behaupten, wir wären wahrhafte Künstler gewesen, aber die schlichte Wahrheit ist doch, dass wir gar nicht wussten, wie wir sie hätten betäuben sollen. Richtig? Schließlich sind wir Mechaniker und keine Ärzte. Uns fehlten jegliche Medikamente und medizinisches Wissen.

Nein, nein, nein! Was heißt *uns*? Ich bin ein gewöhnlicher Uhrmacher!

Natürlich! Dass ich nicht lache! Streite nur alles ab.

Während die Dunkelheit andauerte, hörte ich eine Stimme dicht an den stinkenden Jutesack herankommen, der meinen Kopf bedeckte.

»Nun bist du Mistkerl zum erbärmlichen Geschöpf deiner eigenen grauenvollen Fantasie geworden!«

Diese Worte kamen nicht aus meinem Kopf – sie waren echt. Aber das ist ein Irrtum! Ach, könnte ich doch reden! Hätten sie mir doch bloß die Stimmbänder gelassen.

Genau! Wir hätten dem Kerl ins Gesicht gespien, dass er keine Ahnung hat, wovon er redet, nicht wahr? Gegen unser unwürdiges Dasein waren die mechanischen Kinder wahre Meisterwerke. Sie konnten sich mithilfe der Dampfturbinen in ihrem Rücken bewegen. Doch uns haben sie sämtliche Muskelstränge durchtrennt und unseren Körper zu einem reglosen, ganz langsam vor sich hin faulenden Kadaver degeneriert.

Schließlich zogen sie mir den Jutesack vom Kopf. In einer Spiegelung an der Wand sah ich, wo ich mich befand. Ich schaukelte in einem Drahtgestell auf einem Podest, in einer Glasvitrine, von zwei Laternen beleuchtet. Daneben hing ein Messingschild an der Wand.

Der Puppenmacher von Leipzig.
Er wirkte von 1837-1840.
Zum Gedenken an seine sieben Opfer.
- Die Stadtverwaltung -

Ich habe niemanden getötet!

Neun Opfer! Es waren neun Opfer. Sie haben die Zwillinge im untersten Keller vergessen!

Hinter der Vitrine dampften, zischten und hämmerten die Apparaturen, deren Schläuche durch den Sockel ragten und in meinem Körper verschwanden.

Der Eintritt kostete zwei Taler.

In den ersten Wochen strömten noch Hunderte Besucher an mir vorüber, doch in den Jahren danach wurden sie immer weniger ... *weniger ... und weniger ...*

Es wurden doch weniger? Oder etwa nicht?

Ich wollte es herausschreien.

Wo waren die Leute plötzlich? Das Drahtgestell?

Die schreckliche Erinnerung wurde mit jedem Schritt, den ich mich vom Schlaf entfernte, unglaubhafter. Ich spürte kalten Schweiß auf der Stirn.

Meine Finger!

Ich konnte sie plötzlich wieder bewegen. Was für ein Glück! Mir lief eine Gänsehaut über den Rücken. Wo zum Teufel war ich? Was war geschehen? Ich konnte sogar den Kopf drehen.

Der Wind hatte den Fensterflügel aufgestoßen. Im Dunkeln erkannte ich die Umrisse einer Kammer.

Ich fiel zurück auf das verschwitzte Laken.

Mein Herz raste.

Unwillkürlich tastete ich über meinen nackten Oberkörper. Keine Narben, keine Pumpen, keine Schläuche!

»O Gott!«, knurrte ich. »Wieder dieser verfluchte Albtraum.«

Es tat gut, meine Stimme zu hören, auch wenn ich nur ein klägliches Krächzen hervorbrachte. Ich tastete über Lippen und Augenlider. Alles noch da!

Dieser verfluchte Albtraum. Wieder einmal! Würde er je enden?

Ich wälzte mich aus dem Bett und humpelte mit steifen Beinen zum Fenster, um es zu schließen. Der Mond hing sichelförmig hinter den Wolken. Bald würde ein neuer kalter Morgen dämmern. Im Moment lagen noch Nebelschwaden über den feuchten Pflastersteinen. Leipzig im Herbst war trostlos – diese Jahreszeit tauchte die Häuser in eine bleigraue Suppe und verwischte Traum und Realität.

Soeben erloschen die Gaslaternen. In weiter Ferne tönten das Klirren von Milchflaschen durch die Gasse, das Klappern von Hufen und das Poltern einer Kutsche.

Ich ging nach nebenan in die Werkstatt, trank aus einem Wasserkrug, schlug den Teppich zurück, öffnete die Bodenluke und stieg mit einer Öllampe in den Keller. Ich musste mich vergewissern, dass alles nur ein schrecklicher Traum gewesen war.

Nein, hör auf, du darfst nicht in den Keller hinunter!

Ich muss mich vergewissern.

Wir sind gewöhnliche Uhrmacher, nichts weiter!

Halt die Klappe!

Ich ging die Treppe hinunter. Im Schein der Lampe lagen sie nebeneinander auf der Werkbank. Reglos. Die Pumpen arbeiteten noch immer. Das Klicken der Federn beruhigte mich.

Alles nur ein Traum!

Sie würden mich niemals finden und hinter mein Geheimnis kommen.

Hör auf damit!

Nein, ich habe doch gerade erst damit begonnen.

Zärtlich strich ich den Zwillingen über die Wangen.

BIANCA MONROE

Ich mag Filme mit überraschenden Wendungen und sogenannten Plot-Twists. So zählen beispielsweise The Sixth Sense, Fight Club, Saw, Memento *oder* Number 23 *mit einem großartigen Jim Carrey zu meinen Lieblingsfilmen. Es genügt, wenn jemand zu mir sagt: »Die Pointe dieses Films errätst du nie!«, und schon muss ich ins Kino laufen, um mir den Film anzusehen. Gespannt hocke ich mit einer Packung Nick-Nacks im Stuhl, kann den Beginn des Films kaum erwarten und verfolge jedes Detail mit Argusaugen, damit mir kein Hinweis entgeht. Zwei Stunden lang versuche ich, die Pointe zu erraten – und am besten gefallen mir natürlich jene Filme, bei denen es mir nicht gelingt.*

Was hat das nun mit Bianca Monroe *zu tun? Lesen Sie selbst!*

Inspector Al Mooner und sein Partner Vinc Neromo sahen sich auf dem Platz vor der Vinyard-Klinik um. Hinter ihnen lag die Marmortreppe zur Straße, vor ihnen das gewaltige Gebäude aus Beton und blau getöntem Fiberglas. In diesem psychiatrischen Heilsanatorium für Geistes- und Nervenkranke wurden laut Anstaltsleitung sechsundsiebzig Patienten behandelt.

Ein Wachmann mit einer Dienstwaffe im Holster lief auf sie zu. »Stehen bleiben! Wohin wollen Sie?«, brüllte er, um das eindringliche Geräusch der Sirene zu übertönen, das sich wie ein Sägeblatt in Mooners Gehirn fraß.

Der Inspector betrachtete seinen Partner, der nervös am Gürtel fingerte. »Ruhig Blut, Vinc. Ich übernehme das«, murrte er.

»Mein Name ist Al Mooner«, sagte er lauter. »Morddezernat Brighton. Eine Ihrer Patientinnen hat heute Morgen in der Anstalt Selbstmord verübt. Ein Paragraf der Bundesverfassung sieht vor, dass wir derartige Fälle untersuchen müssen. Ihr Direktor hat uns benachrichtigt. Können Sie diesen Lärm endlich abstellen?«

»Wer ist *uns?*«, fragte der Mann vom Wachschutz.

Mooner sah zu seinem Partner. »Das ist Vinc Neromo.«

Der Wachmann starrte Mooners Begleiter verblüfft an, als hätte er noch nie einen so großen Mann gesehen. Im Gegensatz zu Mooners stämmiger Figur, dem beginnenden Wohlstandsbauch, den Geheimratsecken und blonden Haaren, die trotz seiner erst 36 Jahre immer dünner wurden, war Neromo ein Hüne mit athletischem Körperbau, der nach Dienstschluss Gewichte stemmte. Neromo war auch deutlich jünger als Mooner und sah blendend aus, wie ein Strahlemann, den sich jede Mutter zum Schwiegersohn wünschte.

»Sie sind zu zweit hier?«, fragte der Wachmann misstrauisch.

»Haben Sie ein Problem damit? Wir möchten den Fall rasch abschließen.« Mooner klappte seinen Notizblock auf. »Zeigen Sie mir den Weg zum Schwestern-Waschraum, und stellen Sie endlich die Sirene ab. Was soll der Lärm eigentlich?«

»Eine Patientin wollte aus der Anstalt fliehen.« Der Wachmann griff zum Funkgerät. »Folgen Sie mir.«

Der Mann ging voraus, Mooner und Neromo folgten ihm. Auf dem Weg zum Eingang betrachtete Mooner den fünfstöckigen modernen Klotz mit der blauen Glasfront, in der sich die Morgensonne spiegelte. Als sie eintraten, verstummte die Sirene.

Merkwürdigerweise war der Gang vor dem Bediensteten-Waschraum wie leer gefegt. Bestimmt hatte das Wachpersonal sämtliche Patienten in die Zimmer geschlossen, damit keine Spuren verwischt wurden, dachte Mooner.

Als er die Tür aufstieß, zuckte er zurück. Der Raum war kleiner als vermutet, bestand lediglich aus drei Duschkabinen, einigen Bidets, Toiletten, Handwaschbecken und einem großen Spiegel mit Ablagefläche, auf der Zahnbürsten, Seifen und Parfumflaschen lagen. Mit den dreckigen Fliesen wirkte der fensterlose Raum so einladend wie das Pissoir einer vergammelten U-Bahn-Station.

Auf dem Boden lag eine Frau in einer riesigen Blutlache, die die Hälfte des Raumes einnahm. Bei der Menge war sie bestimmt vollständig ausgeblutet. Ihr langes, silbergraues Haar lag zu Klumpen verklebt in der Pfütze. Im Gegensatz dazu war ihr Gesicht so bleich wie die Kachelwand. Sie war barfuß und trug die graue, ausgewaschene Anstaltskleidung.

Während Neromo sich das Zimmer der Toten ansah und durch einen Berg von Akten wühlte, fotografierte Mooner alle Winkel des Waschraums. Anschließend versuchte er den Tathergang zu rekonstruieren. Er schätzte die Tote auf Anfang fünfzig. Aus ihrer Faust ragte der Griff eines Kunststoffbestecks.

»Woher hatte sie das?«

»Was denn?«

Gott, stellte sich der Wachmann blöd! Er stand hinter Mooner im Türrahmen und glotzte in den Raum.

»Dieses stumpfe, weiße Kunststoffmesser.«

»Oh, das hat sie vermutlich aus der Küche mitgehen lassen.«

Plötzlich trat der Wachmann zur Seite. Ein großer Mann im dunklen Anzug mit grauem Haarkranz betrat den Raum. »Was geht hier vor? Jenkins, warum sind Sie nicht auf dem Posten?« Sein Gesicht lief rot an.

Der Wachmann sah betroffen zu Boden. »Das ist Inspektor Al Mooner vom Morddezernat, Herr Direktor.«

»Al Mooner, aha ...« Der Direktor machte eine Pause. »Und weshalb sind Sie hier?«

War das zu fassen! Mooner erhob sich. »Wenn ich mich recht erinnere, haben *Sie* die Dienststelle in Brighton verständigt.« Vorsichtig stieg er mit seinen Lackschuhen in die Blutlache und näherte sich auf den Zehenspitzen der Leiche. Aus dem Augenwinkel sah er, wie ihn der Direktor und der Wachmann interessiert betrachteten.

Pfeif auf die Spurensicherung, dachte Mooner. Bis die Jungs hier waren, hatte er den Fall längst gelöst. Er krempelte sich die Sakkoärmel auf und zog sich ein Paar Nylonhandschuhe an. Vorsichtig drehte er die Unterarme der Toten nach oben. Der Anblick ließ ihn zurückfahren. So etwas war ihm noch nie zu

Gesicht gekommen. Die Frau hatte sich mit dem Plastikmesser die Pulsadern über die gesamte Länge beider Unterarme aufgeschnitten. Sonst fand er keine Spuren von Kratzern, Abschürfungen oder Blutergüssen. Der Tod war rasch eingetreten. Nach der Art und Weise, wie das Blut geronnen und bereits verkrustet war, schätzte Mooner, dass die Frau seit drei Stunden hier lag. Er sah auf die Armbanduhr. Demnach musste der Tod um fünf Uhr früh eingetreten sein.

Mooner sah auf. »Wer ist die Tote?«

Der Direktor kam langsam auf ihn zu.

»Stopp – nicht reintreten!«

Der Direktor sah an sich hinunter. »Alles klar. Das ist Miss Bianca Monroe.« Er klang unsicher. »War es Selbstmord?«

»Da können Sie Gift drauf nehmen.« Mooner nickte. »Die Frage ist nur: Weshalb hat sie das getan?« Der Inspector erhob sich. »Ich brauche eine vollständige Liste des gesamten Personals und aller Patienten, mit der Angabe, wo sich die Leute zwischen Mitternacht und fünf Uhr früh aufgehalten und was sie getan haben. Wer hatte *wann* und *wo* Dienst? Wer hat die Tote zuletzt gesehen? Und dann beschaffen Sie mir eine vollständige Krankenakte von jedem Patienten, der in der gleichen Etage untergebracht ist wie die Tote. Aber kommen sie mir bloß nicht mit ärztlicher Schweigepflicht!«

»O Gott!« Der Direktor verdrehte die Augen. Er wandte sich um und verschwand.

Nachdem Mooner die vorläufige Spurensicherung abgeschlossen hatte, verließ auch der Wachmann den Waschraum. Als Mooner allein war, griff er zum Diktiergerät. »23. September 2016, 9.30 Uhr, Vinyard-Klinik. Der Name der Toten ist Bianca Monroe …«

Vinc Neromo stand in einem Zimmer mit einer bruchsicheren, blauen Fensterfront. Darin befanden sich zwei Betten, eine Toilette, einige Schränke und ein Tisch mit Stühlen. Bianca Monroes Bett war zerwühlt. Auf der gegenüberliegenden Seite des Raums saß eine junge Frau im Schneidersitz auf ihrem Kopfkissen und beobachtete neugierig Neromos Eintreten. »Bianca! Hallo Bianca. Was tust du hier?«

Neromo betrachtete ihr Namensschild und lächelte. »Hallo, Nina.«

»Bianca, wo warst du?«

Unsicher sah Neromo zu dem stämmigen Pfleger im weißen Kittel, der ihn in dieses Zimmer begleitet hatte.

»Ist die immer so?« Neromo kreiste mit dem Finger vor der Stirn.

»Nein.« Der Pfleger machte einen überraschten Gesichtsausdruck. »Normalerweise wird sie für den Physik-Nobelpreis vorgeschlagen.«

Idiot! Neromo setzte sich ans Fußende von Ninas Bett und plauderte eine Weile mit ihr, wodurch er aber nicht viel über Bianca Monroe erfuhr. Lediglich, dass Bianca noch vor einer halben Stunde in ihrem Bett gelegen und einen neuen Anfall erlitten hatte, womit er aber nicht viel anfangen konnte, da die gute Miss Monroe schon seit Stunden tot im Waschraum lag.

Nachdem er sich von Nina verabschiedet hatte, widmete er sich Bianca Monroes Zimmerecke. Das digitale Karteiblatt an ihrem Bettende war verschlüsselt. »Wie lässt sich die Datei öffnen?«

Der Pfleger verzog das Gesicht. »Tut mir leid, aber das unterliegt dem Datenschutz.«

Neromo biss die Zähne zusammen. »Datenschutz? Gilt der auch für Personen, die abgeschlachtet wie ein Stück Vieh auf der Toilette Ihrer Anstalt liegen?«

Der Pfleger schluckte. Da betrat der Direktor das Zimmer. »Ist in Ordnung, Phil. Zeigen Sie dem Beamten die Unterlagen.«

Widerwillig tippte der Pfleger das Passwort in die elektronische Kartei.

Miss *Bianca Monroe – Status: NEP*, erschien auf dem Bildschirm.

»Was bedeutet *NEP?*«, fragte Neromo.

»Danke, Phil, Sie können gehen. Ich übernehme das schon«, murrte Dr. Vinyard.

Während der Pfleger verschwand, trat der Direktor näher. »Die Krankheit trat vor etwa dreizehn Jahren auf, als Chirurgen zum ersten Mal Unfallopfer aus Teilen anderer Opfer zusammenflickten. Sie nannten es moderne Ersatzteilchirurgie.« Er verzog abfällig das Gesicht. »Nicht jeder kommt damit klar, wenn er zu zwei Dritteln aus den Körperresten anderer Menschen zusammengesetzt wird. Manchmal hat der Eingriff eine organische Erkrankung des Gehirns zur Folge, die wir *NEP* nennen. Das neuro-ektoplasmatische Delirium ist eine Art multiple Persönlichkeitsstörung.«

»Schizophrenie?«, fragte Neromo.

»Das ist etwas völlig anderes.« Der Direktor seufzte. »Schizophrene identifizieren sich mit einer *anderen* Person, aber im Gegensatz dazu handelt es sich hierbei um eine *Spaltung*. Zwei oder mehrere Identitäten existieren in einer Person, und zwar so intensiv, dass es körperliche Veränderungen zur Folge hat, wie Stimmverfremdung, Verfärbung der Iris oder Verformung der Gesichtszüge.«

Neromo konnte sich darunter nichts vorstellen, daher betrachtete er das Dateiblatt, in der Hoffnung, wenigstens daraus schlau zu werden. Dr. Vinyard hatte Bianca Monroes Therapiesitzungen in den letzten beiden Wochen drastisch erhöht, da Frühwarnzeichen für einen neuerlichen Anfall aufgetreten waren. Sie litt unter Schlaf- und Essstörungen, Spannungskopfschmerzen, erhöhtem Blutdruck, Magenkrämpfen, Nervosität und Angstzuständen – ein weiterer Kollaps war also vorprogrammiert gewesen.

Neromo hob den Blick vom Karteiblatt. »Wie äußern sich derartige Anfälle?«

Der Direktor dachte nach. »Es beginnt mit Ganzkörperzittern, Halluzinationen und Verfolgungswahn. Der seelische Druck wird zu groß. Die Persönlichkeit spaltet sich, und das neuro-ektoplasmatische Delirium setzt ein. Es kann dabei soweit gehen, dass sich der Körper durch Muskelkrämpfe und Sehnenverkürzung zum Teil verformt. Wenn wir den Anfall nicht binnen vierundzwanzig Stunden in den Griff bekommen, steigert er sich zu einem hyperaktiven Höhepunkt.«

»Das bedeutet?« Neromo hob die Augenbrauen.

»Die Patientin nimmt Gasgerüche wahr, hört unerklärliche Stimmen und ringt mit mehreren Personen gleichzeitig in sich. Dabei verbrennt sie die dreifach höhere Menge Kalorien als üblich und unterwirft sich starken körperlichen Veränderungen, bis sie schließlich kollabiert.«

»Und jetzt ist sie tot.«

»Na ja ...« Der Direktor wollte etwas sagen, starrte aber stumm zu Boden.

Neromo widmete sich wieder dem Dateiblatt, klickte auf dem Touch-Screen weiter und kam zur Behandlung mit Risozid, Zoetapin und intramuskulären Injektionen mit Komazeptosäure, die bestimmte Regionen des Gehirns behandelten. Er wusste, dass der ganze Mist das Blutbild veränderte und heftige

Zellschäden verursachte, und er fragte sich, ob diese hochpotenten Neuroleptika tatsächlich halfen oder Bianca Monroe noch verrückter gemacht hatten.

Er betrachtete das Foto der Patientin. Für ihr Alter – er schätzte sie auf fünfzig – war sie eine attraktive Frau, mit langen, silbergrauen Haaren, einem schlanken Gesicht, rauchblauen Augen und einem intelligenten, verführerischen und überraschend klaren Blick. Er konnte nicht glauben, dass diese Frau irre war. Ihre Mutter, Dr. Alice Monroe, war Ärztin gewesen, und der Vater, Vincent, Police-Officer. Aber beide lebten nicht mehr, verstorben bei einem Autounfall. Das Unglück musste bereits lange her sein, denn von einem Officer Monroe hatte er noch nie gehört – vermutlich war das vor seiner Zeit gewesen. Plötzlich hielt er inne. Sein Herzschlag beschleunigte sich. Mit angehaltenem Atem starrte er auf das Karteiblatt. Das Geburtsdatum konnte nicht richtig sein! Er wandte sich an den Direktor. »Was ist mit diesem Datum passiert?«

»Was meinen Sie?«

»Es kann nicht stimmen!«

»Natürlich stimmt es.«

Neromo runzelte die Stirn. Wollte ihn der Mann für dumm verkaufen? Hier stand der 12. November 1979. Demnach war Bianca Monroe noch nicht einmal 37 Jahre alt geworden. Es konnte unmöglich nur an der Krankheit liegen, dass sie schon wie fünfzig aussah. Irgendetwas war hier faul. Neromo durchwühlte die Laden in Monroes Nachtschrank, fand aber nichts weiter als Zahnpastatuben, Lippenstift, Haarbürste, Strümpfe, Zeitschriften, Fotos und lose, zerknüllte Blätter. Schließlich faltete er einen Zettel mit einer krakeligen Handschrift auseinander. Was er las, ließ ihm die Hitze zu Kopf steigen. *Erneut versuchen die Pfleger, mich in den Selbstmord zu treiben. Inspector Al Mooner und Vinc Neromo werden die Schuldigen finden …*

Unter der Aufzeichnung stand kein Datum, doch die Tinte war bereits verblasst.

In Direktor Vinyards Büro sank Al Mooner tief in einen knirschenden Lederstuhl ein, was ihn ziemlich beengte. Nur ein Schreibtisch, übersät mit Telefonen, Kalendern, Akten, Stiften und Notizblöcken, trennte ihn vom Direktor. Es war bereits nach 17 Uhr. Die Zeit war unglaublich rasch verflogen und Mooner sollte eigentlich schon längst wieder auf dem Revier sein. Doch eine Menge Fragen waren noch unbeantwortet, und Mooner stieß auf eine Mauer des Schweigens.

»Das haben wir doch schon alles durchgekaut«, murrte der Direktor.

»Ohne befriedigende Antworten«, konterte Mooner.

Der Direktor nahm die Brille ab, um sich den geröteten Nasenrücken zu massieren. »Einmal im Jahr sitzen wir hier, um diesen Mord zu klären«, seufzte er, als wäre er der ständigen Fragerei überdrüssig. »Das geht nun schon seit dreizehn Jahren so.«

»Was reden Sie da? Mein Partner und ich wurden heute früh …«

»Sie haben keinen Partner!«, unterbrach Vinyard ihn. »Sie sind allein hier.«

Mooners Mund klappte auf. Was redete der Mann? War der Direktor genauso verrückt wie die Patienten dieser Anstalt? Da sich Mooner auf keine mühsame Diskussion einlassen wollte, griff er umgehend zum Funkgerät. Doch aus dem Äther kam nur Rauschen.

»Neromo! Melden Sie sich!«

»Vinc Neromo existiert nur in Ihrer Fantasie. Sie werden über dieses Ding …« Der Direktor wedelte mit dem Arm. »… keinen Kontakt bekommen.«

Mooner fuhr an die Kante des Stuhls. »Mann, was reden Sie da für einen Quatsch? Ich *habe* mit ihm gesprochen! Er hat mir von Bianca Monroes Zimmer erzählt, von der verrückten Zimmergenossin, von dem elektronischen Dateiblatt, dem gefälschten Geburtsdatum und der handschriftlichen Notiz.«

Vinyard schüttelte resigniert den Kopf. »Sie selbst waren mit mir in diesem Zimmer. Sie selbst haben sich die Akten angesehen«, antwortete er müde.

Mooner konnte es nicht fassen. »Sie sind ebenso verrückt wie Ihre Patienten!«, entfuhr es ihm.

Geduldig massierte Vinyard seinen Nasenrücken. Schließlich blickte er Mooner mit kleinen, traurigen Augen an. »*Neromo – Mooner.* Es ist nichts weiter als ein Wortspiel, ein Anagramm. Sie sind ein und dieselbe Person.«

»Weshalb sollte ich mir einen Partner einbilden? Ich bin doch nicht krank!«

»Doch, Sie sind Patient bei uns.«

Schlagartig kroch eine frostige Kälte über Mooners Rücken. Er versteifte sich – spürte, wie das Blut aus seinen Händen wich und die Finger eiskalt wurden. »In den Aufzeichnungen gibt es keinen Patienten, der …« Mooner räusperte sich. »… Al Mooner heißt.«

»Wie scharfsinnig.« Der Direktor atmete tief ein. »Sie sind Miss Bianca Monroe.«

»Was?« Ungläubig starrte Mooner den Direktor an, der den Satz seelenruhig wiederholte.

»Was reden Sie da? Bianca Monroe ist tot!«

»Ist sie nicht!«, widersprach Vinyard.

Jetzt wurde es völlig verrückt. Mooner sah perplex zu, wie Direktor Vinyard ihm den Notizblock aus der Hand nahm.

»Sind das Ihre Anmerkungen?« Ohne eine Antwort abzuwarten, blätterte Vinyard durch die Seiten. »Hier steht nichts drin, kein Wort. Die Blätter sind leer.« Schließlich griff er zum Stift, schrieb zwei Namen auf und schob Mooner den Block über den Tisch. »*Monroe – Mooner.* Es ist bloß ein weiteres Anagramm, sehen Sie?«

Ohne ein Wort zu sagen, holte Mooner die Digitalkamera aus der Tasche und klickte zurück zu den einzelnen Bildern. Er würde dem Direktor die Fotos der Leiche mit den aufgeschlitzten Unterarmen unter die Nase halten. Und danach würde er den Direktor mit aufs Revier nehmen, wo er …

Die Aufnahmen sind leer! Sie zeigten nur weiße Kacheln. Keine Spur von Blut, keine Spur einer Leiche.

Mooner wurde schlecht.

Ächzend beugte sich der Direktor über den Tisch, nahm Mooner die Kamera aus der Hand und drehte sie zwischen den Fingern. Nachdem Mooner nur einmal kurz zur Seite geblickt hatte, sah er, wie Vinyard eine zerknitterte Medikamentenschachtel in den Fingern hielt.

War das ein übler Trick?

Vinyard legte die Schachtel neben das Funkgerät. Mooner stockte der Atem. Irgendwie war es dem Direktor gelungen, das Walkie-Talkie gegen eine zerbeulte Haarspraydose auszutauschen. Vinyard nahm beide Gegenstände und warf sie achtlos in den Mülleimer. Danach nahm seine Stimme einen väterlichen Tonfall an. »Bianca, Sie sind seit dreizehn Jahren Patientin bei uns.«

»Sie verdammter Irrer!«, brüllte Mooner. Er sprang auf und stieß den Lederstuhl um.

Vinyard zuckte zwar zurück, blieb aber gefasst, indem er die Hände seelenruhig vor dem Kinn faltete. Mit leiser Stimme sprach er weiter: »Sie heißen nicht Al und ihr Partner nicht Vinc, aber Ihre Eltern hießen Alice und Vincent. Sie starben vor dreizehn Jahren bei einem schweren Autounfall. Es gab drei weitere Tote. Bianca, Sie selbst haben diesen Unfall verursacht! Ironischerweise konnten die Chirurgen nur Sie zusammenflicken. Der Preis war hoch. Seitdem leiden Sie unter dem neuro-ektoplasmatischen Delirium.«

Mooner kniff die Augen zusammen und rieb sich die Schläfen. »Mein Name ist Al Mooner«, presste er hervor. »Ich komme vom Morddezernat in Brighton. Ich weiß nicht, was Sie hier für eine Scheiße abziehen, aber ...«

»Es gibt kein Morddezernat in Brighton! Ihre Mutter hieß mit Mädchennamen Brighton ... Dr. Alice Brighton. Sie litt unter schweren Depressionen.«

»Ich weiß, dass Sie lügen!«, fuhr Mooner den Direktor an. »Weshalb haben Sie mir das nicht alles bereits im Waschraum erzählt? Warum erst jetzt?«

Der Direktor sah ihn traurig an. »So wie die letzten Male?« Er schüttelte den Kopf. »Aus Erfahrung wissen wir, dass Sie einen Nervenzusammenbruch erleiden, sobald wir Sie im Waschraum darauf ansprechen.«

»Sie wollen mich in den Wahnsinn treiben!«

»Bianca, Sie leiden unter der paranoiden Wahnvorstellung, dass Sie verfolgt werden und man Sie in den Selbstmord treiben möchte.« Der Direktor machte eine Pause. »Nach dem chirurgischen Eingriff fand man Sie mit geöffneten Pulsadern, abgemagert und geistig verwirrt in der Toilette Ihres Elternhauses. Seither leben Sie in dieser Klinik. Ein Teil Ihres Gehirns möchte Sie seit dreizehn Jahren in den Selbstmord treiben, ein anderer Teil Ihren eigenen Selbstmord aufklären. Bianca, Sie sind in einer Schleife gefangen. Sehen Sie sich Ihre Unterarme an!«

Mooner blickte an sich hinunter. Was er sah, ließ seinen Herzschlag für einen Augenblick aussetzen. Er trug graue Anstaltskleidung. Die Ärmel waren aufgerollt. Die langen Narben an seinen Unterarmen sahen aus, als rührten sie von Dutzenden Selbstmordversuchen her. Die Haut war verwachsen, das Fleisch hässlich deformiert von tiefen Schnitten mit Plastikgabeln, Büroklammern und Bleistiftminen.

»Ich habe mir das nicht zugefügt«, flüsterte Mooner.

»Wer sonst?«, fragte Vinyard. »Sie waren es, und zwar seit dreizehn Jahren ... seit Ihrem sechsunddreißigsten Lebensjahr.«

»Unmöglich«, widersprach Mooner. »Ich *bin* 36 Jahre alt, ich wurde am zwölften November 1979 geboren. Ich kann mich ...«

»Korrekt«, unterbrach Vinyard ihn. »Das ist Bianca Monroes Geburtsdatum. Aber Sie sind fünfzig Jahre alt.« Er drehte den elektronischen Kalender auf dem Tisch. »Wir haben nicht mehr 2016, sondern 2029.«

Mooner starrte auf das Display. Darin spiegelte sich das blau getönte Fenster hinter ihm. Außerdem blickte ihm eine ältere Frau entgegen, mit eingefallenen, kantigen Gesichtszügen und langen, grauen Haaren ... das Antlitz von Bianca Monroe.

»Nein!«, kreischte er. »Ich habe dich gesehen. Du bist tot!« Plötzlich trat ihm der Schweiß auf die Stirn. Sein Herz trommelte wild. Panik breitete sich in seiner Brust aus. Mit einem Mal nahm seine Stimme einen verzweifelten Klang an.

»Verdammt, was geht hier vor?«, brüllte Mooner.

Zwei Pfleger packten ihn an den Oberarmen und zerrten ihn aus dem Zimmer. Plötzlich roch er Gas. *Sie wollen mich schwächen.* Die Schweine wollten ihn wegsperren, ihn in den Wahnsinn treiben. Da tauchte etwas aus den dunklen Regionen seines Gehirns auf ... Stimmen, die ihn verfolgten, Stimmen, die in seinem Kopf zu hören waren, sogar tief drinnen, wo sie sich über ihn unterhielten. Seine einzelnen Körperteile sprachen miteinander und würden ihn nicht zur Ruhe kommen lassen, so lange, bis es nur noch einen Ausweg gab: sich verzweifelt die Pulsadern zu öffnen, um die Stimmen endlich zum Schweigen zu bringen.

Aber wenn Bianca tot in der Ecke des Waschraums lag und endlich Ruhe in ihrem Kopf eingekehrt war, dann würden die Beamten des Morddezernats kommen, um ihren Tod zu untersuchen.

Al Mooner und sein Partner Vinc Neromo würden sich um alles kümmern, so wie sie es immer taten ...

TIEF UNTEN IN DUDEWATER, LOUISIANA

Tief unten in Dudewater, Louisiana *ist ebenfalls eine meiner Lieblingserzählungen in diesem Band. Vielleicht deswegen, weil ich gern Filmkritiker geworden wäre, wie der Ich-Erzähler dieser Story. Vielleicht, weil ich gern in einem ebenso abgeschiedenen Häuschen am Waldrand wohnen würde wie der Erzähler dieser Geschichte. Oder vielleicht deswegen, weil ich ebenso gern einen so verrückten Nachbarn hätte wie er.*

Im Grunde genommen ist es also eine autobiografische Erzählung – und wenn nicht ich dieses Leben führe, dann zumindest mein Alter Ego …

Dudewater, Louisiana, mitten im Sumpf gelegen, ist so klein, dass in der näheren Umgebung nicht einmal eine Baptistenkirche existiert. Dudewater ist ein Ort der Pflanzer, wo es nur Zypressen, Mangroven, Sumpfstege, Holzhütten und Zuckerrohrplantagen gibt – bunt gemischt, wie in einem Ölgemälde, bei dem man fürchten muss, die Farben würden in der Hitze zerlaufen.

Aber ich bin kein Maler, ich bin Filmkritiker. Mein Name ist George Maynard. Vor einigen Monaten hatten meine Frau Diane und ich die Erbschaft meiner Tante Cecile zu Geld gemacht und unsere Wohnung in New Orleans an ein nettes Ehepaar aus dem Süden verkauft. Wir erfüllten uns einen lang ersehnten Traum und erwarben ein kleines Häuschen mit Garten am Ortsende von Dudewater.

An einem brennend heißen Sonntag im Juni war es so weit: Wir zogen um und luden den großen Wohnzimmerverbau, das Ehebett, sämtliche Schränke und Kommoden, sowie meinen wuchtigen Schreibtisch auf den Pick-up samt Anhänger. Das Holz war vom Schweiß richtiggehend nass geworden, und wir mussten höllisch aufpassen, damit uns nichts aus der Hand glitt. Die Fahrt von New Orleans nach Dudewater dauerte eine Stunde. Zum Glück regnete es nicht, denn weder der Anhänger noch die Ladefläche des Pick-ups besaßen ein Dach, und eine Plane war nirgends aufzutreiben gewesen. Vermutlich verloren wir auf der Interstate einen Lampenschirm, zumindest war er nicht mehr da, als wir in Dudewater ankamen. Diane war deswegen ziemlich aufgebracht, weil es ein Erbstück Tante Ceciles war, das sie aus Ägypten mitgebracht hatte. Mir war das egal, denn ich hatte mit diesem alten, verstaubten Ding mit den Stoffquasten und gestickten ägyptischen Hieroglyphen sowieso nichts anfangen können.

Als wir Dudewater erreichten, wurde es noch heißer. Wir fuhren über die sumpfigen Wege, bis wir in der Swamp Lane ankamen, jener letzten Ecke von Dudewater, die zugleich eine Sackgasse war. Der Weg hatte seinen Namen zu Recht, da der Straßenrand von uralten Mangroven gesäumt war, die den Pfad derart verengten, dass die Äste über die Möbel kratzten. Die Luft war feucht und warm, es roch nach Meerwasser. Entlang der Bayous hing das Spanische Moos dicht von den Bäumen, und die Luftwurzeln der Wasserzypressen ragten geisterhaft aus dem Wasser. Strandhäuser auf Pfählen reihten sich aneinander, dazwischen lagen immer wieder Seerosenfelder. Der Sumpf war so niedrig, dass einige Boote auf dem Grund stecken geblieben waren und sich um die Schrauben der Außenbordmotoren mittlerweile Schlingpflanzen rankten. Eine Schlange tauchte unter der blitzenden Wasseroberfläche davon.

»George, sieh doch!«, rief Diane.

Sie band sich ihre brünette Mähne zu einem Pferdeschwanz. Ihr Nacken war nass. Auch mir lief der Schweiß in Bächen übers Gesicht, und das Poloshirt klebte mir am Leib. Endlich kamen wir an: *Dudewater, Swamp Lane 27,* besagte das Blechschild auf unserer Brücke. Jemand hatte mit einer Schrotflinte mehrmals die Tafel durchsiebt. Hier war also unser neues Zuhause.

Wir mussten sämtliche Möbel über eine schmale Holzbrücke balancieren, quer durch den Garten schleppen und dabei mehrere Hecken umrunden. Während ich durchs hohe Sumpfgras marschierte, grub sich die Kante des Vorzimmerspiegels wie eine Rasierklinge in meine Handballen. Diane schimpfte, dass sogar die Kröten im hohen Gras rot wurden – nicht wegen der Blasen an ihren Händen, sondern wegen ihrer von den Dornen und Hecken zerkratzten Beine. Außerdem hatte sie von der Hitze Kopfschmerzen, dass ihr der Schädel zu platzen drohte.

Am späten Nachmittag hatten wir den Anhänger und die Ladefläche des Pick-ups endlich leer geräumt. Unser Haus war eine Blockhütte mit Erdgeschoß und erstem Stock und einem Kamin, der mitten durchs Wohnzimmer verlief. Die Möbelstücke standen wahllos und großteils noch zerlegt im Haus herum. Wir saßen erschöpft auf der Veranda, in Korbstühlen bei einem Glas Limonensaft, und lauschten dem Zirpen der Grillen und dem Quaken der Ochsenfrösche hinter dem Haus. Die Geräuschkulisse erinnerte an einen Dschungel – sie klang sogar ein wenig unheimlich. Was für eine eigenartige Stimmung für Großstädter!

Ein Sonnenschirm war nicht notwendig, da auf dieses Fleckchen Erde ohnehin nur wenig Sonne fiel. Die Sicht auf den Himmel war von riesigen, mit Spanischem Moos behangenen Krüppeleichen verdeckt. Darunter entwickelte sich ein schwüler Dunst, der die Butter in der brütenden Hitze davonfließen ließ, kaum dass wir sie aus der Kühlbox genommen hatten.

Unser Haus war das vorletzte in der Swamp Lane. Wegen des Baches, der entlang unserer Grundstücksgrenze verlief, war der Grundwasserspiegel so hoch, dass auf unserer Liegenschaft – eine im Grundbuch eingetragene offizielle Sumpfgegend – kein Keller ausgehoben werden durfte. Allerdings besaßen wir hinter dem Haus, fast schon mit dem angrenzenden Wald verwachsen, eine Scheune mit durchhängender Regenrinne, eingeschlagener Fensterscheibe und einem mit Moos und Flechten überwucherten Boden. Trotzdem wollten wir in der Hütte, nachdem wir sie erst einmal in Schwung gebracht hatten, Campingstühle und Gartengeräte unterstellen – und Spaten, Sensen und Heckenscheren waren bitter nötig, wenn man diesen Dschungel zu einem ansehnlichen Garten gestalten wollte.

Allerdings hatte Diane bereits angedeutet, dass sie in der Scheune eine Kakteenzucht beginnen wolle. Nichts gegen Diane, sie ist eine tolle Frau – ich muss es schließlich wissen, da wir seit knapp zwanzig Jahren verheiratet sind –, aber ich fürchte, bei ihr würde selbst der hartnäckigste Wüstenkaktus trotz der hohen Luftfeuchtigkeit verdursten. Vielleicht sollte sie stattdessen Moose und Flechten züchten.

»In dieser Gegend müsste es eigentlich von Stechmücken wimmeln.« Diane rieb sich vorsichtshalber mit einem stinkenden Öl ein.

»Schick!«, bemerkte ich ironisch, als sie den Tubeninhalt auf ihren Beinen verrieb. Doch immerhin blieben wir den Rest des Abends von den Blutsaugern verschont.

Als es zu dunkeln begann und wir immer noch auf der Veranda saßen, schaltete Diane die Unterwasserlampen am Bach ein, wodurch die Brücke in ein schillerndes Grün getaucht wurde. Im Lichtschein war von der Terrasse aus ein Schwarm großer, schwarzer Fische zu sehen.

»Ist es nicht herrlich, George? Du könntest angeln«, sagte Diane.

Klar doch! Sie wusste, dass ich Fisch allenfalls aus dem Tiefkühlfach holte. »Vielleicht Alligatoren?«, schlug ich vor.

»Würde mir zumindest das Abendessen ersparen!« Sie griff nach ihren Migränetropfen und massierte sich die Schläfen. Dabei lief ihr ein Tropfen ins Auge. »Scheiße, meine Kontaktlinse!« Sie zwinkerte.

»Geschieht dir recht!«, feixte ich.

Sie versuchte zu lächeln.

»Geht es dir wieder schlecht?«, fragte ich.

»Schon okay.«

Die Unterwasserlampen beleuchteten den Bach bis zur Brücke unseres Nachbarn. Dort lag das letzte Grundstück, mit dem die Swamp Lane endete und hinter dem der Wald begann. Es gehörte einem Mann – das hatte uns der Makler verraten –, der bereits seit dreißig Jahren von der Lebensversicherung seiner verstorbenen Frau lebte, daher schätzten Diane und ich ihn auf siebzig. Ich fragte mich, ob der alte Knabe mit der Schrotflinte auf unser Schild geschossen hatte. Umso überraschter waren wir, als bei Anbruch der Dunkelheit plötzlich ein Fremder mit leichtfüßigen Bewegungen durch die Hecken glitt und vor der Brücke auf unserem Grundstück stand.

»Sieh doch, George!«, flüsterte Diane.

Ich setzte mir die Brille auf, die im Ausschnitt meines Poloshirts geklemmt hatte. Von Weitem sah der Mann wie ein Fünfzigjähriger aus. Er trug einen grünen Arbeitsmantel, feste Stiefel und ein enges Haarnetz, worunter sich seine offensichtlich zu einem Knoten gebundene lange Mähne verbarg. Die grauen Strähnen machten ihn interessant – ich selbst fand das zwar nicht, aber Diane behauptete es jedenfalls. Das Gesicht des Mannes war weiß, beinahe fahl, auch seine Hände waren bleich, als schimmere das blanke Mondlicht hindurch.

»Tag«, murmelte er, ohne die Lippen zu bewegen. Er stand im Licht der Kerzen, die Diane auf der Veranda entzündet hatte, und obwohl es eine brütend heiße Nacht war, schwitzte er kein bisschen.

»Tag«, erwiderte Diane.

Ich hob die Hand. »Tag.«

»Sie sind die Maynards?«

»Yep.« Diane nickte.

Mehr sprachen wir nicht. Eine merkwürdige Ruhe legte sich über uns. Der Fremde stand einfach nur da, einen Meter vor unserer Veranda, zur Hälfte im Schatten, und wir betrachteten uns. Ich merke sofort, ob jemand ein netter und grundehrlicher Mensch ist oder nicht. Nicht weil ich die große Erfahrung besitze, das nicht – aber ich brauche nur Diane anzusehen. *Sie* ist die große Menschenkennerin! Und diesmal verblüffte mich Diane.

Sie strahlte den Mann förmlich an. »Setzen Sie sich doch«, schlug sie vor.

Der Fremde hob abwehrend die Arme und zeigte uns seine weißen Handflächen. »Ich mache Ihnen nur alles schmutzig. Ich habe mit Farbe gearbeitet.« Seine Stimme klang väterlich ruhig. Er wischte mit dem Finger über die Wange, wodurch sich die weiße Farbe im Gesicht verschmierte.

»Sie sind unser Nachbar, nicht wahr? Streichen Sie gerade Ihr Haus?«, fragte Diane, neugierig wie immer.

»Ja – ich meine, nein.« Er schüttelte den Kopf. »Ich *bin* Ihr Nachbar, aber ich streiche nicht mein Haus.« Er lächelte. »Der alte Kasten ist keinen Farbeimer wert. Ich würde Sie ja gern zu mir einladen, doch ich fürchte, ich muss erst mal alles aufräumen und sauber machen … also sagen wir, in einem Jahrzehnt oder so. Hätten Sie dann Zeit?« Er lächelte wieder.

»Hier sieht es nicht besser aus, die reinste Katastrophe.« Diane deutete ins Haus, wo sich die Bestandteile des Wohnzimmerschranks stapelten. »Möchten Sie ein Glas Limonensaft mit Eiswürfel? Frisch aus der Tiefkühltruhe, die haben wir gleich an den Strom geschlossen, als wir angekommen sind.«

»Nein danke. Ich bin bloß vorbeigekommen, um Hallo zu sagen.« Bei der Gelegenheit zog er eine gigantische Schnapsflasche aus der Manteltasche, die er auf die Verandatreppe stellte.

»Willkommen in Dudewater.« Er deutete auf die Flasche. »Anis, Lakritz, Koriander, Wermut und ein paar Kräuter aus meinem Garten. Ich brenne Schnaps im Keller«, erklärte er.

»Sie haben einen Keller?«, fragte ich. »Müsste der nicht unter Wasser stehen?«

Diane warf mir einen scharfen Blick zu.

»Das Haus steht schon seit zweihundert Jahren«, sagte er. »Damals gab es den Bach noch nicht, der Seitenarm des Bayous wurde erst vor sechzig oder siebzig Jahren umgeleitet. Seitdem versumpft hier alles. So, ich muss wieder los.« Er winkte. »Ach ja, ich habe Ihnen noch gar nicht erzählt, woran ich male. Ich bin Künstler.« Er lächelte bescheiden.

»Was Sie nicht sagen!« Diane fuhr im Stuhl hoch. Plötzlich war sie Feuer und Flamme. »George, mein Mann, ist auch Künstler, besser gesagt Schriftsteller und Filmkritiker. Er hat gerade sein fünftes Buch beendet, diesmal über die Filme von Ethan und Joel Coen. Es erscheint bei Benn & Golder.«

»Diane!«

»Ja, schon gut. Er mag es nicht, wenn ich darüber rede. Woran arbeiten *Sie* gerade?«

»An *Spuren im Schnee,* so nenne ich es. Öl auf Leinwand. Ich habe vor einem halben Jahr damit begonnen, werde es aber erst jetzt beenden. Die Schneelandschaft fehlt noch, deshalb die weiße Farbe.« Er hob die Hände. »So, nun muss ich wirklich los. Schönen Abend noch!«

Er wandte sich um und ging.

Ich blickte Diane an. »Spuren im Schnee – und das mitten in Louisiana! Wenn ich so lange an einem Buch schriebe, wie der für ein Bild braucht, würde ich jetzt noch am Vorwort arbeiten.«

»Wenn schon! Ich mag ihn.«

»Ich ja auch«, rechtfertigte ich mich, »aber hast du nicht bemerkt, dass er kein bisschen geschwitzt hat?«

»George, nicht jeder trinkt so viel wie du!«

»Ach ... apropos trinken.« Ich erhob mich aus dem Stuhl und betrachtete das Mitbringsel unseres neuen Nachbarn. *Sorga Kucziczka, Swamp Lane 28* stand auf dem Etikett der Schnapsflasche. »Kucziczka ... klingt, als käme er aus Osteuropa.«

Der Schnaps schmeckte verdächtig nach Absinth. Danach roch ich an den weißen Farbklecksen, die unser Nachbar auf der Flasche hinterlassen hatte: Öl, kein Zweifel, obwohl ich dem Kerl eher Kokain zugetraut hätte!

»Und er hat keine Fingerabdrücke!«, erklärte ich Diane, während ich ihr die Flasche mit den Farbklecksen vor die Nase hielt. »Siehst du?«

»Du solltest mal ein Sachbuch über Ölgemälde oder Schnapsbrennerei schreiben und nicht über diese verrückten Filme.«

»Es gibt keine verrückten Filme, nur Filme, die nicht verstanden werden.«

»Egal, ich finde ihn nett!«

Das war also Sorga Kucziczka, von osteuropäischer Abstammung, ohne Fingerabdrücke und staubtrocken mitten im Hochsommer – und meine Frau fand ihn nett.

Ich hätte das nicht erwartet, doch trotz meiner anfänglichen Vorurteile freundete ich mich rasch mit Sorga Kucziczka an. Er war tatsächlich siebzig Jahre alt, zumindest behauptete er das, obwohl er jünger aussah. Seine Frau war vor dreißig Jahren an Krebs gestorben. Seit dieser Zeit lebte er von ihrer Lebensversicherung. Auch das fiel mir schwer zu glauben, doch da er keiner Arbeit nachging, musste ich ihm das wohl abnehmen. Früher war er Nachtwächter in einer Haftanstalt in New Orleans gewesen, doch seit der Versicherungsgeschichte hatte er den Job an den Nagel gehängt, war in dieses Haus umgezogen und malte Bilder. Bisher hatte er acht Stück vollendet. *Acht!* Unglaublich, oder? Nicht gerade ein Workaholic. Meist begann er im Winter zu malen, wenn ihn die Einsamkeit quälte. Im Sommer beschäftigte er sich mit anderen Dingen, beispielsweise damit, einen etwas zu klein geratenen Waschbären zu trainieren. Ich weiß, das klingt verrückt, aber schließlich war es das auch.

Kennen Sie den Film *Der mit dem Wolf tanzt* mit Kevin Costner? Darin spielt Costner diesen Lieutenant während des amerikanischen Bürgerkriegs, den es zu einem verlassenen Außenposten in der Wildnis von South Dakota verschlägt, wo er auf einen einsamen Wolf trifft. Er füttert ihn zunächst mit Fleischstücken und freundet sich schließlich mit ihm an. Für mich war Sorga Kucziczka so eine Art *Der-mit-dem-Waschbären-tanzt.* Zuerst hatte er das Tier darauf dressiert, sich einzelne Stückchen Hühnerbrust aus einer Dose zu stibitzen, danach Leitern zu erklimmen, über Balken zu laufen und schließlich auf einem Ball zu balancieren. Da hatte Sorga das Talent des Waschbären erkannt.

Das Tier war unheimlich geschickt darin, einen Ball mit der Schnauze über die Wiese zu rollen und schließlich in einen leeren Eimer zu werfen. Wenn ich es nicht selbst gesehen hätte, würde ich es nicht glauben. Zwar hatte das Tier so scharfe Zähne wie ein Hai, doch mittlerweile hockte es auf Sorgas Schultern, wenn es nicht gerade einem Ball hinterherjagte. Sorga ging sogar so weit, dass er Adrian, so hieß der Waschbär, eine rote Weste strickte, die das Vieh auch noch trug. Tatsache! Als Adrian eines Nachts mit einer ebenso kleinwüchsigen Waschbärdame und seinem vierköpfigen Nachwuchs antrabte, musste

Sorga weitere Eimer und Bälle auftreiben und fünf neue Westen stricken – grüne und rote. So war ihm die Idee gekommen, eine Waschbär-Footballmannschaft zu gründen, die er kurzerhand Tatzenballteam nannte – es klang verrückt, doch genau das passierte im Garten nebenan: Waschbären spielten Football um den Weltmeisterschaftstitel!

»Die Tiere werden die Kabel in meinem Wagen fressen, die Zündkerzen anknabbern und alle Drähte durchbeißen!«, gab ich eines Nachts zu bedenken, als die Viecher mit roten und grünen Westen über unser Grundstück fegten und einem Tennisball hinterherjagten.

»Keine Angst, George, es sind ja keine Marder«, beruhigte mich Sorga. »Diese Waschbären fressen keinen Müll, sie zerfetzen auch nicht die Bank auf deiner Terrasse. Glaube mir!«

Sorga beherrschte die Tiere, als wären sie ihm untertan, umso unheimlicher war es, den Viechern beim Spielen zuzusehen. Sie hatten extrem lange Zähne, glutrote Augen, die wie die Pupillen des *Terminators* durch die Nacht leuchteten, und rannten nur bei Dämmerung durch den Garten. Aber den Bach an der Grundstücksgrenze mieden sie wie die Pest.

Trotz meines sonderbaren Nachbarn und seiner nachtaktiven Gefährten fühlte ich mich wohl in Dudewater. New Orleans – die Wiege des Jazz, wie man die Stadt nannte – fehlte mir nicht im Geringsten. Auch nicht der Dixieland, Ragtime, Blues oder Soul, die pittoresken Häuser mit ihren bunten Fassaden und gusseisernen Balkonen, dicht mit Topfpflanzen und anderem Grün bewachsen, die das Bild dieser Stadt prägten, oder die alten Villen außerhalb der pulsierenden Altstadt mit ihren gepflegten Parks voller Eichen, Palmen und Magnolien. All das war Vergangenheit, dennoch musste ich manchmal aus beruflichen Gründen dorthin. Es war ein Wiedersehen, aber ohne das melancholische Gefühl, das man meist als Erwachsener hat, wenn man die Stadt seiner Kindheit besucht.

New Orleans lag von Dudewater eine gute Autostunde entfernt, und ich war öfter dorthin unterwegs, meist abends zu Sneak Previews und Presseveranstaltungen eigens für Filmleute. Und einmal im Jahr hielt ich an zehn Abenden als Gastdozent an der Uni ein Seminar über Plot und Figurenentwicklung. An diesen Abenden wurde es meist spät.

Diane teilte ein ähnliches Schicksal. Sie arbeitete in der Röntgenabteilung einer privaten Praxis im French Quarter und war meist länger mit dem Auto unterwegs als ich. Im Stau auf der Interstate bekam sie zwar manchmal Migräne, aber diese Strapaze nahm sie in Kauf, wie sie mir versicherte, da sie die Idylle der Bayous genauso mochte wie ich. Wir liebten das Quaken der Frösche, das Rufen der Käuzchen aus dem Wald, die schwülen Abende auf der Veranda, das Rauschen der Eichen und das nasse Sumpfgras unter unseren nackten Füßen, wenn wir um fünf Uhr morgens zum Briefkasten gingen, um die Zeitung zu holen, die meist wie ein nasser Fetzen aus dem Postfach hing. Wir liebten unser Blockhaus und waren vernarrt in Dudewater.

Da unsere Ehe kinderlos geblieben war – woran sich auch nichts mehr ändern würde, da Diane keine Kinder bekommen konnte –, übten wir auch weiterhin unsere Jobs aus und mussten uns nie Gedanken über Dinge wie Kindergarten, Schulbus oder Babysitter machen.

Während Diane tagsüber Röntgenbilder auswertete, ging ich entlang der Swamp Lane joggen und saß anschließend zu Hause in meinem Arbeitszimmer, wo ich Kinokritiken für Radio, Fernsehen, die Tageszeitung und ein gutes Dutzend Zeitschriften verfasste oder Interviews per E-Mail führte. Ich war zwar nicht Roger Ebert oder James Berardinelli, doch als George Maynard hatte ich mir einen gewissen Ruf als Filmkritiker erarbeitet, zumindest in den Südstaaten. Zuletzt hatte ich sogar Terry Gilliam per Mail erreicht und konnte ihm einige Neuigkeiten entlocken, was für mich *der* Hammer war! Ich konnte das Interview an die Redaktion des *Time Magazine* für dreitausend Dollar verkaufen, wovon Diane und ich den Holzschuppen hinter dem Haus renovierten, damit ihre Kakteen ein neues Zuhause bekamen. Ja, sie hatte ihre Drohung wahr gemacht und den Schuppen tatsächlich in ein blühendes Kakteenhaus verwandelt.

Hatte Diane Frühdienst, saß ich bereits vor Tagesanbruch bei einer Tasse Kaffee und einer Diet Coke auf der Terrasse und hämmerte einen Artikel in den Laptop. Meist kam Sorga um diese Zeit vorbei, sah aber aus, als hätte er sich irgendwo die Nacht um die Ohren geschlagen. Sein Mantel war zerfleddert, er hatte Schmutz und Kratzspuren im Gesicht, dunkle Augenringe, und in seinem Haar hing merkwürdiges Gestrüpp, als wäre er durch das schlimmste Dickicht gekrochen. Ich hatte ihn noch nie mit offenen Haaren gesehen, da er seine graumelierte Mähne stets streng zusammengeflochten unter einem Haarnetz verbarg. Aber ich fragte ihn weder, was das zu bedeuten hatte, noch, wo er sich in der Nacht herumtrieb. Es war die Pietät unter Nachbarn – wir respektierten seine Privatsphäre und er die unsere.

Wenn er sich im Morgengrauen zu mir setzte, tranken wir Kaffee und plauderten ein Weilchen. Meist sprach er von seinen Hobbys, beispielsweise über seine Sammlung. Auch so etwas Absurdes! Sorga sammelte falsch geschriebene Versionen seines

Namens, die er per Brief oder Postwurfsendung erhielt. Mittlerweile hatte er 361 Varianten zusammengetragen, die von *Sohrga Kuhschitzka* bis *Zorcka Kucicá* reichten.

»Dabei ist es so einfach«, erklärte er mir stets auf seine nuschelnde Art, ohne die Lippen zu bewegen. »Kucziczka, zweimal mit cz.« Doch kam dabei oft die Variante *Kuczczitzka* heraus, wie er mir einmal in einem Brief von einem Beerdigungsinstitut gezeigt hatte.

Erst wenn die Sonne so hoch geklettert war, dass ihre Strahlen durch das Moos der Bäume fielen, rieb er sich die blutunterlaufenen roten Augen und ging nach Hause. Dabei nahm er nie den Weg über die Brücke, sondern stieg querfeldein durch die Hecken, als mied er das Wasser. Danach sah ich ihn den gesamten Tag nicht mehr. Erst am Abend, wenn Diane heimkam und ich mich auf den Weg zu einer Veranstaltung machte, tauchte er wieder auf. Meist sah er dann jünger und frischer aus als am Morgen.

Letztens musste Diane eine Nachtschicht in der Praxis einschieben, da eine Kollegin ausgefallen war. An jenem Abend ging ich auf einen Tratsch zu Sorga hinüber. Er trug wie immer sein Haarnetz, doch diesmal war sein Gesicht weißer als sonst. Allerdings glaubte ich nicht, dass es etwas mit dem Ölgemälde zu tun hatte, an dem er gerade arbeitete. Die Sonne ging soeben unter, und da fiel mir auf, dass sein Garten noch verwachsener war als unserer. Es gab praktisch keine direkte Sonneneinstrahlung. Das Spanische Moos in den Bäumen war dicht wie ein Vorhang. Zudem verwandelten Dutzende Krüppeleichen den Garten in ein dunkles Dickicht.

Wir standen in der Nähe des Baches und tranken einen Martini, die Oliven und Zitronenschalen hatten wir uns gespart und stattdessen doppelt so viel Gin in den Drink gemixt. Erst an diesem Abend fiel mir auf, dass Sorga immer mit geschlossenem Mund sprach. Seine Lippen bewegten sich kaum, als wäre er ein schlechter Bauchredner. Möglicherweise hatte er nur noch wenige Zähne im Mund, für die er sich schämte – was mich nicht verwunderte, denn wer jahrelang von der Lebensversicherung seiner verstorbenen Frau lebte, konnte sich eben keinen Zahnersatz leisten.

»Dieses Jahr steht es sechs zu drei für die *Red Racoons*«, murmelte Sorga. »Letztes Jahr haben sie die Meisterschaft gewonnen, aber in dieser Saison sind sie deutlich schwächer. Der Stürmer hat sich, glaube ich, das Bein gebrochen.«

Ich kannte mich im Sport überhaupt nicht aus und sah ihn entgeistert an. »Wovon redest du?«

»Von den Waschbären!« Er deutete auf die wild gewordenen Bestien, die in ihren roten und grünen Westen über die Wiese huschten und versuchten, sich gegenseitig den Tennisball abzujagen. Adrian lief wie ein tollwütiges Tier umher. Eines der Viecher zischte sogar zwischen meinen Beinen hindurch. Da riss Sorga eine Trillerpfeife aus der Manteltasche und pfiff so gewaltig hinein, dass mir von dem schrillen Ton die Ohren schmerzten. Sogleich tapsten die Waschbären in ihre Ausgangsposition und begannen ein neues Spiel.

»Komm, ich zeig dir etwas!« Sorga führte mich zu einigen alten Bäumen, hinter denen sich ein Wohnmobil verbarg. Das Gefährt besaß keine Räder mehr, stand auf Ziegeln, hatte eingeschlagene Scheiben und einen verrosteten Türgriff.

»Die Trainingskabinen!«, erklärte er mir mit ausgebreiteten Armen. Über dem Eingang hing eine schwarze Tafel, auf der er den Spielstand der Waschbären mit Kreide festgehalten hatte. Unter *Fouls* fügte er einen Strich hinzu.

Als ich nähertrat, wehte mir ein unangenehmer Gestank aus dem Wohnmobil entgegen, als stapelten sich darin verwesende Tiere. Ich kannte diesen Geruch von David Finchers Drehset zu *Se7en*, wo die Szenenbildner mit echtem verfaultem Fleisch gearbeitet hatten. Damals hatte ich an einem Artikel über Fincher geschrieben und war drei Tage am Set gewesen ... trotz des Gestanks.

»Hier riecht es streng«, stellte ich fest.

»Ach, die wohnen da drinnen, wie es ihnen gefällt. Ich merke das schon gar nicht mehr ... sie sind eben ein bisschen anders, du verstehst?« Sorga zuckte mit den Achseln.

»Nein, ich verstehe nicht.«

»Die fressen keine Pflanzen und Kleintiere, sondern schleppen in der Nacht allerlei Zeug aus den Bayous ins Wohnmobil.«

Merkwürdige Viecher! Ich betrachtete Adrian, der plötzlich dasaß und mich mit spitzen Zähnen angrinste.

»Gehen wir ins Haus, ich brauche etwas zu trinken.«

Ich folgte Sorga. Drinnen war es dunkel. Ein paar unter den Deckenbalken hängende Öllampen spendeten Licht, das sich in dem pechschwarzen Holz spiegelte. Vor den Fenstern rankten sich Schlingpflanzen in Blumentöpfen, die kein Sonnenlicht durchließen und dem Raum einen grünen Farbton verliehen. Die Fensterkreuze waren entfernt worden. Jemand hatte die Sprossen abgesägt, sodass nur noch die Holzstümpfe aus dem Rahmen ragten.

Es war das erste Mal, dass ich das Haus von innen sah, und Sorga hatte nicht übertrieben, als er damals gesagt hatte, er müsse erst einmal aufräumen. Doch bezweifelte ich, dass er das tatsächlich in einem Jahrzehnt geschafft hätte.

Die Räume waren bis zur Decke mit altem Kram vollgestopft, es war unglaublich! Zeitungen, Bücher, Teller, Jacken, Regenschirme, Spielbretter, Gläser, Flaschen, Vorhangstangen, Farbpaletten, Hunderte Pinsel, Glühbirnen und Lampenschirme … ich stutzte, als ich zwischen den Kartons einen Lampenschirm mit ägyptischen Hieroglyphen sah. Inmitten der Stickerei prangte *Ankh,* das Zeichen für ein langes Leben – Tante Ceciles Lieblingssymbol. Der Schirm sah auch verdammt noch mal so aus wie der, den ich glaubte, auf der Interstate verloren zu haben.

»Hier sind die *Spuren im Schnee*«, nuschelte Sorga. Er führte mich zu einer Malerstaffel, auf der ein grottenschlecht gepinseltes Bild stand. Ich holte meine Brille aus dem Etui, um die Einzelheiten zu betrachten, doch auf dem Bild war nichts anderes zu sehen als eine Winterlandschaft mit zwei angedeuteten windschiefen Hütten, zwischen denen sich gesprenkelte Blutstropfen befanden. Die Szene erinnerte mich an den Film *Fargo* von den Coen-Brüdern, allerdings fehlte die Intensität, die der Film ausstrahlte.

»Wie gefällt es dir?«

»Es ist schlecht«, gab ich offen zu.

»Dachte ich mir.« Sorga nickte. »Die Spuren sind zu intensiv und plump.«

Ich trat einen Schritt zurück. »Vielleicht müsste man …«

»Vorsicht, George!«

Mir kippte der Boden unter den Füßen weg. Sorga sprang herbei, packte mich am Arm und zog mich weg. Direkt hinter mir befand sich der Zugang zum Keller. Die Luke war geöffnet, und ich wäre beinahe hinuntergestürzt. Ein penetranter Gestank nach gärendem Obst wehte herauf, gepaart mit dem muffigen Geruch des Sumpfes: *Sorgas Schnapskeller!*

»Junge, Junge, du hast mir eine Heidenangst eingejagt!« Sorga schüttelte den Kopf. Bevor er die Falltür mit dem Fuß zuwarf, erhaschte ich im Licht der Öllampen noch einen Blick auf eine Art Holzkiste. Möglicherweise brauchte er sie zum Schnapsbrennen.

»Ich mixe uns neue Drinks.« Sorga verschwand in der Küche.

Ich nutzte die Zeit und sah mich weiter im Haus um. An den einzigen freien Stellen der Wand, die nicht mit Regalen, Bücherstapeln und Möbelstücken verbarrikadiert waren, hingen Spiegel in antiken, goldenen Rahmen. Doch keiner der Spiegel zeigte ein Spiegelbild, zumindest kein normales. Im Glas befanden sich Schwarz-Weiß-Drucke von Bela Lugosi, Boris Karloff, Peter Lorre, Lon Chaney, Peter Cushing, Christopher Lee und Vincent Price – alles, was Rang und Namen hatte, war vertreten – eine cineastische Fundgrube klassischer Schurken. Sobald man in den Spiegel blickte, verschwamm das eigene Bild mit dem Schwarz-Weiß-Foto der Schauspieler. Ich begann Fratzen zu schneiden, um meine Gesichtszüge denen von Boris Karloff anzupassen ... eine merkwürdige Erfahrung, die mir eine Gänsehaut über den Rücken jagte.

Als ich den Blick abwandte, fiel mir der Briefstapel auf, der sich auf der Kommode zu einem Turm gehäuft hatte. Ein Antiquitätenhändler aus Baton Rouge, Louisiana, hatte an *Soorgah Kuccicca* geschrieben, ein Notar aus New Orleans namens Wahoo Samuel Jacob ein Schreiben an *Zorka Kushicka* geschickt. Das war also die Sammlung seiner falschen Namen. Möglicherweise war sie deshalb entstanden, weil er am Telefon so unverständlich nuschelte. Ich blätterte durch den Papierstoß. Einige der Namen waren tatsächlich komisch. Ein Kuvert war sogar an einen gewissen Korga Succiczka adressiert – ein kleiner legasthenischer Fauxpas. Als ich mir den Absender ansah, erstarrte ich. Das Schreiben stammte von einem Rechtsanwalt aus New York, es war am 5. Februar 1923 abgestempelt worden und an die Swamp Lane 28 in Dudewater adressiert worden. Kalter Schweiß trat mir auf die Stirn. Hatte Sorga nicht gesagt, er wäre vor dreißig Jahren, nach dem Tod seiner Frau, nach Dudewater gezogen? Ich rechnete nach. Selbst wenn er zu dem Zeitpunkt, als er den Brief erhalten hatte, erst zehn Jahre alt gewesen war, müsste er jetzt einundneunzig sein. Mir drehte sich alles.

»Was hast du?«

Ich fuhr herum. Sorga stand hinter mir, mit einem Martini-Glas in der Hand, das er mir reichte.

»Beeindruckende Sammlung«, sagte ich und legte den Brief zurück auf den Stapel.

»Das ist Boris Karloff.«

»Ich meinte die Briefe.«

»Ach so ... die sammle ich bereits ein Leben lang.«

»Dachte ich mir.« Während ich an dem Glas nippte, rührte Sorga in einer Tasse. »Roter Wodka?«, fragte ich.

»Roter Tee«, erklärte er mir. »Zu viel Martini ist nicht gut für mich.«

Der Inhalt seiner Tasse wies eine grässlich dunkelrote Farbe auf. Sorga rührte so lange darin, bis sich selbst das kleinste Zuckerkrümelchen aufgelöst haben musste. Das Ritual dauerte an die fünf Minuten, in denen er permanent in der Tasse klimperte, sodass ich bereits fürchtete, er würde den Porzellanboden durchscheuern. Indessen erzählte er mir über seine Gemälde, die Waschbären und seine handsignierte Spiegelsammlung, deren Exemplare er über einen Antiquitätenhändler aus dem Süden bezog.

Obwohl Sorga ein äußerst merkwürdiger Nachbar war – ja, er wurde sogar immer seltsamer, je näher wir ihn kennenlernten –, mochten wir ihn. Er war Diane und mir regelrecht ans Herz gewachsen, wir konnten uns ein Leben ohne ihn gar nicht mehr vorstellen.

Einer seiner Spleens war es beispielsweise, die Fenster seines Hauses zu verbarrikadieren, sobald wir Steaks oder Spare Ribs auf den Rost des gemauerten Holzkohlengrills legten. Wenn der Wind den Geruch der in Knoblauch eingelegten Hühnerstreifen in seine Richtung trieb – und der Wind wehte *immer* zu ihm –, igelte er sich in seinem Haus ein, sodass wir ihn den ganzen Abend nicht sahen.

Sorga Kucziczka verfügte sogar über besondere Fähigkeiten, wie ich feststellte. Es war exakt in der Nacht vom Freitag, dem 13. August, als es passierte. Ich erinnere mich deshalb so gut an dieses Datum, weil es Dianes vierzigster Geburtstag war, ich aber trotzdem widerwillig der Filmpremiere von Paul Andersons *Alien vs. Predator* beiwohnen musste, da man von mir eine Filmkritik erwartete, die ich bereits vor drei Monaten vertraglich vereinbart hatte. Trotz meiner Vorurteile fand ich den Film sogar für einen überdurchschnittlich guten Genrefilm, doch was ich später in dieser Nacht erfuhr, war der tatsächliche blanke Horror.

Es war gegen ein Uhr früh, als ich mit dem Pick-up über unsere Brücke setzte und den Wagen vor der Terrasse parkte. Die Unterwasserbeleuchtung tauchte die Brücke in ein schillernd grünes Licht, und auf unserer Veranda brannten Ölfackeln gegen die Mücken. Ungewöhnlich, da meine Frau um diese Zeit meist schon schlief und alle Lichter gelöscht hatte. Diane saß aber reglos auf einem Korbstuhl, ihr Kopf war zur Seite gefallen, sodass Nacken und Schulter freilagen. Das Licht der Fackeln spiegelte sich auf ihrer nackten Haut. Hinter ihr stand Sorga. Er trug einen weiten, schwarzen Mantel, sein Haar war offen – es floss regelrecht über seine Schultern herab. Seine Hände lagen auf Dianes Nacken.

Mein Herz pochte wie wild, als ich zur Veranda stürzte. Ich wusste, etwas Schreckliches war in dieser Nacht geschehen. Als ich am Treppenabsatz ankam, hob Diane den Kopf. Ihre Lider flatterten, sie sah mich mit schläfrigen Augen an.

»Es sind diese verdammten Kopfschmerzen, George. Sie treiben mich noch in den Wahnsinn«, sagte sie nur, dann fielen ihr wieder die Augen zu.

Sorga nickte mir kaum merklich zu. »Ich kann Diane meine Hände auflegen, ihren Schmerz lindern, aber ich kann sie nicht heilen«, flüsterte er. Der betrübte Ton in seiner Stimme war nicht zu überhören. Während er sprach, massierte er Dianes Schläfen. Auf dem Tisch stand ihr Massageöl, daneben lag eine Packung Kopfschmerztabletten.

»Ich lasse euch lieber allein.« Sorga nahm die Hände von Dianes Schultern. »Sie hat dir etwas Wichtiges mitzuteilen.« Dann verschwand er wie immer lautlos zwischen den Hecken.

»Was ist passiert?« Ich kniete vor Diane nieder.

Sie rutschte vom Stuhl und sank in meine Arme. Plötzlich brach sie in Tränen aus. Schluchzend erzählte sie mir, was vorgefallen war. Anschließend liebten wir uns und weinten die ganze Nacht.

Als der Morgen graute, hatten wir es tausendmal durchgesprochen. Obwohl Sorga behauptet hatte, er könne Diane nicht heilen, wollte ich verdammt sein, wenn es nicht doch eine Möglichkeit gab. Zwar war es eine verrückte Idee, doch Diane hatte sich damit einverstanden erklärt.

Wir gingen es noch einmal durch, wie ein Ritual. Ich erzählte ihr von den entfernten Fensterkreuzen in Sorgas Haus und von der Holzkiste, die ich in seinem Keller gesehen hatte. Ich hatte Sorga nicht im Spiegel bemerkt, als er mit dem Martini-Glas plötzlich hinter mir aufgetaucht war, noch hatte ich jemals einen Blick zwischen seine verschlossenen Lippen erhaschen können, als verberge sich dahinter ein beklemmendes und geradezu schreckliches Geheimnis. Er besaß keine Fingerabdrücke, er schwitzte nicht und er beherrschte die Tiere, als wären sie ihm untertan. Er mied das Wasser und den Knoblauchgeruch genauso wie die direkte Sonneneinstrahlung. Seine osteuropäische Abstammung und die Vermutung, dass er weit über neunzig Jahre alt sein musste, sowie die Tatsache, dass er bedeutend jünger aussah, ließen nur einen einzigen Schluss zu, der so absurd klang, dass man verrückt werden konnte, je länger man darüber nachdachte. Trotzdem war er unsere einzige Hoffnung.

Wir konnten nicht einmal die Privatpraxis im French Quarter verklagen, in der Diane arbeitete, da sie vor Jahren einen Vertrag unterschrieben hatte, worin sie für sämtliche gesundheitlichen Risiken, die im Zuge ihrer Arbeit als Röntgenassistentin auftreten konnten, die Verantwortung übernahm. Und selbst wenn wir klagten – was brachte uns das? Davon würde Diane nicht wieder gesund werden. Sie hatte einen Gehirntumor, die Metastasen hatten bereits in den gesamten Kopf, den Nacken und die Wirbelsäule gestreut. Der Tumor drückte ihr die wichtigsten Nerven ab. Am Vortag hatte sie davon erfahren. Die Ärzte gaben ihr noch drei Wochen – ganze einundzwanzig Tage! Reichte das aus, um ein Leben zu Ende zu bringen?

Ihre Schmerzen würden stündlich schlimmer werden. Sollten wir dennoch versuchen, die uns gemeinsam verbleibende Zeit intensiv zu nutzen? In drei Wochen würde ich sie beerdigen müssen. Umso schlimmer würde ich danach in ein tiefes Loch fallen. Niemand wäre mehr da, der auf mich wartete, wenn ich abends von einer Vorstellung heimkam. Niemand würde morgens die Post vom Briefkasten holen und anschließend zur Arbeit fahren, wenn ich bei einer Tasse Kaffee auf der Veranda saß und an einem neuen Artikel arbeitete. Niemand wäre da, der meine Arbeit las und kritisierte. Natürlich, einige tausend Leser würden sie sehen, aber die wichtigste Person würde nicht mehr darunter sein: Diane! In drei Wochen würde ich allein sein – für den Rest meines Lebens.

Nachdem wir alles besprochen hatten, schluckte Diane drei weitere Tabletten gegen die Schmerzen. Die Dosis war verdammt hoch. Innerhalb einer Stunde versank sie in ein Delirium. Als ihr die Augen zufielen, trug ich sie in Sorgas Haus. Seine Tür stand für uns offen. Vermutlich ahnte er, dass wir diesen Weg gehen wollten, denn seine Kellerluke war ebenfalls geöffnet und hieß uns willkommen. Auf der Holztreppe brannten ein paar Kerzen. Ich dachte an *Ankh,* das Symbol für ein langes Leben.

Adrian saß regungslos wie ein Totenwächter neben der Luke, seine glutroten Augen stierten beängstigend durch den Raum. Im flackernden Schein trug ich Diane hinunter. Der Boden war sumpfig. Es roch ekelhaft, aber es gab nur diese Möglichkeit, wenn wir wollten, dass Diane *weiterlebte.*

Seit Stunden sitze ich nun auf Sorgas Veranda, denke über alles nach und warte auf den Einbruch der Dunkelheit. Vielleicht werde ich mich auch in den Keller legen … ich weiß es noch nicht.

MEDUSA

Medusa *ist eine typische Crossover-Geschichte, in der sich die Genres vermischen. Horror, Phantastik, Action, Mythologie, Archäologie, Astronomie, Science Fiction … eben ein bisschen von allem. So etwas schreibe ich am liebsten. Der Fantasie sind nicht die Grenzen von fest abgesteckten und schubladisierten Gattungen auferlegt.*

Autorenkollege Peter Patti hat die Story übrigens für eine deutsch-italienische Horror-Anthologie ins Italienische übersetzt, und da ich damals neben der Schriftstellerei noch halbtags im Büro eines italienischen Pharma-Konzerns gearbeitet habe, erstellte ich eines Tages Kopien der italienischen Übersetzung für meine Vorgesetzten in Parma, da diese nicht deutsch konnten, aber einmal etwas von mir lesen wollten.

»Very interesting plot, Andy«, hieß es beim nächsten Finanzmeeting in Rom …

… wenigstens wurde ich damals nicht gefeuert.

PROLOG

Der August war ohnehin schon ein heißer Monat, doch dieser Tage war die Hitze für Evelyn unerträglich. Die Sonne brachte den Kies auf den Straßen zum Glühen, die weißen Steingebäude reflektierten die Hitze, und über Athen entstand eine Dunstglocke, die man mit dem Messer hätte schneiden können.

Die Taverne in der verwinkelten Treppengasse war beinahe leer. Nur Evelyn saß unter der Markise in einem Korbstuhl bei einem Glas Retsina und unterhielt sich mit ihrem Gegenüber. Schon oft hatte sie sich als Journalistin eine solche Situation gewünscht – sie waren völlig ungestört und niemand konnte ihr Gespräch belauschen.

Sie klopfte mit dem Bleistift gegen die Zähne. »Danke, dass Sie sich die Zeit genommen haben.«

»Zeit ist umso kürzer, je glücklicher man ist, nicht wahr?« Der Mann lächelte. »Ich habe Zeit in Überfluss.«

Was hinter seiner Fassade vorging, konnte Evelyn nur erahnen. Seine Gesichtszüge waren reglos, die Sonnenbrille und der schwarze Hut verdeckten die interessanten Details. Sie sah nur seine schmale Nase, die geschwungenen Lippen und die perfekt weißen Zähne. Sein Kinn war kantig, allerdings hatte er sich schon seit Tagen nicht mehr rasiert. Sie schätzte ihn auf Ende dreißig. Verheiratet war er nicht, zumindest trug er keinen Ehering. Auf so etwas achtete sie bei Männern immer zuerst. Er wirkte attraktiv, wenn er lächelte, doch er vermied es. Das Thema war zu ernst, als dass jemand darüber hätte schmunzeln, geschweige denn lachen können.

»Sie möchten die Hintergründe erfahren«, stellte er fest. Trotz der Hitze lief ihm kein einziger Schweißtropfen übers Gesicht.

Sie nickte, blickte auf die Uhr und machte sich Notizen. Der Mann wollte nicht, dass sie das Gespräch auf Tonband aufzeichnete. Das respektierte sie. Er hatte auf schriftlichen Notizen bestanden, und er wollte nur mit *ihr* sprechen, der griechischen Auslandskorrespondentin des *Time Magazine,* mit niemand anderem. Das konnte ihr nur recht sein, schließlich sah der Typ nicht schlecht aus.

»Was passierte in jener Nacht an der Kaimauer am Hafen?«, fragte sie.

»Ja, was passierte mit den Männern?«, entgegnete er. »Was hat es mit dem Observatorium auf sich? Was ging in dem Institut vor? Wer legte den Brand? Die Anschläge? Die Explosionen? Die Attentate? Wer tötete all die Menschen? Aus welchem Grund? Und vor allem – *wie?*« Er breitete die Arme aus. »Das alles hängt zusammen, doch es begann mit einem harmlosen Aufsatz in einem lächerlichen Magazin … mit *diesem* Artikel über Perseus.« Er klopfte auf die vergilbte, zerfledderte Ausgabe des wissenschaftlichen Blatts.

Evelyn notierte sich den Titel: *Sky & Telescope Magazine,* eine Astronomie-Zeitschrift.

»Sie werden mir nicht glauben. Die Zusammenhänge sind zu verrückt.«

Evelyn legte den Stift beiseite. »Ich war am Hafen, Mister Unbekannt. Ich habe die Männer gesehen, bevor die Polizei da war. Glauben Sie mir, *noch* verrückter kann es nicht werden!«

»Es *wird* noch verrückter! Schon bald! Wir stecken mitten drin.«

»Ich habe die Kaimauer mit eigenen Augen gesehen. Ich glaube Ihnen …«

»Glauben nützt nichts. Sie müssen es verstehen!«

»Okay.« Sie fixierte ihn. »Erzählen Sie!«

Der Mann kippte den Retsina mit einem Schluck hinunter, lehnte sich im Stuhl zurück und strich sich über die Bartstoppeln. »Kennen Sie die Sage von Perseus?«

Evelyn legte den Kopf schief. »Der mit dem Zyklopen und den Sirenen?«

»Oh, je!« Er schmunzelte amüsiert. »Die drei Gorgonen Stheno, Euryale und Medusa waren Schwestern, geflügelte Schreckgestalten, die jeden, den sie anblickten, zu Stein erstarren ließen. Perseus, ein tapferer und gut aussehender Jüngling, zog aus, um die schreckliche Medusa zu töten. Sie war die einzige Sterbliche der drei Gorgonen. Als er auf die Schwestern traf, schliefen sie und boten einen furchterregenden Anblick: auf dem Kopf Schlangen statt Haare! Vorsichtig tastete Perseus sich an die Schlafenden heran, das Gesicht abgewandt. Schließlich war er clever. Er hielt seinen Schild so, dass er nur das Spiegelbild der Schwestern darin sah, um ihren versteinernden Blick zu vermeiden. Dann schlug er mit einem gewaltigen Streich Medusa das Haupt ab. Ein dicker Strahl dunklen Blutes schoss aus ihrem Leib. Mit schrecklichem Geheul stürzten sich die beiden anderen Schwestern auf Perseus. Der aber steckte das abgeschlagene Haupt in einen Sack, setzte seine Tarnkappe auf, die ihn unsichtbar machte, und flog mit den Flügelschuhen davon ... *Schwupp* – und weg war er!« Der Mann wischte mit einer Geste durch die Luft.

»Eine nette Geschichte, aber was hat das mit den Ereignissen am Hafen zu tun?«

Er faltete die Hände. »Warten Sie ab! Alles begann damit, dass Kevin Dwyer dem Observatorium einen ungewöhnlichen Besuch abstattete ...«

1. KAPITEL

Kevin Dwyer räusperte sich. Er betrachtete sein Spiegelbild in der Glaswand der Empfangshalle. *Schrecklich!* Die letzten schlaflosen Nächte hatten an ihm gezehrt. Er zog sich den Krawattenknoten enger, fummelte am Hemdkragen herum. Das würde genügen. Schließlich war es kein offizieller Besuch, sondern nur persönliche Neugierde, die ihn in das *National Observatorium of Athens* getrieben hatte. Er brauchte Antworten. Der Astronom L. Clarke würde sie ihm geben können. Über das Sekretariat des Instituts hatte Dwyer einen Termin mit dem Wissenschaftler bekommen, der ihn bereits erwartete.

Während er die Treppen hinaufstieg, schlüpfte er in das Sakko. Der Gebäudekomplex glich einer Gefrierkammer. Jemand sollte die Klimaanlage abschalten. Auf den Straßen Athens stand die Luft, und der Staub hing förmlich in der drückenden Hitze. Sein Hemd war durchgeschwitzt, es würde ihn nicht wundern, wenn er sich hier eine Erkältung holte.

Auf der Etage unter der Teleskopkuppel befand sich ein einziges Büro. Er klopfte an die Tür. *Dr. L. Clarke, Astrophysiker* stand auf dem Schild.

»Kommen Sie herein!« Eine jugendliche Stimme mit amerikanischem Akzent.

Dwyer trat ein. Das Büro glich einer Bibliothek, in die eine Bombe eingeschlagen hatte. Selbst auf der Fensterscheibe klebten Tabellenblätter und gelbe Notizzettel.

»Ich suche Dr. Clarke.« Dwyer stieg über einen Stapel Bücher hinweg.

»Nennen Sie mich Lisa.« Eine Frau mit schulterlangen, braunen Locken kehrte ihm den Rücken zu. Sie trug ein enges, weißes Top und einen Wickelrock, der am Ansatz der Oberschenkel endete. Ihre Beine waren braun gebrannt, ihre Waden schlank und fest. »Ich bin gleich so weit, Dr. Dwyer.«

Sie beugte sich über den Schreibtisch, Dwyers Mund trocknete aus. Das war also der Astrophysiker, mit dem er sich treffen wollte – eine Dame, zehn Jahre jünger als er selbst.

Sie unterschrieb einige Papiere, richtete sich auf und streckte ihm die Hand entgegen. »Lisa Clarke, ich freue mich …«

Ihre Augen wurden groß, die Hand sackte hinunter.

»Oh!«, entfuhr es ihr.

»Oh?«, wiederholte Dwyer. Er runzelte die Stirn.

»Ich bin überrascht.« Sie lächelte. »Eigentlich habe ich einen älteren, distinguierten Herrn mit Nickelbrille und grauem Seitenscheitel erwartet, der auf einem Gehstock gestützt in mein Büro hinkt.«

»So wie englische Archäologen eben aussehen.«

»Genau, doch scheinbar gibt es auch gut aussehende Altertumsforscher.«

»Danke.« Er reichte ihr die Hand. »Sie sind auch nicht gerade das, was ich erwartet habe.«

»Wen haben Sie denn erwartet? Frankensteins Braut?« Sie lächelte.

Er ertappte sich, wie er auf ihr Top starrte. »Nein, ich dachte …« Er schluckte.

Sie verschränkte die Arme vor der Brust. »Schon gut, ich fasse es als Kompliment auf.« Sie schob den Kaugummi von einer Backe in die andere. »Sie kommen aus London?«

Dwyer schüttelte den Kopf. »Nicht ganz … aus Sheffield. Ich arbeite für die Archaeological Research and Consultancy an der Universität in Sheffield. Sie kommen aus den Staaten?"

»Yep!« Sie strich sich eine Locke hinters Ohr. »Sie sagten unserem Sekretariat, Sie würden auf der Hochebene von Thessalien arbeiten, archäologische Ausgrabungen aus der Altsteinzeit und so ... sind Sie Mitglied des englischen Teams?«

»Ich leite es. Mit etwas Glück werden wir einige bedeutende Funde heben.«

Sie zog die Augenbrauen hoch. »Ein attraktiver Allan Quatermain, nur besser gebaut – hier in Griechenland, wow! Was machen Sie später?«

»Wenn die Ausgrabung beendet ist? Ich möchte nach Ägypten ... allerdings brauche ich zuvor den Auftrag von der Universität.«

»Nein, ich meinte später, wenn Sie alt sind und nicht mehr im Sand buddeln können.«

»Oh!« Er riss die Augen auf. »Wenn ich ein distinguierter Herr mit Nickelbrille und grauem Seitenscheitel bin, der an einem Gehstock humpelt? Dann möchte ich zurück nach England, mich in einem Haus mit Garten niederlassen und in Sheffield unterrichten.«

Sie schmunzelte. »Klingt gut, *Doktor Jones.* Haben Sie Familie?«

Er schüttelte den Kopf. Wenn er sie nicht bald stoppte, hatte er ihr seine gesamte Lebensgeschichte erzählt.

»Verstehe!« Sie musterte ihn und verzog das Gesicht. »Sie sind der Typ, der sein Leben der Archäologie widmet. Ihre Eltern waren arm, richtig? Doch Sie haben trotzdem studiert, haben sich das Studiengeld mit Nebenjobs verdient.« Sie wedelte mit der Hand durch die Luft. »Sie mögen keine Politik, keinen gesellschaftlichen Umgang, nur die wissenschaftliche Forschung.«

Er lachte und schüttelte den Zeigefinger. »Donnerwetter! Sie scheinen mich gut zu kennen.«

Einiges davon stimmte tatsächlich.

Sie schmunzelte. »Vielleicht sind wir seelenverwandt?«

»Ja, vielleicht.« Er zuckte mit den Achseln. »Was hat *Sie* nach Griechenland verschlagen?«

Sie seufzte. »Für Astronomen gibt es eine internationale Warteliste. Wo ein Job frei wird, kommt man hin. Nicht jeder hat das Glück, ins Astrophysikalische Observatorium auf dem Roque de Los Muchachos auf La Palma zu kommen. Das liegt zweitausendvierhundert Meter hoch. Dort gibt es keine Lichtverschmutzung. Und andere wie mich verschlägt es nach Griechenland. Im Sommer ist durch den Smog in Athen kein Stern mehr sichtbar. Toll, nicht wahr?«

»Das tut mir leid.«

»Was soll's, ich habe es nicht so schlecht erwischt. Ich hätte auch in Thessaloniki landen können … *uhhh.*« Sie wedelte mit der Hand vor dem Mund.

»Hier haben Sie wenigstens Sonne, Strand und Meer.«

»Und Moussaka, Souvlaki, Metaxa und Tsatsiki. Sie breitete die Arme aus. »Sie sind weit gereist. Wie kann ich Ihnen helfen?«

Der Small Talk schien beendet. Dwyer zog ein zerfleddertes Magazin aus der Sakkotasche. Er faltete es auseinander und hielt der Astronomin einen Artikel vor die Nase.

»Dieser Artikel erschien vor drei Jahren im *Sky & Telescope Magazine.*«

»Gott!« Sie lachte und schlug sich die Hand vor den Mund. »*Deswegen* sind Sie hergekommen?« Sie ließ sich in den Sessel plumpsen, schlug die Beine übereinander und deutete auf die Couch. »Nehmen Sie doch Platz.«

Dwyer schob einen Stapel Notizen und Zeitschriften zur Seite und setzte sich. Er sank in die Couch, legte die Hände auf die

Knie und saß da wie ein Schüler im Büro des Rektors. »Ich wollte mit Ihnen über den Artikel sprechen.«

»Das hätten Sie auch am Telefon erwähnen können, dann hätten Sie sich den Weg von Thessalien hierher ersparen können. Tut mir leid, Sie zu enttäuschen, aber Sie sind umsonst gekommen.«

Dwyer legte die Stirn in Falten. »Ich verstehe nicht.«

»Vor drei Jahren – wie soll ich es erklären? – ich war auf dem Mythologie-Trip. Ich wollte ein Rätsel lüften, Sie verstehen? *Huhuuu…* « Wie eine Hexe fummelte sie mit den Fingern durch die Luft, dann lachte sie.

»Ich wollte Astronomie und Archäologie verbinden. Ich dachte, ich hätte etwas Geheimnisvolles entdeckt, und habe diesen Artikel verfasst. Das sollte mein Dissertationsthema werden. Die Arbeit wurde aber von meinem Betreuer abgelehnt, nicht wissenschaftlich genug! Schließlich schrieb ich über die Vermessung des Linienspektrums interstellarer Gaswolken. Haut Sie nicht gerade aus den Socken, oder?« Sie grinste. »Aber zurück zu dem Artikel. Dass den tatsächlich jemand ausgraben und lesen würde und mich sogar Allan Quatermain im Büro besucht, hätte ich nicht gedacht …« Sie kicherte.

Dwyer bekam rote Wangen. Schnell wechselte er das Thema. »Sie schreiben in dem Artikel, Sie könnten astronomisch berechnen, wo das Schwert des Perseus vergraben liegt.«

»Bitte, Sie sollten das wirklich vergessen. Ich war damals jugendlich und leichtsinnig und sah zu viel fern. Vergeuden Sie nicht Ihre Zeit, meine damaligen Gedankengänge zu verstehen.«

»Erklären Sie es mir!« Er fixierte sie ernst.

»Na schön.« Sie seufzte. »Sind Sie mit der Legende von Perseus vertraut?«

»Das fragen Sie einen Archäologen, der in Griechenland arbeitet?«

»Der Punkt geht an Sie.« Sie lächelte. »Also, wenn man die geläufige Darstellung des Perseus-Sternbilds am Nachthimmel betrachtet, hält Perseus in der linken Hand das abgetrennte Medusenhaupt und schwingt mit der Rechten sein Schwert. Auch bei der berühmten Perseus-Statue des Bildhauers Benvenuto Cellini ist es so. Allerdings wird Perseus in den altgriechischen Legenden seitenverkehrt dargestellt: *links* das Schwert und *rechts* das Haupt der Medusa.«

»Ja, aber …?«

»Moment! Ich komme gleich zum Punkt!« Sie sprang auf, lief zum Schreibtisch und wühlte in den Unterlagen. Sie breitete eine Sternkarte vor Dwyer auf dem Boden aus. Mit einem Stift verband sie einige Sterne zu der Darstellung eines Mannes, der ein Schwert schwang.

»Sehen Sie? Das ist das Sternzeichen am Nachthimmel. In der altgriechischen Mythologie wird das Schwert des Perseus von den Sternen Miram und Algenib gebildet.« Sie schmückte die Skizze aus, indem sie Soldatenstiefel, Brustpanzer, Helm, Griff und Klinge des Schwerts aufs Papier kritzelte.

»Verstehen Sie etwas von Astronomie?«, fragte sie.

»Ein wenig.«

»Sagt Ihnen die Rotationsgeschwindigkeit der Spiralarme der Milchstraße etwas?«

Er verzog das Gesicht.

»Alles klar!« Sie setzte sich wieder in den Stuhl. »Unsere Sonne und die übrigen Sterne kreisen mit unterschiedlichen Geschwindigkeiten um das Zentrum der Milchstraße. Deshalb verändert sich der Anblick des Sternenhimmels im Lauf der

Jahrtausende. Wenn man die Gestalt des Perseus-Sternzeichens nun 3400 Jahre bis zur Frühzeit der Antike zurückrechnet, erhält man ein verzerrtes Bild der Konstellation. Das damalige Verhältnis der Sterne Algol, Atik, Menkib, Miram und Algenib entspricht exakt der geografischen Lage der antiken Städte Thessaliens.«

Dwyers Stirn glättete sich, er schien zu begreifen. »Sie haben das Sternbild auf eine Karte des Alten Griechenland gelegt?«

»Yep!«

Er beugte sich vor. »Wohin würde Algenib als Schwertspitze deuten?«

»Nicht deuten«, korrigierte sie ihn. »Algenib kommt exakt auf der kleinen Stadt Kalampakka zu liegen, westlich von Larisa, nicht einmal zweihundertfünfzig Kilometer von hier. Über der Stadt thronen die Meteora-Klöster.«

»Und *dorthin* verweist das Sternbild?«

»Yep!«

»Und wenn Sie sich geirrt haben?«

»Könnte natürlich sein, dass ich mich verrechnet habe«, gab sie zu. »Aber nicht der Computer!« Sie schüttelte den Kopf.

Dwyer dachte nach. »Aber weshalb sollten die alten Griechen ihre Städte exakt nach den Sternen ausgerichtet haben?«

»Dieselbe Frage könnten Sie auch über die Ägypter oder Maya stellen. Oder denken Sie an Stonehenge oder die Osterinseln.«

Dwyer stieß die Luft geräuschvoll aus. »Sie glauben daran?«

Sie zuckte mit den Achseln. »Ich sagte doch, dieser Artikel war reine Spekulation, nicht wissenschaftlich fundiert, sondern beruhend auf der Fantasie einer abenteuerlustigen Astronomiestudentin.«

Dwyer nickte, als habe er verstanden.

»Sind Sie jetzt enttäuscht?«

Er erhob sich und strich das Sakko glatt. »Keineswegs, Sie haben mir weitergeholfen, vielen Dank.«

»Sie wollen schon gehen?« Ihre Augen wurden groß.

Er nickte. »Ich muss zurück zu meinem Ausgrabungsteam. Wir sind inmitten einer Magnetfeldmessung und schießen heute Abend eine Gradiometersonde in den Boden.« Er ging zur Tür. »Ich hoffe, für Sie wird bald eine Stelle auf dem Roque de Los Muchachos frei.«

Sie grinste und zwinkerte ihm zu. »Das hoffe ich auch. Würden Sie dann mitkommen?«

»Gibt es dort etwas zu graben?«

Sie lächelte. »Für Sie würde ich etwas finden.«

Schlagartig trocknete sein Mund aus. Die Frau verwirrte ihn. Er sollte lieber gehen. Rasch wandte er sich um und verließ das Büro.

»Ach, eine Frage noch«, rief sie ihm nach.

Dwyer steckte den Kopf zur Tür herein.

»Weshalb wollten Sie wissen, wie ich die Lage von Perseus' Schwert errechnet habe?«

»Tja.« Er hob die Augenbrauen. »Wir haben zwischen zwei Steinplatten am Fuße des Meteora-Klosters in Kalampakka ein über dreitausend Jahre altes Schwert entdeckt.«

2. KAPITEL

Dwyer stieg aus dem Jeep und streckte das Kreuz durch. Ihm schmerzte der Rücken von der holprigen Fahrt von Athen nach

Thessalien. *Endlich zurück!* Eine Menge Arbeit wartete auf ihn. Die Nachmittagssonne knallte auf die Zeltplanen. Er schirmte die Augen ab und blickte hinauf zur Ausgrabungsstelle.

»Kevin! Kevin!« Fred Weasle, Dwyers übergewichtiger Stellvertreter, lief keuchend den Abhang hinunter, hinter sich eine Staubwolke, die aufwirbelte. Das Hemd hing ihm aus der Hose, sein Haar flog im Wind, und er ruderte mit dem Armen, um das Gleichgewicht zu halten.

»Gott!«, murmelte Dwyer. Kaum war er einen Tag fort, verlor Weasle die Nerven. Hoffentlich war nichts schiefgegangen. Immerhin lagen sie gut im Zeitplan. Heute die Sonde, morgen die Radarvermessung und übermorgen die ersten Probebohrungen.

»Kevin! Verflucht, Kevin! Du hättest da sein sollen, statt dich mit diesem alten Knaben zu treffen!«

Von wegen alter Knabe!

»Was ist?« Dwyer fing Weasles voluminösen Körper auf. Der Mann ließ die Schultern hängen und schnaubte wie eine Dampflok. Schweißbäche liefen ihm übers Gesicht.

»Das Militär war hier.« Er wischte sich den Schweiß von der Oberlippe.

»Hatten die Leute einen Passierschein?«

»Ha!« Weasle warf die Arme hoch. »Die brauchen keinen!«

»Du hast sie reingelassen?«

Weasle riss die Augen auf. »Was sollte ich machen? Die trampelten mitten durch die Ausgrabungen! Die hatten Waffen dabei! *Waffen!* Sollte ich mich erschießen lassen?«

»Schon gut.« Dwyer griff sich den Rucksack und das Mobiltelefon vom Beifahrersitz.

»Ein Oberst hat die Aufzeichnungen über die Ausgrabungen mitgenommen.«

»Was?« Dwyer blickte hinauf. Am Hügelkamm standen die Männer und Frauen des Teams. Reglos starrten sie hinunter zum Jeep. Worauf warteten sie? Weshalb arbeiteten sie nicht weiter?

»Ist das Militär noch da?« Dwyer deutete zum Hügel.

»Vor fünf Minuten abgehauen.«

»Hast du die englische Botschaft verständigt? Die Griechen können nicht einfach so ...«

Weasle schüttelte den Kopf. »Kevin!« Seine Stimme wurde ernst. »Das waren keine Griechen. Die waren vom *britischen* Militär!«

»Unsere Leute?«

Weasle nickte. »Ein Oberst namens Lionel Bane und zwei Lastwagen voller Soldaten.«

»Scheiße!« Dwyer kickte einen Stein über den Sandboden.

»Und noch was, Kevin. Das Wichtigste weißt du noch gar nicht.« Weasle blickte zu Boden und schabte mit der Sandale im Sand. »Sie haben das Schwert mitgenommen.«

3. KAPITEL

Eine Angestellte geleitete Dwyer durch die Gänge des Gebäudekomplexes. Es roch nach Silikon und Plastik, an der Decke surrten Leuchtstoffröhren.

Das *IFRDNA* war Athens größtes Gebäude, ein Bunker aus Beton, Glas und Kunststoff. Von außen wirkte es wie ein modernes Fußballstadion, von innen wie die Kulisse eines utopischen Films. Den Bau konnte es noch nicht lange geben, alles roch neu und war spartanisch eingerichtet.

Dwyer wartete in einem klimatisierten Besprechungszimmer. Er hatte kaum Zeit, seine Gedanken zu ordnen und sich Argumente zu überlegen, als die Tür bereits aufgerissen wurde. Oberst Bane kam auf ihn zu. Er trug eine blaue Uniform mit goldenen Rangabzeichen. Die Mütze trug er im Arm. Er sah aus, wie der typisch britische Militär: hoch gewachsen, breit gebaut, grauer Bürstenhaarschnitt, Sommersprossen und braun gebranntes, wettergegerbtes Gesicht. Sogar die Augenbrauen waren von der Sonne gebleicht. Anscheinend verbrachte er die meiste Zeit im Freien und war alles andere als ein Schreibtischhengst. Das würde die Sache nicht gerade einfacher machen.

Der Oberst lächelte breit und streckte Dwyer die Hand hin. Dwyer nahm sie nicht, sondern verschränkte stattdessen die Arme vor der Brust.

»Mister Dwyer, schön Sie zu sehen. Leider hatten wir keine Gelegenheit, uns an Ihrer Ausgrabungsstätte persönlich kennenzulernen.«

»Das war auch nicht nötig, Sie haben sich auch ohne meine Erlaubnis bedient.« Dwyers Augen funkelten, sein Puls raste.

Der Oberst nickte, als habe er Dwyers Gefühlsausbruch erwartet. »Offenbar ziehen Sie es vor, Ihr Team allein zu lassen und sich in Athen zu vergnügen, während *wir* im Interesse der nationalen Sicherheit tätig sind.« Bane setzte ein falsches Lächeln auf.

»Nationale Sicherheit!«, spie Dwyer aus. Er bohrte den Zeigefinger in die Brust des Oberst. »*Sie* haben die Arbeit eines englischen Wissenschaftlerteams sabotiert, Sie haben meine Männer mit Waffen bedroht, Unterlagen beschlagnahmt und einen wertvollen archäologischen Fund entwendet. Für wen halten Sie sich? Für die verdammte CIA?«

Das Lächeln des Oberst gefror. Er nahm Dwyers Finger von seiner Brust. »Sie wollen es anscheinend auf die harte Tour«, stellte er fest.

»Ich möchte die Unterlagen des Teams zurückhaben und vor allem den archäologischen Fund! Dann ist der Fall für mich erledigt!«

»Was *Sie* wollen, interessiert uns nicht. Wenn ich möchte ...« Er schnippte mit den Fingern. »... ist Ihre Ausgrabungsstätte innerhalb von zwölf Stunden dichtgemacht, und Sie sitzen mit Ihrem Team in einem Flieger zurück nach England. Und wenn Ihnen *das* passiert, danken Sie Gott, denn dann haben Sie noch die sanfte Variante erwischt. Also schalten Sie einen Gang runter, gehen Sie zurück zu Ihrem Team und spielen Sie weiter im Sand.«

»Ich weiß nicht, was Sie im Schilde führen, es interessiert mich auch nicht. Das Schwert ist Eigentum der griechischen Regierung. Es gehört in ein Museum. Was versprechen Sie sich davon, wenn Sie es beschlagnahmen? Welchen Wert hat es für das Militär? Es ist ein archäologisches Artefakt und muss ...«

Der Oberst brachte Dwyer mit einer Handbewegung zum Schweigen. »Ehrlich gesagt, habe ich Sie für intelligenter gehalten.«

Dwyer schnappte nach Luft. »Wie bitte?«

»Auch das Militär war auf der Suche nach dem Schwert des Perseus.« Bane verstummte.

Dwyer schluckte. Woher zum Teufel wusste der Militär, um *welches* Schwert es sich handelte? Es hätte auch das eines Kreuzritters sein können, eines römischen Soldaten, von Alexander dem Großen oder einer beliebigen anderen Person. Außerdem handelte es sich dabei nur um die Theorie einer abenteuerlustigen Astronomin.

»Auch wir sind informiert.« Der Oberst stemmte die Faust in die Hüfte. »Perseus wollte die Gorgone Medusa töten. Er wusste, ihr Blick konnte ihn in Stein verwandeln. Er hielt seinen Schild so, dass ...«

»Danke! Ich kenne die Geschichte.«

Der Oberst nickte. »Dann werden Sie auch bestimmt erraten haben, was wir damit vorhaben.«

»Was? Ich verstehe nicht?«

»So! Sie verstehen nicht?« Bane grinste. »Sie glauben, Sie kommen mit Ihrer naiven Archäologie-Geschichte durch?«

Dwyers Augenlid zuckte. War der Oberst übergeschnappt? Wovon redete er?

»Für wie blöd halten Sie uns? Denken Sie, wir wüssten nicht, was in Ihrem Kopf vorgeht?« Der Oberst kniff die Augen zusammen und musterte Dwyer. »Nachdem Sie das *National Observatorium of Athens* besucht und mit der niedlichen Amerikanerin geflirtet haben, konnten Sie doch sicher eins und eins zusammenzählen!«

»Woher wissen Sie, wo ich war?« Dwyer rang nach Atem.

»An der Bodenplatte Ihres Jeeps ist ein Sender installiert.« Bane schüttelte den Kopf, als hätte er es mit einem Dilettanten zu tun.

»Sie haben *was?*« Dwyer spürte, wie sein Blutdruck anstieg. *Sender! Militär! Nationale Sicherheit!* Er bekam Kopfschmerzen.

»Hören Sie ...« Bane zog die Schultern hoch. »Mit wem, glauben Sie, haben Sie es hier zu tun? Das Institut forscht nach neuen Waffentechnologien. Denken Sie, wir lassen Sie einfach herumspazieren und Fragen stellen?«

Waffentechnologien?

»Aber was haben unsere Ausgrabungen mit Ihrer Forschung

zu tun? Was zur Hölle haben Sie vor?« Dwyer rang die Hände. Sein Blick fiel auf das an der Wand angebrachte Emblem des Instituts. Das Logo zeigte eine in sich geschlungene Doppelspirale. Darunter stand: *IFRDNA,* Institut für rekombinierte DNA. *Forschungslabors? Moderne Waffentechnologie?*

Plötzlich hellte sich sein Blick auf, als er verstand. »Sie sind verrückt!«, entfuhr es ihm. »Das ist der blanke Irrsinn!«

»Sie haben es erst jetzt verstanden!«, stellte Bane überrascht fest. Er schlug sich mit der Hand auf die Stirn. »Ich habe Sie tatsächlich überschätzt. Sie hatten keine Ahnung, was wir hier tun?«

»Sie sind verrückt!«, wiederholte Dwyer. »Sie unterziehen das Schwert einer DNA-Analyse!«

»Möglicherweise.«

»Sie rekonstruieren die Blutspuren an der Klinge!« Dwyer wurde die Tragweite des Wahnsinns bewusst. »Sie verrennen sich in einer Sackgasse! Das ist doch bloß griechische Mythologie! Was versprechen Sie sich davon? Wollen Sie etwa die Gorgone Medusa klonen? Das ist doch lächerlich.«

Bane lachte auf. »Das Projekt trägt zwar den Namen *Medusa,* aber wir klonen nicht die Gorgone selbst. Nur die Iris ihres Auges!«

Dwyers Gaumen trocknete aus.

4. KAPITEL

Dwyer hatte Lisa Clarke am Mobiltelefon erreicht. Er musste sich dringend mit ihr treffen. Wenn das Militär seine Spur zu ihr verfolgt hatte, konnte das nur bedeuten, dass auch sie in Gefahr schwebte. Wenn Bane und seine Auftraggeber tatsächlich so verrückt waren, wie er dachte, mussten Lisa Clarke und er so rasch wie möglich aus Griechenland verschwinden. Die englische Botschaft würde nicht genügen. Er musste seinen Boss, Dennis Gable von der Universität in Sheffield, erreichen.

Dwyer war eine gute Viertelstunde zu spät. Endlich fand er eine Parklücke in der Athener Innenstadt. Er stieg aus Fred Weasles Privatwagen und lief über die Straße. Seinen Jeep hatte er wohlweislich in Thessalien stehen lassen. Aber er machte sich keine Illusionen. Wahrscheinlich überwachten sie ihn trotzdem. Bloß ein anderes Auto würde Oberst Bane nicht täuschen.

Die Taverne in der Seitengasse lag im Schatten einer Häuserzeile. Die Menschen drängten sich im Garten des Lokals. Im Getümmel sah er die braunen Locken der amerikanischen Astronomin, die ihn so gut zu kennen schien. Auch ihm kam es vor, als kannte er sie schon ewig. Schade, dass sie sich nicht unter anderen Umständen begegnet waren.

In ihrem Haar stecke eine Sonnenbrille. Sie trug ein blaues Top mit Spaghettiträgern. Vor ihr auf dem Tisch stand ein halb volles Glas mit Zitronensaft. Sie reckte den Hals und sah sich um. Gott sei Dank ging es ihr gut. Dwyer hatte befürchtet, sie würden sich an ihre Fersen heften. Er musste ihr alles erzählen. Würde sie ihm überhaupt glauben, wenn er ihr mit einer verrückten Geschichte über die geklonte Netzhaut der Medusa kam? Selbst wenn Lisa Clarke nur noch zur Hälfte jenes abenteuerliche Mädchen war wie vor drei Jahren, würde sie ihm glauben.

Dwyer rannte über die Straße. »Hallo!« Er winkte.

Lisa erkannte ihn und hob ebenfalls den Arm. »Die nächste Runde geht auf den englischen Archäologen!«, rief sie.

Zum Scherz zog er das leere Innenfutter der Hosentaschen heraus. »Aber ich ...«

Plötzlich wurde er geblendet. Er sah nichts mehr! Nur gelbe Punkte. Erst jetzt hörte er den Krach der Explosion. Die Druckwelle schleuderte ihn zurück. Seine Ohren waren beinahe taub. Splitter der Korbstühle prasselten auf ihn nieder. Glas zerbarst. Besteck klimperte auf den Asphalt, Servietten flatterten durch die Luft.

Aus dem Lokal drang eine schwarze Rauchwolke, und die Flammen züngelten bis in das obere Stockwerk. Der Baldachin hing nur noch in Fetzen vom Dach. Unmittelbar darauf explodierte auch noch der Benzintank eines vor dem Lokal parkenden Autos. Die Stichflamme schoss empor, die Blechteile wurden wie Granatsplitter davon geschleudert, und die Rauchwolke verqualmte den Himmel.

Dumpf hörte Dwyer die Schreie der Menschen. Er selbst lag rücklings auf dem Asphalt, das Hemd zerrissen, die Arme rußig vom Staub und blutig von den Scherben. Als der Adrenalinschock abklang, spürte er die Glassplitter wie feine Nadelstiche im Gesicht. Er tastete zur Wange, im nächsten Moment wurde ihm schwarz vor Augen.

5. KAPITEL

Fred Weasle stieg in Dwyers Jeep. Die Anweisungen, die er von Dwyer erhalten hatte, waren klipp und klar. Wenn er bis Mittag nichts von seinem Boss gehört hatte, sollte er die englische Botschaft in Athen aufsuchen. Die sollte Kontakt mit Dennis Gable von der Universität in Sheffield aufnehmen. Des Weiteren sollte er sich darum kümmern, Christos Chryssochoidis aus dem griechischen Kulturministerium in die Sache einzubeziehen. Gott, wie sollte er das machen? Er brachte nicht einmal den Namen des Kerls heraus.

Weasle stand der Schweiß auf der Stirn. Er war ein Arbeitstier, für gewöhnlich wühlte er mit Meißel, Pinsel und Spitzhacke in Mauerresten, fuhr mit dem Schubkarren Schutt weg, trug Holzlatten zu den Ausgrabungen oder programmierte Laptops für Magnetfeldmessungen. Doch er war kein Mann des Worts, er konnte nicht diskutieren, keine Aufgaben delegieren und schon gar nicht mit wichtigen Leuten verhandeln. Das war Dwyers Job.

Allein der Gedanke, in wenigen Stunden im Büro des Botschafters zu stehen und von Männern in Anzügen und Krawatten umgeben zu sein, jagte seinen Puls hoch.

Weasle zwängte sich hinters Lenkrad. Auf dem Beifahrersitz lag das Mobiltelefon. Würde sich Dwyer während der Fahrt bei ihm melden? Vielleicht stellte sich in der Zwischenzeit heraus, dass alles in Ordnung war, vielleicht war alles nur ein blödes Missverständnis gewesen.

»Verfluchter Dreck.« Warum konnte er nicht einfach nur seinen Job machen?

Weasle fuhr den Sitz zurück, verstellte die Rück- und Seitenspiegel und rammte den Schlüssel ins Zündschloss.

Der Motor hustete.

Da sah Weasle den losen Draht unter dem Armaturenbrett. Klebte dort ein Paket? Im gleichen Augenblick spürte er die sengende Hitze.

6. KAPITEL

Als Dwyer die Augen aufschlug, sah er, dass er sich im Krankenhaus befand. Neben der Nachttischlampe lag die Abendausgabe der Tageszeitung *Ta Nea*. Er kannte die griechischen Buchstaben gut genug, um einzelne Worte der Schlagzeile entziffern zu können.

Apópeira ... Tromokratía ... Omáda!

Mehr brauchte er nicht zu wissen. Es musste etwas bedeuten wie »Attentat einer türkischen Terrorgruppe!« Auf der Titelseite prangten die Bilder von den Überresten einer Taverne und dem Wrack eines Autos. Von wegen türkische Terroristen! Als Dwyer die Zeitung auseinanderfaltete, fuhr er hoch. *Fuck!* Seine Kopfschmerzen waren wieder da.

Auf den Innenseiten waren die Fotos der Opfer zu sehen. Zwei davon kannte er: Lisa Clarke und Fred Weasle! *Verdammte Scheiße!* Fred war auch tot. Er zerknüllte die Zeitung und warf sie in die Ecke.

Das war völlig verrückt! Wo zum Teufel war er da hineingeschlittert? Er war mit einem Ausgrabungsteam in Griechenland – in Europa, dem Kontinent der großartigen alten Kulturen! Sie wühlten seit Wochen im Sand, katalogisierten Tonscherben und Steinwerkzeuge. Und plötzlich: Explosionen, Anschläge, versteckte Drohungen und Mord. Dieser verrückte Bane steckte hinter allem. Doch der war bestimmt auch nur ein kleines Rädchen im Getriebe. Es gab immer jemanden, der darüber stand.

Dwyer dachte an die Legende aus der griechischen Antike. Perseus war aufgebrochen, die Medusa zu töten. Die Gorgone war eine Bestie, sie verwandelte ihre Feinde in Stein. Doch Perseus war clever. Dwyer musste genauso clever sein wie Perseus, wollte er am Leben bleiben und die genetische Forschung stoppen. Und das *musste* er!

War er der Einzige, der von der wahnwitzigen Forschung des Instituts wusste? Bestimmt! Wenn sie so weit gingen, Menschen zu töten und die Aktionen als Attentate zu verschleiern, musste etwas dahinterstecken. Zumindest mehr als die Fantasterei einer einzelnen Astronomin. Hatten sie bereits Ergebnisse erzielt? Hatten sie tatsächlich die Iris der Medusa geklont? Und hatten sie womöglich schon eine Waffe erfunden, die ihre Feinde zu Stein erstarren ließ?

Dwyer musste sich Klarheit verschaffen. Er strampelte sich aus dem Bett, durchsuchte den Schrank, konnte seine Kleidung nicht finden und schlüpfte kurzerhand in die Hose und das zu groß geratene Hemd eines anderen Patienten. Er musste so rasch wie möglich aus dem Krankenhaus verschwinden. Hier war er nicht sicher. Auf ihn war ein Attentat verübt worden. Eigentlich müsste er längst tot sein, nur einem Zufall, dem Schicksal oder seinem Schutzengel war es zu verdanken, dass er den Anschlag überlebt hatte – und Fred an seiner Stelle gestorben war. Jede weitere Minute, die er am Leben sein durfte, war ein Geschenk. Er würde die Zeit nutzen.

7. KAPITEL

Es war Nacht. Dwyer stand vor dem Institut. Das Projekt trug den Namen *Medusa*. Das waren Oberst Banes Worte gewesen. Leichtsinnig einem Mann preisgegeben, dem der Tod in einem explodierendem Auto bestimmt gewesen war.

Dwyer hatte nicht gedacht, dass es funktionieren würde, dennoch tippte er die sechs Zahlen in das Nummernterminal.

6-3-3-8-7-2

Die Zahlen standen für die Buchstaben MEDUSA auf seiner Handytastatur. Die Glastür sprang auf. Verwundert starrte er auf die spaltbreite Öffnung, dann schlüpfte er hinein. Drinnen roch es nach Silikon, Desinfektionsmittel und der klimatisierten, sterilen Luft eines Labors.

Geduckt lief er durch die Gänge des Instituts, zwängte sich an den Kameras vorbei und versteckte sich im Schatten der Nischen. Er musste sich beeilen und so clever wie Perseus sein. Es war nur eine Frage der Zeit, bis sie ihn auf einem der Monitore entdecken würden, ihn umstellten und fortbrachten. Gewiss rechneten sie nicht damit, dass er so einfältig war und sich in die Höhle des Löwen wagte. Eher suchten sie ihn auf den Ausfahrtsstraßen von Athen, den Bahnhöfen, Flughafenterminals oder an den Frachthäfen, die regelmäßig von zypriotischen Fischtrawlern angelaufen wurden.

In einem Gang hörte er Türen schlagen. Stimmen murmelten, über den Boden klapperten Schritte, die sich rasch von ihm entfernten. Wurde in den Büros etwa die ganze Nacht gearbeitet?

Er schlich weiter. Endlich erreichte er die Labors der Medusa-Reihe. Er ging an einer Reihe unheimlicher Geräte vorbei, deren Namen er nicht einmal über die Lippen brachte. Eine spinnenbeinartige Mechanik – chromfarben und dunkel –, die auf einem Fließband Injektionen beförderte. Eine Batterie von Reagenzgläsern füllte den Raum zwischen den Maschinen aus. Für das Auge waren die Inhalte unsichtbar, doch laut den Etiketten befand sich alles Mögliche darin: Wirtskörper, Zellkulturen, Mikroorganismen und Blutstammzellen aus dem Knochenmark.

Wusste irgendjemand dort draußen, was hier verdammt noch mal vorging?

Beim Anblick dieser Geräte hatte er eigentlich damit gerechnet, in einem Bassin den Schatten eines vom Rumpf getrennten Frauenkopfes zu sehen, in einer Nährsalzlösung schwimmend, an Lebenserhaltungssysteme angeschlossen, mit Schlangen, die dick wie Algen um den Kopf trieben. Doch nichts dergleichen war in dem Labor zu sehen. Es standen auch keine modernen Geräte herum, die surrend, blinkend, piepend und vibrierend Hunderte Nachkommastellen auf Digitaldisplays anzeigten … nichts dergleichen.

Es war wie in einem dieser alten Schwarz-Weiß-Gruselfilme. An den Halterungen der Wand hingen Injektionsnadeln aufgereiht, mit angesteckten Ampullen, von der Größe einer Halbliterflasche. Ein Greifarm packte die Ampullen und drehte sie gegen den Uhrzeigersinn. Die Flüssigkeit schwappte, die Luftblasen glucksten in den Gläsern.

Der Raum glich einer Gefrierkammer, gekühlt von den Maschinen an der Zimmerdecke. Vor Dwyer stieg der Hauch auf. Er nahm eine der Ampullen mit einem Injektionsaufsatz aus der Halterung, kippte sie und beobachtete die dunkle Flüssigkeit zäh durch die Röhre kriechen. War das Blut? Geklont mit rekombinierter DNA? Dwyers Magen stülpte sich um. Er war nicht in der Höhle des Löwen gelandet, sondern in der Kammer eines Dämons. Hier wurde das Gift des Teufels hergestellt, der Tod in Massenfertigung produziert. Er musste die Forschung stoppen. Aber wie? Alles vernichten? Klar, und zwar so, als wäre das Schwert des Perseus nie gefunden worden. Als wären die Menschen nie auf die Idee gekommen, solch eine mythische Plage heraufzubeschwören. Zwei Menschen, die er kannte, waren bereits tot. Er würde dafür sorgen, dass der Wahnsinn hier und jetzt ein Ende fand.

Dwyer zuckte zusammen, als die Alarmanlage aufheulte. *Verdammt!* Er fuhr herum. Glastüren wurden aufgerissen. Männer in Kampfanzügen und schweren Stiefeln trampelten in die Labors. Rund um Dwyer knackten Funkgeräte. Automatische Waffen klapperten. Laserpunkte von Zielfernrohren blitzten durch den Raum. Wie rasch die Mistkerle hier waren! Fast schien es so, als wäre er in eine Falle getappt.

»Dwyer, nehmen Sie die Hände hinter den Kopf! Gesicht zur Wand! Beine auseinander!« Oberst Banes Stimme donnerte durch das Labor.

Sie hatten ihn also erwartet. *Britisches Militär!* Womit anders hätte er auch rechnen sollen? Mit griechischen Dorfpolizisten? Dwyer schielte zu den Soldaten. Instinktiv steckte er die Ampulle ein.

Die Männer trampelten über die Stufen zu ihm hinunter. Er machte einen Satz hinter die spinnenbeinartige Mechanik und trat einen Schrank Ampullen um. Augenblicklich wurde das Feuer eröffnet. Schüsse krachten, das Blech quietschte, als es durchschlagen wurde. Mauerteile spritzen aus der Wand, Glassplitter regneten auf ihn nieder.

»Feuer einstellen, verdammt!«, brüllte Bane.

Da schrillte die Alarmanlage los und der Kugelhagel setzte erneut ein. Die Ampullen zersplitterten der Reihe nach. Es war wie vor der Taverne in der Athener Innenstadt, nur dass er diesmal nicht das Bewusstsein verlor.

In einer schmierigen roten Pfütze rutschte er auf allen vieren zum Seitenausgang. War es *sein* Blut oder das aus den Ampullen? Er hatte keine Zeit zu überlegen. Über ihm zerbarsten die

Leuchtstoffröhren, Scherben prasselten herunter. Bane konnte noch so brüllen, seine Männer schossen einfach weiter.

Der Alarm verriegelte die Glastür automatisch, doch die Gewehrsalven sprengten faustgroße Löcher in die Tür. Der Ausgang wurde mit einem Spinnennetz aus Rissen übersät. Hinter Dwyer implodierten Computermonitore, Flammen züngelten aus den Anlagen. Der Greifarm quietschte auf, aus den Gelenken sprühten Funken. Die Sprinkleranlage setzte ein, und pausenlos heulte der Alarm weiter.

Dann hielt sich Dwyer den Arm übers Gesicht und sprang durch die Scheibe.

8. KAPITEL

Es war Nacht, der Mond teils wolkenverhangen. Lange Schatten krochen in den Gassen über die Pflastersteine.

Dwyer torkelte wie ein Penner mit verkohlten Schuhen, rußgeschwärztem Gesicht und versengtem Kittel, den er im Labor gefunden hatte, durch den Vorort von Athen. Mittlerweile war er fünf Kilometer von der Innenstadt entfernt. Bald hatte er keine Kraft mehr, doch er wusste, sein Weg würde nach wenigen Metern beendet sein. Weit hinter ihm brannte es, doch mittlerweile war das Lodern nicht mehr zu sehen. Feuerwehrsirenen wurden lauter, hielten auf ihn zu, rasten vorbei, wurden leiser und verschwanden wieder. Ein Hubschrauber knatterte über die Dächer, in Richtung des Brandes. Dwyer hob den Kopf und sah ihm nach. *Viel Spaß beim Löschen!*

Wie eine Kettenreaktion war das Feuer von einem Labor zum nächsten übergesprungen, im Treppenhaus zum Bürotrakt hochgeklettert, wo es in den Kunststoffwänden und Aktenschränken dankbare Beute gefunden hatte. Als Dwyer den Gebäudekomplex verlassen hatte, waren bereits die ersten Fenster von der Hitze des Feuers zerborsten. Jetzt, eine Stunde später, schienen sie den Brand noch immer nicht unter Kontrolle gebracht zu haben. Wenigstens blieb kein Stein auf dem anderen.

Dwyer schob sich an einer Hausmauer weiter und drückte sich in den erstbesten Türrahmen. Unter ihm lag eine zerfledderte Matte, neben ihm lief eine rostige Regenrinne an der Mauer entlang. In dieser Gegend waren die Häuser niedrig, glichen schäbigen, mit Latten verbarrikadierten Bungalows. Er roch das Salzwasser vom Hafen, die Algen und Muscheln, hörte das Tuckern der Fischkutter. Weit konnte er nicht mehr entfernt sein, hinter der nächsten Ecke musste sich die Kaimauer befinden. Das Licht einiger starker Taschenlampen blitzte zwischen den Häuserzeilen auf. Männer riefen durcheinander. Der Lärm brach sich auf dem Kopfsteinpflaster der Gassen. Waren es Matrosen? Beluden sie mitten in der Nacht einen Kahn? Würde er es bis dorthin schaffen? Irgendwo musste er einen Unterschlupf für die Nacht finden.

Dwyer stieß sich aus der Nische und lief weiter. Der dünne Kittel war an der linken Seite durchnässt, und er presste die Hand auf die Stelle. Vor Schmerz verzog er das Gesicht. Er roch den süßen Odem der Wunde. Sein Hemd war verklebt, das Blut sickerte bereits bis zum Ansatz der Hose. Er krümmte sich und taumelte weiter. Da glitt ihm die Ampulle mit dem Injektionsaufsatz aus der Hand.

Das Fläschchen sprang über die Pflastersteine. Mit zusammengebissenen Zähnen bückte sich Dwyer danach. Es war noch ganz. Mit etwas Glück war es die letzte Ampulle, die anderen waren im Kugelhagel zersplittert oder im Feuer verbrannt. Auch dieses Fläschchen, das er instinktiv mitgenommen hatte, musste er vernichten. Aber er durfte es nicht einfach auf den Boden entleeren. Er wollte es zumindest bis zum Hafen schaffen und den Inhalt ins Meer kippen. Dann war es endgültig vorbei mit dem Fluch der Medusa.

Er stopfte die Injektion in die Tasche und schob sich weiter. Keuchend lehnte er an der Ecke der Häuserzeile. Vor sich sah er die Kaimauer. Nicht mehr als eine hüfthohe Ziegelreihe. Dahinter ragten die Holzmolen ins Meer. Segeljachten schaukelten auf den Wellen, Motorboote, Fischkutter und zypriotische Trawler.

Der Mond brach durch die Wolkendecke. Unter dem vollen satten Leuchten zogen milchige Schwaden über den Himmel. Die Schiffsmasten, die Takelage und die Rahsegel schimmerten silbern im Licht. Dahinter glitzerte die schwarze Oberfläche des Meeres. Es roch salzig. Die Wellen klatschten beruhigend an die Felsen und Holzpflöcke der Molen.

Als Dwyer auf den freien Platz taumelte, traten ihm Männer in den Weg. Woher kamen die? Jedenfalls standen sie plötzlich vor der Kaimauer. Er erkannte nur ihre Silhouetten, sah die Mützen, bemerkte die Stiefel. Wie Matrosen sahen sie nicht aus, eher wie … Ein Schauer lief ihm über den Rücken. Hinter sich hörte er das Klicken von Waffen. Aus dem Augenwinkel sah er weitere Männer auf sich zukommen. Wie konnte das Militär so viele Soldaten bereitstellen? Sie konnten unmöglich jede Bucht überwachen. Oder war es purer Zufall, dass sie ihn ausgerechnet *hier* erwartet hatten?

Ein Scheinwerfer blendete ihn, woraufhin er die Hand hochriss.

»Dwyer!« Der Mann vor ihm bellte wie ein Köter. »Nehmen Sie die Hände hinter den Kopf und rühren Sie sich nicht von der Stelle!« Banes Stimme. Der Mann schien überall gleichzeitig zu sein.

Dwyer schüttelte den Kopf. »Nein! Ich muss …«

»Halten Sie die Klappe und nehmen Sie die Hände hoch!«

»Nein, ich muss …«

»Commander Tenner!«, befahl der Mann kurzerhand. »Liquidieren Sie ihn!«

Dwyer hörte das Klicken der Waffen. Da griff er in die Tasche und zog die Ampulle heraus.

»Stopp!«, brüllte Bane.

»Er hat ein DNA-Sample bei sich«, flüsterte ein Mann.

»Welches?«

»Beta-Serie.«

Dwyer erkannte nicht, mit wem Bane da sprach. Das Licht blendete ihn. Er hörte Wortfetzen wie *darf-nicht-zerstört-werden* und *Kopfschuss* und *in-den-Hals.* Eilig schlüpfte er aus dem Kittel und ließ ihn achtlos zu Boden gleiten. Seine linke Seite war nass und verklebt, von den Rippen bis zu den Hüften. Das Hemd schillerte schwarz. Hatten sie ihn bei seiner Flucht aus dem Institut nur einmal oder gar zweimal getroffen? Waren es Streifschüsse oder steckten die Projektile noch in ihm? Es war egal. Er musste die Ampulle vernichten. Aber bis zum Meer würde er es nicht mehr schaffen. Kurzerhand zog er die Folie von der Injektionsnadel und setzte sich die Spitze des kalten Metalls an die Vene. Dann jagte er sich die Nadel in den Arm. Eine Gewehrsalve krachte. Er schrie auf, sackte in die Knie, krümmte sich vornüber. Gleichzeitig drückte er den Kolben durch. Die Pflastersteine spritzen um ihn herum. Funken stoben. Er roch den Gestank versengter Steine.

»Halt!«, brüllte Bane. »Feuer einstellen!«

Die Salven verstummten.

Dwyer riss sich die Nadel aus dem Arm. Die Ampulle war leer. Er schleuderte sie weg, hinter ihm zersplitterte sie auf dem Kopfsteinpflaster. War er wahnsinnig geworden? Was hatte er getan?

Er keuchte, Schweiß stand ihm auf der Stirn. Dwyer kannte die Gefahren einer Bluttransfusion. Noch dazu mit fremdartigem Blut, rekombiniert aus dem Labor. Welche Erbinformation hatte er sich injiziert? Würde er es überleben? Wozu überhaupt? Lebend würde er aus dieser Situation sowieso nicht mehr herauskommen. Die Injektion war seine einzige Chance.

Da durchfuhr ihn ein sengender Schmerz. Als verglühten seine Nervenstränge, jagte ihm ein Brennen und Dampfen durch den Arm, über Schulter und Nacken hinauf bis ins Gehirn und in die Augen. Er ballte die Hände zu Fäusten. *Hölle!* Er verbrannte innerlich. Sein Schädel schien zu explodieren. Er brüllte sich die Seele aus dem Leib. Seine Hände fuhren hoch, als wolle er sich die Augen aus den Höhlen reißen. *Ich kann nicht mehr sehen!*

Dann ließ der Schmerz nach. Er sackte zusammen, atmete durch und hob den Kopf. Dwyer starrte auf die Männer vor der Kaimauer. Seine Pupillen blitzten auf. War es überhaupt Dwyer?

Die Männer traten einen Schritt zurück. Ihre Silhouetten erstarrten noch im selben Atemzug in der Bewegung und verwuchsen mit dem Boden und der Mauer.

EPILOG

»Das ist meine Geschichte.« Der Mann mit dem Hut und der Sonnenbrille verstummte.

Evelyn schrieb schon lange nicht mehr. Der Bleistift lag stumpf neben dem Block. Sie wusste nicht, was sie von der Geschichte halten sollte. Das konnte sie unmöglich im *Time Magazine* veröffentlichen. Der Chefredakteur würde sie fragen, ob sie noch alle Tassen im Schrank hatte. Informationen aus erster Hand hin oder her. Auch wenn sie die Männer an der Kaimauer mit eigenen Augen gesehen hatte – verkrümmte Leiber und schmerzverzerrte, zu dunkler Masse verschmolzene Gesichter – zweifelte sie an der geistigen Gesundheit ihres Interviewpartners. War er verrückt, oder wollte er sich nur wichtigmachen?

»Sie sind Doktor Dwyer, nicht wahr?«

Er gab keine Antwort.

Wenn sie doch nur seine Augen sehen könnte, um sich selbst zu überzeugen. Doch er ließ ihr keine Möglichkeit dazu. Die Sonnenbrille verdeckte alles. War er tatsächlich übergeschnappt? Es wäre besser, wenn sie ihren Gesprächspartner ernst nahm, auch wenn sie den Nachmittag mit einer abstrusen Geschichte vergeudet hatte.

»Danke, dass Sie sich die Zeit für das Gespräch genommen haben«, schmeichelte sie ihm.

»Wie ich zuvor schon sagte: Die Zeit ist umso kürzer, je glücklicher man ist. Ich habe Zeit in Überfluss!«

»Sie haben eine … besondere Gabe erhalten.« Sie räusperte sich.

»Wenn man die Gabe, wie Sie es nennen, richtig nutzt, ist sie eine. Doch wie nutzt man sie richtig?« Er stellte das leere Glas auf den Tisch und erhob sich aus dem Korbstuhl.

»Was haben Sie vor?«

Er hob den Kopf und blickte in die Sonne. »Es ist noch lange nicht vorbei. Meine Aufgabe hat gerade erst begonnen. Aber ich wiederhole mich.« Er tippte sich an den Hut. »Auf Wiedersehen.«

»Was haben Sie vor?«, hakte sie nach.

Der Mann lächelte. »Ich habe mir das Studiengeld mit Nebenjobs verdient. Mich interessierte weder Politik noch gesellschaftlicher Umgang, nur die wissenschaftliche Forschung.« Er seufzte.

Die Worte kamen ihr bekannt vor. Vermutlich dachte er gerade an Lisa Clarke.

»Vielleicht ändert sich das jetzt«, fuhr er fort. »Möglicherweise statte ich einigen Herren einen Besuch ab. Leben Sie wohl.«

Dwyer verließ die Taverne und schlenderte die verwinkelte Treppengasse hinunter.

FÜNF

Fünf *ist mein Versuch einer Hard-Boiled-Detective-Story. Als Fan der TV-Serien* Magnum *mit Tom Selleck und* Mike-Hammer *mit Stacey Keach habe ich mich schon als Sechzehnjähriger an deren coolen Sprüchen nicht satthören können. Auch* Die Zwei *mit Tony Curtis und Roger Moore fand ich großartig. Leider habe ich es nie zu einer behaarten Brust wie Tom Selleck oder zu einem dichten Schnauzbart wie Stacey Keach gebracht, ebenso wenig zu dem coolen Auftreten von Curtis und Moore. Blieb also nur eine Sache übrig: eine Story mit coolen Sprüchen zu schreiben.*

Allerdings habe ich versucht, die Geschichte etwas vielschichtiger aufzubauen. Sie werden sich wundern!

Wieder einmal saß ich in dieser Bar. Nicht, um zu trinken, auch nicht, um mir ein Mädchen zu kaufen; so wie all die anderen Typen, die nur im Wagen auf dem Parkplatz einen hochbekamen. Ich traf mich mit einem Mann. Nicht das, was Sie denken! Ich stehe nicht auf Männer. Ich war hier, um etwas Merkwürdiges zu besprechen. Der Kerl hieß Schmollet. Ein widerlicher Bursche, doch ich konnte sonst niemanden finden. Die anderen waren nicht mehr am Leben. Es war entsetzlich, irgendjemand tötete sie der Reihe nach, und ich musste dahinterkommen, warum das passierte.

Ich drängte mich also an einer Handvoll Penner vorbei, schob die kleine Kellnerin zur Seite, dann sah ich ihn. Er hockte am Tresen und starrte in sein volles Bierglas. Er war so fett und klein, dass er mit den Beinen nicht einmal die Querstrebe des Barhockers erreichte. Er sollte mehr Sport treiben, um in dem Anzug nicht wie ein Pinguin mit Drüsenproblemen zu wirken.

»Hallo Schmollet.«

Der Kerl drehte sich um, seine Wangen glänzten rosa. Er grinste mich an. »Hi, Bob.« Sein Blick wurde ernst. »Wo waren Sie so lange? Wir hatten 18 Uhr ausgemacht.«

Ich schaute auf die silberne Rolex an meinem Handgelenk. Es war kurz nach 19 Uhr. So spät? Dabei hatte ich gedacht, ich wäre pünktlich losgegangen. Eigentlich hätte ich längst hier sein müssen. War es wieder passiert?

Schmollet kniff die Augen zusammen. »Wo waren Sie so lange?«

»Keine Ahnung, irgendwo, ich kann mich nicht erinnern«, antwortete ich.

Schmollet musterte mich wie eine hinterhältige Hyäne. »Passiert Ihnen das häufiger?«

»Kommt drauf an, was Sie unter *häufiger* verstehen.«

Ich hockte mich zu ihm an den Tresen und bestellte ein Bier.

»Haben Sie was rausgefunden?«, fragte ich ihn.

»Das kann man wohl sagen.« Er schnalzte mit der Zunge. »Was haben Sie in der letzten Stunde getrieben?«

»Hören Sie!« Ich ballte die Hand zur Faust. »Ich weiß es nicht! Okay? Sagen *Sie* es mir, verflucht, Sie sind der Privatschnüffler, nicht ich.«

Krieg dich wieder unter Kontrolle, Alter! Ich atmete tief durch. Schmollet schien nicht besonders beeindruckt. Er kramte im Sakko herum und zog einen schmuddeligen Notizblock heraus.

»Vor zwei Tagen haben Sie sich in einem Abrisshaus herumgetrieben, gestern Abend waren sie in einer Kneipe am Bahnhof. War's schön dort?«

»Welcher Bahnhof? Ich kenne diese Gegend nicht«, antwortete ich.

Der Schnüffler fuhr fort. »Ich sage Ihnen, wo Sie in der letzten Stunde waren. Heute um fünf Minuten vor sechs sind Sie ins *Wooleys* gegangen. Sagt Ihnen der Name was?«

»Nie gehört. Was ist das für ein Schuppen? Gibt's dort Bier und gute Musik?«

»Waffen!«, antwortete Schmollet.

Schweigend sahen wir uns an. Trieb er einen Scherz mit mir?

»Waffen?«, wiederholte ich.

»Wurfmesser, Gaspistolen, Jagdgewehre und solche Sachen. Auch Revolver und mechanisch verriegelte Rückstoßlader mit Schalldämpfer.«

Ich kniff die Augen zusammen. Ich hatte verstanden. Leise sagte ich: »Sie verlogener Bastard. Ich frage mich, weshalb ich mir ausgerechnet Sie ausgesucht habe.«

Ich bezahlte das Bier und ging, doch Schmollet packte mich am Arm.

»Sie haben sich dort eine Automatik gekauft.«

Ich nahm seine Hand von meinem Sakko und drückte zu. Ich wurde nie gewalttätig, andererseits mochte ich es nicht, wenn mich jemand anfasste.

Er schrie auf. »Scheiße, Mann. Sie tun mir weh!«

Ich packte ihn am Kragen und zog ihn zu mir her. »Ich sage Ihnen was«, flüsterte ich ihm ins Ohr. »Ich soll mir eine Kanone gekauft haben? Ich sehe zwar bescheuert aus, doch so bescheuert bin ich auch wieder nicht. Wollen Sie mich reinlegen?« Meine Stimme zitterte.

»Sie haben …«

»Ich hasse Waffen!«, unterbrach ich ihn.

»Eine Sig Sauer, dreizehn Schuss, neun Millimeter mit Spannabzug«, keuchte er.

Ein Kribbeln lief mir über den Rücken. Sobald ich an den Lauf einer Knarre dachte, bekam ich eine Gänsehaut. »Wenn Sie Geld von mir wollen, müssen Sie sich eine schlauere Geschichte einfallen lassen.« Ich ließ ihn los.

Er atmete tief durch und richtete sich Hemd und Krawatte. Dann fuhr er sich durchs schüttere Haar.

Ich drehte mich um und ging. Ich musste raus hier, es war ein Fehler gewesen, mich mit Schmollet in der Bar zu treffen, und ein Fehler, ihn überhaupt angeheuert zu haben.

»Sie tragen sie im Schulterholster unter dem Sakko«, rief er mir nach.

Unwillkürlich tastete ich zur Brusttasche des Sakkos, dann zur Achsel. Etwas Hartes befand sich darunter. Ich bemerkte es erst jetzt. *Verdammt, nein!* Alles drehte sich um mich. Wie kam das Ding unter mein Sakko? Ich taumelte zurück und sackte auf den Hocker. Der bloße Gedanke an die Kanone ließ mir einen Schauer über den Rücken laufen.

Wie jeden Freitag hing ich in der Bar herum. Es war kurz nach 19 Uhr. Mir war furchtbar heiß, ich schwitzte mehr als sonst. Die Musik war laut, die Kellnerinnen wackelten am Tresen vorbei, der Barmann quatschte mich zum Glück nicht an, und ich hatte meine Ruhe, trank ein Bier und steckte mir eine Zigarette an. So mochte ich es. Vielleicht würde ich später eine Nutte anreden, doch im Moment hatte ich keine Lust auf Gesellschaft.

Ich betrachtete die Leute, sah den Typen am Billardtisch zu und beobachtete, wer kam und wer mit wem ging. Die unmöglichsten Paare verließen die Kneipe. Heutzutage dachte jeder nur an Sex. Hauptsache, sie ließen mich zufrieden. Bloß der Kerl auf dem Nebenhocker quasselte in einer Tour. Zum Glück dröhnte die Musik, und ich verstand nur Wortfetzen.

»… kann Ihnen helfen, die Kanone loszuwerden … würden staunen, was ich noch alles rausgefunden habe … hören Sie mir zu, ich …«

Das Zischeln ging mir auf die Nerven. Ich drehte mich zu den beiden um. »Hört zu, ihr Schwuchteln. Verzieht euch in eine andere Bar und …«

Mir hob sich der Magen, als würde ich aus dem Wagen einer Achterbahn geschleudert werden. Der Typ neben mir hockte *allein* am Tresen. Er führte die ganze Zeit über Selbstgespräche. Ein Irrer!

»Verzieh dich!«, schnauzte ich ihn an.

»Was?« Seine rosa Wangen leuchteten, Schweiß stand ihm auf der Stirn. »Was ist plötzlich mit Ihrer Stimme los?« Er starrte mich an.

»Mit welcher Stimme? Ich habe doch gar nichts gesagt!« War der noch ganz dicht?

»Aber Sie ...«

»Halt's Maul!«

»Aber ...«

»Ich sagte: Verzieh dich!« Ich schlug mit der Faust auf den Tresen, sodass die Biergläser wackelten.

Statt abzuhauen, rückte er näher und flüsterte: »Beruhigen Sie sich, um Himmels willen!« Er wischte sich über den Mund. »Ich hatte also recht mit der Waffe! Hören Sie mir zu, ich muss Ihnen noch etwas sagen, über die ...«

»He, stopp!« Ich hob die Hand. »Wer zum Teufel bist du überhaupt? Stehst du etwa auf mich? Falls ja, lass bloß deinen Schwanz in der Hose.«

»Was?« Er starrte mich mit aufgerissenen Augen an.

»Wer du bist, will ich wissen!« Mann, war der Typ durchgeknallt.

»Mein Name ist Schmollet. Schon vergessen? Sie haben mich engagiert.«

»Wer? Ich? *Dich* engagiert? Wozu? Ich kenne dich nicht mal.« Der Typ war verrückt. War er etwa schwul, und war das seine Tour, jemanden abzuschleppen? *Sie haben mich engagiert!* Ich mochte es nicht, wenn mich ein Fremder in der Bar anmachte, und dann noch dazu so ein kleiner Fettwanst mit schütterem Haar.

Der Kerl rekelte sich auf dem Hocker. Er wischte sich mit der Hand übers Gesicht. »Okay, es ist wieder so weit, ich verstehe.«

»Was verstehst du?«

»Sie heißen nicht zufällig Bob, oder?«

»Wer zum Teufel ist Bob?« Der war nicht schwul, der war bloß so verrückt wie ein Junkie, dem sie das Hirn mit einem Billardqueue rausgeprügelt hatten. Ich hatte mich neben einen Irren gesetzt. Heutzutage konnte man sich nicht mal mehr in einer Bar volllaufen lassen, ohne dämlich angequatscht zu werden.

»Erinnern Sie sich, was Sie gemacht haben, bevor Sie in diese Bar kamen?«

»He, ich kann mich nicht einmal daran erinnern, *wie* ich in diese Bar gekommen bin. Ich hocke seit Stunden hier und möchte in Ruhe ein paar Biere trinken ... und jetzt verzieh dich!«

»Seit fünfzehn Minuten, um genau zu sein«, korrigierte er mich.

Ich warf einen Blick auf die silberne Rolex an meinem Handgelenk. Es war fünfzehn Minuten nach 19 Uhr.

Der Minutenzeiger sprang weiter, ich steckte die Hand in die Hosentasche und nippte an meinem Bier. Es wurde Zeit aufzubrechen, ich musste den Stoff loswerden.

»Verzeihen Sie, dass ich Sie gestört habe. Es ist wohl gerade ein ungünstiger Zeitpunkt. Sie haben recht, ich gehe lieber.«

Ich blickte mich um. Meinte der Fette etwa mich? Er stopfte sich einen Notizblock in die Sakkotasche, bezahlte sein Bier und rutschte mit seinen Stummelbeinen vom Hocker.

Wen sollte er sonst meinen? Nur wir beide saßen an der Theke. Die anderen Gäste spielten Billard oder hockten besoffen an den Tischen.

Er tippte sich zum Gruß an die Stirn. »Wir sehen uns später.«

Er wollte gehen, doch ich packte ihn am Arm und zerrte ihn zurück.

»Ich kenne Sie doch.« Ich fixierte den Fetten. Seine Pausbacken glänzten, er roch nach Schweiß. *Das darf doch nicht wahr sein! Na klar, das ist der Typ!*

Da leuchteten seine Augen. »Sie kennen mich? Großartig! Mein Name ist Schmollet.«

»Nie gehört.« Ich erinnerte mich an ihn, doch seinen Namen kannte ich nicht. Er hatte tatsächlich den Mut, hier aufzutauchen. »Sie spionieren mir seit Tagen hinterher.«

»Richtig.« Er lächelte. »Endlich habe ich Sie wieder.«

Ich packte ihn an der Gurgel. »Sie freuen sich auch noch, mich zu sehen? Was wollen Sie? Warum folgen Sie mir?«

»Sie gaben mir den Auftrag«, röchelte er.

»Blödsinn!« Ich drückte zu, bis er nach Luft japste. »Ich habe Sie vor zwei Tagen in dem Abrisshaus gesehen, Sie sind mir zum Bahnhof gefolgt und vor einer Stunde ins *Wooleys.*«

»Oh, Mann! *Sie* sind es? Sie haben sich dort eine Waffe gekauft.«

»Schnauze!« Ich blickte mich um, niemand der Gäste sah zu uns herüber.

Plötzlich stand dem Fetten die nackte Angst ins Gesicht geschrieben. »Hilfe ...!«, presste er hervor.

Ich drückte ihm den Mund zu, bog ihm den Arm auf den Rücken und riss ihn herum. Anschließend schob ich ihn vor mir her, den Tresen entlang, in den Korridor zu den Toiletten. Die Musik wurde leiser. Durch eine Seitentür verschwanden wir in den Hinterhof. Eine matte Laterne erhellte den Platz. Eine Reihe Mülltonnen stand an der Wand, leere Getränkekisten stapelten sich neben der Tür. Fettiges Packpapier lag zerknüllt auf den Pflastersteinen. Der Ort war genau richtig.

Ich stieß ihn von mir weg. Er stolperte zu Boden. Dabei riss seine Hose auf, und sein Knie blutete. Mein Gott, wie armselig.

Rasch griff ich unter das Sakko und zog die Sig Sauer aus dem Holster. Ich entsicherte die Waffe und richtete den Lauf auf die Stirn des Fetten.

»Warum haben Sie vor dem Waffenladen gestanden und mich beobachtet?«

»Scheiße, Scheiße.« Er brach in Tränen aus. »Ich weiß, Sie kennen mich nicht, Sie können sich nicht an mich erinnern, doch glauben Sie mir … bitte … Sie selbst haben mir den Auftrag gegeben, Ihnen nachzuspionieren.«

»Warum sollte ich das tun?«

»Sie haben Gedächtnislücken.« Er rutschte auf den Knien zu mir. »Sie kommen an den verschiedensten Orten zu Bewusstsein und erinnern sich nicht, wie Sie dorthin gekommen sind. Ihnen fehlt die Erinnerung, manchmal sind es nur Stunden, manchmal aber mehrere Tage.«

»Das stimmt nicht!« Ich machte einen Schritt auf ihn zu und presste ihm den Lauf an die Stirn.

»Sie haben mich engagiert, Ihnen zu folgen.«

»Sie lügen!«

»Nein!« Tränen liefen ihm übers Gesicht.

»Kennen Sie die Leute, mit denen ich mich im Abrisshaus getroffen habe?«

»Nein!«, presste er hervor.

»Sie haben gesehen, wie ich am Bahnhof das Päckchen Stoff bekommen habe, stimmt's?«

»Ja, aber …«

»Haben Sie Fotos gemacht, wie ich in dem Laden die Knarre gekauft habe?«

»Nein! Sie selbst haben mir gesagt, ich soll …«

»Blödsinn!«, herrschte ich ihn an. Er wusste zu viel. Ich presste den Lauf fest gegen seine Stirn, umklammerte den Abzug und wandte das Gesicht ab.

»Neeeiiinnn!«

Der Schrei ließ mich herumfahren. Es war dunkel. Ich stand im Freien, irgendwo in einem verlassenen Hinterhof. Keine Ahnung wie ich hierhergekommen war. Ich hatte eine Waffe in der Hand. *Heilige Scheiße!* Woher kam das Ding? *Ich hasse Waffen.* Ich bekam jedes Mal eine Gänsehaut, wenn ich einen Lauf sah. Angewidert ließ ich die Kanone fallen und kickte sie mit dem Fuß weg. Sie schlitterte über die Pflastersteine. Mich schauderte. Dann wischte ich mir die Hand an der Hose ab. Meine Knie zitterten.

Vor meinen Füßen kauerte ein Mann. Er schluchzte wie ein Baby. Dann blickte er zu mir auf.

»Bob?«, jammerte er. »Sind Sie Bob?« Er wischte sich die Tränen aus dem Gesicht.

»Ja verdammt, ich bin Bob. Wer sonst?« Ich betrachtete ihn im matten Licht der Straßenlaterne, die in den Hof schien. »Schmollet?« Ich packte ihn am Kragen und zog ihn hoch. »Verdammt, was machen Sie hier? Wir wollten uns um sechs in der Bar treffen.« Eine kurze Erinnerung flackerte auf. »Stimmt, haben wir auch, ich kam eine Stunde zu spät. Sie haben etwas von einer Waffe gefaselt.«

»Vergessen Sie das«, wehrte der Privatschnüffler ab. »Es ist viel entsetzlicher, als ich dachte«, keuchte der. »Die Abstände werden immer kürzer. Wir müssen von hier verschwinden.« Er schielte zu der Waffe, die neben den Getränkekisten lag.

»Was ist viel entsetzlicher, als Sie dachten?«

»Ihre Gedächtnislücken.«

»Haben Sie etwas herausgefunden?«

»Ja, verdammt«, keuchte er. »Uns bleibt nicht viel Zeit, es kommt zu plötzlich, ohne Schema.« Wieder schielte er zur Waffe. »Lassen Sie uns abhauen, ich erzähle Ihnen alles im Wagen.«

»Nein, erzählen Sie es mir jetzt!«

Er rang die Hände. »Sie sind ziemlich aktiv während Ihrer Blackouts.«

»Was soll das heißen?«

»Sie nehmen andere Identitäten an. Sie schlüpfen in andere Rollen.«

»Schmollet, nehmen Sie mich auf den Arm?«

Er schüttelte den Kopf. »Verschiedene Wohnungen, verschiedene Autos, verschiedene Namen. Ich kann es Ihnen beweisen.« Er zückte den Notizblock.

»So einen Blödsinn habe ich schon lange nicht mehr gehört.«

»Sie sind krank, Mann, Sie brauchen eine Therapie. Sie führen mehrere Leben gleichzeitig.«

»Was soll der Schwachsinn?« Ich schüttelte ihn am Kragen.

»Sie haben mehrere Identitäten!«

»Was heißt *mehrere?*«

»Drei, vier … vielleicht sogar fünf«, antwortete Schmollet.

»Verflucht.« Ich fuhr mir durchs Gesicht. »Wie sind wir überhaupt hierhergekommen?«

Der Mann stand vor mir, er blätterte im Notizblock und redete ohne Pause auf mich ein. Wo war die Waffe? Hatte er sie mir aus der Hand geschlagen? Ich sah mich um und entdeckte sie zwischen den Kisten auf dem Boden. Langsam ging ich darauf zu, bückte mich, hob sie auf. Im matten Schein der Lampe betrachtete ich den glänzenden Lauf. Die Waffe war noch immer entsichert.

In diesem Moment verstummte der Mann. »Bob?« Seine Stimme klang zweifelnd.

»Wer zum Teufel ist Bob?«, fragte ich.

Ich hob die Knarre, zielte auf seine Stirn.

»Nein!«, kreischte er. »Ich muss mit Bob sprechen. Bob! Bob! Können Sie mich hören? Kommen Sie raus, bitte!«

»Ich kann Sie hören, aber mein Name ist nicht Bob.«

Ich drückte ab.

Sein Kopf schnellte nach hinten, der Hinterkopf platzte auseinander. Der Kerl fiel zu Boden. Das winzige Loch in der Stirn sah harmlos aus, die graue Lache um seinen Kopf nicht. Seine Stummelbeine zuckten, dann erstarrten sie. Das Licht der Laterne spiegelte sich in seinen Pupillen.

Der Kerl hatte mir hinterhergeschnüffelt, genauso wie all die anderen. Irgendein verdammtes Arschloch musste sie auf mich ansetzen. War es dieser Bob? Ich würde es herausfinden und ihn dann kalt machen.

MESMERISTISCHE EXPERIMENTE

Markus K. Korb, der große Edgar-Allan-Poe-Kenner, gab im Jahr 2002 eine Anthologie mit Hommagen an den großen Meister heraus. Jenseits des Hauses Usher *hieß das Buch und versammelte eine Autorenriege, die sich seinerzeit wie ein Who's who der deutschsprachigen Phantastik las: Boris Koch, Tobias Bachmann, Michael Siefener, Nicole Rensmann, Christian von Aster, Malte S. Sembten, Myra Cakan, Thomas Wagner, Marc-Alastor E.-E. und Eddie M. Angerhuber.*

Soweit ich mich erinnere, ist mein Name damals zum ersten Mal gemeinsam mit einem englischsprachigen Autor in einer Anthologie veröffentlicht worden: Thomas Ligotti. Darauf war ich mächtig stolz. Außerdem ließ Markus Korb eigens angefertigte T-Shirts mit Aufdrucken des Cover-Motivs für eine illustre Buchpräsentation in Dreieich bei Frankfurt erstellen.

Aber nicht nur in dieser Anthologie, sondern auch in meiner Geschichte versammelte sich eine illustre Runde verschiedener Figuren – in diesem Fall sind es jedoch historische Persönlichkeiten … viel Spaß beim Raten!

Der Wagen hielt in einer Seitengasse der Brick Lane. Der Regen prasselte unaufhörlich auf das Faltdach. Durch die Seitennaht tröpfelte das Wasser ins Kabineninnere und pochte Wells auf den Zylinder. Der Nebel schmiegte sich feucht und speckig ans Glas. Wells fröstelte. Er blickte durch die Scheibe. Augenblicklich beschlug sie. Draußen war nichts zu erkennen. Das Licht der Gaslaternen wurde von der grauen Suppe verschluckt.

Wells kniff die Augen zusammen und wischte mit dem Mantelärmel übers Glas. »Sind wir da?«

»Das ist die Gasse, die Sie mir genannt haben, Mister.« Der Fahrer schnalzte mit der Zunge. »Soll ich Sie wieder abholen?«

»Nicht nötig. Ich habe keine Ahnung, wie lange es dauern wird.« Er raffte die Papiere auf der Bank zusammen.

»Sir, wenn ich Ihnen einen Rat geben darf: Machen Sie schnell! Whitechapel ist keine angenehme Gegend für einen Gentleman wie Sie.«

Wells nickte. Whitechapel war keine angenehme Gegend für niemanden! Er bezahlte den Fahrer, knöpfte seinen Rock zu, schlug den Kragen hoch und stieg aus dem Wagen. Feiner Nieselregen stach ihm ins Gesicht. Dummerweise hatte er keinen Schirm bei sich. Vor einer Stunde war noch keine Spur von Regen zu sehen gewesen. Der November war eine schreckliche Zeit in London.

Wells presste den Packen Papier an den Körper und sah dem Gefährt nach. Der Motor tuckerte, die elektrische Zündung knallte, und die Ketten rasselten. Der Wagen holperte übers Kopfsteinpflaster. Noch sah er die dampfenden Gasrohre, dann wurde das Fahrzeug vom Nebel verschluckt. In weiter Ferne röhrte die Hupe. Erst jetzt setzte sich Wells in Bewegung – der Fahrer brauchte nicht zu wissen, wohin er ging.

Um ihn stieg der Dampf aus der Kanalisation. Es roch nach Ratten, vermengt mit dem säuerlichen Geruch des Regens. Wells sprang über die Lachen und verschwand in einer Seitengasse. Sie war so klein, dass sie keinen Namen trug. Ein Dubliner Gentleman hatte ihm den Weg beschrieben, andernfalls hätte er den Eingang niemals gefunden. Tags zuvor hatte er die Bekanntschaft des Iren im *Hangman's Pope* gemacht, einem irischen Pub in Kensington. Wenn der Theatermanager, für den sich der Fremde ausgegeben hatte, recht behielt, würde er hier, in dieser Gasse, den Stoff für eine gute Geschichte finden. Wells presste das Bündel an den Körper. Der Nebel hatte das Papier völlig aufgeweicht. *Verflixt!* Er schüttelte das nasse Manuskript. Seit zwei Jahren schrieb er daran. Würde er es hier und jetzt zum Abschluss bringen können?

Wells drängte sich in die Nische eines Backsteinhauses und stieg die schmale Treppe hinab. *Weissagungen – 60 Pfund Sterling,* stand dort mit Kreide auf eine Tafel gekritzelt. Genau dahin wollte er! Normalerweise würde er sich von einer Ankündigung wie dieser niemals locken lassen, schließlich war er kein Narr. Doch der Ire hatte ihm versichert, dass es nichts mit Hexerei oder Kristallkugeln zu tun hatte, sondern mit Technik und fundierter Wissenschaft.

Er pochte an die Metalltür. Augenblicklich scharrte ein Riegel, eine Kette klirrte. Das Eisentor wurde aufgezogen. In dem Kellerraum zuckte eine Gaslaterne. Wells erkannte die Umrisse eines Mannes. Er war schmächtig, hielt den Körper vornübergebeugt und stand noch dazu schief, als wäre ein Bein kürzer als das andere. In London war der Anblick solcher missgebildeter Gestalten nicht unüblich, besonders in einer Gasse wie dieser hätte er damit rechnen müssen. Was hatte er erwartet? Ein Etablissement mit üppigen, charmanten Damen? Kaminatmosphäre, guten Wein und eine Prise Schnupftabak? Der junge Mann, der gewiss kaum älter als zwanzig Jahre war, blickte ihn von unten herauf an.

»Ich bin auf Empfehlung eines irischen Gentlemans hier, Sir Abraham …«

Der Bursche schnitt ihm mit einer Handbewegung das Wort ab. »Ist mir bekannt«, knurrte er. Ungelenkig trat er zur Seite.

Wells nahm den Zylinder ab, bückte sich und schlüpfte in den Keller. Der Diener, für den er den Mann hielt, ließ die Tür ins Schloss fallen und legte den Riegel vor. Ein System von ineinandergreifenden Zahnrädern verschloss das Tor. In dem Raum war es kühl, ebenso frostig wie auf der Straße. Es roch nach Gas und kaltem Stein. Der Keller war nicht verputzt, die rohen Ziegelsteine reichten bis zur Decke. An den Wänden verliefen Kabelstränge und verbogene Drähte, teils plump isoliert, teils lagen die Leitungen blank. *Was für ein Wahnsinn!*

Der Diener grunzte und wischte sich mit dem Handrücken über den Mund. Die Finger glänzten gelb. »Das Geld!«, forderte er.

Wells langte in die Tasche und zog drei Zwanzig-Pfund-Noten heraus.

Der Gnom ließ sie kommentarlos verschwinden und schlang sich die Lumpen um den Leib. »Er ist da!«, brüllte er und schlich davon.

Wells blickte ihm nach. Erst jetzt bemerkte er, wie schlimm der Mann humpelte. Krüppel gab es in London viele, beinahe an jeder Straßenecke. Doch im Vergleich zu ihm wirkten die Bettler der Armenhäuser wie feine, stattliche Männer. *Armer Kerl!* Wells schüttelte den Kopf und strich sich über den Schnauzbart. Er hatte sich den schmalen Bart erst kürzlich wachsen lassen, um bei den Damen den nötigen Eindruck zu hinterlassen, wie er hoffte. Wenn er geahnt hätte, in welches Milieu er sich an diesem Abend begeben würde, hätte er sich anders gekleidet. Mit dem braunen Anzug, der Fliege und den Lackschuhen kam er sich gänzlich deplatziert vor. Ein schäbiger Arbeitsmantel wäre angebrachter gewesen.

Da hinkte der Diener erneut ins Zimmer. Hinter ihm betrat ein weißhaariger Mann im grauen, dreiteiligen Anzug mit Weste, Krawatte und Silberkette den Kellerraum. Er war breit gebaut, ebenso groß wie Wells und stützte sich auf einen Stock mit Knauf. Seine genagelten Schuhe klapperten über den Steinboden. Einen Atemzug später richtete sich der Gentleman vor ihm auf, und das Licht der Laterne fiel auf sein Gesicht. *Um Himmels willen!* Wells versteifte sich. Das Gesicht des Gentlemans war von tiefen Furchen durchzogen. Er musste über achtzig Jahre alt sein. Er hätte Wells' Urgroßvater sein können.

»Mister Herbert George Wells, nehme ich an?«

»Guten Abend.« Wells nickte und reichte seinem Gastgeber die Hand.

»Ob der Abend *gut* verläuft, wird sich noch herausstellen. Das hängt von Ihnen ab.« Die Stimme des Mannes knarrte, passend zu seinem Alter. Ebenso knorrig war sein Händedruck. Das konnte niemand anders als der Professor sein. Der Ire im Pub hatte ihm den Mann so beschrieben: Schlohweißes Haar, respekteinflößendes Auftreten und eine blasse Gesichtsfarbe, als verbrächte er die meiste Zeit in seiner Kammer, in Bücher vertieft und über wissenschaftliche Geräte gebeugt. Jetzt wusste er, dass er keinem Schabernack aufgesessen war. Vor ihm stand kein Geringerer als Professor Mesmer, von dem ihm der Ire berichtet hatte. Hier würde Wells die nötigen Antworten finden.

Mesmer stützte sich auf seinen Stock und ließ den anderen Arm hinter dem Rücken verschwinden. Wahrlich eine imposante Erscheinung. Wells schien, als kannte er den Mann. Das Gesicht? Die winzigen, von Falten überlagerten Augen? Den zynischen Ton in der Stimme? Nein, dieses Antlitz hatte er nie zuvor gesehen. Wo auch? Bereits am Vortag, als ihm der irische Gentleman von Professor Mesmer erzählt hatte, war ihm der Name bekannt vorgekommen. In London gab es nicht viele Träger dieses deutschen Namens – umso ungewöhnlicher, dass sich Wells daran zu erinnern glaubte.

»... Mister Wells!«

Wells schreckte hoch. »Ja, bitte?«

»Sie sind blass!«, stellte Mesmer ohne Umschweife fest. »Ein Glas Wasser vielleicht?«

»Danke.« Wells schüttelte den Kopf.

Mesmers Zeigefinger schoss vor. »Was haben Sie da?«

»Ein Buch.« Wells presste das Bündel loser Zettel, handschriftlicher Notizen und Korrekturen an den Körper. Sogar auf den Rand der gefalteten *Times* hatte er Vermerke angebracht, die ihm während der Fahrt mit dem Kraftwagen in den Sinn gekommen waren.

»Ein Buch?« Mesmer zog die Augenbraue hoch.

»Ein Manuskript«, korrigierte Wells. »Ein Rohentwurf.«

Mesmer nickte. »Der Titel?«

Wells starrte auf das Deckblatt. Eilig hatte er die Zeile *Blick auf Morgen* hingekritzelt. Es war nicht einmal ein Arbeitstitel, bestenfalls eine lausige Idee. »Es hat noch keinen Titel.«

Mesmer deutete auf den Buckeligen. »Das ist Jack, einfach nur Jack. Auch wenn Sie es ihm nicht ansehen, er stammt aus gutem Hause, eng verwandt mit der Königsfamilie.« Mesmer strich sich über die Augenbraue, eine Geste, die an Arroganz nichts zu wünschen übrig ließ. »Wir haben ihn letztes Jahr bei uns aufgenommen. Sie können ihm ihr *Buch,* wie Sie es nennen, getrost reichen. Er wird es für Sie verwahren.«

Wells schielte zu Jack. »Vielen Dank, doch ich behalte es lieber bei mir.«

»Wie Sie wünschen. Hüten Sie dieses grandiose Werk eines bedeutenden Schriftstellers.« Er winkte abfällig mit der Hand.

Wells war nicht entgangen, wie geringschätzig Mesmer das Wort *Schriftsteller* betont hatte. Er schluckte seinen Kommentar hinunter. Noch war er kein Schriftsteller, geschweige denn ein bedeutender. Umso mehr kränkte ihn Mesmers Bemerkung. Im Moment lauschte er noch an der Universität den Vorträgen Thomas Huxleys, doch eines Tages wollte er wie dieser mit der schreibenden Kunst sein Brot verdienen. Wells verlagerte das Gewicht von einem Bein aufs andere. »Ich bin bereit.«

»Bereit?«, unterbrach Mesmer ihn. »Nur weil Sie auf Empfehlung eines Gentlemans den Weg hierher gefunden haben, bedeutet das noch lange nicht, dass Sie darauf vorbereitet sind, was Sie jetzt gleich sehen werden. Sie haben nicht die geringste Ahnung, was Sie erwartet …« Mesmer ließ den Rest des Satzes unausgesprochen.

Wells schien nicht beeindruckt. Auch wenn er nicht wusste, was ihn erwartete, so entsetzlich würde es nicht werden. Gewiss hatte er schon Überwältigendes gesehen.

»Hüten Sie Ihr Buch und folgen Sie mir.« Mesmer schritt voran, Wells folgte ihm. Grunzend schlurfte der Diener hinterher.

Sie verließen das Gewölbe und stiegen eine weitere Treppe hinab. Von außen war nicht zu erkennen gewesen, wie *tief* sich der Keller in die Erde erstreckte. Doch der Abstieg dauerte nicht lange. Bald gelangten sie in ein Labor, in dem die Luft so stickig war, dass Wells das Atmen schwerfiel. Rauch brannte ihm in den Augen. Er blinzelte. Der Raum war mit nur einer Gaslaterne düster beleuchtet. Eine Wand war mit einem schweren Vorhang verdeckt, an den anderen erkannte Wells Magnetspulen, Transformatoren und Elektrokästen, aus denen Dutzende Kabel wie bunte Schlangen quollen. Doch die Geräte schienen nicht unter Strom zu stehen, sondern hingen leblos an den Wänden und schlummerten still und scheinbar ungefährlich vor sich hin.

»Mister Wells. Willkommen in unserem bescheidenen wissenschaftlichen Labor.« Mesmer breitete die Arme aus. »Machen Sie es sich bequem.«

Bequem? Wells sah sich um. Nirgends war eine Couch zu sehen, nicht einmal ein Stuhl stand im Raum.

»Meine Zeit ist kostbar, lassen wir die Prozedur beginnen.« Mesmer nickte dem Diener zu. Wie auf Kommando humpelte Jack zu einem Schrank mit Hebeln und legte einen schweren Metallknüppel nach dem anderen um. Mit seinem Körpergewicht stemmte er sich auf die Griffe. Wells fürchtete, den letzten Hebel jeden Augenblick brechen zu hören, da rastete die Vorrichtung knackend ein. Plötzlich flackerte eine Gaslampe. Wells sah zur Decke.

»Kein Grund zur Besorgnis«, versicherte Mesmer ihm. »Die Gasturbine erzeugt zusätzliche Energie. Nur so laden sich die Magnetspulen auf.« Die Drähte begannen zu glühen. »Sehen Sie?« Er rieb sich die Hände.

Ein Surren hallte von den Wänden wider. Wells spürte, wie seine Beinkleider zu vibrieren begannen, der Stoff vom Magnetismus ergriffen wurde und knisterte. Ihm stellten sich die Nackenhaare auf. Seine Gedärme zuckten und verkrampften sich. Sein Magen zog sich zusammen. Wells atmete hastig. Wo war er da nur hineingeraten? In die Hölle moderner Technik und … *Magnetismus!* Das war das Stichwort. Er wusste, woher er den Namen des Mannes kannte: Professor Mesmer hatte um 1780 den Mesmerismus begründet. Allerdings war er Deutscher gewesen, der in Wien gelehrt hatte. Was hatte seine Familie nach London verschlagen? Wells trat an den Alten heran. »War Ihr Vater etwa der ehrenwerte Franz Anton Mesmer, der den Magnetismus als Heilwirkung …?«

»Pah!« Mesmer wedelte mit dem Arm. »Heilwirkung! Vater hatte keine Ahnung, welches Potenzial er entdeckt hatte. Heilung ist nur ein Teilbereich. Er war zu blind, um das Ganze zu sehen. Ja, Mister Wells, Magnetismus ist der Saft des Lebens! Wozu diese Quelle imstande ist, können Sie niemals begreifen, nicht einmal annähernd *erahnen*, mein Guter. Sie öffnet Tore …«

Wells ließ den Mann reden und selbstgefällig in seiner Arroganz schwelgen. Ihm schien etwas anderes viel interessanter. Soweit er sich erinnerte, starb Professor Mesmer um 1815. Wenn Mesmers Sohn vor ihm stand, musste er im besten Fall an die achtzig Jahre alt sein.

»Jack! Zum Bottich! Zwei Kanäle genügen. Rasch!« Mesmer klatschte in die Hände. Jack humpelte quer durch den Raum und verschwand hinter dem Vorhang.

Welcher Bottich? Was befand sich hinter dem schweren Vorhang, der die gesamte Länge des Raumes verdeckte? Wells hörte den Diener eine Stahlleiter erklimmen. Er hantierte, schlug mit Deckeln und öffnete quietschende Ventile. Ein Rauschen mischte sich unter das Vibrieren des Generators. Mit einem Mal ratterte, knarrte, knisterte und schabte es hinter dem Vorhang, als wären die Flügel Dutzender stählerner Schmetterlinge in Bewegung.

Mesmer lächelte. »Wir sind gleich so weit.«

Wells blickte zur Tür. Schwere Stiefel polterten über die Steinstufen. Ein mächtiger Schatten schob sich die enge Treppe hinunter. Wells' Herzschlag beschleunigte sich. Eine in einen langen Mantel gehüllte Gestalt bückte sich und betrat das Labor. Wells atmete auf. Erleichtert ließ er die Schultern sinken, als er den irischen Gentleman erkannte. »Mister Stoker!«, entfuhr es ihm.

Gestern im Pub war ihm der Vorschlag des Theaterdirektors, einer wissenschaftlichen Vorhersage beizuwohnen, zu bizarr, zu unwirklich erschienen. Zwar machte der Ire – der Sekretär des Schauspielers Henry Irving – einen seriösen Eindruck, dennoch hatte Wells befürchtet, Opfer eines schlechten Scherzes zu werden. Höflich hatte er den Gentleman gebeten, bei seinem Besuch in der namenlosen Gasse anwesend zu sein. Abraham Stoker hatte sich zunächst geweigert, da er wichtigen Terminen nachkommen musste, aber schließlich doch eingewilligt zu kommen. Nun war er da!

»Mister Wells!« Stoker reichte ihm lächelnd die Hand. Der Mann trug einen Seitenscheitel und hatte das rote Haar mit Pomade streng nach hinten gekämmt. Obwohl er die vierzig überschritten hatte, wirkte er beschwingt und kräftig. Er entsprach dem Bild des typischen Iren: hochgewachsen, massive Schultern und breites Gesicht. Die buschigen Augenbrauen und der feurige Vollbart trugen zur imposanten Erscheinung bei.

»Mister Stoker!«, grüßte nun auch Mesmer. »Schön, dass Sie uns bei dieser Vorführung besuchen.« Einladend breitete Mesmer die Arme aus. Der Gast schien ihm willkommen. Mit einem Mal konnte er seine Arroganz vor einem größeren Publikum ausleben. Mesmer zog eine Taschenuhr aus dem Sakko und ließ den Deckel aufschnappen. »Jack! Sind wir fertig?«

Der Vorhang bauschte sich und Jack humpelte hervor. Er nickte.

»Beginnen wir.« Professor Mesmer nahm einen an einem Haken festgeklemmten Trichter von der Wand. Behutsam zog er die Vorrichtung zu sich, sodass sich von einer Trommel ein dicker Schlauch entrollte. Er reichte Wells den Trichter. »Nehmen Sie den Sender hoch, halten Sie den Übertragungskanal gerade … *so!* Er darf nicht knicken!«

Wells nahm den Trichter zur Hand.

»Vorsicht!« Mesmer eilte herbei und hielt den Schlauch hoch. »Ich sagte doch, er darf nicht knicken.« Er ging am Schlauch entlang, tastete die Rundung ab und schritt zu einem Ofenrohr an der Wand. Dort legte er die Hände darauf, als wollte er die Temperatur prüfen. »Die Technik ist heikel. Sie stammt aus Amerika.«

»Aus Amerika?«, entfuhr es Wells. Ihm schien die Aussage zu absurd, geradezu aberwitzig. »Aus einem Kontinent ohne Kultur, wo wilde Cowboys …?«

»Ihr Sarkasmus wirkt deplatziert, mein Guter.« Mesmer stemmte die Hände in die Hüften. »Auch wenn Ihnen Amerika wie ein Hort wilder Barbaren erscheint, begehen Sie nicht den Fehler, die Einwohner des Landes mit dem Genie einiger emigrierter Wissenschaftler zu verwechseln, Mister Wells. Diese Technik übertrifft alles, was Sie bisher gesehen haben.«

Stoker trat an Wells heran und legte ihm die Hand auf die Schulter. »Das Problem ist jedoch: In den Staaten ist man für diese Art der Forschung nicht aufgeschlossen genug. In London geht es leichter. Professor Mesmer war gezwungen, aus Richmond in Virginia zu fliehen. Der Boden unter den Füßen war ihm zu heiß geworden.« Stoker lächelte. »Hier kann er ungestört seine Forschung vorantreiben ...«

»Mister Stoker! Sie sollten jetzt besser schweigen!« Mesmer durchmaß den Raum an seinem Stock und baute sich vor Wells auf. »Die Simulationsmaschine ist mit allen Daten bis zum heutigen Tag gespeichert, dem elften November.« Er deutete auf den Trichter. »Stellen Sie jetzt Ihre Fragen!«

»Da hinein?« Wells deutete auf den Trichter.

»Natürlich. Was dachten Sie?« Mesmer verzog das Gesicht.

Wells trat von einem Bein aufs andere. Plötzlich pochte sein Herz bis zum Hals. Endlich war er da, hier konnte er alle Fragen stellen, die ihn so lange gequält hatten. Womit sollte er beginnen? Mit einem Mal bekam er keinen Ton mehr heraus. Er zwang sich, flach zu atmen, und überlegte. »Was ...«, begann er. »Was passiert im nächsten Jahr?«

Mesmer lächelte. »Sie müssen Ihre Fragen schon konkreter stellen. Was erwarten Sie? Eine gesamte politische und wirtschaftliche Chronik des Jahres 1889?«

»Gehen Sie ins Detail!«, flüsterte Stoker. »Exakte Fragen, genaue Termine, Orte, Personen, Ereignisse ... und seien Sie visionär, begnügen Sie sich nicht mit den Vorkommnissen des nächsten Jahres. Die Maschine kann viel mehr!«

»Ja, ja, selbstverständlich.« Wells stand plötzlich der Schweiß auf der Stirn. Er stellte sich wie ein naiver Tölpel an. Für Professor Mesmer musste seine plumpe Frage wie eine Beleidigung seines genialen Geistes wirken. Wells atmete tief durch und hielt sich den Trichter vors Gesicht. »Wie entwickelt sich die internationale politische Lage ab 1900 in Mitteleuropa?« Vorsichtig schielte er zu Mesmer und Stoker. Der Professor verzog das Gesicht, doch Stoker nickte einigermaßen zufrieden.

Während hinter dem Vorhang das monotone Stampfen und Pfeifen mechanischer Pumpen ertönte, drang aus dem Trichter zunächst nur ein Knistern. Danach erklang ein Flüstern, kaum zu vernehmen, wie ein Hauch.

Die Politik der europäischen Mächte wird von Imperialismus und Nationalismus gekennzeichnet sein …

Die Stimme klang langsam und schleppend, dann verstummte sie plötzlich.

»Konkreter!« Mesmer stampfte zornig mit dem Gehstock auf, sodass Wells zusammenzuckte. »Die Simulationsmaschine ist kein Spielzeug, Mister Wells. Wenn Sie die moderne Technik nicht zu nutzen wissen, sind Sie hier fehl am Platz!«

Wells umklammerte den Trichter mit feuchten Händen. »Wie ist die Beziehung zwischen England und dem Deutschen Reich um 1900?«

Ein Flüstern drang aus dem Trichter.

Die deutsch-englische Rivalität wird durch die Flottenvorlagen geschürt. Immer größeres Nationalgefühl prägt sich aus.

Da kam Wells eine Idee. »Wie hoch sind die Rüstungsausgaben?«, beeilte er sich zu fragen, bevor Mesmer erneut mit dem Stock aufstampfen oder ihm gar den Trichter aus der Hand reißen konnte.

Die Gier nach Macht wird in enormen Rüstungsausgaben ausarten. 1905 werden im Deutschen Reich tausend Millionen Goldmark durch den Reichstag bewilligt. Acht Jahre später, 1913, werden es bereits zweitausend Millionen Goldmark sein.

Wells war niedergeschmettert von den eindeutigen Angaben. Wie konnte die Maschine das so genau wissen? Diese Ereignisse lagen fast fünfundzwanzig Jahre in der Zukunft. In dieser Zeit konnte sich alles Mögliche ereignen. Doch seine Furcht vor Mesmer war zu groß, als dass er sich länger mit diesem Rätsel beschäftigte. Er musste weitere Fragen stellen und die Grenze der Simulationsmaschine ausloten. Sonst würde ihn Jack in hohem Bogen aus dem Labor werfen, und die sechzig Pfund waren umsonst bezahlt worden.

»Was ist der Hintergrund für diese Aufrüstung? Was bezweckt Deutschland damit?« Sobald er die Frage gestellt hatte, kam sie ihm lächerlich vor. Was konnte schon der Grund für Aufrüstung sein? Noch bevor Mesmer eine zynische Bemerkung abgeben konnte, drang die schleppende Antwort aus dem Trichter.

Das Deutsche Reich und Österreich-Ungarn werden sich von der Blockade der gegnerischen Ententemächte immer mehr in die Isolierung gedrängt fühlen. In Deutschland wird sich das Gefühl verbreiten, eingekreist zu sein. Die Angst vor der ständig wachsenden Stärke Russlands wird besondere Beklemmung verursachen.

»Wohin führt die Aufrüstung? Bereitet sich Deutschland auf einen Krieg vor?«

Ja, aber noch herrscht kein Krieg in Deutschland.

»Wo entbrennt er zuerst?«

In Österreich. 1914 wird Kaiser Franz Joseph Serbien den Krieg erklären.

Wells schluckte. »Weshalb?«

Am achtundzwanzigsten Juni 1914 wird das Österreichische Thronfolgerehepaar durch die serbische Untergrundbewegung ermordet werden. Die Situation wird eskalieren. Die Lunte brennt schon lange, doch nun wird das Pulverfass explodieren.

»Wie rasch weitet sich der Krieg aus?«

Durch die deutsche Kriegserklärung an Russland und Frankreich wird die Auseinandersetzung zum europäischen Krieg eskalieren. Am ersten August 1914 wird Wilhelm II. die allgemeine Mobilmachung über das Deutsche Reich verhängen.

Wells war wie vor den Kopf gestoßen. Falls es tatsächlich so eintreten sollte, wie es die Maschine prophezeite, würde er es miterleben, vielleicht sogar am eigenen Leib zu spüren bekommen. Zu diesem Zeitpunkt wäre er etwas über fünfundvierzig Jahre alt. Augenblicklich waren die Pläne mit seinem Manuskript vergessen. Im Moment interessierte ihn nur eine einzige entscheidende Frage. »Wie verhält sich England in dieser Angelegenheit?«

Durch das Eingreifen Englands zusammen mit seinen überseeischen Besitzungen wird der Krieg zum Weltkrieg ausarten.

»Weltkrieg«, hauchte Wells. Was für ein Begriff! Der Trichter zitterte in seinen Händen. »Aber kann das Volk den Krieg nicht verhindern?«, entfuhr es ihm.

Aus dem Trichter drang ein klägliches Lachen.

Willhelm II. wird vom Balkon des Berliner Schlosses herab verkünden, dass er keine Parteien mehr, sondern nur noch Deutsche kennt. Propaganda ist alles! Es wird eine wahre Kriegsbegeisterung entstehen.

»Wie lange dauert der Krieg?«

Bis …

Die Stimme aus dem Trichter verstummte. Kurz darauf pochte jemand an die eiserne Eingangstür. Das Schlagen hallte über die Treppe ins Labor. Mesmer und Stoker blickten abrupt auf, starrten sich stumm an. Dann sahen sie die Treppe hinauf. »Haben Sie noch jemanden für heute Abend eingeladen, Mister Stoker?«

Der Ire schüttelte den Kopf.

Mesmer nickte zur Treppe. »Jack!«

Augenblicklich humpelte der Diener die Stufen empor.

»Sie bleiben hier!«, befahl Mesmer, den Zeigefinger auf Wells gerichtet. »Ich wimmle den Besucher ab, wir sind gleich wieder hier. Und fassen Sie nichts an!«

Mesmer und Stoker stiegen die Treppe hinauf. Wells blieb allein im Labor. Er hörte, wie eine Kette schepperte. Zahnräder klickten, und ein Riegel scharrte über das Metall. Das Eisentor wurde aufgezogen.

»Inspektor Lestrade und Constable Finn von Scotland Yard«, drang die dumpfe Stimme ins Labor hinunter.

»Inspektor, wie kann ich Ihnen helfen?« Mit einem Mal klang Professor Mesmers Stimme angenehm hell, geradezu als sei er der beste Freund der Londoner Polizei.

»Treten Sie näher«, lud Stoker den Polizisten ein.

»Danke«, wehrte der Mann ab. »Wir untersuchen den Fall Kelly. Ich hätte dazu einige Fragen …«

Wells lauschte angestrengt, doch er hörte nur das gedämpfte Murmeln der Männer. Die Routinefragen würden ihre Zeit brauchen. Wells schielte zum Vorhang. Das war seine Chance! Er schritt darauf zu.

Eilig suchte er nach dem Spalt, in dem Jack vor wenigen Minuten verschwunden und anschließend wieder aufgetaucht war. Er schob den Vorhang beiseite. Dahinter lag eine düstere Kammer. An der Wand züngelte eine winzige Flamme, die den Sauerstoff des Raumes beinahe gänzlich verzehrt hatte. Die beiden Gaslampen brannten nur noch auf halber Flamme. Es roch bitter nach Magnesium und verbrannter Kohle.

Wells hüstelte und rang nach Atem. Der Raum war vollgestopft mit wissenschaftlichem Gerät: Lampen, Kolben, Pumpen, Schläuchen, Generatoren und blitzenden Zündmechanismen. Alles schien in Bewegung, ratterte, knisterte und knarrte. Schläuche hingen quer durch den Raum und schwankten an Seilen auf und ab. In der Mitte, eingekeilt zwischen den Geräten, stand ein Feldbett. Wells fiel das Herz in die Hose. Ein Mann lag aufgebahrt darauf. Ein Laken deckte den Körper ab. Die nackten Füße hingen über den Rand des Betts.

»Gott im Himmel!« Wells würgte. Die Schädeldecke des Mannes war offen. Was darunter lag, pulsierte und glänzte wie ein Schwamm im Schein der mechanischen Lampe. Kabel und Drähte verschwanden im Kopf des Mannes. Indessen summten die Generatoren und Magnetspulen in der Nische vor sich hin.

Wells trat näher und beugte sich über den Mann. Ein Funke zischte aus der Spule. Für einen Moment erhellte er das Zimmer und zeigte das Gesicht des Aufgebahrten. Er hatte eine hohe und breite Stirn, die Locken, fettig glänzend, fielen ihm über die Ohren. Ein schmaler Schnauzbart zierte die Oberlippe. Seine Augen flatterten. Magnetblöcke klemmten über den Brauen und unter der Nase. Über dem Kopf hing ein mächtiger Trichter.

Wells glaubte den Mann zu kennen, das Gesicht schien ihm vertraut. Wer war es nur? Es musste sich um eine bekannte Persönlichkeit handeln. Hatte er das Bild des Mannes in der Zeitung gesehen? Kannte er es von öffentlichen Reden oder aus diversen Clubs? War er dem Mann etwa schon einmal begegnet? Er beugte sich über das Gesicht. Plötzlich zuckte er zurück. Eine weiße zähe Flüssigkeit drang dem Mann aus dem Augenwinkel. Auch in den Nasenhöhlen glänzte es weißlich. Es stank schauderhaft süß.

Wells' Puls raste. Zaghaft hob er das Laken und blickte darunter. Der Aufgebahrte trug ein weißes Totenhemd. Nadeln und Kabel steckten in seinem schmächtigen Körper. Die Muskeln hüpften, als litt er an der Schwindsucht. Die Ärmel des Totenhemds waren zu beiden Seiten bis zum Oberarm hochgekrempelt. Eine dicke Nadel steckte in jeder Armbeuge. Durch den einen Strang pulsierte die rote Flüssigkeit in den Arm, durch den anderen Strang sprudelte sie aus dem Körper hinaus. Die

Flüssigkeit in den Schläuchen schlug Blasen. Wells bemerkte, wie rasch der Trunk durch die Kanäle lief und den Körper regelrecht durchspülte. Zwar verzweigten sich die Schläuche weit im Raum, liefen über Rinnen und tanzten an Seilen, aber letztlich endeten alle in einem Eisenbottich, der auf Haken an der Wand hing.

Offensichtlich brauchte der Mann diese Spülung, um am Leben zu bleiben. Doch konnte man *das* Leben nennen? *Ein künstlicher Zustand!* Die Augenlider des Mannes flatterten. Wells zuckte zusammen. Ein Stöhnen entrang sich den zusammengepressten Lippen des Scheintoten. Das Raunen verebbte in den Tiefen des Trichters, der über dem Gesicht des Geschöpfes hing. Stammte daher die Übertragung? Wells beugte sich zum Ohr des Aufgebahrten. Er musste es versuchen. »Wie wirkt sich der Krieg auf das Volk aus?«, flüsterte er.

Die Lippen öffneten sich kaum, als drang der Ton direkt aus dem Körper.

Das Brot wird rationiert.

Es war die gleiche Stimme, die er zuvor im Labor gehört hatte. Wells beugte sich über das Gesicht. »Weiter!«, drängte er.

Im Deutschen Reich werden Lebensmittelkarten eingeführt: Für jede Person zwei Kilogramm Brot pro Woche. Bei Missbrauch oder Fälschung wird eine Maximalstrafe von 1500 Deutschen Mark oder sechs Monaten Gefängnis verhängt …

»Weiter!«

Der Krieg zeigt Auswirkungen: Immer weniger Fleisch. Milch- und Petroleummangel. Trockenheit sorgt für eine schlechte Ernte. Sämtliche Lebensmittel im Reich werden beschlagnahmt.

Wells blickte ihm ins Gesicht. »Wer sind Sie?«, fragte er unvermittelt.

Mein Name ist Edgar …

Der Mann auf der Bahre verstummte. Schritte waren auf der Treppe zu hören. Jemand stieg ins Labor hinunter. War es Inspektor Lestrade? Hatte er die Stimme aus dem Trichter gehört? Wollte er den Keller inspizieren? Wells blieb wie angewurzelt stehen und verkrampfte die Hände zu Fäusten. Hinter dem Vorhang würde er unentdeckt bleiben, und falls der Inspektor doch einen Blick hinter die Kulisse warf, hätte er Zeit genug, sich hinter dem Bottich zu verstecken. Wells blickte zu dem enormen Behälter. Was zum Teufel war die dunkle Flüssigkeit darin, die den Körper durchspülte? Instinktiv wusste er es, doch sein Verstand weigerte sich, die Wahrheit zu akzeptieren. Dabei gab es nur eine plausible Erklärung. Alkohol war es nicht, auch keine Lauge. Wells ahnte, *was* es war, doch *woher* zum Teufel stammte der dunkelrote, klebrige Inhalt?

Wie zufällig fiel sein Blick auf die Ausgabe der *Times,* die er noch immer mit den anderen Papieren im Arm hielt. An den Rand der Zeitung hatte er Notizen zu seinem Manuskript gekritzelt, doch die kümmerten ihn im Moment nicht. Viel interessanter war die Schlagzeile: *Fünftes Opfer in Whitechapel.* Vor zwei Tagen, in der Nacht vom neunten auf den zehnten November, war die Prostituierte Mary Jane Kelly ermordet worden. Sie war das fünfte Opfer des Rippers, der wieder in Whitechapel zugeschlagen hatte, diesmal in Miller's Court.

Wells starrte auf die Zeichnung des Berichterstatters. Ermordet war noch gelinde ausgedrückt. Die Prostituierte war von einem Skalpell von einem Ohr zum anderen aufgeschlitzt worden, geschlachtet, ausgeweidet, wie von einem Wahnsinnigen … Wells fehlten die Worte. Ihn würgte. Wer hatte die Nerven für solch eine Tat? Eine Bestie? Ein Verrückter? Da wurde der Vorhang zurückgerissen. Wells fuhr herum.

Jack stand vor ihm, ein blitzendes Skalpell in der Hand.

»Nicht gut, was Sie hinter dem Vorhang gesehen haben.« Jack deutete zur Bahre und hinkte einen Schritt auf Wells zu.

»Ich …« Wells stolperte rücklings zum Bottich, bis er mit dem Rücken an der Behälterwand stand.

»Aber gut, dass Sie spioniert haben.« Jack wischte mit dem Skalpell durch die Luft. »Wir brauchen frisches Blut für Mister Poe!« Jack nickte zum Bottich.

Blut! Wells wurde schwindelig. Er hatte es geahnt. Er spürte das kalte Metall des Bottichs an den Schulterblättern. Mit den Fingern der freien Hand klammerte er sich an das Blech. Mit der anderen umschloss er sein Manuskript. Plötzlich schoss ihm ein anderes Detail durch den Kopf.

»Mister Poe?«, flüsterte er.

Natürlich! Das war es! Der Mann auf der Liege war der amerikanische Literat. Der Schnauzbart, die hohe Stirn, die Locken … eindeutig.

Wells ließ Jack nicht aus den Augen, dennoch schielte er zu dem aufgebahrten Mann. Aber lag dort *tatsächlich* Poes Körper? Soviel Wells wusste, war der Mann vor vierzig Jahren gestorben. Sein Leib konnte unmöglich so lange hier aufgebahrt worden sein. Nicht in diesem Kellerloch! Da fielen ihm Stokers Worte ein. *Mesmer war aus Amerika geflüchtet. Der Boden war ihm unter den Füßen zu heiß geworden. In London konnte er ungestört seine Forschung vorantreiben.*

Seine Forschung!

Wells starrte auf Jack, dann auf den Bottich. Nannten sie *das* etwa »die Forschung vorantreiben«? Jetzt kannte er den wahren Grund für Mesmers überstürzte Flucht aus Amerika. Wie viele ausgeblutete Leichen hatte er auf dem neuen Kontinent zurückgelassen? Kein Wunder, dass ihm der Boden zu heiß geworden war.

»Frisches Blut!« Jack wischte mit dem Skalpell durch die Luft. Die Klinge berührte beinahe Wells' Kehle. »Du wirst Mister Poe am Leben erhalten!«

Der Arm unter dem Laken bewegte sich.

Nein! Das Morden muss aufhören!

Die Stimme war schwach, sie kam aus dem halbgeöffneten Mund des Aufgebahrten. Die Worte wurden durch den Trichter übertragen. Jack stutzte einen Moment lang, und Wells nutzte die Gelegenheit und tauchte unter Jacks Messerarm hindurch. Er lief zum Vorhang. Plötzlich wurde der Stoff zur Seite gerissen.

Professor Mesmer stand breitbeinig vor ihm. »Wohin wollen Sie so überstürzt, Mister Wells?«

»Ist der Inspektor noch hier?«, keuchte Wells.

»Leider nicht. Schade, nicht wahr?« Mesmer lächelte. Er ließ den Knauf des Gehstocks in die offene Hand sausen. »Jack!«

Jack humpelte heran, packte Wells von hinten am Arm und bog ihn hoch. Wells schrie auf. Instinktiv stellte er sich auf die

Zehenspitzen, um dem Schmerz zu entgehen. Sogleich bog Jack den Arm weiter hinauf. Wells brüllte.

Aufhören!

Poes Körper vibrierte, die Arme und Beine zuckten. Er versuchte sich aufzurichten. Weiße klebrige Tropfen quollen ihm aus Nase und Ohren.

Diese Taten müssen aufhören!

Er presste die Worte hervor. Die Lippen zitterten. Blasen quollen aus dem Mund. Schließlich fiel der Körper wieder zurück aufs Laken.

»Mister Poe hat recht. Das Morden muss aufhören!«

Professor Mesmer fuhr herum. »Mister Stoker!«

Abraham Stoker stand im Labor. Er richtete den Zeigefinger auf Jack. »Lassen Sie den Mann los! Scotland Yard ist bereits misstrauisch geworden. Weitere Morde gefährden das Experiment.«

»Wie stellen Sie sich das vor? Wie sollen wir Mister Poe am Leben erhalten? Etwa mit Hustensaft?« Mesmer lachte zynisch.

»Ich habe eine Idee, wie wir es anstellen.« Stoker nickte Jack zu. Dieser ließ Wells los.

Augenblicklich sprang Wells auf Stokers Seite und schüttelte den verrenkten Arm.

»Professor Mesmer hält Mister Poe seit Jahrzehnten künstlich am Leben«, erklärte der Ire an Wells gewandt. »Das magnetische Feld verhindert den Zerfallsprozess.«

»Kein Wort mehr!«, rief Mesmer.

Doch Stoker ließ sich nicht beirren. »Die präzisen Vorhersagen sind nur eine von vielen Nebeneffekten der magnetischen Wellen. Aber der Körper braucht nicht nur Magnetismus und Elektrizität, sondern leider auch sehr viel Blut. Mesmer konnte bisher keinen anderen Weg finden, als den Bottich regelmäßig neu aufzufüllen.«

»Sie sollten jetzt lieber schweigen!«, zischte Mesmer. Drohend hob er den Stock.

Stoker trat an den Professor heran. »Was wollen Sie tun? Mister Wells etwa die Kehle aufschlitzen? Bitte, nur zu! Welch großartige Idee.« Stoker riss den Arm hoch. »Aber bedenken Sie eines: Nach fünf Prostituierten kräht kein Hahn, doch wenn plötzlich ein Mitglied der Londoner Clubs verschwindet, krempelt Scotland Yard jedes Haus in Whitechapel um ... *jedes* Haus!«

Mesmer verkrampfte die Hände zu Fäusten. »Es war keine gute Idee, den Fremden herzubringen.«

»Und wie finanzieren Sie die Forschung? Wollen Sie etwa Schuhe putzen, oder soll Jack in einer Striptease-Bar tanzen?« Stoker lachte auf. »Sie brauchen das Geld.«

»Und wir brauchen frisches Blut.« Mesmer stampfte mit dem Stock auf. »Mister Poe fällt auseinander, er ist kaum noch zu retten.«

»Ich weiß.« Stoker nickte. »Wie gesagt, ich habe eine andere Idee.« Er strich sich über den Schnauzbart und lächelte. »Ich weiß wie wir an Blut herankommen, ohne dass Menschen dafür sterben müssen.«

Sie sahen ihn misstrauisch an.

»Wir zapfen es ab!« Abraham Stoker lächelte. »Von der Halsschlagader.«

»Und von wem bitteschön?«

»Von Patienten in Doktor John Sewards Nervenklinik. Ich bin mit ihm befreundet, und gemeinsam haben wir einige bescheidene Zeilen zu dem Thema verfasst.«

»Ihre Ideen in allen Ehren, doch wird es funktionieren?«

»Das versichere ich Ihnen.«

Mesmer überlegte. Er wiegte den Kopf, dann wandte er sich an den Besucher. »Mister Wells, Sie haben die Antworten auf Ihre Fragen erhalten. Mehr als das ... Sie haben sogar unser Geheimnis gelüftet. Das dürfte als Inspiration für Ihr Buch genügen.«

Wells nickte. Erleichtert atmete er auf.

»Ich lasse Sie gehen«, murmelte Mesmer. »Aber vergessen Sie eines nicht: Verlieren Sie auch nur ein einziges Wort darüber, was Sie heute Nacht hier gesehen haben ...« Er nickte zu seinem Diener. »... dann wird Jack eines Nachts unangemeldet in Ihrem Schlafgemach auftauchen. Habe ich mich klar und deutlich ausgedrückt?«

Das Skalpell in Jacks Hand blitzte auf. Wells schluckte. »Selbstverständlich wird nichts darüber veröffentlicht werden, seien Sie versichert.«

Stoker begleitete Wells zum Ausgang. Sie standen in der Nische des Backsteinhauses und verabschiedeten sich. Stoker zog die Tür zu, worauf das System der ineinandergreifenden Zahnräder das Tor verschloss. Wells war allein. Es nieselte immer noch. Er blickte auf die verschmierte Kreidetafel: *Weissagungen – 60 Pfund Sterling.* Gepresst stieß er die Luft aus der Lunge. Zwar war er um eine beträchtliche Summe ärmer, doch er war am Leben. Was wollte er mehr?

Nicht aber Poe!

Der hing an einer Maschine und wurde künstlich am Leben erhalten. *Falsch,* korrigierte er sich. Poe selbst war diese Maschine: sein Gehirn, seine flatternden Augen, seine im Schädel verschwundenen Pupillen, sein toter und doch am Leben erhaltener Körper. Poe *selbst* war der Apparat, eine Maschine aus Fleisch und Blut, ein menschlicher Mechanismus. Wells schüttelte den kranken Gedanken ab. Er musste das Erlebnis aus seinem Gedächtnis löschen. Es wäre besser, wenn er sich auf sein Manuskript konzentrierte, auf nichts anderes. Zwar war vor Monaten bereits ein Auszug erschienen, doch nach diesem Erlebnis würde er den gesamten Text überarbeiten müssen. Noch konnte er keinen klaren Gedanken fassen, doch eines wusste er: Er hatte in seiner Erzählung den technischen Aspekt vernachlässigt. Er umklammerte das Bündel Papier. Er musste die Geschichte umbenennen. In *Die Menschenmaschine* – oder besser in *Die Zeitmaschine.* Wells ließ erleichtert die Schultern sinken. Endlich hatte er die Initialzündung erfahren, nach der er jahrelang verzweifelt gesucht hatte.

Er stieg die schmale Treppe hinauf und schlug den Mantelkragen hoch. Der Regen wurde stärker. Die Gaslaternen flackerten, und Nebel kroch über die Pflastersteine. In der Brick Lane würde er einen Kraftwagen finden, der ihn nach Hause brachte.

ZUR HÖLLE MIT WEIHNACHTEN

Vielerorts heißt es, der Teufel komme aus Österreich. Dass dem tatsächlich so ist, beweist die letzte Geschichte.

Allerdings habe ich eine Bitte: Schauen Sie aus dem Fenster. Liegt Schnee auf den Dächern? Falls nicht, legen Sie bitte rasch ein Lesezeichen ins Buch oder machen Sie von mir aus einen Knick in die Seite und heben Sie sich die letzte Story für einen späteren Zeitpunkt auf.

Bitte!

Sonst hat es keinen Sinn. Glauben Sie mir. Sie müssen in der richtigen Stimmung sein. Schlagen Sie das Buch erst wieder an dieser Stelle auf, wenn es draußen mindestens fünf Grad minus hat, Sie sich im Vorweihnachtsstress befinden und fürchterlich verzweifelt sind, weil Sie Ihr Auto vor lauter Schnee nicht mehr finden können.

Danke.

Aha, Sie sind schon wieder da. Und? Schneit es draußen? Haben Sie schon alle Geschenke besorgt? Prima. Ich wusste, auf Sie ist Verlass.

»Weihnachten ist doch was Eigenartiges«, sagt der Autor Willy Meurer nicht ganz zu unrecht. »Wann sonst säße man vor einem toten Baum und würde Süßigkeiten aus einer Socke naschen?«

Viel Spaß mit einer Weihnachtsgeschichte – direkt aus der Hölle.

Und die Nacht fiel herein, und der Himmel wurde schwarz. Vom zerklüfteten Felsthron stieg Luzifer. Donnernd stampfte er mit dem Pferdefuß auf. Das Vulkangestein der Hölle erzitterte. Es roch nach Schwefel. Magma tropfte dampfend von der Decke und brannte sich um ihn in den Boden.

»Es ist so weit.« Er hielt sich mit der Klaue das linke Nasenloch zu, zog den Rotz geräuschvoll hoch und spuckte den Schleim auf den Boden. Zischend verdunstete die Spucke. Zurück blieb ein eingetrockneter grüner Rand.

Der Höllenfürst blickte sich um. *Verflixt!* Keines seiner Teufelchen hatte die grausige Demonstration gesehen. *Macht nichts!* Sein Personal, dieses stockfaule Lumpenpack, lungerte wahrscheinlich in der Folterkammer auf einem heißen Stein herum und vertrieb sich die Zeit mit Kesselspielen. Meist pinkelten sie in hohem Bogen in die Kupferbottiche. Darin saß noch immer jene Fuhre Bischöfe, die er vor Monaten bekommen hatte und so lange behalten wollte, bis Gott endlich in einen Gefangenenaustausch einwilligte. Der alte Knacker mit dem weißen Bart sollte ihm endlich die Politiker und Banker aushändigen, die irrtümlich im Himmel gelandet waren. Luzifer rieb sich die Hände. Schon seit Monaten spitzte er auf diesen Austausch. Schmiergeldempfänger und Steuerhinterzieher zu quälen war viel amüsanter als Bischöfe zu martern, denn die schrien nicht, sondern beteten die ganze Zeit ihre langweiligen Rosenkränze.

»Egal!« Luzifer scharrte mit dem Huf auf dem Boden. Heute stand ohnehin etwas anderes auf dem Programm. Etwas viel Besseres!

Mit den Klauen fuhr er sich durch das verfilzte, struppige Fell, kraulte sich den Bauch, ringelte den Schweif ein und stapfte weiter durch die Hölle. Am Ende des Tunnels stand ein vertrockneter Adventskranz mit vier schmächtigen Kerzen auf einem Steinsockel.

»Ho, ho, ho!«, rief er in seiner tiefsten Stimme. »Die Adventszeit ist vorüber! Heute ist fröhliche Weihnacht!«

Mit einem Feuerstoß versengte er den Kranz. Im Nu schmolzen die Kerzen zu Wachsklumpen, die Fichtennadeln verkohlten, der Holzschmuck knackte und ging in einer Stichflamme auf. Zurück blieb ein Häuflein Ruß.

»Gibt nicht viel her«, grunzte er.

Von einem Haken an der Wand griff er sich eine rote Stoffjacke, schlüpfte hinein und knöpfte sie vor dem Wanst zu. Umständlich schlüpfte er in die dazu passende rote Hose. Dabei entwich ihm ein garstiger Darmwind, der donnernd an den Tunnelwänden widerhallte. Seine Nasenhaare rollten sich ein.

»Donnerwetter!« Er wedelte mit der Klaue vor der Nase.

Als er schließlich ganz in der Hose steckte, war ihm sein langer Schweif im Weg. Er ringelte ihn zusammen und steckte ihn seitlich in die innere Hosentasche. Dann schlug er mit den Klauen die linke Hosenstulpe um. Niemand durfte seinen Pferdefuß sehen. Die Tarnung sollte perfekt sein. Wenn auch nur eines seiner Teufelchen blöd grinste, würde er es mit einem Feuerstoß grillen. Da kannte der Höllenfürst keinen Spaß.

Zuletzt zog sich Luzifer eine rote Zipfelmütze mit weißer Quaste über den Kopf. Dabei zerrissen die beiden Hörner den Stoff und ragten wie Stahlstifte aus der Mütze.

»Gut!« Zufrieden betrachtete er sein Spiegelbild in einem an der Felswand erstarrten Magmafluss. Er leckte sich die Klaue und strich sich damit eitel über den Ziegenbart am Kinn. Dann wandte er sich um, stieß einen Pfiff aus und rief: »Flitzer, Donner, Tänzer, Rudolf! Los!«

Mit wildem Geheul trabten vier zottelige, stinkend sabbernde Höllenhunde um die Ecke. Wild stemmten sich die Bestien ins Geschirr und zerrten einen Schlitten über das Felsgestein. Funken stoben von den Kufen und verglühten an den Wänden.

»So ist's brav!« Luzifer hexte sich ein Stück rohes Fleisch in die Hand. Gierig rissen es ihm die Höllenhunde aus der Klaue und schlangen die Brocken schmatzend hinunter. Von mehrmaligem Kauen hatten die Viecher noch nie etwas gehört.

Luzifer wollte sich auf den Kutschbock des Schlittens werfen, als sein Blick auf das Nummernschild fiel.

»Oha!« Seine buschigen Augenbrauen hüpften in die Höhe. Er lief um den Schlitten herum und stolperte über die eigene Hosenstulpe.

»Verfluchte Kacke!«

Dann kniete er sich vor dem Schild nieder. Mit der Klaue verbog er die Eisenstreben und stellte es auf den Kopf. Jetzt hieß es *999H.* Er grinste zufrieden und bleckte die Zähne. Die gespaltene Zunge flitzte ihm dabei aus dem Mund und züngelte über das Kinn. Die große Ausnahme würde er nur an diesem besonderen Tag machen, wo er als Weihnachtsmann auftreten wollte.

»Warum denn nur?«, hatten ihn seine kleinen Teufelchen gefragt, doch er hatte nur hämisch gegrinst.

Die Wahrheit kannte nur er: Immer mehr Menschen wünschten sich Weihnachten zur Hölle. *Familienstreit, Ehekrisen und brennende Christbäume. Wenn dieser Stress doch bloß zu Ende wäre!,* hörte er sie jammern. *Gut! Kein Problem,* hatte er amüsiert gedacht. Ihr Wunsch sollte in Erfüllung gehen. *Und wie!* Einer der zahlreichen Unternehmensberater, die in der Hölle schmorten, hatte ihn nach einigen aufmunternden Peitschenhieben mit Ideen versorgt – und nun war Weihnachten zu *seinem* Fest geworden. Dieses Jahr hatte er zum ersten Mal ein Weihnachtsfest angekündigt, um die Menschen zu bestrafen, die in der Hölle saßen. Man musste mit der Zeit gehen und in einer Ära der Globalisierung aufgeschlossen auf fremde Kulturräume reagieren. Nicht reagieren – *agieren* lautete das Schlagwort! *Jawohl!* Neuer Schwung musste in die Bude. Veraltete Strukturen aufbrechen. Alle seine Hexen, Dämonen, Teufelchen und Folterknechte waren im wahrsten Sinne des Wortes Feuer und Flamme gewesen. Seit vier Wochen liefen die Vorbereitungen. Heute, am 24. Dezember, war die Uraufführung.

»Sozusagen als *Satan Claus!*« Er hielt sich vor Lachen den Bauch.

Sonst war niemand da, der sich über den ausgelutschten Witz erheitern konnte. Mit einem *Boing* sprang einer der Jackenknöpfe davon und zischte als Querschläger durch die Gänge der Hölle. Die Hunde kläfften wild, schüttelten ihr Fell, trieften und sabberten aufgebracht, bis sie eine riesige Lache auf dem Boden hinterließen.

»Brave Hündchen.« Luzifer streichelte die Köpfe mit den werwolfartigen Fängen. Er warf sich auf den Kutschbock, ließ die Peitsche aus Ziegenleder knallen und raste auf dem Schlitten quer durch die Tunnel.

»Ho, ho, ho!« Mit einer Klaue hielt er sich die Mütze fest. Die weiße Quaste flog im Fahrtwind hinterher.

Der Schlitten scharrte auf einer Kufe funkensprühend um die Kurve. Es ging hinauf und hinunter, bergauf und über endlose Serpentinen bergab. Nach einem Looping zwischen den Steinsäulen beruhigte sich die rasante Talfahrt. Er steuerte den Schlitten in eine mächtige Höhle. Eine Nasenlänge vor ihm begann das Fest.

Luzifer war ein Kontrollfreak. Nichts durfte dem Zufall überlassen werden. Bevor die Menschen in die Höhle getrieben wurden und er sie mit seinem Fest zwangsbeglücken konnte, wollte er noch einmal alles genau inspizieren. Er riss an den Zügeln und die Höllenhunde bremsten jaulend.

Luzifer grinste. Seine Teufelchen hatten ganze Arbeit geleistet. Der große Veranstaltungssaal der Hölle war fein herausgeputzt. Mit Glühweinbuden war eine künstliche Straße errichtet, gar ein ganzes Dorf nachgeahmt worden. An den Stalaktiten hing eine grell blinkende Straßenbeleuchtung mit … *hoppla,* was war denn das? Eigentlich hatten ihm für das Fest andere Motive vorgeschwebt: düstere Symbole und diabolische Muster. Die Schneeflocken, Tannenzweige und leuchtenden Sterne verwirrten ihn. Aber so übel war es auch nicht. Man sollte ihm nicht nachsagen, er wäre intolerant. Zumindest würde *diese* Beleuchtung auf Erden fehlen, in irgendeiner Straße eines lausigen Bauernkaffs. *Gut gemacht! Ho, ho, ho!*

Wie man wusste, war es in der Hölle zu heiß für Schnee. Bei diesen Temperaturen würde sogar Firneis zischen und im Nu verdampft sein, wie bei einem Saunaaufguss. Selbst Kunstschnee wäre innerhalb eines Augenblicks verpufft. Deshalb lagen haufenweise Styroporfussel herum. Die Straße war mit einer zentimeterdicken Schicht bedeckt, an den Vulkanfelsen hingen mannshohe Wechten, und eine Windmaschine wirbelte die Kügelchen in weitem Bogen durch die Höhle. Luzifer kniff die Augen zusammen. Die weißen Styroporkügelchen hingen in seinem Gesicht, verklebten ihm den Bart und die Augenbrauen. Irgendein Idiot hatte die Sache mit dem Schnee zu gut gemeint und übertrieben.

Ein Trupp Teufelchen mit Schippen und Eimern wuselte von einer Straßenecke zur nächsten und verstreute tonnenweise

Salz. Der Schlitten würde eine Unterbodenwäsche brauchen. Authentizität war eine Sache – den Bogen zu überspannen eine andere!

Luzifer putzte sich das Styropor aus dem Gesicht, er spuckte die Kugeln in alle Richtungen. Ein kleines Teufelchen lief an seinem Schlitten vorbei. Es trug einen Wollschal um den Hals und hatte sich ein Paar Schlittschuhe über die Schulter geworfen. Grinsend winkte es Luzifer zu. »Frohe Weihnacht!«

»Du mich auch!« Luzifer bleckte die Zähne.

Erschrocken trollte sich das Teufelchen in eine künstliche Schneewechte.

Luzifer knallte mit der Peitsche und lenkte den Schlitten mitten ins Schneetreiben. Am Straßenrand türmten sich Schneemänner mit zerfledderten Zylindern und Karotten als Nasen. Rodelschlitten, Skibobs und Snowboards steckten im Schnee. So wie *das* hier aussah, hatten seine Teufelchen die gesamte Ausstattung einer Skipiste mitgehen lassen. Ein Wunder, dass sie keinen Schlepplift aufgebaut hatten. Da schlug ihm von hinten ein Bügel an den Kopf. Er blickte auf. Über ihm spannten sich die Drahtseile einer Sesselliftanlage. Eine Horde Teufelchen, mit Mütze, Anoraks, Ski und Skistecken, winkte von den Dreisitzern.

»Als Gott mir sagte, ihr seid gefallene Engel, vergaß er zu erwähnen, dass ihr *auf den Kopf* gefallen seid!«, fluchte Luzifer. Zornig drohte er mit der Klaue. »Ich sagte, ihr sollt für weihnachtliche Stimmung sorgen, aber keinen Skiort aus dem Boden stampfen!« Davon hatte der Unternehmensberater gewiss kein Wort erwähnt.

Luzifer rieb sich den Schädel. Mit einem kräftigen Peitschenhieb trieb er die Hunde weiter. Fehlte nur noch, dass irgendwo eine Schneelawine runterging. Kaum war der Satz zu Ende gedacht, klatschte eine fette Schneewechte in den Schlitten und begrub ihn bis zum Bauch. Seufzend schaufelte er den künstlichen Schnee aus dem Schlitten und putzte sich die Jacke ab. *Wenn man sich nicht um alles selber kümmert!*, dachte er bitter.

Vor einem Glühweinstand hielt er die Höllenhunde an.

»Frohe Weihnacht!« Ein Teufelchen reichte ihm einen Becher Glühwein.

»Was soll daran *froh* sein?«, schnauzte Luzifer. Sein hirnverbranntes Personal übertrieb es in jeder Hinsicht. An den Fenstern des Holzschuppens klebten bunte Window-Colours mit Schneemann- und Tannenbaum-Motiven, und auf der Theke standen brodelnde Ölduftlampen und Bienenwachskerzen, die rasch zerschmolzen. Vom Dach baumelten Strohsterne, die allerdings nicht lange hielten und knisternd in Flammen aufgingen. *Ekelhaft!* Kein Wunder, dass sich die Menschen Weihnachten zur Hölle wünschten. Aus dem Inneren des Stands drangen Klänge weihnachtlicher Musik. Zu diesem einschläfernden Takt würde sein Pferdefuß nicht in tausend Jahren wippen. Die Heilige Jungfrau Maria hätte den Text von *O du fröhliche* nicht langweiliger singen können. Luzifers Magen stülpte sich um.

Hastig kippte er den Glühwein in einem Zug hinunter. *Yahooo!* Der Stoff brannte wie Feuer. So war es richtig! Mit einem Feuerstoß schmolz er den CD-Player an die Wand. Das Teufelchen starrte verdutzt auf den stinkenden Klumpen aus Plastik und Metall. »*So* schlecht war es auch wieder nicht.«

»Hundertmal habe ich dir gesagt, was für eine Musik ich möchte! Nennst du *diesen Schmus* etwa eine punkige Black-Metal-Version?«

Das Teufelchen zuckte mit den Achseln und deutete auf eine Schüssel mit selbst gebackenen Keksen. Luzifer betrachtete die

Motive. Beim Anblick der Pentagramme lachte sein Herz. Wenigsten *das* hatten sie ordentlich hinbekommen. Schon war er wieder einigermaßen versöhnt, als sein Blick auf mehrere Tafeln fiel, die neben der Glühweinbude im Schnee steckten. *Oha!* Irgendein Idiot hatte mit Kreide *Weihnachtsabverkauf – minus 50 Brozent* auf das Schild gekritzelt. Rechtschreiben konnten sie auch nicht! Dahinter fanden sich weitere Tafeln: *Günstige Kristbaumkugeln,* daneben *Adventsmarkt: Grippenspiele, Hinternglasmalerei, Strohsternbasteln für Fortgeschrittene, Heiligenscheinbasteln aus Aicheln und Moos.*

O Gott! Luzifer verdrehte die Augen.

Ein Teufelchen kam mit einer Pfanne durch den Schnee gestapft. »Zwölf Maroni zum Preis von zehn!«, brüllte es.

Ein anderes Teufelchen stolzierte mit einem Bauchladen über die Straße. »Bratäpfel, Schokobrezeln, Zuckerwatte, kandierte Früchte!«

Ein weiteres Teufelchen zerrte eine Krimskrams-Bude mitten auf die Straße. »Trickfilme, Weihnachtsvideos!«

Eine Horde Teufelchen rasselte mit Geldbüchsen.

»Spendet für Licht ins Dunkel!«

»Spendet für den Stephansdom!«

»Spendet für Nachbar in Not!«

»Schnauze!« Luzifer blähte die Nüstern.

Na warte! Die Burschen würde er sich vorknöpfen. Wo waren wir hier? Etwa auf dem Wiener Naschmarkt oder beim Christmas-Shopping in der Mariahilfer Straße?

»Frohe Weihnacht!«, rief das Teufelchen nochmals aus dem Verkaufsstand. Mittlerweile hatte es sich die rote Zipfelmütze über den Kopf gezogen und so viel Glühwein getrunken, dass es nicht mehr aufrecht stehen konnte. Bevor es stockbesoffen umfiel, kotzte es quer über den Tresen, danach fiel es krachend auf den Holzboden der Bude.

Angewidert putzte sich Luzifer die Jacke ab. Wenigstens hatte sich das Teufelchen zu Tode gesoffen und kein Weihnachtslied gesungen. Ein Fünkchen Hoffnung schien noch da zu sein. Aus dem Inneren der Hütte drang ein Rülpser, plötzlich gurgelte das Teufelchen die Melodie von *O du fröhliche.*

»Aus dem Weg!«, seufzte Luzifer, dann knallte er mit der Peitsche.

Er trieb den Schlitten zwischen den Buden hindurch in das Schneegestöber. Endlich gelangte er auf den Hauptplatz. Wie befohlen hatten seine Teufelchen mitten unter der höchsten Kuppel der Hölle einen riesigen Baum errichtet, den sie gewiss vom Marktplatz irgendeines Bauerndorfs gestohlen hatten. Die Tanne war aufgeputzt – allerdings nicht mit Pentagrammen und verkehrten Kreuzen, wie er es angeordnet hatte, sondern mit Kerzen, Lametta, Weihnachtskugeln, Christbaumschmuck und … *aaahhh* … tonnenweise Engelshaar! Luzifer wurde übel. Die Tannenzweige bogen sich zu Boden. Darunter lagen Holzkrippen und Tausende Geschenke, eingewickelt in Packpapier mit bunten Schleifen. Wo war der Kessel mit dem blubbernden Pech? Konnten seine Teufelchen denn nichts richtig machen?

Er hoffte, dass es sich bei den Paketen um Attrappen handelte. Oder waren seine kleinen Helfer so weit gegangen, *echte* Geschenke von der Erde mitgehen zu lassen? Aus den Verstecken der Menschen, den versperrten Schränken, Kommoden und Kellerabteilen? Fehlte nur noch, dass sie sich mit Scootern, Pokémons, GameBoys, LegoTechnic und PlayStations beschenkten. Zuzutrauen wäre es ihnen!

»Ho, ho, ho!« Luzifer bimmelte mit einem Glöckchen, das er aus der Tasche kramte.

Wie auf Kommando stürzten ein paar Dutzend Teufelchen herbei, umringten den Weihnachtsbaum und … *hoppla,* was war das? Waren die noch bei Trost? Luzifer fielen beinahe die Augen aus dem Kopf. Auf den Rücken der Teufelchen klebten Engelsflügel aus Pappkarton, und auf den Köpfen thronten Drahtgestelle mit Heiligenscheinen. Gemeinsam grölten sie eine etwas heftig geratene, ordinäre Rap-Version von *Ihr Kinderlein kommet.* Wenigstens *das* war in Ordnung, dachte Luzifer einsichtig. Solange die Bande keine Kaufhausmusik trällerte, gab er sich mit jedem Song zufrieden. Er atmete tief durch und ließ erleichtert die Schultern sinken. Plötzlich versteifte sich sein Rückgrat. Aus dem Schneegestöber senkte sich ein gewaltiger Schatten, der wirkte wie ein enormer … wie ein riesiger … wie ein unglaublich großer …

»Neeeiiin!«

Noch bevor Luzifer die Klauen hochreißen konnte, tönte schallende Kaufhausmusik aus dem Lautsprecher. Die Teufelchen tanzten fröhlich um den Baum.

Luzifer nahm Reißaus. Er hielt sich die Ohren zu, preschte mit dem Schlitten um den Tannenbaum herum, bis er vor einer Reihe Tische bremste. Darauf hatte sein Höllenpersonal ein mehrgängiges Weihnachtsbuffet errichtet. Sein Blick schweifte über Pfeffernüsse, Gänsebraten, Spekulatius, Plumpudding, Dresdner Christstollen und einen … war das Brikett etwa ein verkohlter Truthahn? Aber wo waren die gebratenen Käfer und Spinnen, die er so gern mochte? Wo blieb die schillernd grüne Dämonengrütze? Seine Belegschaft hatte nur die garstigen Dinge aus den entlegensten Ländern der Erde zusammengetragen. Irgendwo würde das jetzt fehlen. *Immerhin!* Man konnte nicht alles haben. *Elende Dilettanten!*

Luzifer brüllte ein derbes Tischgebet und seine Teufelchen setzten der Reihe nach ein. Gemeinsam rezitierten sie eine dämonisch abgewandelte Form des Vaterunsers. Wenigstens *das* konnten sie noch!

Als Luzifer fertig war, sah er sich in der Runde um und blickte in die Fischaugen eines fetten, speckigen Weihnachtskarpfens mit geblähtem, schillerndem Bauch und einer Zitrone im Maul. Luzifer würgte. Er entließ einen garstigen Rülpser. Seine Teufelchen rümpften die Nase und kniffen die Augen zusammen. Unwillkürlich war Luzifer ein Feuerstoß entfahren. Mit einem weiteren spektakulären Schwall versengte er den aufgeputzten Christbaum, der sich binnen Sekunden in ein Häuflein Asche verwandelte. Ein Funke flog, ein Kabel schmorte durch, die Glühbirnen der Straßenbeleuchtung zerplatzten der Reihe nach. Scherben prasselten zu Boden. Es qualmte und stank nach Kabelbrand.

»Ho, ho, ho!« Luzifer klatschte entzückt in die Klauen. Er grölte amüsiert, kicherte, gackerte und hielt sich den Bauch vor Lachen. Plötzlich verstummte er. Offenbar war er der Einzige, der sich freute. Die kleinen Teufelchen jammerten beim Anblick der verkohlten Tanne.

»Ruhe!« Luzifer wischte mit der Klaue durch die Luft.

Traurig hingen ihnen die Heiligenscheine vom Kopf und die Flügel von den Schultern. *Sensibles Pack!* Die Teufelchen waren auch nicht mehr das, was sie früher einmal waren … zu Opas Zeiten. Heutzutage bekam man nur noch lausige Stümper. Luzifer schielte zur Tanne. Ein letzter, einsam abstehender Ast zerbröselte zu Staub. *Gut so!* Hier in der Hölle gab es ohnehin keinen Biomülltransporter, der den alten Baum abgeholt hätte.

Luzifer hob die Arme, sprach seine nicht jugendfreie Fassung des Weihnachtssegens, beorderte seine Teufelchen zur anschließenden Schwarzen Mitternachtsmette und beendete den gesamten Schnickschnack mit einem sonoren *Ho, ho, ho!*

Den Menschen würde er diesen jämmerlichen Anblick ersparen. Danach wurde es Zeit für ihn, aus dem verschwitzten Weihnachtskostüm zu steigen und sich in seinem Ofen schlafen zu legen. Wahrscheinlich war der Morgen schon längst angebrochen. Luzifer gähnte. Beim Gedanken an die nächste Nacht stellte sich ihm büschelweise das Nackenfell auf. Er hasste die Verwandtenbesuche bei Opa Satan und Oma Beelzebub. Er würde Opas Geschichten von früher zu hören bekommen und Omas grauenhafte, steinalte Weihnachtskekse essen müssen, die sie bereits vor Wochen in den Höllenöfen für ihn gebacken hatte, so wie es der Unternehmensberater vorgeschlagen hatte. Mit Sicherheit waren die Plätzchen so hart, dass man sich damit einen Tunnel durch den Vulkanfels graben konnte.

Keine seiner Ideen war jemals so blöde gewesen wie diese! Pfeif auf die Globalisierung und das Verständnis für fremde Kulturräume. Dafür würde der Beraterheini büßen! Bestimmt war das die erste und letzte Gegenveranstaltung der Hölle gewesen. Er und seine Teufelchen würden sich wieder auf die guten alten Sitten und Rituale besinnen. Das Weihnachtsfest gehörte den Menschen – es konnte getrost auf der Erde bleiben!

Kurz bevor er einnickte, tröstete ihn ein Gedanke: In einer Woche war Silvester! Wenn Gott bis dahin nicht in den Gefangenenaustausch eingewilligt hatte, stand Bleigießen auf dem Programm. *Bleigießen, he he!* Erfreut rieb er sich die Klauen. Er dachte an die Fuhre Bischöfe. Würden sie dann immer noch nicht schreien? Luzifer grinste. Manche Bräuche der Menschen waren doch recht nützlich.

QUELLENVERZEICHNIS

Vorwort
- Erstveröffentlichung

All-Inclusive-Tours
- in: Gefährliche Gewässer, Lerato, 2008

Hier ist dein Geschenk
- in: Die Alptraumfabrik, Richter, 2003

Souvenirs vom Sensenmann
- in: Der Tod aus der Teekiste, Schreiblust, 2006

Nachts in der Bourbon Street
- in: Des Todes bleiche Kinder, Abendstern, 2002

Bruderherz
- in: m@usetot, Richter, 2003

Darf es ein bisschen mehr sein?
- in: Das Spinnentier, Ulmer Manuskripte, 2002

Welt aus den Fugen
- Erstveröffentlichung

www.spider.com
- in: Spinnen Spinnen, Aarachne, 2001

Im Auftrag des Kardinals
- in: Omen Nr. 1, Festa, 2003

Gefallener Engel
- in: Liberate Me, Eloy Edictions, 2006

Die lebenden Bücher von Arkham
- in: Arkham – ein Reiseführer, Basilisk, 2006

Ghost Writer
- in: Baggerseegeschichten, Bielefeld, 2002

Der Puppenmacher von Leipzig
- Erstveröffentlichung

Bianca Monroe
- in: Nova Nr. 12, Verlag Nummer Eins, 2007

Tief unten in Dudewater, Louisiana
- in: Liber Vampirorum IV, Midas Publishing, 2005

Medusa
- in: Psycho Ghost, UBooks, 2004

Fünf
- in: Madrigal für einen Mörder, Schreiblust, 2005

Mesmeristische Experimente
- in: Jenseits des Hauses Usher, Blitz, 2002

Zur Hölle mit Weihnachten
- in: Eiszeit – drinnen und draußen, VirPriV, 2003

alle Texte wurden für diese Ausgabe überarbeitet

LUZIFER
VERLAG